U0108156

GOBOOKS
& SITAK
GROUP©

文學新象 215

Assassin's Creed
Renaissance

刺客教條

—文藝復興—

著◎奧利佛・波登 (Oliver Bowden)
譯◎李建興

高寶書版集團

第1章

維奇奧宮和巴傑羅宮高塔上的火把閃爍著微弱的光，北邊不遠處的大教堂廣場上，只有寥寥數盞燈籠的光線。在這個入夜後幾乎杳無人跡的城市，燈火照亮了亞諾河沿岸的碼頭。時候雖晚，但昏暗中還看得見幾個水手和碼頭工人。有的水手正照料大小船隻，或是摸黑修理索具和整理繩圈、刷洗甲板；碼頭工人則匆匆拉扛著貨物到附近安全的倉庫裡。

酒館和妓院裡也有燈火，但是街上行人寥落。自從當初廿歲的羅倫佐・德・美第奇當選城邦領導人後已過了七年，他重建了部分秩序，平息頂尖國際金融業與商業家族之間的激烈敵對——正是這二者將佛羅倫斯打造成世界最富裕的城市。即使如此，城裡的風波從未平息，時不時沸騰。每個派系彼此爭權奪利，有的改變結盟對象，有的仍是恆久的死敵。

佛羅倫斯，主後一四七六年。即使在飄著茉莉花香的春夜，風向對的時候幾乎能讓人忘記亞諾河的惡臭，此處入夜後仍非可以安全外出的地方。

月亮高掛於深藍色天幕，君臨著簇擁的群星。微光灑落在開闊廣場上維奇奧橋與河流北岸的交會處，橋上擁擠的商店此時陰暗無聲。月光映照出一個黑衣人影，正站在橋畔聖史提法諾教堂的屋頂上。他是一名年僅十七歲、高眺而驕傲的年輕人。他敏銳地觀察下方的社區，伸手到唇間，吹了聲低沉但響亮的口哨。回應他的先是一人，然後三人，接著十幾個，最後二十幾個像他一樣的年輕人從陰暗的街道或拱門現身進入廣場，多半身穿黑衣，有人穿血紅色、綠色或天藍色的斗篷和兜帽，腰帶上均佩著劍或匕首。這群看似凶神惡煞的年輕人散開，動作中帶著一股高傲的自信。

年輕人低下頭，看著眾人在月光下蒼白而急切地仰望著他的臉孔。他舉拳過頭，挑釁而張狂地致意。

「我們團結一致！」他喊道。

眾人舉拳，有人更拔出武器揮舞，同時歡呼：「團結！」

年輕人像貓似地迅速從屋頂未完工的正面爬下到教堂陽臺，再一躍而下，斗篷翻飛間，以蹲姿在眾人之間安全落地。他們充滿期待地聚攏過來。

「朋友們，肅靜！」他舉起一隻手阻止最後的呼聲，冷酷地微笑。「親愛的盟友，諸位知道今晚我為何召喚各位到此處嗎？為了請求各位的協助。我們的敵人，你們知道我說的是誰——維耶里•德•帕奇，他在城裡到處誹謗我的家族，踐踏我們的名譽，用卑劣的手段企圖貶抑我們。我忍耐太久了。通常我懶得理會這種癩痢狗，但是——」

一顆凹凸不平的大石頭從橋的方向飛來，打斷他的話語，掉在他腳邊。

「呆子，胡說八道夠了吧！」一個聲音大聲說。

年輕人與同伴們同時往聲源的方向轉頭。他已經知道說話者是誰。另一群年輕人從南邊過橋走近。領頭人大搖大擺地走在最前面，紅斗篷以金色海豚與藍底十字夾扣住，穿著黑天鵝絨上衣，手按在劍柄上。若不是那冷酷的嘴型和軟弱的下巴，他長得還算英俊。雖然身形微胖，手腳無疑很有力。

「晚安，維耶里，」年輕人平靜地說，「我們剛說到你呢。」他誇張地躬身行禮，假裝驚訝。「但是請見諒，我們沒料到你親自出現。我以為帕奇家族向來雇別人替他們做骯髒事。」

維耶里挺直身子走近，帶著他的手下停在幾碼外。「埃齊歐•奧迪托雷！你這驕縱的狗崽子！我看，倒是你的官僚和會計家族，每次遇到一丁點麻煩就跑去找衛兵吧。懦夫！」他抓住劍柄。「我敢說，你根本沒種自己幹大事。」

「唉，我還能說什麼，胖子維耶里。但上次見面時，令妹薇歐拉似乎挺滿意我對她幹的大事呢。」埃齊歐•奧迪托雷向敵人咧嘴大笑，同伴們在背後的嘻笑歡呼讓他很滿意。

但隨即他知道自己太過分了。維耶里氣得臉色發紫。「埃齊歐，你這小混蛋！來看看你的武藝是否像嘴皮子一樣強！」他回頭看他的手下，舉劍低吼。「宰了這些混蛋！」

空中立刻斜飛來另一顆石頭，但這次不是挑釁，石頭擊中埃齊歐的額頭，他的額角淌下鮮血。維耶里的跟班們手中投出一陣石頭雨，埃齊歐不得不暫時蹣跚後退。他自己的手下剛剛聚集，帕奇那幫人已經進攻，從橋上衝向他們。事態演變得讓人措手不及，密集快速的打鬥讓人無暇拔出刀劍，兩幫人赤手空拳互毆。

戰況激烈又殘酷——猛力拳打腳踢搭配著令人膽寒的骨折聲。一開始兩方人馬勢均力敵，直到因額頭流血、視力稍微受阻的埃齊歐看到兩名最強的手下踉蹌跌倒，慘遭帕奇的嘍囉踐踏。維耶里大笑著逼近埃齊歐，手裡抓著一塊大石頭，往他頭上又揮出一拳。埃齊歐坐倒在地，千鈞一髮間閃過這一擊，餘悸猶存時，奧迪托雷派陷入慘敗。埃齊歐設法在站起來之前拔出他的匕首亂揮，成功劃到一名拔出劍和匕首撲向他、體型壯碩的帕奇手下的大腿。埃齊歐的匕首割破布料切入肌肉和肌腱，對方發出一聲哀嚎閃開，丟下武器，雙手抓住血流如注的傷口。

埃齊歐慌忙起身張望四周。他發現帕奇已經包圍了他的人馬，把他們困在教堂的牆邊。他感覺雙腿恢復了部分力氣，便奔向他的同伴。他順利閃過另一個帕奇嘍囉的鐮刀，一拳揮中那布滿鬍碴的下巴，滿意地看到措手不及的對方牙齒飛落、跪倒在地。他呼喚自己人、鼓舞他們，但其實他已經開始設法有尊嚴地撤退。這時，他聽到打鬥聲之外有個洪亮、愉快又熟悉的聲音，在帕奇家暴徒的背後叫他。

「喂，老弟，你到底想幹什麼？」

忐忑的埃齊歐如釋重負，鼓起勇氣喊道，「喂，費德里科！你怎麼會在這兒？我以為你又去花天酒地了！」

「胡說！我知道你圖謀不軌，心想最好跟來看看我弟弟是否終於學會照顧自己了。看來你可能還需要再受點教訓！」

費德里科・奧迪托雷比埃齊歐大幾歲，是奧迪托雷家的長子，魁梧的大胃王——喜歡喝酒、泡妞和打架。他邊說邊動手，拉著兩名帕奇手下互相撞頭，一腳踹中第三人的下巴，穿越人群來到弟弟身邊，似乎對周圍的暴力無動於衷。他們周圍的手下受到鼓舞，加倍賣力。另一方面帕奇幫士氣受挫。有幾個碼頭工人聚集在安全距離外觀戰，昏暗中帕奇幫誤認他們是奧迪托雷的增援。加上費德里科的吼叫和拳頭飛舞，機敏的埃齊歐立刻仿效他的行為，隨即讓對手陷入驚慌。

一片騷亂中，維耶里・德・帕奇憤怒的聲音傳出。「撤退！」他用充滿疲倦和憤怒的沙啞聲音呼叫手下。他對上埃齊歐的視線，罵了句聽不清楚的威脅後撤退到維奇奧橋另一端，消失在黑暗中，還能行走的手下也跟上，換成埃齊歐得意洋洋的朋友們追趕他們。

埃齊歐正要跟過去，但是哥哥厚實的手攔住他。「等一下。」

「什麼意思？我們打得他們抱頭鼠竄呢！」

「別動。」費德里科皺眉，輕摸埃齊歐眉毛上的傷口。

「只是皮肉傷。」

「沒這麼簡單，」他哥哥判定，面露憂色。「最好給你找個醫生。」

埃齊歐反駁。「我沒時間看醫生。況且……」他沮喪地停頓一下，「我身上沒錢。」

「哈！我猜都浪費在女人和喝酒上了。」費德里科咧嘴一笑，親暱地拍了拍弟弟的肩膀。

「不盡然是浪費。而且，我可是以你為榜樣呢。」埃齊歐的笑帶著點遲疑。他忽然發現他的頭好痛。「不過，檢查一下也沒有壞處。你願意借我幾個金幣嗎？」

費德里科拍拍他的錢包，沒有錢幣撞擊的聲響，裡頭空空如也。「其實，我現在手頭有點緊。」

埃齊歐對面露尷尬之色的哥哥微笑。「那你的錢又浪費到哪去了？肯定是望彌撒求赦免？」

費德里科笑道。「好吧，你這小滑頭。」他轉過身。最後，只有三、四個自己人傷勢較重、還未離開戰場，他們坐起身呻吟一陣子，但也在笑。真是一場惡鬥，但沒人傷筋斷骨。另外，五、六個帕奇的嘍囉完全昏迷倒在地上，其中至少有一、兩個穿著昂貴衣服。

「來看看我們失敗的敵人有沒有錢可以分享，」費德里科提議，「畢竟，我們比他們更需要，我敢打賭你無法在不驚醒他們的情況下搜到錢！」

「走著瞧。」埃齊歐說，開始動手搜刮。過幾分鐘，他湊齊了足夠裝滿兄弟倆錢包的金幣。埃齊歐得意地回頭看看大哥，晃動剛收穫的錢幣。

「夠了！」費德里科喊道，「最好留點錢給他們回家，畢竟我們不是盜賊——這只是戰利品。我還是不放心你的傷勢，得趕快去看醫生。」

埃齊歐點頭，轉過身，最後一次環顧奧迪托雷勝利的戰場。費德里科不耐煩地伸手放到弟弟的肩上。「快點。」他催促道，乾脆地邁步出發。激鬥後疲倦的埃齊歐難以跟上兄長的步伐，不過當他落後太遠或在巷子裡轉錯彎時，費德里科會停下，或匆忙回來指正他。「抱歉，埃齊歐，我只是想盡快趕到醫生那裡去。」

確實不遠，但埃齊歐逐漸力竭。終於，他們抵達一個陰暗的房間，神祕儀器、銅鑄和玻璃藥瓶沿著深色橡木桌排列，天花板垂吊著一束束乾燥藥草。這是他們家庭醫師的診療室。埃齊歐只能夠勉強站著不倒下。

三更半夜被叫醒，切瑞薩醫師不太高興，但他拿著蠟燭靠近仔細檢查埃齊歐的傷勢之後，態度立刻轉為憂慮。「嗯，」他凝重地說，「這次你傷得真不輕，年輕人。你們這些人除了到處打架以外想不到其他事可做嗎？」

「這是名譽問題，醫師大人。」費德里科插嘴。

「我懂。」醫師平淡地回應。

「真的沒什麼。」埃齊歐說，但抵不過襲來的暈眩感。

費德里科照例用幽默隱藏憂慮，說道，「請盡力修理他，我的朋友。那張小白臉是他唯一的資產了。」

「喂，去你的！」埃齊歐向哥哥豎中指反擊。

醫師不理他們，洗手後輕柔地檢查傷口，再從瓶瓶罐罐中倒了些透明液體在亞麻布上。沾濕的布接觸傷口，痛得埃齊歐差點從椅子上跳起來，臉色痛苦地扭曲。傷口清理乾淨後，醫師用針和羊腸細線縫合。

「接下來幾天傷口會有點痛。」他警告道。

縫好傷處、纏上繃帶，搞得埃齊歐活像戴頭巾的土耳其人之後，醫師微笑鼓勵他。「暫時算你三個金幣吧。我過幾天會去府上幫你拆線，到時再付三個金幣。你會嚴重頭痛，但是會過去的。盡量休息──如果你做得到！傷口沒有看起來那麼糟，不用擔心，而且有個好消息：應該不會留下疤痕，所以將來不會嚇到女士們！」

回到街上之後，費德里科伸手攬著弟弟。他掏出一個瓶子遞給埃齊歐。「別擔心，」發現埃齊歐臉上的表情，他說，「這是老爸最好的白蘭地，在這種狀況下，它對你會比老媽的牛奶有用。」

兩人都喝了，感到火熱的液體溫暖他們的身子。「今晚真棒。」費德里科說。

「是啊是啊。我只希望每晚都好玩得像——」但當看到哥哥開始咧嘴大笑，埃齊歐中斷了自己接下去的話。「喔，等等！」他笑著自我糾正：「是很好玩沒錯！」

「即使如此，我想回家之前來點酒菜讓你補一補也不壞，」費德里科說，「我知道很晚了，但附近有家小客棧開到早餐時間，而且——」

「——你和老闆是密友？」

「你怎麼猜到的？」

大約一小時後，熱湯、牛排，及一瓶布魯聶洛葡萄酒下肚，埃齊歐覺得傷勢彷彿完全復原，他年輕強壯，精力旺盛。打贏帕奇幫的興奮感當然對他快速復原也有些幫助。

「該回家了，老弟，」費德里科說，「老爸一定在懷疑我們去了哪裡，他可是指望著你幫他處理銀行的業務。算我走運，對數字不在行，所以我猜他等不及要我去從政了！」

「照你的作風，不是政治就是馬戲團。」

「有什麼差別？」

埃齊歐知道費德里科不介意父親透露比較多家族事務給弟弟。如果要一輩子開銀行，費德里科會無聊致死。問題是，埃齊歐有預感自己可能也一樣。但是目前距離他穿上佛羅倫斯銀行家的黑絲絨服飾和金鍊子的那一天還相當遙遠，他決心盡情享受自由與不負責任的歲月。他一點也不知道這段時間有多麼短暫。

「如果不想被痛罵一頓，」費德里科說，「我們最好趕快。」

「他可能會擔心。」

「不會，他知道我們能照顧自己。」費德里科玩味地看著埃齊歐，「但我們最好快回去吧。」他停一下。「你有沒有興致賭一把？或許賽跑？」

「終點在哪裡？」

「我想想，」費德里科眺望月光下的市區，不遠處立著一座塔。「聖三一教堂的屋頂，離家不遠，如果你不覺得太費力的話。但還有一個規則。」

「喔？」

「我們不走街道，而是越過這些屋頂。」

埃齊歐深呼吸一下。「沒問題，看我的。」他說。

「好吧，小烏龜——開始！」

費德里科一聲不吭地起跑，像蜥蜴似地輕鬆爬上附近的粗糙牆面。走在圓形紅瓦上似乎有點顛簸，他停駐在牆頂歡快地大笑，然後又跑掉。埃齊歐爬上屋頂時，哥哥已經在二十碼外。他拔腿追趕，追逐中腎上腺素帶來的快感讓他忘卻疼痛，然後他看見費德里科大步飛躍過一片黑暗虛無，輕盈地落在略低於起跳處的灰色宅邸的屋頂平臺。他又跑了一小段便停下。落差八層樓的下方街道峽谷出現在眼前時，埃齊歐感到一絲恐懼，但他很清楚自己寧死也不想在哥哥面前出糗，於是，他鼓起勇氣跳出大大一步，飛越時看到在空中揮舞的腳下是一片被月光照亮的堅硬花崗岩石板路。有一瞬間他懷疑自己的判斷，宅邸的灰色高牆似乎變得更加高聳地迎向他，但是不知怎地又變矮。他落在另一個屋頂上的姿態確實有點笨拙，但至少還站著；歡欣鼓舞，只是氣喘吁吁。

「我的小老弟還有很多事情該學呢。」費德里科嘲弄他，再度出發，像散亂雲朵下、高大煙囪之間疾射的影子。埃齊歐奮力前進，迷失在當下的狂野中。處處深淵在他腳下張開大嘴，有些只是窄巷，有些則是寬闊大街。到處都看不到費德里科。聖三一教堂的尖塔突然出現在他面前，高高地聳立在教堂斜度和緩的大片紅色屋頂上。但他接近時忽然想起，教堂在廣場中央，它的屋頂和周圍建築物的距離比他跳躍過的遠得多。此時他不敢遲疑或減速——他唯一的希望是教堂屋頂比他的起跳處低矮。如果他衝得夠快，跳得恰當，重力會讓他順利到達。有一、兩秒鐘他會騰空飛行。他努力不去想失敗的後果。

預計落腳的屋頂邊緣在視野中快速逼近，然後，他的腦袋一片空白。他飛了起來，聽著耳邊風聲呼嘯，淚水盈睫。教堂屋頂像在無窮遠處——他絕對到不了，他永遠無法再大笑、打架或擁抱女人了。他喘不過氣。他閉上眼睛，接著……

他彎下腰，用手腳穩住身子，又站了起來——他成功了，離粉身碎骨只差幾吋，但他跳到了教堂屋頂上！

費德里科在哪裡？他爬下塔底，轉身看來時的方向，剛好看到他哥哥也飛過空中。費德里科落地很穩，但他的體重撞歪了一、兩片屋瓦，瓦片滑下屋簷從邊緣掉落時他差點跌倒。幾秒後，瓦片在下方的鵝卵石硬地上摔得粉碎。但費德里科恢復了平衡，他喘息著起身，臉上露出驕傲的笑容。

「原來你沒有那麼遲鈍嘛，」他過來拍拍埃齊歐的肩膀說，「你超越我的時候活像風馳電掣。」

「我根本沒發現。」埃齊歐簡短地說，一面喘氣調息。

「但爬上塔頂你可贏不了我。」費德里科反駁，推開埃齊歐，開始爬上市府官員早想改建成更時髦款式的矮胖塔。這次費德里科先抵達，甚至必須伸手拉起受傷的弟弟，埃齊歐也開始想念床鋪了。兩人氣喘如牛，站著休息，眺望灰色晨曦下寧靜沉寂的市區。

「我們的生活真不錯，老弟。」費德里科平靜莊嚴地說。

「是好極了，」埃齊歐附和，「希望這樣的生活永遠不變。」

他們沉默下來，都不希望破壞這完美的一刻——但片刻之後，費德里科低聲說。「也希望它永遠不會改變我們，老弟。來吧，我們得回家了，那是我們家的屋頂。上帝保祐老爸沒有整晚熬夜，否則我們真的慘了。走吧。」

他來到塔邊準備爬下屋頂，但看到埃齊歐靜止不動時，他也停了下來。「怎麼了？」

「等一下。」

「你在看什麼？」費德里科走回弟弟身邊。隨著埃齊歐的視線，他的臉上不禁露出笑容。「壞小子！你該不會想去那裡吧？讓那可憐的女孩睡覺啦！」

「不，我想克莉絲汀娜該起床了。」

埃齊歐認識克莉絲汀娜•卡富奇的時間並不長，即使他們的父母認為兩人太年輕，並非認真交往，但他們之間已經如膠似漆。克莉絲汀娜才十七歲，她父母期待埃齊歐收斂惡習，才願意開始給他好臉色看。當然，埃齊歐並不同意，這樣只讓他更衝動輕率。

他們第一次見面時，費德里科和埃齊歐為了聖徒節幫妹妹採購些小東西，完畢後在市場休息，看著城裡的美女呼朋引伴偕逛攤位，一下看看蕾絲，一下看看絲綢緞帶和面紗。其中有個女孩特別顯眼，比埃齊歐見過的任何女性都更加優雅迷人。埃齊歐絕對不會忘記那一天，他初次看到她的日子。

「喔，」他不禁驚嘆，「看！她好美。」

「既然如此，」他穩重無比的哥哥理所當然地說，「不如你過去打個招呼吧？」

「什麼？」埃齊歐大驚，「我打招呼之後——要說什麼？」

「呃，你可以試著和她聊天。你買了什麼、她買了什麼，隨便聊什麼都可以。小弟，大多數男人太怕美女，真正鼓起勇氣去搭訕的人馬上就占優勢。難道你認為她們不想受注目，不喜歡跟男人聊天？她們當然想！反正你長得不賴，還是奧迪托雷家的人。我會引開監護人，快上吧，人家可是個大美女呢。」

埃齊歐回想起那時與克莉絲汀娜獨處，他是如何呆若木雞，詞不達意，呆望著她美麗的黑眼睛、柔軟的紅褐長髮、挺翹的鼻梁……

她盯著他。「怎麼了？」她問道。

「什麼意思？」他脫口而出。

「你呆站在那裡幹嘛？」

「喔……嗯哼……因為我有事要問妳。」

「什麼事呢？」

「貴姓大名？」

她翻了翻白眼。該死，什麼臺詞她都聽過。他心想。

「不是你會用得到的名字。」她說完後便轉身離去。埃齊歐望著她的背影片刻，又追上去。

「等等！」他趕上她，比跑了一哩路還喘。「我沒準備好。我本來打算表現得超級迷人、親切又聰明！再給我一次機會好嗎？」

她沒有停下腳步，只是回頭看向他，但確實露出了一絲笑意。埃齊歐原本死心了，但一路旁觀的費德里科小聲提醒他：「別現在放棄！我看到她對你笑了！她會記得你的。」

埃齊歐受到鼓舞，偷偷跟著她，並小心地不被發現。有三、四次他被迫躲到攤子後面，或在她離開廣場後躲進門框裡，但他總算成功地跟蹤她到了她家門口，有個他認識的人擋住她。埃齊歐躲起來。

克莉絲汀娜生氣地看著對方。「我說過了，維耶里，我對你沒興趣。快讓我過去。」

躲藏的埃齊歐吸了口氣。是維耶里•德•帕奇！當然了！

「但是小姐，我有興趣，而且是非常有興趣。」維耶里說。

「那就排隊吧。」

她想閃過他，但他移到她前面。「我不同意，親愛的。我厭倦了等妳自願張開雙腿。」他粗魯地抓住她的手臂將人拉近，另一手抱住想要掙脫的她。

「你聽不懂她說的話嗎？」埃齊歐突然發話，走上前直直看著維耶里。

「喔，是奧迪托雷家的小狗啊。干你這癩痢野狗什麼事？滾你的蛋吧。」

「你也早安，維耶里。很抱歉打擾了，但我很確定你正在騷擾這位女士。」

「喔，是嗎？失陪一下，親愛的，我得好好教訓這個暴發戶。」說完，維耶里推開克莉絲汀娜，衝向埃齊歐揮出右拳。埃齊歐輕鬆側身閃過，利用維耶里向前攻擊的衝力絆倒他，讓他摔倒在地。

「朋友，打夠了嗎？」埃齊歐嘲弄道。維耶里馬上站起來，揮舞雙拳憤怒地衝向他。一記重拳打中埃齊歐下巴側面，但埃齊歐擋住了一個左勾拳，並打中對方兩拳，一下在肚子，維耶里彎腰時另一下擊中了他的下巴。埃齊歐轉向克莉絲汀娜察看她是否平安。喘不過氣的維耶里往後退，手摸到匕首上。克莉絲汀娜看到此舉不禁驚叫，同時，維耶里拔出匕首，猛力刺向埃齊歐背後。有了叫聲示警，埃齊歐及時轉身，穩穩抓住維耶里的手腕用力扭轉，迫他放開匕首任其落地。兩個年輕人劍拔弩張地對峙著，猛烈喘氣。

「你只有這點能耐嗎？」埃齊歐咬牙切齒。

「閉嘴，否則我發誓會宰了你！」

埃齊歐大笑。「看到你強迫一個完全把你當狗屎的好女孩，我想我不該驚訝——就像令尊想要在佛羅倫斯搶奪銀行利益！」

「笨蛋！該好好學習謙虛的是你父親！」

「你們帕奇家誹謗我們也夠了吧。但話說回來，你們也只會耍嘴皮子。」

維耶里的嘴唇嚴重出血，他用袖子擦掉。「你會付出代價——你和你們全家人。給我記住，奧迪托雷！」他往埃齊歐腳邊吐口水，彎腰撿起他的匕首，轉身跑掉。埃齊歐看著他離去。

站在教堂塔上眺望著克莉絲汀娜家，這一切他全記得。他記得他轉過身，看到克莉絲汀娜道謝時眼中浮現的好感，他也記得自己那時有多振奮。

「小姐，妳沒事吧？」他說。

「多虧你，我現在沒事。」她遲疑一下，聲音仍因餘悸而顫抖。「你剛剛問我的名字——嗯，我是克莉絲汀娜。克莉絲汀娜‧卡富奇。」

埃齊歐鞠躬。「幸會，克莉絲汀娜小姐。在下埃齊歐‧奧迪托雷。」

「你認識那個人？」

「維耶里？我們偶爾會有糾紛，而我們的家族沒有理由互相喜歡。」

「我永遠不想再看到他。」

「如果我能幫上忙，妳不會再看到他的。」

她害羞地微笑，「感激不盡，埃齊歐——所以，即使你出師不利，我也打算給你第二次機會！」她輕笑起來，親吻他臉頰之後走進家門。

一小群圍觀的群眾給埃齊歐一陣喝采。他微笑鞠躬，轉身離開時心裡清楚地知道，他或許交了個新朋友，但也製造了一個死敵。

「讓克莉絲汀娜睡吧。」費德里科又說，把埃齊歐從回憶中喚醒。

「晚點會有足夠的時間睡覺，」他回答，「我必須見她。」

「好吧，如果你堅持——老爸那邊我會盡量掩護你。自己小心點，維耶里的手下可能還在附近。」語畢，費德里科從尖塔爬下屋頂，縱身躍進一輛停在街上載滿稻草的馬車。

埃齊歐決定仿效哥哥。底下的稻草車看起來很遠，但他記得以前學過的，屏氣凝神，專心一致。

接著他做出了生平至今最大膽的行為：一躍而下。有一瞬間他以為可能誤判了目標，但他忍住暫時的恐慌，平安落在草堆上。真正的信心之躍！埃齊歐不禁為成功而興奮，喘著粗氣翻身踏到街上。

太陽剛從東方的山丘露面，路人還很少。埃齊歐正要走向克莉絲汀娜家的方向時聽見腳步聲迴盪，急忙躲進教堂門廊的陰影中憋住氣。來者正是維耶里和兩名帕奇家衛兵。

「老大，算了吧，」資深衛兵說，「他們早就走了。」

「我知道他們還在這附近，」維耶里怒道，「我幾乎聞得到氣味。」他和手下繞了教堂廣場一圈，似乎無意離去。陽光讓陰影越來越小了。埃齊歐又小心地爬進乾草棚裡，在那裡躲了好久，著急地想脫身。有一次維耶里經過時，近得埃齊歐可以聞到他的氣味，但最後維耶里憤怒地示意手下到別處找。埃齊歐又靜靜躺了一會兒才爬出來，解脫地長嘆一聲。他拍掉身上的灰塵，迅速走向克莉絲汀娜家，祈禱著不會有她家的人來礙事。宅邸一片寂靜，不過埃齊歐猜想僕人正在後方準備升火做早餐。他知道哪個是克莉絲汀娜的窗口，便往她的百葉窗丟了一把碎石。噪音似乎太大了，他提心吊膽地等著，然後百葉窗打開，她出現在陽臺上。他仰望著克莉絲汀娜，她的睡袍遮掩不住那美妙的身材，他立刻迷失在情欲中。

「誰啊？」她輕聲喊。

他往後站一些好讓她清楚看見。「是我！」

克莉絲汀娜嘆氣，但不是討厭的方式。「埃齊歐！我早該猜到的。」

「我的寶貝，我可以上去嗎？」

她回頭張望再低聲回答。「好吧。但只能一下子。」

「我只需要一下子。」

她笑道，「真的？」

他困惑了。「不——抱歉——我不是那個意思！我現在上去讓妳看看……」確認周圍街上沒人，他踏上鑲在房子的灰色石頭上用來拴馬的大鐵環，在粗糙石面上找到比較輕鬆的抓握處，一路爬上去。眨眼間他已經爬過欄杆，她投入他懷中。

「喔，埃齊歐！」接吻時她嘆道，「看看你的頭，這次你又幹了什麼好事啦？」

「沒什麼，皮肉傷。」埃齊歐微笑。「我都上來了，或許我可以進去？」他溫柔地說。

「哪裡？」

他裝無辜。「當然是妳的臥室了。」

「嗯，或許——如果你確定只待一下子……」

他們擁抱，走進雙併門內克莉絲汀娜溫暖明亮的房間。

一小時後，他們被透過窗戶照進來的陽光、街上人來車往的噪音，還有——最糟糕的——克莉絲汀娜父親打開臥室門的聲音喚醒。

「克莉絲汀娜，」他說，「該起床了，女兒！家庭教師隨時會——搞什麼鬼？混帳東西！」

埃齊歐迅速但用力地親吻克莉絲汀娜。「我該走了。」他說，抓起衣服衝向窗戶。他爬下牆壁，安東尼奧・卡富奇出現在頭上陽臺時，他已經穿上衣服了。卡富奇氣炸了。

「先生，對不起。」埃齊歐說。

「小子，我當然會原諒你！」卡富奇大喊，「衛兵！衛兵！去抓那隻虱子！帶他的腦袋回來！把他的卵蛋也割回來！」

「我說過對不起了——」埃齊歐說，但宅邸大門已經打開，卡富奇家的保鑣拔劍衝出來。埃齊歐好歹穿了些衣服，沿街奔逃，一路閃避馬車，擠過人群——身著莊重黑衣的富商、穿褐衣和紅衣的商人、穿自製短袍的平民——還意外撞翻了教堂遊行隊伍中黑斗篷僧侶扛的聖母像。最後，一陣鑽巷翻牆，他停下來聆聽。一片寂靜，連人群中追著他傳出的喊叫咒罵都聽不見了。至於衛兵，他確定他甩掉他們了。

他只希望卡富奇先生沒認出他來。克莉絲汀娜不會出賣他，況且，她可以輕易騙過溺愛她的父親。埃齊歐心想，即使真的被發現，卡富奇先生也不是強敵。他父親經營這座城市裡規模最大的銀行之一，未來可能超過帕奇家——誰曉得？——甚至美第奇家。

他走小巷回到家裡。迎接他的人是費德里科。他嚴肅地看著他，不祥地搖搖頭。「現在你也有分了，」他說，「別說我沒警告過你。」

第2章

喬凡尼‧奧迪托雷的辦公室在二樓，透過兩座通往寬廣陽臺的雙併窗俯瞰宅邸背面的庭院。房裡鑲嵌著雕花深色橡木板，天花板上更不遑多讓地裝飾著考究的灰泥雕刻。房裡兩張面對面的辦公桌，較大的屬於喬凡尼，牆邊排列的書櫃放滿了帳冊，懸掛著紅色蠟封的沉重羊皮紙卷軸。室內裝潢意在告訴訪客：這是個富裕、可敬、值得信任之處。身為奧迪托雷國際銀行之首，專門貸款給至少概念上算是神聖羅馬帝國境內的日耳曼尼亞各王國，喬凡尼‧奧迪托雷很清楚此一職務的重責大任。他希望兩個較大的兒子能趕快清醒過來，幫他從父親繼承來的事業中分憂解勞，雖然目前還看不到跡象。然而……

他從辦公桌後的座位上瞪著房間對面的次子。埃齊歐站在另一張桌子旁。喬凡尼的祕書已告退，留給父子倆必要的隱私。埃齊歐擔心這會是一場很痛苦的審問。整個上午他一直害怕被召喚，不過他也偷空睡了幾個小時恢復元氣，現在已經過了中午。他猜想是父親在斥責他之前刻意給他機會休息。

「小子，你以為我瞎了還是聾了？」喬凡尼大罵，「你以為我沒聽說昨晚在橋邊和維耶里・德・帕奇那幫人打架的事？埃齊歐，有時候我看你不比他好到哪裡去，而且帕奇家是很危險的敵人。」埃齊歐正要說話，但他父親舉手制止。「先讓我說完！」他呼吸一下。「好像這還不夠糟，你還去追求克莉絲汀娜・卡富奇，全托斯卡尼最有錢商人之一的女兒，這樣還不滿足，甚至跑到人家床上幽會！我無法容忍這種事！你完全不顧我們的家族名譽嗎？」他暫停，埃齊歐驚訝地看到父親的眼神似乎閃爍著狡黠的光芒。「你一定知道這是什麼意思，對吧？」喬凡尼繼續說。「你知道你讓我想起誰嗎？」

埃齊歐低下頭。但父親起身，走過房間伸手攬他的肩，咧嘴露出笑容，嚇了他一跳。

「小兔崽子！你讓我想起我在你這年紀的時候！」但喬凡尼立刻恢復嚴肅。「不過，要不是我這邊急需你幫忙，別以為我不會狠狠地處罰你。記住我的話，如果我不需要你，我會把你送去馬力歐叔叔那裡加入他的傭兵隊，或許你會清醒一點！我必須仰賴你，雖然你似乎還搞不清楚狀況，但我們的城市正經歷一段關鍵期。你的傷還好吧？我看到你拆繃帶了。」

「好多了，父親。」

「那麼我猜不會影響今天我要交代你的工作了？」

「我保證，父親。」

「你最好遵守這個承諾。」喬凡尼回到辦公桌邊，從一格抽屜拿出蓋有他印章的一封信交給兒子，加上皮箱裡的兩份羊皮紙文件。「我要你盡快去羅倫佐・德・美第奇的銀行，把這些交給他。」

「我可以問是什麼事嗎，父親？」

「關於文件我不能多說，但你最好知道信函是通知羅倫佐我們和米蘭的最新協議。我花了整個早上寫好。這絕對不能洩漏，但如果我不信任你，你永遠學不會負責。謠傳有人陰謀對付加雷佐公爵——我知道這是棘手的工作，但佛羅倫斯絕不允許米蘭動亂。」

「有誰加入？」

喬凡尼嚴肅地看著兒子：「聽說主謀是喬凡尼・蘭普納尼、傑洛拉莫・歐吉亞提和卡洛・維斯康提；但是看來我們親愛的法蘭西斯科・德・帕奇好像也有分，最重要的是，這個計畫似乎不只牽涉到兩個城邦的政治力量。本地執政官目前已經拘捕法蘭西斯科，帕奇家肯定很不高興。」喬凡尼突然改口。「好了，我已經告訴你太多了。務必盡快送交羅倫佐——我聽說他馬上要去卡雷吉的鄉下度假，大貓不在的時候……」

「我會盡快送到。」

「好孩子。去吧！」

埃齊歐獨自出發，盡量走小巷，完全沒想到維耶里可能還在找他。距離美第奇銀行幾分鐘路程的安靜街道上，維耶里突然出現，擋住埃齊歐的去路。埃齊歐想折返，卻發現其他維耶里的手下也擋住了退路。他轉身面對維耶里。「抱歉，小豬，」他喊道，「但我現在真的沒時間再打你一頓。」

「會挨揍的人不是我，」維耶里反罵，「你被包圍了。但是別擔心，你的葬禮我會送個漂亮花圈。」

帕奇幫逼近。無疑維耶里已經知道他父親被逮了。埃齊歐急忙看看周圍。街上的房屋和高牆困住了他。他把裝著貴重文件的背包牢牢綁在身上，衝向鄰近最容易攀爬的房邊，雙手雙腳抓著粗糙的石面爬上屋頂。上去之後，他停下來低頭看維耶里不悅的表情。「我連向你撒尿的時間都沒有。」他說，盡快沿著屋頂跑掉，一擺脫追兵就空前敏捷地跳下地面。

過了一會兒，他來到銀行門口。走進去後，他認出了波提奧，羅倫佐最信任的僕人之一。運氣不錯。埃齊歐匆忙上前。

「嘿，埃齊歐！這麼匆忙有什麼事？」

「波提奧，沒時間解釋。我父親有信函要給羅倫佐。」

波提奧表情嚴肅，攤開雙手。「唉，埃齊歐！你來遲了，他去卡雷吉了。」

「那你務必讓他盡快收到信。」

「我想他只會離開一天左右。這點時間……」

「我沒時間等一天！一定要交給他，波提奧，而且保密！盡快！」

他回家之後，迅速前往父親的辦公室，不理會躺在庭院樹下發懶的費德里科親切的閒聊，也不甩父親祕書朱里奧阻止他直闖喬凡尼精神聖地外緊閉房門的企圖。眼前，他發現父親正與佛羅倫斯的首席法官兼執政官烏貝托・亞伯提交談。沒啥意外，因為這兩人是老朋友了，埃齊歐向來把亞伯提當叔叔看。但他看出他們萬分嚴肅的表情。

「埃齊歐，孩子！」烏貝托親切地說，「你還好嗎？我看你一直都匆匆忙忙啊。」

埃齊歐急迫地望著父親。

「我正想讓你父親冷靜點，」烏貝托又說，「你知道的，麻煩事很多；但是──」他轉向喬凡尼，語氣更加誠懇，「──威脅已經結束了。」

「你把文件送到了？」喬凡尼簡潔地問。

「是，父親。但是羅倫佐公爵已經走了。」

喬凡尼皺眉。「我沒料到他這麼快離開。」

「我把東西交給波提奧，」埃齊歐說，「他會盡快送交給他。」

「或許不夠快。」喬凡尼陰沉地說。

烏貝托拍拍他的背。「放心，」他說，「應該只有一、兩天。我們已經拘捕了法蘭西斯科。這麼短的時間還會出什麼差錯？」

喬凡尼半信半疑，但顯然他們還有事要談，不希望埃齊歐在場。

「去找你媽和妹妹吧，」喬凡尼說，「你最好多陪陪費德里科以外的家人。好好休息養傷，晚點我再找你。」父親揮揮手，埃齊歐告退。

他走過家中，向一、兩個傭人點頭招呼，還有剛從某處趕回銀行辦公室、手持一捆文件、看起來照常滿腦子工作的朱里奧。埃齊歐向躺在庭院的大哥揮手，但無意加入他。況且，他被交代要陪伴母親和妹妹，他知道最好不要違逆父親，尤其當天稍早他剛挨罵過。

他在涼廊找到獨坐的妹妹，她雙手拿著佩脫拉克的書卻並未翻閱。原來如此。他知道她戀愛了。

「嗨，克勞蒂亞。」他說。

「嗨，埃齊歐。你去哪裡了？」

埃齊歐攤開雙手。「我幫父親的公事跑腿去了。」

「我聽說可不只這樣。」她反駁，但不禁露出笑意。

「媽在哪裡？」

克勞蒂亞嘆氣。「她去看大家談論的那個年輕畫家了。你知道的，剛從維洛奇歐學藝出師的那個。」

「真的？」

「你都不注意家裡發生的事嗎？她委託他畫了一些畫。她相信在未來會是一筆好投資。」

「老媽真厲害！」

但克勞蒂亞沒回答，埃齊歐這才完全發覺她臉上的愁容，這讓她看起來比十六歲老多了。

「怎麼了，小妹？」他坐到她旁邊的石凳上。

她嘆氣，露出苦笑看著他。「是杜奇歐。」她終於說。

「他怎麼了？」

她眼中含淚。「我發現他瞞著我偷情。」

埃齊歐皺眉。杜奇歐幾乎算是跟克勞蒂亞訂婚了，只是還沒正式宣布……

「誰告訴妳的？」他伸手抱著她問。

「其他女孩。」她擦擦眼淚看著他，「我以為她們是我的朋友，但是她們看起來非常幸災樂禍。」

埃齊歐氣憤地站起來。「那些女妖！別理她們。」

「可是我愛過他！」

埃齊歐想了一下才回答。「妳確定嗎？或許妳只是一廂情願。現在感覺怎麼樣？」

克勞蒂亞眼神平靜。「我想看他吃苦頭，即使一點點也好。他真的傷了我的心，埃齊歐。」

看著妹妹眼中的哀愁，埃齊歐心中大怒。他狠下心腸。

「我去拜訪他一下吧。」

杜奇歐・多維齊不在家，但是管家告訴埃齊歐他在哪裡。埃齊歐過了維奇奧橋沿著亞諾河南岸往西，走到聖雅各・索普拉諾教堂。附近有幾座僻靜的花園，情侶們偶爾會在這裡幽會。埃齊歐替妹妹感到憤怒，但除了道聽塗說，他需要更多杜奇歐不忠的證據，他開始覺得一定找得到。

不出所料，他很快發現一個金髮華服的年輕人坐在俯瞰河面的長凳上，摟著一個他不認識的黑髮女孩。他謹慎地前進。

「達令，這真美。」女孩講話時伸出手。埃齊歐看到鑽戒的閃光。

「妳值得最好的，親愛的。」杜奇歐輕聲說，將她拉近索吻。

但是女孩退後。「別急，我可不能用錢收買。我們好久沒見面了，我還聽說你被許配給克勞蒂亞・奧迪托雷。」

杜奇歐怒道，「早就分手了。反正，父親說我找得到比奧迪托雷更好的對象。」他捏一下她的臀部。「例如妳。」

「壞東西！我們去散散步吧。」

「我想得到更好玩的事情。」杜奇歐說著把手伸到她雙腿之間。

埃齊歐看不下去了。「喂，臭豬哥！」他怒斥。

杜奇歐大吃一驚，轉過身，放開了那個女孩。「嗨，埃齊歐，我的朋友。」他的聲音很緊張。埃齊歐看到了多少？「你大概沒見過我的……表妹？」

埃齊歐被他的背叛激怒，大步上前，一拳打在昔日好友臉上。「杜奇歐，你太可恥了！你羞辱我妹妹，還公開跟這個……妓女逛大街！」

「你說誰是妓女？」女孩怒吼，但是她站起來往後退。

「我想連妳這種女人都找得到比這混蛋更好的對象，」埃齊歐告訴她，「妳真的以為他可以讓妳變貴婦嗎？」

「你不准這樣跟她說話，」杜奇歐說，「至少她比你守身如玉的古板妹妹好多了。我猜克勞蒂亞的小穴跟修女一樣乾燥。可惜，我可以教她一、兩招床上功夫的。但話說回來——」

埃齊歐冷冷地打斷他。「你傷了她的心，杜奇歐——」

「是嗎？真抱歉喔。」

「——所以我要打斷你的胳膊。」

女孩聽了驚叫著逃走。埃齊歐抓住抱怨不休的杜奇歐，把這小情聖的右臂放在剛才他坐著調情的石凳邊緣。他用力把杜奇歐的手臂向下拗，直到對方的抱怨變成哀鳴。

「住手，埃齊歐！求求你！我是家裡的獨子啊！」

埃齊歐不屑地看著，鬆手放開他。杜奇歐跌到地上打滾，抱著瘀青的手臂啜泣，精緻的衣服變得又破又髒。

「你不值得我動手，」埃齊歐告訴他，「如果不希望我改變主意回來打斷你的手，你就離克勞蒂亞遠一點。別再讓我看到你。」

事件過後，埃齊歐走了一大段路回家，沿著河岸漫步直到幾乎抵達郊外，然後折返。天色漸暗，影子慢慢變長，他的心情也逐漸冷靜下來。他告訴自己，如果無法控制脾氣，永遠無法成為真正的男子漢。

離家不遠處，他遇見從昨天早上之後就沒看到的弟弟。他親切地招呼這孩子。「嗨，佩楚丘。你在幹什麼？你蹺掉家庭教師的課了？而且，你現在不是該上床睡覺了嗎？」

「別傻了。我幾乎算是成人了，再過幾年，我就可以痛扁你一頓！」兄弟相視而笑。佩楚丘胸前抱著一個雕花梨木盒子。盒子開著，埃齊歐看到裡面有一把白棕相間的羽毛。

「是老鷹的翎羽。」弟弟解釋，指著附近一棟建築的塔頂。「那上面有個舊鷹巢。小鳥一定是長好羽毛飛走了，我看到有相當多的羽毛卡在石雕上。」佩楚丘面帶懇求地看著哥哥。「埃齊歐，你可以幫我去拿一些嗎？」

「呃，你要羽毛做什麼？」

佩楚丘低下頭。「這是祕密。」

「如果我幫你拿，你就回家吧？時候很晚了。」

「好。」

「保證？」

「我保證。」

「那好吧。」埃齊歐心想，唉，今天我已經幫過克勞蒂亞了，沒理由不能幫一下佩楚丘。

爬上高塔有點費力，因為石面平滑，他必須專心在石塊接縫處尋找手腳借力點。上了高處，裝飾用的鑄造物也幫了些忙。最後，花了半個小時，他總算收集到十五根羽毛——他只看到這麼多——帶回來給佩楚丘。

「你漏了一根。」佩楚丘指著上面說。

「回去睡覺！」他哥哥罵道。

佩楚丘一溜煙地跑掉了。

埃齊歐希望媽媽會喜歡這份禮物。佩楚丘的祕密不難猜。

他微笑著獨自走進家裡。

第3章

隔天上午埃齊歐起得很晚起，但慶幸地發現父親沒有急事需要他去辦。他晃進庭院，發現母親正照料著她的櫻桃樹，樹上的花已經開始凋謝。看到他之後，她露出微笑叫他過來。瑪麗亞・奧迪托雷是個高眺尊貴的婦人，四十出頭，黑色長髮編成辮子，戴著邊緣裝飾黑色與金色家徽的純白棉布帽。

「埃齊歐！早安。」

「母親。」

「你還好嗎？我希望好一點了。」她輕摸他頭上的傷口。

「我沒事。」

「你爸說你最好多休息。」

「我不需要休息，媽！」

「嗯，反正今天早上你不會有什麼刺激的事可做。你父親要我照顧你。我知道你在幹什麼。」

「我不懂妳在說什麼。」

「別跟我玩花樣，埃齊歐。我知道你和維耶里打架。」

「他一直在造謠誹謗我們家，我不能視若無睹。」

「維耶里壓力很大，從他父親被捕之後更嚴重。」她若有所思地停了一下，「法蘭西斯科・德・帕奇作惡多端，但我沒想到他居然參加謀殺公爵的陰謀。」

「他會怎麼樣？」

「等我們羅倫佐公爵回來以後，他們會舉行一場審判。我猜你爸可能是關鍵證人。」

埃齊歐面露不安。

「別擔心，沒什麼好怕的。我不會要求你做任何你討厭的事情——其實，我希望你陪我去跑個腿。不會太久，我想你甚至可能覺得很有趣。」

「我很樂意幫忙，媽媽。」

「那就來吧。不遠。」

他們一起出門，挽著手臂往大教堂的方向走，來到許多佛羅倫斯藝術家設立工作室的小區域。有些店鋪繁忙而寬廣——例如維洛奇歐和新崛起、已經贏得波提切利綽號的亞歷山卓・迪・莫里亞諾・菲利佩皮——助手和學徒們忙著磨顏料調色，其餘的比較簡陋。瑪麗亞停在其中一家門口敲門。有個英俊、穿著考究的年輕人立刻來開門，看來有點花哨但外表健壯，一頭雜亂的暗褐色頭髮，蓄著茂密的鬍子。他可能比埃齊歐大上六、七歲。

「奧迪托雷夫人，歡迎！恭候大駕呢！」

「李奧納多，日安。」兩人行個正式吻頰禮。這藝術家一定跟我媽很合得來，埃齊歐心想，但他已經喜歡這人的長相了。「這是小犬，埃齊歐。」瑪麗亞繼續說。

藝術家鞠躬。「李奧納多・達文西，」他說，「十分榮幸，先生。」

「大師。」

「目前還不算是——」李奧納多微笑說，「唉，我怎麼能讓貴客站在門口？請進，請進！在此稍候，我去看看助手能否找到葡萄酒招待兩位，等我去把你們的畫拿來。」

工作室不大，裡頭充斥著的噪音讓它顯得更狹小。桌上堆著鳥類和小型哺乳類的骨架，以及裝滿無色液體浸泡著各種有機物的罐子，裡面的東西埃齊歐一樣也辨識不出來。後方寬廣的工作檯上放著一些精巧古怪的木製結構，有兩副畫架上放著色調異常陰沉、輪廓較模糊的未完成畫作。埃齊歐和瑪麗亞自行坐下，有個英俊的年輕人從內室走出來，端著裝酒和小蛋糕的托盤。他服侍他們，害羞地微笑著退下。

「李奧納多很有才華。」

「正如妳說，母親。我也懂一點藝術。」埃齊歐自覺他的人生會追隨父親的腳步，不過在他內心深處有股叛逆和冒險傾向，不太適合佛羅倫斯銀行家的角色。無論如何，就像哥哥，他自認是行動派，不是藝術家或鑑賞家。

「你知道的，自我表達是了解人生並且盡情享受的重要前提。」她看著他，「你要尋找自己的出路，親愛的。」

埃齊歐有點不悅。「我有很多出路。」

「我說的是沒有妓女的出路。」他母親坦白地反駁。

「媽！」他不悅地喊道。但瑪麗亞的反應只是聳肩嘟起嘴唇。

「如果能培養李奧納多這種人當朋友，對你會有好處的。我認為他前途無可限量。」

「從這個地方看起來，我恐怕無法苟同。」

「別這麼調皮！」

談話被從內室搬著兩個箱子回來的李奧納多打斷。他把一箱放到地上。「你可以幫我搬那一個嗎？」他問埃齊歐，「我想找安格紐洛，但他得顧店。而且，我不認為那可憐的孩子夠強壯。」

埃齊歐彎腰搬起箱子，驚訝地發現箱子很重，差點脫手滑掉。

「小心！」李奧納多警告，「裡面的畫很精緻，令堂剛付了我不少錢呢！」

「我們走吧？」瑪麗亞說，「我等不及把畫掛起來了。我選好了一個地方，希望你們都同意。」她向李奧納多補充。埃齊歐對此不以為然：一個新手藝術家真的值得這麼尊重嗎？

路上，李奧納多親切地閒聊，埃齊歐發現他不由自主被這個人的魅力吸引。但他敏銳地發現這個人有點令人不安的特質，他說不上來到底是什麼。冷淡？跟同儕的疏離感？或許只是因為他就像許多藝術家愛作白日夢，至少埃齊歐聽說如此。但埃齊歐本能地尊敬起這個人。

「對了，埃齊歐，你在哪裡高就？」李奧納多問他。

「他替父親工作。」瑪麗亞回答。

「啊，金融家！我想，你真是生對城市了！」

「這個城市也很適合藝術家，」埃齊歐說，「有很多有錢的金主。」

「可是我們人數也很多，」李奧納多抱怨道，「很難吸引人注意，所以我才這麼虧欠令堂。你知道嗎，她的眼光很精準！」

「你專攻繪畫嗎？」想起工作室裡五花八門的東西，埃齊歐問。

李奧納多若有所思。「這很難回答。老實說，我覺得我很難專注在任何領域。我喜愛繪畫，我知道我做得到，但是……不知為何我總在事前就能預見結果，有時候讓我很難完成任務。我需要被督促！但不僅如此。我不確定……我常感覺我的作品缺乏……目的。懂我的意思嗎？」

「你該對自己更有信心，李奧納多。」瑪麗亞說。

「謝謝，但有些時候我想我寧可做些比較實務的工作，對人生有直接影響的工作。我想要了解生命——它如何運作，萬物如何運作。」

「那你必須要有一百個人的時間精力。」埃齊歐說。

「但願我可以！我知道我想探索什麼：建築學、解剖學，甚至工程學。我不想用我的畫筆捕捉世界，我要改變它！」

他的熱情讓埃齊歐佩服多過惱怒——這個人顯然不是信口開河；要說的話，他幾乎像是苦於腦中紛亂無盡的種種想法。埃齊歐心想，接下來他會告訴我們他也開始學音樂和寫詩了！

「埃齊歐，要放下來休息一下嗎？」李奧納多問，「對你可能太重了一點。」

埃齊歐咬緊牙關。「不用，謝謝。反正我們快到了。」

抵達奧迪托雷家之後，他抬著箱子進玄關，以他痠痛的肌肉允許的程度盡量緩慢小心地將它放下。即使對自己，他也永遠不會承認有多麼如釋重負。

「謝謝你，埃齊歐，」母親說，「我想現在我們可以自己處理，用不到你了，不過當然你要是想進來幫忙掛畫——」

「謝謝，母親，我想這個差事最好還是交給你們兩位。」

李奧納多伸出手。「很榮幸認識你，埃齊歐。希望我們後會有期。」

「彼此彼此。」

「你可以去叫個傭人來幫李奧納多。」瑪麗亞告訴他。

「不必，」李奧納多說，「我寧可親自照顧這幅畫。萬一有人失手掉了箱子就糟了！」他屈膝，伸手將埃齊歐放下的箱子抬起放在臂彎。「我們走吧？」

「這邊走，」瑪麗亞說，「再見，埃齊歐，今晚晚餐見。來吧，李奧納多。」

埃齊歐看著他們離開玄關。李奧納多顯然是個值得尊重的人。

午餐過後，接近傍晚，朱里奧匆匆回來（他的慣例）告訴埃齊歐，父親召喚他去辦公室。埃齊歐急忙跟著祕書穿過通往房子後方、以橡木裝飾的長廊。

「啊，埃齊歐！進來，孩子。」喬凡尼的口氣嚴肅而公事。他從辦公桌後站起來，桌上放著兩封以羔皮紙包覆加蠟封、分量厚重的信。

「聽說羅倫佐公爵明天、最晚後天就會回來。」埃齊歐說。

「我知道。但是沒時間等了，我要你把這些信交給我在城裡的同僚。」他把信件推過桌面。

「是，父親。」

「我也需要你去街尾廣場取信鴿應該已經帶回鴿舍的訊息。盡量別讓人看到你去拿。」

「我會留意的。」

「很好。完成之後馬上回來，我有些重要的事必須跟你討論。」

「好，先生。」

「對了，這次乖一點，別再跟人打架。」

埃齊歐決定先去鴿舍。天快黑了，他知道此時廣場上不會有太多人——再晚一點，廣場就會擠滿晚間散步的市民。

他抵達目的地時，發現鴿舍後頭和上方的牆壁有些塗鴉。他很疑惑，那是最近畫的，還是他一直沒察覺？有人細心地寫了出自《聖經・傳道書》的一行字：增進知識者必增添憂傷。底下有人潦草地加了一句：先知在何處？

但他的心思很快地回到任務上。他立刻認出了他要找的鴿子——唯一腳上綁了紙條的那隻。他迅速拆下來，輕柔地把鴿子放回平臺，然後猶豫不定。紙條並未封緘，他該看內容嗎？他迅速打開小紙卷，發現上面只寫了一個名字——法蘭西斯科・德・帕奇。埃齊歐聳肩，猜想父親會比他了解其中意義。他不懂維耶里的父親、陰謀推翻米蘭公爵的嫌疑人的名字——喬凡尼已經知情了——為什麼會有其他意義。除非這表示某種確認。

但他得趕快繼續完成工作。他把紙條收進腰帶上的皮囊，來到第一個信封上的地址。地點令他很驚訝，因為在紅燈區裡。他常和費德里科光顧——當然是在他認識克莉絲汀娜之前——但他在這裡向來不自在。他一手按著匕首柄壯膽，一面走近他父親指示的髒亂巷子。原來這地址是一家小客棧，燈光昏暗，販賣陶杯裝的廉價香提酒。

附近似乎沒人，他正忖度該怎麼辦時，身旁冒出的聲音嚇了他一跳。

「你是喬凡尼的兒子？」

他轉身，發現那是一個鬍髭正散發著洋蔥味的醜陋男子。他身邊有個以前可能是美女的女人，但十年來的歲月似乎已將她所有的美麗摧殘殆盡。如果她的美麗還有殘餘，將是藏在她清澈、聰慧的眼睛裡。

「肯定不是，你這個白痴，」她向男子嘲諷，「他只是碰巧像他老爸而已。」

「你有東西要給我們，」男子不理她。「拿來吧。」

埃齊歐猶豫地查看地址。是這裡沒錯。

「朋友，快拿來。」男子湊過來說。埃齊歐聞到他的口臭。這傢伙吃洋蔥大蒜過活的嗎？

他把信放進男子張開的手裡，對方立刻收進腰側的皮囊裡。

「好孩子。」他微笑道。埃齊歐驚訝地發現笑容讓他的臉有某種出乎意料的貴氣。當男子講話時則另當別論。「別擔心，」他又說，「我們沒有傳染病。」他停頓一下瞄瞄女子。「至少我沒有！」

女子大笑著搥他手臂。他們一起離去。

埃齊歐走出巷子後鬆了口氣。第二封信的地址指示他來到洗禮堂西邊的一條街。好得多的區域，但在這個時間很安靜。他穿越城區趕路。

在一座橫跨街道的拱門下等待他的是個看似軍人的魁梧男子。他穿著類似農民的皮衣，但是身上整潔沒有異味，鬍鬚也刮得很乾淨。

「這邊。」他示意。

「我有東西要給你，」埃齊歐說，「是──」

「──喬凡尼•奧迪托雷派你來的？」男子的音量幾乎是耳語。

「對。」

男子察看四周，觀察街上人跡，只見到遠處一個點路燈的工人。

「有人跟蹤你嗎？」

「沒有──別人幹嘛跟蹤我？」

「別管了。把信給我，快點。」

埃齊歐把信交給他。

「情勢變緊張了，」男子說，「告訴令尊，他們今晚會動手。他最好安排計畫確保安全。」

埃齊歐嚇了一跳。「什麼？你在說什麼？」

「我已經說太多了。快回家。」男子說完便消失在陰影中。

「等等！」埃齊歐從背後叫他，「你是什麼意思？回來啊！」

但對方已經離去。

埃齊歐快步走過街道去找點燈工人。「現在是什麼時候？」他問道。

對方瞇起眼睛看著天上。「從我上班之後肯定有一小時了，」他說，「大概八點吧。」

埃齊歐心算一下。他離家有兩小時了，或許還要花二十分鐘回家。他跑了起來，心裡有不祥的預感。

一看到奧迪托雷宅邸，他就知道出事了。到處都沒有燈火，雄偉的大門敞開著。他加快腳步，邊跑邊喊：「父親！費德里科！」

家裡大廳陰暗無人，但是光線足夠讓埃齊歐看到被掀翻的桌子、砸爛的椅子、破碎的陶瓷和玻璃器皿。有人從牆上拆下了李奧納多的畫並用刀子割破。前方的黑暗中，他聽到啜泣聲——女性哭聲。是母親！

他走向聲音來源時一個人影來到他背後，在他頭上舉起某種東西。埃齊歐迅速轉身，抓住對方往他頭上砸落的一座沉重銀燭臺。他猛力一扯，對方驚叫一聲放開燭臺。他遠遠丟開燭臺，抓住攻擊者的手臂，把這人拉向光亮處。他心中起了殺意，匕首已經出鞘。

「喔！埃齊歐先生！是你！感謝上帝！」

埃齊歐認得這個聲音，也認出了對方的面孔，是家裡的管家安妮塔，已經任職多年的強悍農婦。

「發生什麼事了？」他問安妮塔，煩惱與慌亂中抓住她的雙手手腕猛搖。

「市政府的衛兵隊來過。他們逮捕了你父親和費德里科——連小佩楚丘也被從你媽懷中拉出來帶走！」

「我媽在哪裡？克勞蒂亞呢？」

「我們在這兒。」陰影中傳來顫抖的聲音。克勞蒂亞現身，母親倚著她的手臂。埃齊歐扶正一張椅子讓母親坐下。在昏暗光線中，他看到克勞蒂亞在流血，衣服又髒又破。瑪麗亞沒認出他來。她坐在椅子上，魂不守舍，手裡抓著不到兩天前佩楚丘送給她裝著羽毛的梨木小盒——如今恍如隔世。

「我的天，克勞蒂亞！妳還好吧？」他看著她，怒意流遍全身。「他們有沒有——？」

「沒有——我沒事。他們對我動粗，因為以為我知道你在哪裡。但是母親……喔，埃齊歐，他們把父親、費德里科和佩楚丘帶到維奇奧宮去了！」

「你媽嚇壞了，」安妮塔說，「她反抗他們，他們就——」她突然大罵。「那群混蛋！」

埃齊歐迅速地思索。「這裡不安全。妳有安全的地方可以收容她們嗎，安妮塔？」

「有，有……我妹妹家。在那邊很安全。」安妮塔幾乎說不出話來，恐懼和痛苦如鯁在喉。

「我們得趕快離開，衛兵一定會回來抓我。克勞蒂亞，媽——沒時間磨蹭了。什麼也別帶，跟安妮塔走。快點！克勞蒂亞，扶著媽媽。」

他心中震驚不已，但還是先護送母親和妹妹走出殘破的家，幫助她們上路，再託付給已開始恢復鎮定、能幹又忠心的安妮塔。埃齊歐的心思飛快地閃過各種猜測，情況突然惡化讓他的世界搖搖欲墜。他慌亂地努力評估發生的一切、現在他必須怎麼做、如何才能營救父親和兄弟……他知道他必須馬上設法見到父親，查明這次對他家人施暴攻擊的理由。但那是在維奇奧宮啊！他確信他們把他的家人關在塔裡的兩間小牢房。或許還有機會……但那裡像城堡監獄般擁有銅牆鐵壁，而且部署了不容忽視的警衛，尤其是今晚。

強迫自己冷靜下來想清楚，他溜過通往領主廣場的街道，貼著牆壁往上看。城垛和塔頂上有熊熊火把，照亮了市徽上的大紅色鳶尾花，還有塔底的大鐘。埃齊歐瞇起眼睛仔細觀察，似乎看見高處有蠟燭的微光從接近塔頂的鐵柵小窗透出來。宮殿的巨大雙併門外有警衛站崗，城垛上更多。但埃齊歐看不見塔頂上有人，它的城垛正好在他必須抵達的窗子上方。

他繞過廣場邊緣離開宮殿，進入沿著宮殿北側鋪就、遠離廣場的窄街。幸好，附近理當還有一定數量的路人在散步享受夜晚的空氣。埃齊歐覺得他似乎突然活在另一個不同的世界，短短三、四個小時前還優遊其中的社會，他已被迫與之切離。這些人的生活仍照常繼續，他的家庭卻已分崩離析，這個念頭令他氣憤不已。他再次感覺自己心中充塞了難以抵抗的怒氣與恐懼。但是他把心思轉回眼前的任務，臉上露出堅定的表情。

聳立面前的牆壁陡峭高大得令人頭暈，但四周一片陰暗是他的優勢。此外，建造宮殿的石頭切割很粗糙，有很多借力點供他攀爬上去。主要的問題就是部署在北側城垛的衛兵，只能臨機應變。他希望大多數人會聚集在建築物朝西的主要門面沿線。

他喘口氣看看周圍——這條陰暗的街上沒有其他人——跳起來，穩穩抓住牆面，用軟皮靴裡的腳趾抓位置，開始往上爬。

攀抵城垛之後他跳落蹲下，小腿的肌腱緊繃作痛。這裡有兩個衛兵，但他們背對著他，看向下方有照明的廣場。埃齊歐保持靜止片刻，直到確定他發出的聲音不會驚動他們。他壓低身子，衝向他們發動攻擊，他用雙手抓住兩人的脖子往後拉，用衛兵自己的體重與奇襲優勢讓他們仰倒在地。一轉眼間，他脫下兩人的頭盔並把他們的頭猛力互撞——

衛兵還來不及驚訝就昏迷了。萬一不成功，埃齊歐知道他就必須毫不猶豫地割了他們的喉嚨。

他又暫停，喘著氣。現在要爬上塔去。這裡的石材比較平滑，難以攀爬。而且，他必須從北側爬繞到牢房窗子所在的西側。他祈禱廣場上或城垛上沒人抬頭看。都已經來到這裡了，他可不想被十字弓射下來。

西北角牆壁角落又硬又難爬，埃齊歐在那裡耽擱了一會兒，尋找似乎不存在的借力點。他低頭，看到下方的城垛上有個衛兵正往上看。他清楚地看見那張蒼白的臉，連對方的眼睛都看得見。他緊貼著牆壁。身穿黑衣的他會像白桌布上的蟑螂一樣顯眼。但是不知何故，衛兵移開目光繼續巡邏去了。他看到他了嗎？他無法相信自己看到的東西嗎？埃齊歐全身緊繃，喉口猛跳。漫長的一分鐘過後他才放鬆下來，大喘一口氣。

他費盡氣力抵達他的目標，一面慶幸有個狹窄壁架可以立足，一面從窗口窺探小牢房內部。他認出了父親的身影。父親背對著他，顯然靠著燭光在閱讀。上帝保祐，他心想。

「父親！」他輕聲喊。

喬凡尼轉過身。「埃齊歐！我的天啊，你怎麼會——」

「別管了，父親。」喬凡尼走近時，埃齊歐看到他的雙手瘀青流血，臉色蒼白又疲倦。「天啊，父親，他們對你做了什麼？」

「挨了點拳頭，但我沒事。更重要的是，你媽和妹妹怎麼樣？」

「現在很安全。」

「跟安妮塔一起？」

「對。」

「感謝上帝。」

「怎麼回事，父親？你事先有預料到嗎？」

「沒料到這麼快。他們也逮捕了費德里科和佩楚丘——我猜他們在這後面的牢房裡。要是羅倫佐在這兒情況就不同了。我該預先提防的。」

「我不懂，父親，這到底是怎麼回事？」

「沒時間解釋了！」喬凡尼幾乎喊出來，「仔細聽我說：你必須回家去。我辦公室裡有道暗門，裡頭的密室藏了個箱子。把箱子裡面的東西全部拿走。聽到沒有？全部！很多東西會讓你覺得奇怪，但是全都很重要。」

「是，父親。」埃齊歐稍微移動一下重心，仍然死命抓著窗上的鐵柵欄。他不敢往下看，也不知道還能保持靜止多久。

「你會在裡面發現一封信和一些文件。你得立刻——就是今晚！——把它們交給亞伯提先生——」

「執政官嗎？」

「沒錯。快去吧！」

「可是，父親……」埃齊歐努力地試著說出心中的想法，希望他能做的不只是送送文件。他結巴地說，「幕後主使是帕奇家嗎？我看過信鴿的紙條。上面說——」

但這時喬凡尼叫他安靜。埃齊歐聽到牢房的門鎖有鑰匙轉動聲。

「他們要帶我去審問了，」喬凡尼嚴肅地說，「趁他們發現你之前快走。天啊，你是個勇敢的孩子，一定能夠承擔你的命運。快，最後一次——走吧！」

埃齊歐一面抓著看不到的牆壁，慢慢離開壁架，一面難以忍受地聽著父親被帶走。然後他打起精神準備爬下去。他知道下去幾乎總是比攀登困難，但在這兩天以來他有許多在建築物爬上爬下的經驗。現在他爬下高塔，只打滑了一、兩次，馬上便重新穩住回到城垛。那兩個衛兵仍躺在他剛才看到的原位。又一次走運！他使出全力抓他們的頭互撞，但萬一他仍在塔上時他們便甦醒並發出警報……唉，後果不堪設想。

真的，沒時間想這種事了。他翻身越過城垛往下看。時間很重要。要是他看得到底下有能夠緩衝墜落的東西，他就敢跳下去。視力適應黑暗後，他看到牆邊一個無人攤位的布篷，就在下方。他該冒險嗎？要是他成功，就能爭取到寶貴的幾分鐘。萬一他失敗，摔斷一條腿的代價還算是輕的。他必須對自己有信心。

他深呼吸一下，躍進黑暗中。

他的體重和下落的速度把布篷壓垮，但它還算結實，有足夠的抗力阻止他摔成肉醬。他的身體各處痛得幾乎讓他喘不過氣，明天早上肯定會發現有幾根肋骨受傷，但至少他成功下來了！沒有驚動任何人。

他振作起來，奔向幾小時前還是他稱之為「家」的地方。抵達之後，他才想起匆忙中他父親忘了告訴他怎麼找到暗門。朱里奧應該知道，但是朱里奧在哪裡呢？

幸好家裡沒有衛兵埋伏，他能夠毫無困難地去任何地方。他在家門外停了一會兒，幾乎無法說服自己走進黑暗的門裡——被入侵、褻瀆後的家似乎變得不再熟悉。埃齊歐必須再度整理思緒。他的行動非常重要，現在全家人都靠他了。他走進家裡，進入黑暗。不久，他站在只有一根蠟燭發出詭異光線的辦公室中央，查看著四周。

這裡被衛兵搞得一團亂——他們顯然扣押了大量的銀行文件——倒下的書櫃、翻倒的椅子、丟在地上的抽屜，和到處散落的文件書籍。這片混亂讓埃齊歐的任務更加費力。但他熟悉這辦公室，眼光敏銳，而且頭腦靈活。牆壁很厚，任何地方都可能有密室，他走向大型壁爐所在的牆壁開始搜索，為了收容煙囪，這裡的牆壁會比較厚。拿著蠟燭湊近，仔細查看，同時豎起耳朵注意衛兵回來的聲音，終於，他在巨大鑄鐵壁爐架的左邊，看出了好像有一扇門的模糊輪廓藏在飾板裡。附近一定有打開密室門的方法。他仔細看著以肩膀扛起大理石壁爐架的兩座雕像。左邊那尊的鼻子看起來好像被折斷後又修復過，因為根部周圍有細微裂痕。他摸摸雕像鼻子，發現它有點鬆動。他提心吊膽地輕輕轉動它，彈簧鉸鏈上的門便無聲無息地向內打開，露出一道通往左方的磨石走道。

當他走進去，右腳踩到一塊鬆動的石板，同時，裝在甬道牆上的油燈突然點亮。走道不長，略向下傾斜，盡頭是一間圓形房間，裝潢更接近敘利亞而非義大利風格。埃齊歐腦中閃過掛在他父親書房中的一幅畫——馬西亞夫城堡，古代刺客教團根據地之一。但他沒時間推敲這個奇特的裝潢是否有什麼特殊含意。室內沒有家具，中央放了一個鐵箍的大木箱，用兩個沉重的鎖頭密封。他環顧室內看看是否有鑰匙，但是除了裝飾品之外什麼也沒有。埃齊歐猜想如果有時間的話，他必須回去辦公室，或者去父親的書房搜搜看。這時他的手碰巧摸過一個鎖頭，它立刻彈開。另一個鎖頭同樣輕易地開了。是父親給了他什麼不明的力量嗎？鎖頭不知怎地設定成只對特定人的碰觸有反應嗎？謎團一個接一個，但是現在沒時間深究。

他打開箱子，發現裡面裝了一件看來很舊的白斗篷，或許是他不認得的羊毛材質做的。他出於衝動把它穿上，全身馬上有種奇怪的力量湧現。他拉下兜帽，但是並未脫掉斗篷。

木箱裡還有一副皮革腕甲、一支斷裂的匕首——不是連著柄，而是連著他搞不懂用法的奇怪機關、一把劍、一張畫著好像設計圖的符號和文字的羔皮紙，還有父親交代他拿給烏貝托・亞伯提的信函文件。他全部收集起來，關上箱子，回到父親的辦公室，小心關上背後的暗門。在辦公室裡，他找到一個朱里奧丟棄的文件袋，把木箱裡的東西全塞進袋後綁在胸口。他不懂這些怪東西的用處，也沒時間猜想他父親為何會在密室保存這些東西。他佩上長劍，謹慎地回到宅邸的大門口。

他一走進前庭便看到兩名衛兵走進來。來不及躲藏，他們看到他了！

「站住！」其中一人大叫，兩人快步走向他。無路可逃。埃齊歐看到他們已經拔劍了。

「你們來幹什麼？逮捕我嗎？」

「不，」先開口的那人說，「我們的命令是殺了你。」說完，另一名衛兵衝向他。面對他們的逼近，埃齊歐也拔出劍。這種武器他不熟悉，但入手重量很輕、很好使用，彷彿他已經用了一輩子似的。他擋開第一波刺擊，兩個衛兵從左右同時撲向他。三把劍迸出火花，但埃齊歐覺得新劍握得很穩，鋒利無比。第二個衛兵一劍砍向埃齊歐的臂膀，埃齊歐向右閃到敵劍底下。他把重心由後腳轉移到前腳並向前撲去。衛兵失去平衡，持劍的手臂無害地撞到埃齊歐肩上。埃齊歐用自己的衝力向上刺出一劍，直接貫穿對方的心臟。埃齊歐站直身子，以腳跟為軸，舉起左腳推開劍上的衛兵屍體，及時轉過身面對他的同伴。另一個衛兵拿著沉重的劍，大吼一聲上前。「受死吧，叛徒！」

「我不是叛徒，我的家人也一樣。」

衛兵砍向他，劍鋒割破他的左袖，手臂見血。埃齊歐皺眉，但只有一瞬間。看到破綻的衛兵逼近並前撲，埃齊歐退後一步絆倒他，趁對方跌倒時果斷地猛力揮劍。衛兵的身體還未跌至地面，頭顱已經被砍了下來。

顫抖的埃齊歐在混戰後突來的寂靜中站了一會兒，拚命喘氣。這是他生平第一次殺人——應該是吧？——因為他感覺體內有另一個更古老的靈魂，習慣面對死亡的靈魂。

這個認知把他嚇壞了。今晚的他遠比實際年齡更顯滄桑，但這種新感知似乎是內心深處某種黑暗力量的覺醒，而不僅僅是過去幾小時以來痛苦經驗的後遺症。他垮下肩膀，走過陰暗的街道前往亞伯提的宅邸，每個聲音都令他如驚弓之鳥、倉皇四顧。他精疲力竭、搖搖欲墜，但不明的力量讓他勉強撐著，終於來到執政官的宅邸。抬頭看看門面，看到一扇正面窗戶裡透出微弱的燈火，他便用劍柄大力敲門。

沒人應門。他緊張而急躁地再敲一遍，更用力、更響。還是沒人。

第三次嘗試時，門上的小孔短暫地打開又關上。接著大門幾乎馬上打開，一臉狐疑的武裝傭僕迎接他。他脫口說明來意，隨即被帶到二樓某個房間內，亞伯提坐在放滿文件的書桌前。在他背後，埃齊歐好像看到另一個高大尊貴的男子，半轉過身坐在微弱爐火旁的椅子上，但只能模糊地看到一部分側影。

「埃齊歐？」亞伯提驚訝地站起來，「你怎麼在這種時候跑來了？」

「我……我不……」

亞伯提走近，伸手放在他肩上。「等等，孩子。喘口氣，想清楚再說。」

埃齊歐點頭。他現在感覺安全了一點，卻也感覺更加脆弱。從他出門幫喬凡尼送信開始，黃昏和晚上發生的事件陸續浮現。他從桌上的銅座鐘發現此時已將近午夜。自從乖兒子埃齊歐陪母親去畫家工作室取畫，真的只過了十二小時嗎？他不禁泫然欲泣。但他壓抑情緒，恢復男子漢埃齊歐的語氣說話。「家父和兄弟被囚禁了——我不知道是誰下的命令——家母和舍妹躲起來，我們的房子被人翻箱倒櫃。父親吩咐我把這封信和這些文件交給您……」埃齊歐從袋子裡拿出文件。

「謝謝。」亞伯提戴上眼鏡，接過喬凡尼的信，湊近桌上燭光。除了時鐘滴答聲和火堆餘燼偶爾的微弱劈啪聲，室內一片寂靜。即使有第三人在場，埃齊歐也忘了。此時亞伯提把注意力轉到文件上。他花了點時間看完，最後把其中一份偷偷收進黑色上衣口袋裡。剩下的小心地放到一旁，跟他桌上的其餘文件分開。

「發生了可怕的誤會，親愛的埃齊歐，」他摘下眼鏡，「確實有人提出指控——嚴重的指控——審判已安排在明天早上。但有些人出於自利，似乎太過熱心地操作這一切。別擔心，我會澄清事實。」

別無選擇，埃齊歐只能相信他。「怎麼做？」

「你送來的文件可以證明有人陰謀危害令尊和這座城市。我會在早上的聽證會提出這些文件，喬凡尼和令兄令弟會被釋放。我保證。」

埃齊歐如釋重負地握住執政官的手。「我該怎麼感謝你？」

「司法管轄是我的工作，埃齊歐。我非常認真看待，而且——」他遲疑了一瞬間，「——令尊是我的好友。」亞伯提微笑道。「但是我好像失禮了？我連一杯酒都沒給你。你今晚會在哪裡過夜？我還有些急事要處理，傭人會為你安排飲食和溫暖的床鋪。」

當時，埃齊歐也不懂自己為何拒絕這麼善意的援助。

他離開執政官宅邸時已經過了午夜。他再度套上兜帽，潛行在街上努力整理思緒。目前，他知道自己想去哪裡。

抵達之後，他比自己想像的更輕鬆地爬上陽臺——或許迫切感讓他的肌肉更有力——輕敲她的百葉窗，低聲喊，「克莉絲汀娜！親愛的！醒醒！是我。」他默默等待，聆聽動靜。他聽見她醒來，起床。接著她恐懼的聲音出現在百葉窗裡。

「誰呀？」

「埃齊歐。」

她趕快打開百葉窗。「怎麼了？出什麼事了嗎？」

「請讓我進去。」

他坐在她床上，告訴她整個經過。

「我就知道有事不對勁，」她說，「今晚我父親似乎很煩惱。但是聽起來好像一切都會好轉。」

「我需要妳今晚收留我——別擔心，天亮前我就會走——而且我必須請妳幫我保管一個東西。」他解下皮囊放在兩人中間。「我只信任妳。」

「喔，埃齊歐，你當然可以。」

他躺在她懷中，睡得不太安穩。

第4章

這天早上天色灰暗，厚重的雲層帶來溼熱感，讓整座城市的氣氛更顯壓迫。埃齊歐抵達領主廣場，驚訝萬分地看見此處已經聚集了人山人海。

廣場上架了一個平臺，臺上的桌子蓋有鏽著市徽的厚重錦緞。烏貝托‧亞伯提站在桌後，還有個高大健壯的男子，鷹勾鼻、謹慎算計的眼神、身穿暗紅色長袍。埃齊歐不認識他，但無暇他顧，因為他的注意力被臺上其他人吸引——他的父親和兄弟們，都被鐵鍊鎖著；他們背後豎立著一座有厚重橫梁的高大木架，垂下三條套索。

埃齊歐帶著焦急而樂觀的心情來到廣場——執政官不是告訴他今天一切都會解決嗎？但現在他察覺有異——很不妙。

他奮力推擠前進，卻無法穿過人群，感覺幽閉恐懼症好像要壓垮他了。他停下腳步，拉起兜貌蓋頭，調整腰帶上的劍，努力鎮定下來，腦中思索策劃自己的行動。亞伯提一定不會讓他失望吧？他發現那個高大男子一直用銳利的目光在人群中逡巡。從服裝、臉孔和膚色看來是西班牙人，男子是誰？為何埃齊歐覺得似曾相識？以前在別處見過他嗎？

執政官穿著華麗的官服，舉起雙手示意民眾安靜，現場立刻安靜下來。

「喬凡尼・奧迪托雷，」在埃齊歐敏銳的聽力下，亞伯提用威嚴但無法掩飾些許恐懼的語氣說，「你和你的同謀被控犯了叛國罪，你有任何證據反駁這項罪名嗎？」

喬凡尼立刻面露驚訝和不安。「有，都在昨晚送交給你的文件裡面。」

亞伯提說，「我不曉得有什麼文件，奧迪托雷。」

埃齊歐立刻發現這是一場演給眾人看的審判秀，但他不懂亞伯提為何變節。他大喊，「你說謊！」然而他的聲音被群眾的叫聲淹沒。他掙扎著靠近，推開憤怒的市民，可是人太多了，他被困在群眾之中。

亞伯提又說：「我們已經蒐證了不利於你的證據並且檢驗過，無可辯駁。如果沒有任何反面證據，依我的職權，我必須判決你和你的同謀——費德里科、佩楚丘，加上不在場的令郎埃齊歐——被指控的罪名成立。」他停頓一下，等群眾的叫囂再度平息。「我在此宣判你們全體死刑，立即執行！」

群眾又怒吼起來。亞伯提一個手勢，劊子手準備套索，同時兩名助手先抓住忍著眼淚的小佩楚丘帶到絞刑臺上。絞索套上他的頸項時他簡短禱告，見證牧師把聖水灑在他頭上。接著劊子手拉動裝在臺上的拉柄，那孩子的身軀懸吊著，掙扎踢腿，直到靜止不動。

「不！」埃齊歐不敢相信他看到的。「不要，天啊，拜託不要！」但他的話因太過震驚而梗在喉嚨裡。

接著是費德里科，怒吼著自己和家人的清白，無謂地掙扎想擺脫押他走向絞刑臺的衛兵。這時埃齊歐抓狂，再度焦急地向前擠，卻看到父親蒼白的臉頰上流下一滴眼淚。埃齊歐大驚，看著他大哥兼最好的朋友也被絞死——他比佩楚丘多花了點時間才斷氣，但最後也靜止不動，在絞架上擺盪——

寂靜中可以聽見木梁的軋軋聲。埃齊歐內心難以置信。這真的發生了嗎？

群眾開始竊竊私語，但接著一個堅定的聲音讓大家靜下來。喬凡尼．奧迪托雷說話了。

「你才是叛徒，烏貝托。你是我最親近的同僚和朋友，我以性命託付的人！我真是個傻瓜，沒看出你是他們的同夥！」這時他拉開嗓門，發出痛苦與憤怒的叫聲。「你今天可以取我們的命，但是聽著——我們也會找你復仇！」

他低下頭陷入沉默。一陣深沉的寂靜，只偶爾聽見牧師低聲禱告，喬凡尼．奧迪托雷充滿尊嚴地走到絞刑臺，讓自己的靈魂走上最後一次大冒險。

起初埃齊歐過度震驚感覺不到哀傷，彷彿一個大鐵拳打進了他體內。但喬凡尼腳下的活門打開時，他忍不住以沙啞的聲音大喊：「父親！」

西班牙人的目光立刻落在他身上。是那個人的視力有什麼超凡之處，能從人海中立刻辨識出他嗎？

眼前情景彷彿慢動作，埃齊歐看到西班牙人湊向亞伯提，耳語了什麼，然後指向他。

「衛兵！」亞伯提也指著他大喊，「那邊！那是另一個共犯！抓住他！」

人群還來不及反應，埃齊歐便擠過群眾來到邊緣，出拳打倒任何擋路的人。有個衛兵出手抓埃齊歐，並扯下他的兜帽。這時埃齊歐憑內心某種本能反應行動，掙脫之後一手拔劍，另一手抓住衛兵的喉嚨。

埃齊歐的動作比衛兵預料的快得多，他來不及舉手自衛，埃齊歐已經抓緊雙掌中的喉嚨與劍，一個俐落的動作刺穿衛兵，劍刃劃過體內再拔出來，衛兵的腸子從他衣服底下撒到卵石路面上。他把屍體丟開轉向臺上，瞪著亞伯提。「我會殺了你！」他的口氣充滿仇恨與憤怒。

此時其餘衛兵圍過來了。埃齊歐的求生本能自動發揮，快速逃離，前往廣場遠方比較安全的小巷，但前方又有兩個腳步輕快的衛兵衝過來攔阻他。

他們在廣場邊緣對峙。兩個衛兵面對他，擋住去路，其餘的從面追來。埃齊歐和他們狂亂地戰鬥起來。後來其中一人的格擋把他的劍打飛了出去。埃齊歐暗叫不妙，以為自己這下死定了，只能轉身試圖逃離——在他來不及恢復信心時，發生了驚人的事。

就在幾呎外，他意欲前往的小巷中出現一個衣衫襤褸的人。他以閃電般的速度衝到兩名衛兵背後，用一把長匕首深深戳進他們持劍的腋下，割斷筋肉癱瘓他們。男人的動作快到埃齊歐幾乎看不清對方拿回掉落的劍丟向他的動作。埃齊歐忽然認出他來，又聞到了洋蔥與大蒜的臭味。這一刻，他的臭味簡直比大馬士革玫瑰還芳香。

「快逃！」男子說完也跑掉了。

埃齊歐衝過巷子，沿著他和費德里科夜遊而瞭若指掌的大小巷弄逃離。背後的叫嚷聲逐漸淡去。他一路來到河邊，躲在巡更人廢棄的小屋裡，小屋就在克莉絲汀娜父親名下的一座倉庫背後。

這時候的埃齊歐不再是孩子，他蛻變成了男人。報仇雪恨和矯正這個可怕錯誤的重責大任，現在像一件沉重的斗篷，壓在他肩頭。

睡在一堆被丟棄的布袋上，他的全身開始顫抖。世界傾圮崩壞了。天啊，父親……費德里科……還有小佩楚丘……全死了，一去不返，慘遭謀害。他雙手抱頭，幾欲崩潰，無法克制內心瘋狂湧出的哀傷、恐懼和仇恨。不知過了幾小時，他終於能夠放開雙手——眼睛充血，填滿了不屈的復仇欲望。

這一刻，埃齊歐知道以前的生活結束了，孩子埃齊歐已經永遠消失。從現在起，他的人生只有一個目的——復仇。

當天晚上，明知巡邏兵持續在外到處找他，埃齊歐還是冒險走小巷來到克莉絲汀娜家。他不想害她陷入任何危險，但他必須拿回他袋子裡的寶貴物品。

他在一個有尿騷味的陰暗壁凹裡等待，老鼠嚙咬他的腳依舊動也不動，直到她窗子裡出現燈光，顯示她要回房睡覺了。

「埃齊歐！」看到他在陽臺上，她不禁驚叫。「謝天謝地你還活著。」她臉色如釋重負——但隨即變成了哀愁。「你父親，和兄弟……」她說不下去，低下頭。

埃齊歐張開雙臂抱住她，兩人靜靜擁抱了幾分鐘。

終於，她退開。「你瘋了！你怎麼還留在佛羅倫斯？」

「我還有事要辦，」他嚴肅地說，「但我不能在此久留，對妳家人的風險太大了。要是他們認為妳窩藏我——」

克莉絲汀娜沉默。

「把我的袋子還我，我馬上走。」

她把袋子拿來給他，「你的家人怎麼辦？」

「我的當務之急是埋葬死者。我不能讓他們像普通罪犯被丟進石灰地洞裡腐爛。」

「我知道他們把遺體帶到哪裡。」

「怎麼會？」

「全市整天都在議論，但那邊現在沒人了。他們在聖尼科洛城門附近，和貧民遺體放一起。那裡挖了一個洞，他們在等明天早上的運石灰車來。噢，埃齊歐——」

埃齊歐冷靜而嚴肅地說。「我得確保我父親和兄弟死後有個適當的儀式。我無法舉辦安魂彌撒，但我不能讓他們的遺體受辱。」

「我陪你去！」

「不行！妳知道和我一起被抓到會有什麼下場嗎？」

克莉絲汀娜垂下目光。

「我也得確保我母親和妹妹安全，還得替我的家人復仇。」他遲疑，「然後我會離開，或許不再回來。問題是——妳願意跟我走嗎？」

她退後，他看得出她眼中百般矛盾的情緒。即使他們有深刻長久的愛意，但自從上次擁抱之後，他歷經了多少滄桑與成長。她還是個小女孩，他怎麼能期待她做出如此犧牲？

「我很想，埃齊歐，你不知道我多想。但我的家人……我父母會傷心欲絕……」

埃齊歐溫柔地看著她。雖然他們同齡，他最近的經歷讓他瞬間比她成熟許多。他再也沒有家人可以依靠，只有責任和義務，這很辛苦。

「是我的要求太唐突了。誰曉得呢，或許改天，等這一切都過去——」他伸手到脖子上，從衣領折口裡拿出一條沉重的金鍊與銀墜。他脫下來。墜子的設計很簡單——只有他家姓氏的縮寫字母A。「我希望妳收下。請留著吧。」

她用顫抖的雙手接過，低聲哭泣。她低頭看著它，抬頭想要道謝，再說一些藉口。

但他已經離開了。

在亞諾河的南岸，聖尼科洛城門附近，埃齊歐找到了那個大坑洞旁邊荒涼的屍體放置場。兩個愁容滿面、看來像新招募的衛兵，半扛半拖著他們的長戟在附近巡邏。一看到他們的制服，埃齊歐不由得怒從中來，本能反應想殺了他們，但今天他看過的死亡夠多了，這些人只是想改善生活、誤上賊船的鄉下孩子罷了。

當他發現父親和兄弟的遺體躺在坑緣附近，絞索仍掛在受傷的脖子上，不禁心情激動，但他知道衛兵很快就會睡著，那時便可以把遺體扛到河邊，他準備了一艘裝載木柴的小船。

他完成工作時大約三點鐘，黎明的第一道微光已經透出東方的天空。他獨自站在河岸，看著裝載親人遺體的小船燃燒，緩緩隨波漂流入海。他一直等到閃爍的火光消失在遠方……

他一路回到市區。堅定的決心取代了悲傷。還有很多事要做，但首先他得休息。他回到巡更人的小屋，盡量讓自己舒服一點。睡一下也不錯；但即使他睡著，腦中或夢中仍然離不開克莉絲汀娜。

他約略知道安妮塔妹妹的家在哪裡，只是從未去過，也沒見過寶拉；但安妮塔是他的奶媽，他知道要是沒人可以相信，他可以仰賴她。他猜測她是否知道他父親和兄弟的遭遇？若她知道，有沒有告訴他母親和妹妹？

他小心翼翼地迂迴接近那棟房子，在屋頂上蹲伏奔跑以避開繁忙的街道，盡量縮短距離，他確信烏貝托・亞伯提會派手下在地面搜尋。埃齊歐無法甩掉關於亞伯提背叛的念頭。他父親在絞刑臺上指的是哪個派系？亞伯提為什麼要害死他最親近的盟友之一？

寶拉的家位於大教堂北邊的街上，但埃齊歐抵達時不知道是哪棟。有幾個招牌掛在這裡的建築物正面作識別，他不能久留以免被認出來。他正要離開時，看到安妮塔從聖羅倫佐廣場方向走過來。

他拉下兜帽，用陰影遮住臉孔，用平常的步伐，盡力融入各自忙碌的人群以走近她。他經過安妮塔身邊，很滿意地發現她沒有認出他。過了幾碼，他折返尾隨在她背後。

「安妮塔——」

她很機靈地沒有轉身。「埃齊歐，你安全了。」

「我不敢這麼說。我媽和妹妹呢？」

「有人保護她們。唉，埃齊歐，你可憐的父親，還有費德里科，和——」她忍住啜泣，「——小佩楚丘。我剛從聖羅倫佐過來，為他們向聖安東尼奧點了蠟燭祈福。聽說公爵很快就會回來，或許——」

「我媽和克勞蒂亞知道發生什麼事嗎？」

「我們認為最好別讓她們知道。」

埃齊歐思索片刻。「這樣比較好，等時機適當我會告訴她們。」他停頓一下，「帶我去看她們好嗎？我不認得妳妹妹的家。」

「我正要去呢。跟在我後面。」

他拉開一點距離，但視線跟隨著她。

就像很多佛羅倫斯大型建築一樣，她進入的建築物門面嚴肅宛如堡壘，但是進去之後，埃齊歐嚇了一跳。這跟他預期的不一樣。

他發現這是一間裝潢華麗的宏偉大廳，挑高天花板。光線昏暗，空氣沉悶，牆上掛著深紅與深褐色的絲絨，點綴著描繪極度奢華與性愛愉悅場景的東方掛毯。室內用燭光照明，空氣瀰漫焚香的味道。家具主要是放著昂貴錦緞靠墊的古董躺椅，矮茶几上的托盤中放著純銀酒器、威尼斯玻璃瓶、盛裝甜食的金碗。但最讓人意外的是現場的人。十幾個美麗女子身穿綠色黃色的絲緞，是佛羅倫斯的時髦式樣，但裙子開衩到大腿根部，領口低得僅能勉強遮住私密肌膚，幾乎不留想像餘地。掩蓋在裝潢與掛毯下方的三面牆上，可以看見很多道門。

埃齊歐看看周圍，不知該把目光放在哪裡。「妳確定是這裡沒錯嗎？」他問安妮塔。

「當然！我妹來迎接我們了。」

一名看來年近四十但容光煥發、美勝公主、服飾奢華的高雅女子，從房間中央走向他們。她眼中隱含的哀愁，更增添她散發的性魅力。埃齊歐腦中雖然百感交集，也不禁心神蕩漾。

她向他伸出手指修長、戴著珠寶的柔荑。「很榮幸認識你，奧迪托雷先生。」她盯著他打量，「安妮塔對你的評價相當高，現在我懂為什麼了。」

埃齊歐不禁臉紅，回答，「感謝您的誇獎，夫人——」

「請叫我寶拉。」

埃齊歐鞠躬。「承蒙保護家母和舍妹，我真不知該如何表達謝意，夫人——我是說，寶拉。」

「區區小事，毋足掛齒。」

「她們在嗎？我可以見她們嗎？」

「她們不在這兒——這個地方不適合她們，而且我有些客戶是市政府高官。」

「冒昧了，但這裡是我認為的那個地方嗎？」

寶拉笑道。「當然，但我希望跟碼頭區的妓院有些差別呢！現在開張還太早，不過我們喜歡先準備好——總是可能有去辦公室途中上門的客人。你來的時間剛好。」

「我媽在哪裡？還有克勞蒂亞呢？」

「她們很安全，埃齊歐。但現在帶你去見她們太冒險，我們不能危害她們的安全。」

她拉他到沙發旁一起坐下。同時，安妮塔消失到屋內深處忙她自己的事去了。

「我想呢，」寶拉繼續說，「你最好找機會盡快帶她們離開佛羅倫斯，但你得先休息。你必須恢復體力，往後的路漫長又辛苦。或許你想要——」

「妳真好心，寶拉，」他溫和地打斷她，「妳的建議是對的。但是現在，我不能留下。」

「為什麼？你要去哪裡？」

他們對話時埃齊歐變得更冷靜，雜亂的念頭全都拼湊在一起。最後他不知不覺間擺脫了震驚和恐懼，因為他作了決定，也找到了目標，他知道兩者都是不歸路。「我要殺了烏貝托‧亞伯提。」他說。

寶拉面露憂色。「我了解你很想復仇，但是執政官很有權勢，你可不是天生殺手，埃齊歐——」

命運已經逼我成為殺手了，他心想，但盡量禮貌地說，「妳不用勸我了。」因為他心意已決。

寶拉不理會，繼續說：「——我可以訓練你。」

埃齊歐忍住懷疑。「妳為什麼想教我殺人技巧？」

她搖頭說，「為了教你如何生存。」

「我不確定我是否需要妳的訓練。」

她微笑，「我懂你的感受，但請容我磨練你天生擁有的技能。就把我的教導當作你的兵器庫裡的額外武器吧。」

當天寶拉就展開埃齊歐的訓練。她找來休假的女孩和可靠的傭人幫忙。在房子背後高牆環繞的庭院裡，二十個手下分成五組各四個人。然後他們開始在庭院裡信步錯身，談天說笑，有些女孩子大膽地看著埃齊歐微笑。埃齊歐仍把寶貴的袋子帶在身邊，無視她們的誘惑。

「嗯，」寶拉告訴他，「謹慎是我這一行的首要。我們必須能夠在街上自由行動——看得見，但是隱形。你也必須學習如何像我們融入人群，與城市的人群合為一體。」埃齊歐想要抗議，被她舉手制止。「我知道！安妮塔告訴我你的表現不錯，但你該學的遠超過你所知。我要你選個團體，嘗試融入他們，別讓我認出你來。記住行刑的時候你差點發生什麼事。」

嚴厲的話語刺痛了埃齊歐，但這個任務看起來沒那麼難，只要他謹慎行事。不過在她的嚴格檢視下，他還是覺得比預料中困難。他會笨拙地撞到人或絆倒，有時候造成他團體中的女孩或男僕四散逃離，暴露出他的位置。庭院是個宜人的地方，有陽光與茂密植物，鳥類在樹上唱歌，但在埃齊歐腦中變成了一座不友善的城市街道迷宮，每個路人都可能是敵人。他一直被寶拉毫不留情的批評激怒。

「小心！你不可以那樣直接衝進去！」

「尊重一下我的小姐！靠近她們時小心別踩到！」

「你一直撞人怎麼可能融入人群裡？」

「唉，埃齊歐！我以為你不只這點能耐！」

終於，到了第三天，嚴苛的批評變少了；第四天早上，他已經能夠神不知鬼不覺從寶拉面前溜過。十五分鐘不發一語之後，寶拉喊道：「好吧，埃齊歐，我投降！你在哪裡？」

他得意洋洋地從一群女人中冒出來，打扮成年輕男僕的樣子。寶拉微笑拍手，其餘人也跟著鼓掌。

但是學習還沒結束。

「既然你學會了融入人群，」隔天早上寶拉告訴他，「我要教你如何運用新學到的技巧——去偷竊。」

埃齊歐有些抗拒，寶拉解釋說，「這是你在旅途中可能需要的重要求生技能。一文錢逼死英雄漢，你未必隨時都能正正當當賺錢。我知道你絕對不會偷窮苦人或朋友的東西。把它想成袖珍小刀吧，很少用到，但是有備無患。」

學習扒竊困難多了。他可以成功溜到女孩身邊，但是手一接近她束腹上的錢包，她就會大叫：「有小偷！」然後逃離他。當他初次成功偷到幾個硬幣，他在原地停留了一會兒，得意洋洋，忽然感覺有隻大手放在他肩上。「你被逮捕了！」扮演城市警衛的男僕笑道。

寶拉可笑不出來。「埃齊歐，偷東西一旦得手，」她說，「絕對不能逗留。」

不過他現在學得比較快了，也開始了解為了順利完成任務，的確有必要學習這些傳授給他的技巧。當他成功偷過十個女孩，後面五個連寶拉都沒發現時，她宣布課程結束了。

「小姐們，回去工作，」她說，「遊玩時間結束了。」

「非回去不可嗎？」女孩們咕噥著，依依不捨地離開埃齊歐。「他好可愛，好純潔……」但是寶拉堅持。

她單獨和他在庭院裡散步。照例，他一手放在自己袋子上。「現在你學會了如何接近敵人，」她說，「我們得幫你找個合適的武器——比長劍低調的東西。」

「呃，但是妳要我用什麼呢？」

「嗯，你已經有答案了！」她拿出埃齊歐從父親保管箱得來的斷匕首和腕甲，直到現在他都以為安全地收在袋子裡。震驚之餘，他打開袋子翻找。真的不見了。

「寶拉！妳是怎麼——？」

寶拉大笑。「怎麼拿到的？用我教你的技巧啊。你還有另一件小事要學。既然懂怎麼順利扒竊了，你也必須學習防備有相同技能的人！」

埃齊歐陰鬱地看著斷匕首，她連腕甲一起還給他。「這裡面有某種機關。兩者都不算是可用狀態。」他說。

「喔，」她說，「沒錯，但我想你已經認識李奧納多先生了？」

「達文西嗎？對，我見過他——」他住口，強迫自己不要停留在痛苦回憶中。「但是畫家怎麼可能幫我修理這個？」

「他可不只是個畫家。把東西拿給他看，等著瞧。」

埃齊歐聽出了她的含意，點頭同意，又說，「離開之前，我可以問最後一個問題嗎？」

「當然。」

「妳為什麼這樣熱心幫我這個陌生人？」

寶拉露出苦笑。她沒有回答，而是拉起長袍的一側袖子，露出蒼白細緻的前臂——上面有個醜陋的鋸齒狀長疤痕。埃齊歐一看就懂，這位女士以前被刑求過。

「我也遭人背叛過。」寶拉說。

埃齊歐毫不猶豫地相信他認識了一個同類。

第5章

寶拉的豪華妓院距離李奧納多工作室所在的繁忙巷子不遠，但埃齊歐還是必須通過車水馬龍的寬廣大教堂廣場，新學會的融入人群技巧剛好派得上用場。絞刑之後過了整整十天，亞伯提可能會猜想埃齊歐早已離開了佛羅倫斯，但埃齊歐不想冒險，而且從部署在廣場和周圍的衛兵數量看來，亞伯提也不會冒險。

四周都有便衣密探，埃齊歐一直低著頭，尤其經過大教堂和洗禮堂間、廣場上最繁忙之處的時候。他經過將近一百五十年的市區地標喬托鐘塔，還有布魯涅內斯基十五年前才完工的紅色大教堂圓頂時，看都不看一眼，不過他察覺有幾批法國和西班牙旅人仰望著，誠心讚嘆不已。以城市為榮的感覺扣動他的心弦，但這裡真的還算是他的城市嗎？

壓抑著哀傷的念頭，他迅速從廣場南側來到李奧納多的工作室。

他聽說大師在家，就在後方庭院裡。老實說，工作室的狀態比先前更混亂了，不過倒是顯得亂中有序。埃齊歐上次來訪看到的器械有一些進展；天花板吊掛著一個木製的奇怪發明，看起來像放大版的蝙蝠骨架；有具畫架上放了釘在木板上的大羊皮紙，畫了巨大又繁複無比的繩結設計，角落有著出自李奧納多之手難以辨識的潦草字跡。安格紐洛旁邊還有另一個助手英諾森托，兩人正努力維持工作室的秩序，把物品分類登錄以便追蹤進度。

「他在後院，」安格紐洛告訴埃齊歐，「直接進去吧，他不會介意。」

埃齊歐發現李奧納多在做奇怪的事情。佛羅倫斯到處都能買到裝在籠裡的鳴禽。人們把鳥籠掛在窗邊欣賞，鳥死了就買新的。李奧納多周圍有十幾個這樣的鳥籠，埃齊歐旁觀著。李奧納多選了一個，打開枝條編的小門，舉起籠子，看著紅雀找到出口，振翅飛走。他專心地看著牠離去，轉身要拿另一個籠子時發現埃齊歐站在旁邊。

他一看到他就露出親切迷人的微笑，擁抱他。然後臉色變嚴肅。「埃齊歐！好朋友。辛苦了，沒想到會在這兒看到你，但是歡迎你。再等我一下子，不會太久。」

埃齊歐仔細看著他釋放一隻又一隻的畫眉鳥、紅腹灰雀、雲雀和昂貴得多的夜鶯等。

「你在幹什麼？」埃齊歐不解地問。

「所有生命都很珍貴，」李奧納多簡短回答，「我受不了看到其他生物這樣被囚禁，只因為牠們聲音悅耳。」

「你就為了這個放掉牠們？」埃齊歐懷疑有其他潛在的動機。

李奧納多笑笑，沒有直接回答。「我也不吃肉了。可憐的動物們為什麼只因為我們覺得好吃就該死?」

「那麼農民就沒工作了。」

「他們可以都來種玉米。」

「想想那會有多無趣。總之,會供過於求。」

「唉,我差點忘了你是金主,我失禮了。有什麼事嗎?」

「我需要你幫忙,李奧納多。」

「我有什麼可以效勞?」

「有些東西……從我父親繼承而來,如果可以的話,希望你能修理。」

李奧納多眼睛一亮。

「當然了。這邊走,到裡面去談——那些小子們老是在工作室吵吵鬧鬧的,有時候我都懷疑幹嘛雇用他們!」

埃齊歐微笑。他開始懂了,但同時也察覺李奧納多的最愛一向、也永遠會是他的作品。

「這邊走。」

小型內室比工作室更加雜亂,但在大量的書籍、標本和布滿潦草塗鴉的紙張之間,李奧納多照常(而突兀地)服裝整齊還灑香水。他小心地把一些東西堆到其他東西上,直到在一張大繪圖桌上騰出空間。

「請原諒這團混亂，」他說，「但我們終於有綠洲了！來看看你帶了什麼東西吧。除非你想先喝杯酒？」

「不，不用。」

「好，」李奧納多急切地說，「那就來看吧！」

埃齊歐謹慎地掏出他先前用神祕羊皮紙包裹在一起的匕首、腕甲和機關。

李奧納多徒勞地嘗試拼湊機關零件但是失敗，片刻間似乎絕望了。

「我不確定，埃齊歐，」他說，「這個機關很老舊，但也非常精密，我敢說它的構造甚至領先我們的時代。真有意思。」他抬頭看。「我肯定沒見過這種東西。如果沒有原始設計圖，我恐怕幫不上什麼忙。」

他撿起羊皮紙，打算把埃齊歐的東西包回去，這時他把注意力轉到了它上面。「等一下！」他叫道，仔細查看。接著他把斷刀和腕甲放在一旁，攤開羊皮紙，一面瀏覽，一面在附近書架上的一排舊書和手稿之間翻找。找到他要的兩項物品之後，他將之放在桌上開始小心地翻閱。

「你在做什麼？」埃齊歐有點不耐煩地問。

「這很有趣，」李奧納多說，「看起來很像古代抄本的一頁。」

「古什麼？」

「這是古書中的一頁。不是印刷品，而是手寫的。確實很古老。你還有別張嗎？」

「沒有。」

「可惜。人們應該不會像這樣子撕書。」李奧納多停了一下，「除非，或許這些是成套的——」

「什麼？」

「沒什麼。你看，這頁的內容經過加密，但如果我的推論沒錯……根據這些素描很可能……」

埃齊歐等著，但李奧納多沉溺在他自己的世界裡。他坐下來耐心等待，讓李奧納多翻找查閱一些書籍卷軸，交叉比對作筆記，以他慣用的古怪左撇子鏡像文字寫下來。

埃齊歐猜想，自己不是唯一被監視的人。光是從他在工作室目睹的少許情況就可知道，如果教會聽到有關李奧納多想做什麼的風聲，他毫不懷疑這個朋友會遭受嚴厲的譴責或懲罰。

李奧納多終於抬起頭來，這時埃齊歐已經開始打瞌睡了。

「了不起，」李奧納多喃喃自語，然後加大音量，「真了不起！如果我們改變字母次序，然後選取每三個……」

他開始工作，把匕首、腕甲和機關拉到面前，從桌底下拿出一個工具箱，取出老虎鉗，靜靜地沉溺在工作中。過了一小時，兩小時……這時埃齊歐已經熟睡，被室內的溫暖和李奧納多發出的溫和敲打磨擦聲催眠。最後——

「埃齊歐！醒醒！」

「啊？」

「你看！」李奧納多指著桌面。完全修復的匕首被安裝到怪異機關裡面，機關則是固定在腕甲上。一切都經過修理，看起來好像新品，但沒有發亮。

「我決定用低調的風格，」李奧納多說，「像羅馬盔甲一樣。任何在陽光下會反光的東西，一定會暴露位置。」

埃齊歐拿起武器用雙手掂掂重量。很輕，但堅硬的匕首在上面達到完美平衡。可以隱藏在手腕中的彈簧式匕首，埃齊歐從來沒看過這種東西。只需張開手掌，刀鋒就會彈出來，要切割或戳刺都隨使用者所欲。

「我以為你是愛好和平的人。」埃齊歐說，想起先前的鳥籠。

「靈感優先，」李奧納多堅定地說。「不管那是什麼。現在，」他補充說，從工具箱拿出鐵鎚和鑿子。「你慣用右手，對吧?很好。請把你的右手無名指放在這塊砧板上。」

「你想幹什麼?」

「很抱歉，但非這樣不可。這把刀的設計要求佩戴者必須作出絕對犧牲。」

「什麼意思？」

「我們只有切斷那根手指才能使用。」

埃齊歐眨眼，腦中閃過一連串畫面：他想起亞伯提假意對父親友善，父親被捕後亞伯提如何安撫他，絞刑，他自己的逃亡。

他咬緊牙關。「好吧。」

「或許我應該用砍刀，斷面比較整齊。」李奧納多從桌子的抽屜拿出刀來。「現在，把手指放成——這樣。」

李奧納多舉起砍刀時，埃齊歐狠下心腸，閉上眼睛。他聽到刀子在木頭砧板上落下——砰！——但他沒有感到疼痛。他睜開眼睛，發現砍刀卡在砧板上，離他完整無損的手只有幾吋。

「你這傢伙！」埃齊歐嚇壞了，對這種沒品的惡作劇非常生氣。

李奧納多舉起雙手。「冷靜點！只是開玩笑罷了！我承認很殘忍，但我就是忍不住想看看你的決心有多強。是這樣的，原本使用這個機關真的必須犧牲手指，我想跟古代的某種入會儀式有關。但我做了一、兩處調整，讓你保住你的手指。看！刀鋒出來的位置有段距離，匕首可以單獨取出，我還加了個握柄。你只要記住彈出刀鋒時張開手掌就好了，免得手指受傷。你使用時最好戴上手套——刀鋒很利。」

埃齊歐早就忘了生氣，萬分著迷又感激。

「這太棒了，」他說著，張開又收起匕首幾次，直到他能完全掌握使用時機。「真不可思議。」

「對吧？」李奧納多附和，「你確定你沒有其他類似的紙頁嗎？」

「很抱歉。」

「好吧，聽著，如果往後你碰巧發現，請拿來給我。」

「我保證。我該付你多少錢——？」

「這是我的榮幸。對我很有啟發性，不需要——」

工作室大門傳來的猛力敲門聲打斷了他們。李奧納多連忙出去建築物前面，安格紐洛和英諾森托恐懼地看著他。

門外的人開始咆哮，「佛羅倫斯衛隊，開門！」

「等一下！」李奧納多大聲回答，低聲轉向埃齊歐說，「待在後面別出來。」

然後他開門，站在門口擋住衛兵的去路。

「你就是李奧納多・達文西？」衛兵用跋扈蠻橫的官腔大聲問。

「有何貴幹？」李奧納多走到門外街上，迫使衛兵退後。

「我奉命問你幾個問題。」這時李奧納多已經巧妙地移動位置，讓衛兵背對著工作室。

「有什麼麻煩嗎？」

「我們獲報有人看見你剛才和一個市民公敵勾結。」

「什麼，我嗎？勾結？太荒謬了！」

「上次你看到埃齊歐・奧迪托雷或跟他交談是什麼時候？」

「誰啊？」

「少跟我裝蒜！我們知道你賣了幾幅爛畫給女主人，和那家人很親近。或許我必須稍微幫你恢復記憶？」衛兵用長戟尾端戳李奧納多的肚子。李奧納多痛得慘叫，彎腰跪倒，衛兵又踢他。「準備招供了沒有？我最討厭藝術家了，全是死娘娘腔。」

埃齊歐趁機悄悄溜出門外站到衛兵背後。街上沒人，衛兵露出汗涔涔的後頸，正是試用新玩具的最佳時機。他舉起手，觸發機關，匕首無聲地彈出。埃齊歐張開的右手一個動作，靈巧地刺進衛兵的頸側。剛磨的刀鋒銳利無比，毫無阻力地穿透對方的脖子。衛兵倒下，還沒落地就死了。

埃齊歐扶李奧納多站起身來。

「謝謝。」受驚的畫家說。

「抱歉，我原本無意殺他，但是沒時間——」

「有時候我們別無他法。我早該習慣了。」

「什麼意思？」

「我和薩塔瑞里案有關。」

埃齊歐想起來了。有個年輕畫家的模特兒，雅克坡・薩塔瑞里，幾週前被匿名告發從事賣淫，李奧納多和其他三個人被指控是他的顧客。那個案子因為缺乏證據不了了之，但某些汙名洗不掉。

「可是我們這裡不會起訴同性戀者，」埃齊歐說，「對了，我依稀記得日耳曼人有個同性戀專用綽號——叫他們佛羅倫斯人。」

「檯面上仍然是違法的，」李奧納多冷淡地說，「還是可能被罰款。而且有亞伯提那種人掌權——」

「對了，屍體怎麼辦？」

「喔，」李奧納多說，「真是意外的收穫。趁別人看見之前幫我把他拖進來，我會跟其他人放一起。」

「意外收穫？其他人？」

「地窖裡很冷，可以保存一星期。我偶爾會從醫院收到一、兩具沒人要的屍體，當然是私下交易。我解剖它們，稍微鑽研——有助於我的研究。」

埃齊歐看著這位朋友的目光已經不僅僅是好奇。「什麼？」

「我不是告訴過你——我想要了解事物如何運作。」

他們把屍體拖進門，李奧納多的兩名助手把它丟進石階下的一道門，眼不見為淨。

「萬一他們派人來找他，發現他死了怎麼辦？」

李奧納多聳肩。「我會否認知情。」他眨眨眼，「我在這兒也不是沒有權貴朋友，埃齊歐。」

埃齊歐很驚訝。「呃，你似乎挺有信心……」

「這事別向任何人提起。」

「我不會——謝謝你幫的忙，李奧納多。」

「不客氣。別忘了，」他露出飢渴的眼神，「要是你找到這古代抄本的其他頁面，拿來給我。天曉得裡面還有什麼新設計。」

「我保證！」

埃齊歐歡欣鼓舞地回到寶拉的家，不過往北穿過市區時他沒忘記混在人群中保持隱密。

寶拉如釋重負地迎接他。「你去了比我預料的久。」

「李奧納多喜歡聊天。」

「我希望他不是只耍了嘴皮吧？」

「當然。妳看！」他露出頑皮的笑容，誇張地一揮手，從袖子裡伸出袖劍來向她展示。

「佩服。」

「是啊。」埃齊歐欣賞地盯著它，「我還需要多練習，我可不想被切掉手指。」

寶拉表情嚴肅。「嗯，埃齊歐，看來你準備齊全了。我給了你需要的技能，李奧納多修好了你的武器。」她呼吸一下。「現在你可以動手了。」

「對，」埃齊歐低聲應道，表情黯然。「問題是，怎麼接近亞伯提『大人』最妥當。」

寶拉沉思一下。「羅倫佐公爵回來了。他對亞伯提趁他不在時授權行刑很不高興，但他沒有權力挑戰執政官。明天晚上在聖十字修道院有維洛奇歐大師的最新作品預展，佛羅倫斯社交名人都會到場，包括亞伯提。」她看著他。「我想你也應該去。」

埃齊歐查出了要揭幕的作品是大衛銅像，佛羅倫斯特別喜愛這位聖經英雄，因為這座城市就宛如夾在南方的羅馬和北方意圖侵略的法國國王兩大巨人之間[1]。銅像由美第奇家族委託製作，預定要安置在維奇奧宮。大師三、四年前就開始動工，謠傳雕像頭部是以當時

1　典出《舊約聖經．撒母耳記》中，以色列國王大衛在年幼時一舉擊殺非利士巨人歌利亞的事蹟。

維洛奇歐的英俊小學徒之一——可以肯定是李奧納多．達文西——為範本。無論如何，民眾都很興奮，煩惱著在這個場合該穿什麼。

埃齊歐有其他事情要考慮。

「我不在的時候，請照顧家母和舍妹。」他請求寶拉。

「我會把她們當作家人。」

「萬一我有個三長兩短——」

「要有信心，不會的。」

隔天晚上，埃齊歐準時抵達聖十字修道院。前幾個小時他都在準備，練習使用新武器的技巧，直到他滿意地自認完全掌握用法。他的心思離不開父親和兄弟之死，亞伯提宣布行刑時的殘酷聲音在他的腦中清晰迴盪。

他走近時，看到兩個認識的人影走在前面，旁邊有一小隊保鑣，制服上的徽章是五顆紅球鑲在黃底上。他們似乎在爭吵，他急忙上前靠近至可偷聽到的範圍。他們在教堂門廊停下，他隱身徘徊在附近聆聽。兩人以三緘其口的語氣交談。一個是烏貝托．亞伯提；另一個是年近三十，大鼻子、表情堅決的削瘦年輕人，穿戴著華麗的紅帽和披風，裡面則是銀灰色上衣。羅倫佐公爵——臣民們都稱呼他為偉人，但是帕奇家的派系不以為然。

「這事你不能怪我，」亞伯提說，「我根據收到的情報和無可反駁的證據行動——而且遵守法律和職權的界線！」

「不對！你逾越你的界線了，執政官，而且還趁我不在佛羅倫斯時動手。我不只是不悅而已。」

「你有什麼資格談界線？你竊取了這個城市的權力，當上公爵，未經領主宮或其他人的正式同意！」

「我可沒做這種事！」

亞伯提發出嘲諷的笑聲。「你當然這麼說！永遠無辜！真是方便。你在卡雷吉雇用一堆我們大多數人認為危險的自由思想家——費奇諾、米蘭多拉，還有波利齊亞諾那個混蛋！但至少現在我們有機會看看你真正的影響力有多深遠——用務實的字眼來說，也就是根本沒有！那對我和盟友們來說倒是寶貴的教訓。」

「是啊，你的盟友帕奇家。這才是重點，不是嗎？」

亞伯提優雅地看看指甲再回答。「我會謹慎發言，公爵。你可能會招惹到不恰當的關注。」但他聽起來不太有自信。

「你才應該管好自己的嘴巴，執政官。我建議你把這個忠告轉送給你的同夥——當作友善的警告。」說完，羅倫佐帶著保鑣往修道院方向離去。片刻之後，亞伯提低聲咒罵著跟過去，在埃齊歐聽來彷彿他正詛咒自己。

為了這場活動，修道院懸掛了金色布幕，炫目地反射出幾百支蠟燭的火光。靠近中央噴泉的舞臺上，有群樂師在演奏，另一座舞臺則放著精美絕倫的二分之一比例銅像。埃齊歐潛入，利用柱子和陰影掩護行蹤。他看到羅倫佐在誇獎藝術家，也認出當時跟亞伯提一起在絞刑臺上的那個神祕兜帽人影。

一段距離外，亞伯提被一群當地貴族仰慕者包圍。他們在恭賀執政官為城市消滅了奧迪托雷家族這個禍患。除了朋友，埃齊歐沒想到父親在城裡也有這麼多敵人，但也知道他們只敢趁父親的主要盟友羅倫佐不在時對他不利。一名女貴族告訴亞伯提她希望羅倫佐公爵欣賞他的正直，埃齊歐不禁發笑。顯然亞伯提一點也不喜歡這個暗示。接著他偷聽到更多。

「另一個兒子怎麼樣了？」一名貴族問。「埃齊歐，對吧？他逃走了嗎？」

亞伯提擠出微笑。「那孩子不構成任何危險。手無縛雞之力又不聰明。這週結束前他就會被逮捕處死。」

他身邊的人群大笑起來。

「那麼，你的下一步是什麼，烏貝托？」另一個人問，「或許是領主的寶座？」

亞伯提雙手一攤。「看上帝的旨意。我唯一的興趣是繼續忠誠又勤勉地服務佛羅倫斯。」

「好吧，無論什麼選擇，我們會都支持你。」

「感激不盡。我們就順其自然吧。」亞伯提謙虛地笑道，「現在，朋友們，我建議大家暫時拋開政治，好好欣賞這個由高貴的美第奇慷慨贊助的崇高藝術品。」

埃齊歐等待亞伯提的同伴往大衛像的方向慢慢走開。亞伯提則拿著一杯酒觀察現場，眼神交雜著滿足和謹慎。埃齊歐知道這是他的機會。其他人都看著雕像，維洛奇歐正在旁邊結結巴巴地發表簡短演說。埃齊歐溜到亞伯提的身邊。

「你剛才的讚美詞一定很難說出口，」埃齊歐低聲說，「但是你一路說謊到死也是意料之中。」

亞伯提認出他，驚恐地瞪大眼睛。「是你！」

「對，執政官，我是埃齊歐，來為我被謀害的父親——你的朋友——和無辜的兄弟報仇。」

亞伯提聽到彈簧輕微的喀啦聲和金屬聲，隨即看見刀子指著他的喉嚨。

「再見，執政官。」埃齊歐冷酷地說。

「等等，」亞伯提驚呼，「如果站在我的立場，你也會這麼做，以保護你的家人。原諒我，埃齊歐，我別無選擇。」

埃齊歐湊近，不理會他的哀求。他知道這個人有選擇——一個更為可敬的做法——卻笨得另走他途。「你以為我不是為了保護我的家人嗎？如果我母親和妹妹落入你的手中，你會對她們手下留情？聽著，我父親叫我交給你的文件在哪裡？你一定藏在安全的地方。」

「你永遠找不到的，我一向隨身攜帶！」亞伯提想推開埃齊歐，吸口氣呼叫衛兵，但埃齊歐把匕首刺進他喉嚨、割斷他的頸動脈。亞伯提發不出半點聲音，跪倒在地，雙手本能地抓著脖子，徒勞地想要制止不斷流到草地上的鮮血。他側身倒下時，埃齊歐迅速彎腰割走他腰帶上的錢包。他看看裡面。狂妄自大的亞伯提臨死說的是實話，那些文件真的都在。

但這時現場陷入一陣寂靜。維洛奇歐的演說結束，賓客們開始轉身看過來，還沒理解發生了什麼事。埃齊歐站起身來面對他們。

「對！你們看到的是真的！這是復仇！奧迪托雷家族還沒滅絕，我還在！埃齊歐•奧迪托雷！」

他停下喘氣的同時，另一個女人的聲音響起，「有刺客！」

場面霎時一陣混亂。羅倫佐的保鑣迅速拔劍包圍他。賓客四散奔逃，有的試圖逃離，有些比較勇敢的意欲抓住埃齊歐，只是沒人敢真正動手。埃齊歐發現那個兜帽人影溜進陰影中。維洛奇歐站在雕像旁保護它。女人尖叫，男人大吼，市政府衛兵湧進修道院，不確定該抓誰。埃齊歐趁機爬上修道院柱廊屋頂，在上面跳躍著進入前方的庭院，這裡打開的門通往教堂前的廣場，廣場上已經聚集了被裡面騷動聲音吸引來的好奇群眾。

「發生什麼事了？」有人問埃齊歐。

「正義伸張了。」埃齊歐回答，然後奔向西北方，越過市區躲到寶拉的豪宅。

途中他暫停了一下，檢查亞伯提的錢包內容。至少他臨死的遺言是真的，全部都在。不僅如此，有一封亞伯提尚未寄出的手寫信。或許有他不知道的情報，埃齊歐打開蠟封，張開羊皮紙。

這是亞伯提給他妻子的私函。閱讀時，埃齊歐至少能夠了解哪種力量可能擊潰一個人的正直。

親愛的：

我把這些念頭寫在紙上，希望改天或許我會有勇氣親口告訴妳。遲早，妳一定會知悉我背叛了喬凡尼・奧迪托雷，把他當作叛徒處死。歷史可能會評斷此舉出於政治鬥爭和貪婪，但妳必須了解，讓我身不由己的不是命運，而是恐懼。

當美第奇家剝奪我們家族擁有的一切，我發現自己畏懼了。為了妳，為我們的兒子，為了未來。一個人失去了原有的資產，活在這世上還有什麼希望？至於其他人，他們給我金錢、土地和頭銜交換我的合作。

這就是我背叛親密好友的原因。

此舉無論多麼難以啟齒，在當時似乎有必要。

即使現在，回想起來，我還是想不出別的辦法……

埃齊歐小心折起信件放回他的錢包裡。他會重新封緘，把它寄出去。他決心永遠不要向邪念屈服。

第6章

「完成了。」埃齊歐簡短地告訴寶拉。

她擁抱他一下，再退開。「我知道。很高興看到你沒事。」

「我想該是離開佛羅倫斯的時候了。」

「你要去哪裡？」

「家父的弟弟馬力歐在蒙特里久尼附近有座莊園。我們會去那裡。」

「已經有人大舉搜捕你了，埃齊歐。他們到處貼出有你畫像的通緝海報，公眾演說家們也開始攻擊你。」她若有所思地停下來，「我會派我的人出去盡量撕掉海報，也可以賄賂演說家改變他們的說法。」她忽然想起另一件事，「我最好幫你們三人準備好旅行文件。」

想到亞伯提，埃齊歐搖頭。「信念竟然能這麼容易被操縱，這是什麼世界？」

「亞伯提被逼上他以為無法挽救的絕境，但他應該堅持信念。」她嘆道，「真相每天都被用來交易，你必須習慣這種事，埃齊歐。」

他握著她的手。「謝謝妳。」

「現在佛羅倫斯應該會好一點，尤其羅倫佐公爵能夠派自己人競選執政官的話。但目前時間緊迫。令堂和令妹都在這裡。」她轉身拍拍手。「安妮塔！」

安妮塔帶著瑪麗亞和克勞蒂亞從房子後方走出來。埃齊歐心中激動不已。他看出母親並沒有復原太多，手上仍然抓著佩楚丘的羽毛小盒。她回應他的擁抱，但是心不在焉，寶拉在一旁苦笑看著。

另一方面，克勞蒂亞緊抓著他，「埃齊歐！你去哪裡了？寶拉和安妮塔很好心，但她們不肯讓我們回家，母親也一直沒說話——」她退開，忍住眼淚，恢復鎮定，「唉，或許現在父親能夠幫我們解決這些事。一定只是可怕的誤會，對吧？」

寶拉看著他。「或許現在正是時候，」她輕聲說，「她們必須早點知道真相。」

克勞蒂亞的目光從埃齊歐轉向寶拉又轉回來。瑪麗亞坐到安妮塔旁邊，安妮塔伸手攬著她。瑪麗亞望著空中，空茫地微笑，撫摸梨木盒。

「怎麼了，埃齊歐？」克勞蒂亞問，語氣恐懼。

「發生了一些事。」

「什麼意思？」

埃齊歐沉默，找不到適當字眼，但是他的表情透露了一切。

「喔，天啊，不要！」

「克勞蒂亞——」

「告訴我這不是真的！」

埃齊歐低下頭。

「不，不，不，不，不！」克勞蒂亞哭了。

「噓。」他試著安撫她。「我盡力了，小妹。」

克勞蒂亞埋頭在他胸膛上哭泣，漫長激烈的啜泣，同時埃齊歐盡力安慰她。他看向母親，但她似乎沒聽見。或許她已經知道了，以自己的方式。即使經過這麼多降臨到埃齊歐人生的騷亂，被迫目睹母親和妹妹陷入絕望深淵，還是幾乎足以讓他崩潰。他站著，擁抱著妹妹好像永恆這麼久，全世界的責任壓在他的肩上。現在只有他能保護家人，洗刷奧迪托雷家族的汙名。不能再天真了……他打起精神。

「聽好，」等克勞蒂亞安靜下來，他說，「現在最重要的是離開這裡，到安全的地方，讓妳和媽媽可以住下來，但是我需要妳勇敢。為了我，妳必須堅強點，照顧媽媽。懂嗎？」

她聽完，清清喉嚨，退離他一點，抬頭看著他。「懂。」

「那我們得趕快準備。去收拾妳需要的東西，別帶太多，我們得徒步離開——安排馬車太危險了。穿最樸素的衣服，不能引人注目。快點！」

克勞蒂亞跟著母親和安妮塔離開。

「你該洗洗澡、換身衣服，」寶拉向他說，「感覺會好一點。」

兩小時後，旅行文件備妥，可以離開了。埃齊歐最後一次仔細檢查他的行囊。或許叔叔能解釋他從亞伯提那裡拿回來的文件意義，文件顯然對他很重要。新匕首綁在他的右臂上並遮蓋起來，他拉緊皮帶。克勞蒂亞帶著瑪麗亞走進庭院，站在她們即將踏出的圍牆門邊，安妮塔在一旁忍住哭泣。

埃齊歐轉向寶拉。「告辭。再次感謝妳所做的一切。」

她抱著他，親吻他的嘴角。「小心安全，埃齊歐，保持警覺。我猜你前方的道路還很漫長。」

他慎重地鞠躬，拉起兜帽加入母親和妹妹，拿起她們的行李袋。他們與安妮塔吻別，隨即來到街上往北走，克勞蒂亞挽著母親的手臂。他們沉默了片刻，埃齊歐想著他現在肩負的重擔，祈禱自己能夠臨機應變，雖然很難。他必須保持堅強，為了克勞蒂亞和可憐的母親他會努力，母親似乎已經完全封閉在自己的世界裡了。

他們抵達市中心時，克勞蒂亞開始說話——她有一大堆疑問。但他欣慰地發現她的語氣恢復了平靜。

「我們怎麼會碰上這種事？」她說。

「我不知道。」

「你想我們還能夠回來嗎？」

「我不知道，克勞蒂亞。」

「我們家的房子會怎樣？」

他搖頭。沒時間安排了，如果有時間，他又能託付誰？或許羅倫佐公爵能夠封鎖房子，派人看守，但是希望渺茫。

「他們……有適當的葬禮嗎？」

「有。我……親自安排的。」他們接近亞諾河，埃齊歐看看河的下游。

最後他們來到南城門，埃齊歐慶幸他們能夠平安抵達這裡，但這時很危險，因為城門戒備森嚴。幸好寶拉提供他們合格的假身分文件，且衛兵們只注意單獨匆忙的年輕人，而非穿著寒酸的小家庭。

一整天，他們穩定地向南前進，遠離城市之後才停下來找一家農舍買麵包、起司和葡萄酒，並在玉米田邊緣的橡樹樹蔭下休息一小時。到蒙特里久尼還有大約三十哩，埃齊歐必須耐著性子，配合母親的步伐行動。她是個四十出頭的堅強女性，但巨大的打擊讓她變得蒼老。他祈禱他們抵達馬力歐叔叔家之後她會復原，不過他看得出即使復原也會很緩慢。如果不出差錯，他希望能在明天下午抵達馬力歐的莊園。

當晚，他們在一座荒廢的穀倉過夜，有乾淨溫暖的乾草堆。晚餐是午餐剩下的食物，他們盡量讓瑪麗亞舒適一點。她沒有抱怨，似乎對周遭環境毫無知覺；然而就寢時克勞蒂亞想拿走她手中佩楚丘的盒子，她激烈地推開女兒，潑婦般地咒罵她。對此兄妹倆都很震驚。

但她睡得很安穩，隔天早上看起來神清氣爽。他們在河裡梳洗，喝了點水代替早餐，繼續上路。這天很晴朗，溫暖宜人，涼風徐徐，他們進度不錯，路上只有幾輛馬車經過，除了途中的田地和果園裡的工人之外沒有半個路人。埃齊歐買到了一些水果，至少夠給克勞蒂亞和母親吃，反正他也不餓——他緊張得毫無食欲。

終於在下午時分，他高興地看見遠方山丘上，蒙特里久尼小鎮的城牆沐浴在陽光下。馬力歐統治著這整個區域，再過一、兩哩就進入他的領地了，他們振奮地加快腳步。

「快到了。」他微笑著告訴克勞蒂亞。

「感謝上帝。」她也微笑回答。

他們剛開始放鬆下來，在路上轉彎處，一個熟悉的人影帶著十幾個身穿藍金色制服的僕從擋住他們的去路。其中一個衛兵手持的旗幟上有熟悉又討厭的藍底金海豚十字徽章。

「埃齊歐！」人影招呼他說，「午安！還有你的家人——至少是剩下的人！真是愉快的驚喜啊！」他向手下點頭，眾人在路上散開，長戟擺出架式。

「維耶里！」

「正是我。我父親已被釋放，他很樂意出錢幫我組成這個搜索小隊。我好受傷，你怎麼能不正式道別就想離開佛羅倫斯呢？」

埃齊歐上前一步，把克勞蒂亞和母親護在身後。

「維耶里，你想幹什麼？我還以為你們對帕奇家的成就應該很滿意。」

維耶里攤開雙手。「我要什麼？呃，該從何說起呢，太多事情了！我想想……我想要更大的宮殿、更漂亮的老婆、更多錢——還有什麼？——喔，對了！你的腦袋！」他拔劍，示意衛兵準備，自己走向埃齊歐。

「我好驚訝呀，維耶里——你真的想要跟我單打獨鬥？噢，當然，你的嘍囉還在你背後等著護駕呢！」

「我不認為你值得我用劍，」維耶里反駁，收劍入鞘。「我看就用拳頭解決你吧。抱歉讓妳失望了，寶貝，」他轉向克勞蒂亞，「但是別擔心，不用太久，我就可以想辦法安慰妳——誰曉得，或許包括妳媽媽！」

埃齊歐快步上前，一拳打中維耶里下巴，讓他腳步蹣跚，措手不及。維耶里及時站穩腳步，斥退手下，怒吼一聲衝向埃齊歐，連續出拳。維耶里攻勢猛烈，埃齊歐巧妙地格擋，卻無法有效反擊。兩人難分難解，搶占上風，偶爾踉蹌退後又打起精神撲向對方。最後埃齊歐利用維耶里的憤怒反制——沒人可以在憤怒時冷靜應戰。結果維耶里右手揮出一記重拳；埃齊歐上前讓這拳掠過他的肩膀，維耶里無法控制衝力，埃齊歐便用腳跟絆倒對手讓他在地上打滾。維耶里流血又落敗，急忙躲到手下後面，站起身來用受傷的手拍掉身上塵土。

「我玩膩了，」他向衛兵大喊。「幹掉他，女人也是。我找得到比那個瘦小蝌蚪和她屍體似的媽媽更好的女人！」

「懦夫！」埃齊歐大罵，氣喘吁吁地拔劍，但衛兵已經包圍了他們，伸出長戟。他知道近距離接戰會很辛苦。

包圍縮緊。埃齊歐一直揮劍，想把母親和妹妹護在背後，但狀況不妙，維耶里發出洋洋得意、令人不悅的笑聲。

突然一個尖銳模糊的哨聲傳出，埃齊歐左邊的兩個衛兵跪下往前仆倒，同時丟下他們的武器。兩人背上各插著一把飛刀，直沒至柄，顯然瞄得很準。血從他們衣服上冒出來，好像暗紅色的花朵。

又一個人倒下，背上插著刀子，其餘人警覺地退後。

「這是什麼巫術？」維耶里大喊，語氣驚恐，慌張地拔劍左顧右盼。

一個低沉宏亮的笑聲回答他。「小子，這不是巫術——是技術！」聲音來自附近的小樹叢。

「滾出來！」

一個穿長靴、戴輕便胸甲的鬍鬚大漢從小樹叢走出來。他背後又出現幾個服裝類似的人。「遵命。」他嘲弄地說。

「傭兵！」維耶里轉向自己的手下大罵，「你們在等什麼？宰了他們！全部殺光！」

大漢上前，動作優雅地奪下維耶里手裡的劍，用膝蓋把長劍像樹枝一樣輕鬆折斷。

「恐怕這是個餿主意，小帕奇，不過我必須說你很符合你的家族名聲。」

維耶里沒回答，逕自催促手下上前。他們不太情願地逼近這群陌生人，維耶里撿起死去衛兵的長戟，在埃齊歐拔劍時把他的劍打飛掉落在遠處。

「來，埃齊歐，用這個！」壯漢說，丟給埃齊歐另一把劍，劍身劃過空中，以劍尖落地，插在他腳邊的地上抖動。

他立刻撿起來。那是把沉重的武器，他得用雙手持劍，但是足以砍斷維耶里的戟柄。

維耶里發現自己的手下又倒下了兩個人，輕易地被傭兵擊敗，便放棄攻擊打算撤退，離去時還沿路咒罵不休。壯漢走近埃齊歐母子，咧嘴大笑。

「幸好我出來接你們，」他說，「看來好像剛好趕上。」

「無論你是誰，感激不盡。」

男子又大笑，聲音有點耳熟。

「我認識你嗎？」埃齊歐問。

「好久不見了，我很驚訝你連自己叔叔都不認得！」

「馬力歐叔叔？」

「正是！」

他給埃齊歐一個熊抱，然後走向瑪麗亞和克勞蒂亞。他看到瑪麗亞的精神狀態後露出愁容。「聽著，孩子——」他向克勞蒂亞說。「我要先帶埃齊歐回城堡，但我的人會留下保護妳們，也會給妳們飲食。我會派出騎兵駕馬車來接妳們過去。妳們今天走的路夠多了，我看可憐的嫂子已經……」他停頓一下才委婉地說，「累壞了。」

「謝謝，馬力歐叔叔。」

「那就說定了，我們晚點見。」他轉身命令他的手下，再伸手攬著埃齊歐，帶他走向小鎮最高處的城堡。

「你怎麼知道我要來？」埃齊歐問。

馬力歐看起來有點閃爍其詞。「喔——有個佛羅倫斯的朋友派信差騎馬比你先到，我已經知道發生什麼事了。我沒力氣進攻佛羅倫斯，既然羅倫佐回來了，咱們祈禱他能約束帕奇家吧。你最好詳細地告訴我關於大哥——還有姪子們面對的命運。」

埃齊歐停步。親人喪命的記憶仍是他最不願想起的部分。

「他們……他們都因為叛國罪被處死了……」他暫停，「我只是僥倖逃脫。」

「我的天，」馬力歐低聲說，臉色痛苦扭曲。「你知道為什麼會這樣嗎？」

「不知道——但我希望您或許能幫我找到答案。」埃齊歐告訴叔叔家裡藏起來的木箱和內容物品，以及他向亞伯提復仇和從他那裡拿回來的文件。「看起來最重要的東西是一份名單，」他說，然後哀傷地沉默。「我不敢相信我們遭遇這種事！」

馬力歐拍拍他的手臂。「我對你父親的事略有耳聞，」他說。埃齊歐忽然想起馬力歐聽到密室裡藏著的木箱時並不太驚訝。「我們會調查，但我們也必須確保你媽和妹妹生活無虞。我的城堡不太適合女人住，像我這種軍人無法真正安頓下來；大約一哩外有座修女院，在那裡她們絕對安全也有人照顧。如果你同意，就把她們送去，因為我們有很多事要做。」

埃齊歐點頭。他會讓她們安頓下來，說服克勞蒂亞這是最好的臨時對策，因為他不認為她想長期與世隔絕。

兩人往小鎮走去。

「我一直以為蒙特里久尼是佛羅倫斯的敵人。」埃齊歐說。

「敵人不是佛羅倫斯，而是帕奇家。」叔叔告訴他，「但你的年紀應該懂得城邦之間的聯盟，無論規模大小。前一年還是朋友，今年就翻臉了；到了明年又是朋友。這樣的關係如此循環往復，彷彿瘋狂的棋局。但你會喜歡這裡的，人民誠實又勤奮，我們生產的東西堅固又耐穿。神父是個好人，不太喝酒，不多管閒事。我在他身邊時也是——但我自己向來不太熱衷教會的事。最棒的是葡萄酒——世上最美味的香提酒就出自我的葡萄園。來吧，再走一段路就到了。」

馬力歐的城堡是奧迪托雷家古代的根據地，建於一二五〇年代，不過之前原址還有一座更古老的建築。馬力歐將之改良擴建，如今看來比較像是華麗的別墅，但是牆壁很高，厚達幾呎，宛如銅牆鐵壁。城堡前應該是庭院的地方變成了大片練習場，埃齊歐看到幾十個年輕武裝男子正在各自操練戰技。

「甜蜜的家園。」馬力歐說，「你從很小的時候就沒來過了，這裡有些改變。你看怎麼樣？」

「真了不起，叔叔。」

這天剩下的時間非常忙碌。馬力歐帶埃齊歐參觀城堡，安排他的住處，確保克勞蒂亞和瑪麗亞在附近修女院有安全的住所，那裡的院長是馬力歐的多年好友（且據傳她很久以前當過他的情婦）。隔天早上他一早就被叫到叔叔的工作室，一個寬廣的挑高房間，牆上掛著一些地圖、盔甲和兵器，家具是沉重的橡木桌椅。

「你最好趕快進城，」馬力歐嚴肅地說，「給你自己買些適當的裝備。我派個人陪你去，買完之後回來這裡，我們就開始。」

「叔叔，開始什麼？」

馬力歐表情驚訝。「我以為你是來這裡受訓的。」

「不，叔叔——那不是我的來意。當初逃離佛羅倫斯時，這裡是我想得到最安全的地方，但我未來想把母親和妹妹帶到別處。」

馬力歐嚴肅起來。「你父親怎麼辦？你不認為他希望你完成他的工作嗎？」

「什麼——當銀行家？我們的家族生意已經完蛋了，奧迪托雷招牌消失，除非羅倫佐公爵阻止它落入帕奇手中。」

「我不是指那個，」馬力歐說，忽然改口。「你是說喬凡尼沒告訴過你？」

「抱歉，叔叔，但我不知道你指的是什麼。」

馬力歐搖頭。「我真不懂你父親在想什麼。或許他認為時機未到，但是目前情勢已經凌駕這個顧慮了。」他盯著埃齊歐。「我們必須好好談談。把你袋子裡的文件給我，你進城採購時我得研究一下。這是你需要的東西清單，還有資金。」

埃齊歐滿腦疑惑，在馬力歐的部屬、名叫奧拉齊歐的白髮老兵陪伴下出發，聽從他的指點自盔甲店買了戰鬥匕首、輕便盔甲，又向本地醫師買了繃帶和急救箱。他回到城堡後發現馬力歐等得有點不耐煩。

「午安，」埃齊歐說，「我照您要求的辦好了。」

「也挺快的。幹得好！現在，我們得好好教你怎麼戰鬥。」

「叔叔，不好意思，但我說過，我無意久留。」

馬力歐咬著嘴唇。「聽著，埃齊歐，你對付維耶里的時候差點輸掉。要是當時我無法趕到……」他沉默一下。「唉，想走就走吧，但至少先學會自衛所需的技巧和知識，否則你在路上活不過一星期。」

埃齊歐沒說話。

「即使不是為我，也為了你媽和妹妹。」馬力歐施壓。

埃齊歐考慮了一下，必須承認叔叔說得對。「好吧，」他說，「您都這麼好心讓我買裝備了。」

馬力歐笑著拍拍他的肩膀。「好傢伙！改天你會感謝我！」

接下來的幾週是密集的兵器用法指導，在學習新戰技時，埃齊歐也發現了更多的家族歷史背景和父親沒空告知的祕密。而且馬力歐讓他自由使用圖書室，他逐漸發現他可能面對一項意想不到也更重要的命運，令他相當困擾。

「你說我父親不只是銀行家？」他問叔叔。

「遠遠不只，」馬力歐嚴肅地回答，「你父親是訓練有素的殺手。」

「不可能——我父親一直是金融家、生意人……他怎麼可能當殺手？」

「不，埃齊歐，沒那麼簡單。他從出生就被教導成為殺手，他是刺客教團的高階成員。」馬力歐猶豫，「我知道你一定在圖書室發現了更多詳情。我們必須討論那些交給你保管的文件，幸好你懂得從亞伯提那裡拿回來——感謝上帝！你知道嗎，那份名單不是債主名冊，而是所有參與謀害你父親者的名單——他們也參與了另一個更大的陰謀。」

埃齊歐努力吸收這些話——他自以為對父親、對家族所了解的一切，現在似乎都變得真假參半。父親為何對他隱瞞這些事？他感到難以理解，也很陌生。埃齊歐謹慎措辭——他父親這麼保密一定有理由。「我承認父親有些事情我不清楚，恕我懷疑你說的話，但為什麼需要如此保密呢？」

馬力歐等了一下才回答。「你聽過聖殿騎士團嗎？」

「聽過。」

「他們在幾個世紀前，第一次十字軍東征後不久創立，成為宗教武力中的一股精英戰力——彷彿穿盔甲的僧侶。他們誓言禁欲安貧，但是物換星移，他們的立場改變了。他們漸漸參與國際金融，而且經營得很成功。其餘騎士團——慈善騎士團和條頓騎士團——都側目相看，他們的力量也開始讓君王們顧忌。他們在法國南部建立了一座基地，打算成立自己的國家。他們不繳稅，支持自己的私人軍隊，而且對所有人作威作福。大約兩百年前，法國的美男子菲利浦國王向他們出手。那是一場可怕的肅清，聖殿騎士團被逮捕、驅逐或屠殺，最終被教皇逐出教會。但他們無法根除——他們在全歐洲有一萬五千個據點。然而，土地和財產被充公後，聖殿騎士團似乎銷聲匿跡，權力顯然崩潰了。」

「他們後來怎樣了？」

馬力歐搖頭。「當然，那是他們求生的計策。他們轉入地下，囤積他們搶救出來的財富，維持他們的組織，更加努力追求真正的目的。」

「是什麼呢？」

「是什麼，還用問嗎！」馬力歐眼睛一亮，「他們的企圖就是征服世界。只有一個組織全力阻止他們，刺客教團，你父親——和我——都有幸加入了。」

埃齊歐需要一點時間消化。「亞伯提是聖殿騎士團的人嗎？」

馬力歐凝重地點頭。「對。你父親名單上的每個人都是。」

「還有——維耶里？」

「他也是，還有他父親法蘭西斯科，整個帕奇家族。」

埃齊歐考慮一下。「這就能解釋很多事……」他說，「有些東西我還沒給你看過——」

他捲起袖子，露出祕密匕首機關。

「啊，」馬力歐說，「你很聰明，直到確定能完全信任我才透露。我還在猜想東西到哪裡去了呢，看來你把它修好了。這是你祖父留給你父親的，代代相傳。壞掉是因為……很多年前你父親捲入一場衝突，但他一直找不到手藝夠好或值得信任的工匠來修理。小子，幹得好。」

「即使如此，」埃齊歐說，「關於刺客教團和聖殿騎士團的這些話，聽起來好像古代的傳說——很不真實。」

馬力歐微笑。「或許就像用神祕文字書寫的古老羊皮紙內容？」

「你知道古代抄本的事？」

馬力歐聳肩。「你忘了嗎？你連同文件一起交給我了。」

「可以告訴我那是什麼嗎？」不知何故，埃齊歐不願意把朋友李奧納多牽扯進來，除非有絕對必要。

「嗯，無論是誰修好了你的袖刃，他一定至少能看懂一部分，」馬力歐說，埃齊歐正要開口時他舉起手。「我不會問你。我看得出你希望保護某人，我尊重這一點。紙頁的內容不只是武器的使用指南，古代抄本的內頁現在已散佚到全義大利，那是刺客教團內部運作、起源、目的和技巧的指引。如果你加入我們的話，這就是必須恪守的教條。你父親相信古代抄本隱含一個強大的祕密，足以改變世界。」他停下來思索。「或許，他們就是因此陷害他。」

埃齊歐大受震撼，很難一下子接受這麼重大的消息。「刺客、聖殿騎士團、這個怪異的古代抄本——」

「我會當你的嚮導，埃齊歐，但你必須先學會開放心胸，隨時記住：萬物皆空，諸行皆可。（Nothing is true. Everything is permitted.）」

然後不管埃齊歐怎麼施壓，馬力歐再也不肯透露其他事。

他叔叔倒是繼續讓他接受最嚴格的軍事訓練。不知不覺間，他從早到晚都和練習場上的年輕傭兵演習，每晚累得沒力氣思考其他事只能睡覺。

然後，有一天……

「姪子，幹得好！」叔叔告訴他，「我想你準備好了。」

埃齊歐很高興。「感謝你給我的一切，叔叔。」

馬力歐只熊抱他一下回應。

「你是家人啊！這是我的義務和願望！」

「幸好你說服我留下來。」

馬力歐和藹地看著他。「那麼——你重新考慮過離開的決定嗎？」

埃齊歐也看著他。「很抱歉，叔叔，但我心意已決。為了媽媽和克勞蒂亞的安全——我仍然打算到海邊搭船去西班牙。」

馬力歐沒有隱藏他的不悅。「原諒我，姪兒，但我教給你的技藝不是為了自我娛樂或你的個人利益。我教你是為了讓你更有準備地去打擊我們的敵人。」

「如果他們找到我，我會出手的。」

「所以，」馬力歐失望地說，「你想離開？拋棄你父親為之奮戰且為之而死的一切？否認你的傳承？唉！我無法假裝我不失望——非常失望。但是去吧，等你判斷你母親可以旅行了，奧拉齊歐會帶你去修女院，他會護送你們。祝你好運。」

說完，馬力歐轉身大步離去。

過了一段時間，埃齊歐發現他必須讓母親的生活更加安詳寧靜，她才有可能復原。他心情沉重地做好了離開的心理準備。他去修女院探望母親和妹妹，懷著也許會是他帶走她們之前最後一次探訪的想法，發現她們比他原本期望的最好狀態還好得多。克勞蒂亞跟一些年輕修女交上了朋友，埃齊歐看得出來她開始被這種生活吸引了，他很驚訝但不太高興。同時母親穩定而緩慢地復原中，女院長聽了他的計畫後表示反對，勸他說她仍然亟需休養，不該再讓她舟車勞頓。

他回到馬力歐的城堡，滿懷憂慮，也知道這些憂慮會日益加深。這段期間，蒙特里久尼一直在備戰，現在似乎快完成了，這些事情都令他分心。他叔叔彷彿人間蒸發，但他總算在地圖室找到了奧拉齊歐。

「怎麼回事？」他問，「我叔叔在哪裡？」

「他在備戰。」

「什麼？跟誰開戰？」

「喔，如果他認為你們要留下來的話應該會告訴你，但我們都知道這不是你的本意。」

「呃……」

「聽好，你的老朋友維耶里·德·帕奇正在聖吉米那諾備戰。他把兵力加到三倍，還放話等他準備好，就要來把蒙特里久尼夷為平地。所以我們要先過去，踩扁那條小蛇，給帕奇家一個永生難忘的教訓。」

埃齊歐深呼吸一下。這下狀況完全不同了。或許這是命運——他潛意識中一直在尋找的刺激。「我叔叔在哪裡？」

「在馬廄裡。」

埃齊歐拔腿飛奔，瞬間已經快跑出房間了。

「喂！你要去哪裡？」

「去馬廄！那裡一定也有我可以用的馬！」

奧拉齊歐微笑著看他離去。

第7章

在一四七七年春季某個深夜，馬力歐和埃齊歐並肩騎馬，帶著軍隊來到聖吉米那諾鎮外。這將是一場激戰的開始。

「再說一遍你為什麼改變主意了。」馬力歐說，很高興姪兒的決定。

「你已經知道了，只是想再聽我說一遍而已。」

「那又怎樣？反正瑪麗亞還要一陣子才會復原，她們維持現狀會很安全，你很清楚。」

埃齊歐微笑。「我已經說過，我想要負責任。我也說過，維耶里是因為我才找你麻煩。」

「我也說過，年輕人，你高估了自己的重要性。事實上，維耶里找我們麻煩是因為他是聖殿騎士，而我們是刺客。」

講話時，馬力歐掃視聖吉米那諾緊密相鄰的高塔。那些方形結構似乎高聳入雲，埃齊歐有種奇怪的似曾相識感，但一定是作夢或上輩子的事情，因為他一點印象也沒有。

塔頂各自點著火把，城牆的城垛和城門上也看得到許多火光。

「他的防禦工事不錯，」馬力歐說，「從火把判斷，維耶里應該等著我們。真可惜，但我並不驚訝。畢竟他有間諜，我也有。」他停頓一下。「我看到堡壘上有弓兵，城門也強化了防禦。」他繼續觀察城鎮。「但是，他似乎沒有足夠人手充分把守每一座城門。南邊城門看來比較空虛——肯定是他預料最不可能被攻擊的地方，我們就攻打那裡吧。」

他舉起手臂策馬前行，軍隊隨之前進。埃齊歐騎到他旁邊。「我們就這麼辦，」馬力歐語氣急迫地說，「我會帶著手下跟城門衛兵交戰，同時你得想辦法越過城牆，從裡面打開城門。我們必須安靜迅速地完成這一切。」

他解下一條掛滿飛刀的斜背帶交給埃齊歐。「拿著，用來對付弓兵。」

一接近到足夠距離，兩人便下馬。馬力歐帶著一群精兵，前往對付配置在南城門的那隊衛兵。埃齊歐獨自行動，徒步跑過最後一百碼，利用大小樹叢掩護他的行跡，直到抵達城牆下。他拉起兜帽，藉著城門火把的光線，發現自己兜帽投射在城牆上的影子就像頭老鷹。他抬頭觀察，城牆陡峭地聳立在他頭頂至少五十呎高。他看不見上面的城垛有沒有人。他綁緊飛刀背帶，開始攀爬。很辛苦，因為牆用打磨的石頭砌成，很難找到借力點，但靠近頂端的槍眼提供了穩固的踏腳處，讓他小心地窺探城垛內部。他左邊的城牆上有兩個弓兵，背對他倚著牆，拉著弓。他們看到馬力歐展開攻擊，便準備射擊底下的刺客傭兵。埃齊歐毫不猶豫。不是他們死，就是那些友軍要死，這時他感激起叔叔堅持要教他的新技巧。他快速地讓自己全神貫注，在閃爍的昏暗中調整視力，接著抽出兩把刀投擲出去，一下接一下，精準無比。第一把射中弓兵的後頸——瞬間致命。他哼都來不及哼就倒在垛口上。下一把飛得比較低，猛力射中第二人背後，他慘叫一聲，仆倒掉進底下的黑暗中。

埃齊歐的下方——一道窄石階的底端——就是城門，這時他很感激維耶里的兵力不足以完美地防守全鎮，因為內側並未部署士兵。他三步併作兩步、飛躍似地跳下階梯，很快找到控制沉重鐵門栓、鎖住十呎高堅固橡木城門的拉柄。它的設計並非一個人的力氣可以驅動，但他使盡全力，拉扯一個裝在城門上、在肩膀高度的大鐵環。動了！城門慢慢打開的同時，他看見馬力歐和手下剛結束殺戮的任務。兩個己方人馬死在地上，維耶里的士兵則有二十人被送去見上帝。

「幹得好，埃齊歐！」馬力歐輕聲叫。目前似乎沒有驚動任何人，但那只是遲早問題。

「來吧！」馬力歐說，「別出聲，快點！」他轉向一名士官，「回去把主力部隊帶來。」

他小心帶路穿過寂靜的街道——維耶里想必實施了宵禁，因為看不到路人。途中，他們差點撞上一支帕奇巡邏隊。他們躲回陰影中，讓敵人通過，再從後方追擊，很有效率地打倒他們。

「接下來呢？」埃齊歐問叔叔。

「我們必須找到這裡的衛兵隊長羅貝托，他會知道維耶里在哪裡。」馬力歐表現得比平常更緊張。「這太花時間，我們分頭找比較好。聽著，我認識羅貝托，這種三更半夜，他不是在最愛的酒館裡喝醉，就是在要塞裡睡覺。你去要塞，帶著奧拉齊歐和十幾個好手。」他看看濛濛亮的天空，再嗅嗅空氣，已經有黎明前的涼意。「雞叫時在大教堂會合回報。別忘了——我把這幫流氓交給你指揮了！」他慈愛地向手下微笑，帶著他自己的人手，消失在通往山丘的街上。

「要塞在小鎮的西北邊——長官。」奧拉齊歐說。他笑了，其他人也是。埃齊歐察覺他們對馬力歐的服從，還有被交給菜鳥軍官指揮的不安。

「我們走吧，」埃齊歐堅定地回答，「跟著我，聽我的信號。」

要塞占據了鎮上主廣場的一側，離大教堂不遠，也靠近城鎮所在的小山丘最高處。他們毫無困難地抵達，潛入之前埃齊歐發現有幾個帕奇家衛兵守在入口處。他示意手下留在原地，走近衛兵，像狐狸一樣無聲走在陰影裡，直到近得能偷聽到他們兩人的對話。顯然他們對維耶里的領導不滿，比較激動的那個正滔滔不絕。

「我跟你說，特巴多，」他說，「我對那狗崽子維耶里超不爽。他連撒尿都瞄不準桶子，更別說保護城鎮或禦敵了。至於羅貝托隊長只會喝酒，簡直像個穿制服的香提酒瓶！」

「你太多嘴了，佐哈尼，」特巴多提醒他，「別忘了伯納多說錯話之後的下場。」

另一人收斂起來，清醒地點頭。「你說得對……我聽說維耶里挖了他的眼睛。」

「對吧？謝了，我還想保住眼珠子，所以最好別說了。我們不確定多少同志和我們有同感，維耶里到處都有眼線。」

埃齊歐很滿意地回到自己的隊員處。不滿的部隊很難有效率，但無法保證維耶里不會另外指揮一支強大忠誠的帕奇家族擁護者。至於維耶里的其他手下並不足為懼，埃齊歐清楚恐懼能對一個人造成多大的影響。現在的任務是潛入要塞。埃齊歐掃視廣場，除了少數帕奇衛兵，那裡陰暗無人。

「奧拉齊歐？」

「是，長官？」

「你可以解決他們嗎？要迅速而安靜。我會試著爬上屋頂，看他們在庭院裡有沒有派人。」

「這正是我們的職責，長官。」

讓奧拉齊歐和他的士兵去對付衛兵，埃齊歐檢查確認他的背帶上還有足夠飛刀後，跑了一段路進入要塞旁的小巷，並爬上附近屋頂，再跳到圍繞著中央庭院的要塞屋頂上。他感謝上帝讓維耶里顯然疏忽了在當地民宅散布全鎮的高塔上派駐人力，因為從制高點上他們可以看見一切動靜。他也知道，控制那些高塔將是馬力歐主力部隊的第一目標。從要塞屋頂俯瞰下去，他見庭院裡沒人，便跳到柱廊頂上，再跳至地面。開門、部署人馬都不需要什麼策略，他的手下正把被撂倒的帕奇巡邏隊拖到視線外，藏在柱廊陰影中。為了避免引人懷疑，他們又關上了要塞的大門。

不管怎麼看，要塞都似乎沒人。但過了不久，從外面廣場上傳來講話聲，另一批維耶里的手下出現，打開大門走進庭院，他們扶著一個看來頗胖、顯然喝醉的壯漢。

「大門衛兵到哪摸魚去了？」男子問道，「可別說維耶里更改我的部署，把他們調去該死的巡邏隊了！」

「羅貝托長官，」扶著他的某人懇求，「您該就寢了吧？」

「你什麼意思？我順利走回來了，不是嗎？反正時候還早！」

這群人設法把他們的隊長放到庭院中央的噴泉邊坐下，聚集在旁，不知接下來怎麼辦。

「大家都覺得我不是好隊長！」羅貝托自怨自艾地說。

「沒這回事，長官！」最接近他的人說。

「維耶里就這麼想，」羅貝托說，「你真該聽聽他跟我說話的口氣！」他停頓一下，看看周圍，努力集中逐漸渙散的意志，繼續用感傷的口吻說：「我被撤換或遭遇更慘的下場只是遲早的問題！」他又停頓，脾氣忽地上來。「該死的酒瓶在哪裡？拿來！」他灌了一大口，看瓶子見底便把它丟開。「都是馬力歐的錯！間諜回報他收容他的姪子時，我真的不敢相信——他從維耶里手中救了那個小混蛋！這下維耶里氣瘋了，我還得面對我的老同事呢！」他睏倦地看看周圍。「親愛的馬力歐！我們曾經是戰友，你記得嗎？但他拒絕跟我一起投靠帕奇家，即使酬勞更高，住宅更好，裝備更先進——一切都更好！希望他在這裡。只要兩桶酒，我會——」

「抱歉。」埃齊歐插嘴並走上前來。

「什——？」羅貝托說，「你是誰？」

「容我自我介紹，我是馬力歐的姪子。」

「什麼？」羅貝托大吼，掙扎著起身抓他的劍卻抓不到。「逮捕這鄉巴佬！」他湊近，埃齊歐聞到他呼吸中的酒臭和洋蔥味。「你知道嗎，埃齊歐，」他微笑說，「我應該感謝你。現在我抓到了你，維耶里什麼都願意給我。或許我可以退休，在海邊買個小別墅——」

「隊長，如意算盤別打得太早。」埃齊歐說道。羅貝托轉過身，才後知後覺地發現：他們被全副武裝的刺客傭兵包圍了。

「啊。」羅貝托頹然坐倒，似乎鬥志盡失。

帕奇家衛兵被綑綁押進要塞的地牢之後，羅貝托拿到一瓶新酒，和埃齊歐一起坐在庭院旁房間裡的桌邊談話。最後羅貝托被說服了。

「你要抓維耶里？我可以告訴你他在哪裡，反正我的前途完蛋了。去廣場上靠近北城門的海豚宮吧，那邊正在舉行會議……」

「你知道他跟誰開會嗎？」

羅貝托聳肩。「從佛羅倫斯來的同黨吧，我想。應該是帶了增援來。」

他們被表情憂慮的奧拉齊歐打斷。「埃齊歐！快來！大教堂旁出事了。我們最好去支援！」

「好！我們走！」

「他怎麼辦？」

埃齊歐看著羅貝托。「別管他。我想他最終還是選對邊了。」

一來到廣場上，埃齊歐聽見大教堂前面的空地傳來打鬥聲。他靠近，看見叔叔的手下背對著他，正被一大群帕奇部隊逼退。他用飛刀開路，殺到叔叔身邊告訴他剛才得知的情報。

「羅貝托好樣的！」馬力歐說，驚險躲過一擊，然後砍劈他的敵人。「我一直很遺憾他投靠了帕奇，但他最後真是出人意料。去吧！查出維耶里想幹什麼。」

「但是你怎麼辦？你能抵擋他們嗎？」

馬力歐看著他。「至少撐一陣子。我們的主力這時應該已經占領大半個城鎮了，他們會來支援的。快去，埃齊歐！別讓維耶里跑了！」

宮殿位於市區最北邊，遠離戰場，不過這裡的帕奇衛兵很多——可能是羅貝托所說的增援——埃齊歐得小心選路迴避他們。

他抵達時會議似乎結束了，四個長袍男子正走向拴著的馬匹。埃齊歐認出雅克坡・德・帕奇、他的姪兒法蘭西斯科、維耶里，還有——他不禁驚呼——那個出席他父親絞刑的高大西班牙人。更令人驚訝的是，埃齊歐發現此人披風的肩上繡有樞機主教的徽章。一行人停在馬匹旁，埃齊歐設法利用附近樹木掩護，偷聽對話內容。談話聲斷斷續續，他必須專心聆聽，而聽到的內容讓他很感興趣。

「那就這麼說定了，」西班牙人說，「維耶里，請你留在這裡，盡快重建我們的據點。法蘭西斯科會在佛羅倫斯籌組軍隊，等待出擊的時機來臨。你呢，雅克坡，必須準備好在取得控制後安撫居民。不要躁進，我們的行動計畫越周詳，越可能成功。」

「但是，羅德里哥先生，」維耶里插嘴，「我該怎麼處置那個醉鬼馬力歐？」

「除掉他！絕不能讓他知道我們的意圖。」被稱作羅德里哥的男子翻身上馬。埃齊歐清楚地看到他的長相，冰冷的眼神，鷹勾鼻，四十幾歲。

「他向來是個麻煩，」法蘭西斯科咒罵道，「就像他的混蛋哥哥。」

「別擔心，父親，」維耶里說，「我會很快讓他們在地獄團圓！」

「來吧，」名叫羅德里哥的男子說，「我們已經逗留太久了。」雅克坡和法蘭西斯科上馬騎在他旁邊，他們轉向帕奇家衛兵已經打開的北城門。「願洞察之父引導我們！」

他們策馬出城，城門隨即關上。埃齊歐覺得現在可能是殺掉維耶里的好機會，但他的護衛太多了，況且，活捉他來審問或許比較好。他小心地默記他偷聽到的人名，打算加進他父親的敵人名單，他們共同籌劃的陰謀顯然正在進行中。

這時，他的思緒被甫抵達的帕奇衛兵隊打斷，衛兵隊長奔至維耶里面前。

「什麼事？」維耶里怒道。

「指揮官，我有壞消息。馬力歐・奧迪托雷的手下突破了我們的最後防線。」

維耶里冷笑。「那是他『以為』。」他向身邊的軍隊揮手，「從佛羅倫斯來了更多增援。今天結束前，我們就會把他像害蟲一樣逐出聖吉米那諾！」他拉開嗓門集合軍隊。

「快去迎戰！」他喊道，「踩平那些人渣！」

高呼一聲口號後，帕奇自衛隊在軍官指揮下由北門往南進軍，穿過市區前去迎擊馬力歐的傭兵。埃齊歐祈禱叔叔不會被偷襲，因為現在他的兵力處於嚴重劣勢。維耶里留在後方，身邊只剩私人保鑣，正要走回安全的宮殿裡。顯然他還有些密會相關事宜得處理，又或者他可能是要回去穿戴盔甲備戰。不論如何，太陽很快就會升起，再不動手就沒機會了。埃齊歐走出黑暗，從頭上拉下兜帽。

「早安，德・帕奇少爺，」他說，「昨晚很忙嗎？」

維耶里轉身面對他——臉上瞬間閃過震驚和恐懼之色。他恢復鎮定，粗聲道，「我早該知道你會再出現。向上帝告解吧，埃齊歐——現在我有比你更重要的事得處理。你只不過是棋盤上等著被吃掉的卒子。」

維耶里的衛兵們衝向埃齊歐，但他有恃無恐。他用最後一柄飛刀射倒第一個人——鋒刃發出魔鬼般的尖嘯聲飛過空中。然後他拔出劍和戰鬥用匕首迎向其餘衛兵。他發狂般地在血海中又砍又刺，動作俐落而致命，直到重傷的最後一人跛行逃開。這時維耶里從拴在原處的馬鞍下抽出一柄戰斧，凶猛地攻向他。埃齊歐轉身閃躲，這一擊雖只從他的盔甲擦過，仍把他撞倒在地，劍也脫手掉落。此時，維耶里從他旁邊踢走長劍，將戰斧高舉過頭。埃齊歐鼓起餘力，踢向對手的胯下，但維耶里及時往後跳開。埃齊歐趁機起身，維耶里便把戰斧拋向他的左腕，打掉戰鬥匕首，在左手背留下一道猙獰的傷口。

「什麼事都要我自己動手，」維耶里拔出自己的長劍和匕首，「有時真不懂我幹嘛付錢給這些所謂的保鑣。再見，埃齊歐！」說罷衝上前去。

手傷處的灼痛蔓延至青年的全身，令他頭暈又視線模糊。這時他想起他所學過的一切，本能主宰了他。在維耶里擺出架式，準備給應該手無寸鐵的對手致命一擊時，埃齊歐振作起來，張開右手，伸直手指。父親的袖劍機關立刻發出喀啦一聲，致命的刀鋒從他手指下完全地彈出，黯淡的金屬色掩藏了鋒利。維耶里舉著手臂，側面洞開，埃齊歐把劍刺入他側腹——刀鋒毫無阻力地滑了進去。

維耶里表情震驚，武器落下，跪倒。他的肋骨之間血如泉湧。埃齊歐在他倒地時接住他。

「你時間不多了，維耶里，」他急迫地說，「現在是你跟上帝和解的機會。告訴我，你們在討論什麼？你們有什麼計畫？」

維耶里緩緩一笑回答他。「你永遠打不贏我們，」他說，「你們永遠無法征服帕奇家，當然也無法勝過羅德里哥•波吉亞。」

埃齊歐知道時間不多，對方快死了。他更焦急地追問。「快說，維耶里！我父親發現了你們的計畫嗎？所以你們才害死他？」

維耶里臉色灰白，緊抓著埃齊歐的手臂，一縷鮮血從他嘴角流出來，眼神開始渙散。他仍擠出一個諷刺的微笑。「埃齊歐，你指望什麼——完整告解嗎？抱歉，我沒有……時間……」他喘氣時嘴裡流出更多鮮血。「真可惜。在另一個世界，我們或許可以當……朋友。」他鬆開了埃齊歐的手臂。

傷口忽地痛楚難當，加上親人之死的慘痛回憶，埃齊歐被一股冷酷的憤怒撕裂。「朋友？」他向屍體說，「朋友！你這人渣！你的屍體應該像死烏鴉一樣丟在路邊腐爛！沒人會想念你！我只希望你受更多折磨！我——」

「埃齊歐，」一個渾厚溫柔的聲音在他背後說，「夠了，尊重死者。」

埃齊歐站起來，轉身面對他叔叔。「尊重？發生這麼多事情之後？如果他贏了，你以為他不會把我們吊在最近的樹上？」

馬力歐累壞了，一身塵土與血汙，但站得很穩。

「但他沒有贏，埃齊歐。你也跟他不一樣，不要變成他這種人。」他跪到屍體邊，伸出戴手套的手闔上他的眼皮。「願死亡帶給你可憐憤怒的靈魂尋求的平靜，」他說，「安息吧。」

埃齊歐默默旁觀。叔叔站起來之後，他問，「結束了嗎？」

「沒有，」馬力歐回答，「還有激烈的戰鬥。羅貝托帶了一些人投靠我們這邊，局勢變得對我們有利是遲早的事。」他停一下。「我想你一定會很難過，奧拉齊歐死了。」

「奧拉齊歐——！」

「他死前告訴我你是多麼勇敢的人。別辜負他的誇獎，埃齊歐。」

「我會努力。」埃齊歐咬咬嘴唇。但他自己沒有察覺，這又是一個教訓。

「我必須回去帶隊，但我有東西給你——會讓你更了解你的敵人一點。我們從本地一名教士身上找到一封信，原本是寫給維耶里的父親，但法蘭西斯科顯然收不到了。」他遞出一張紙，蠟封已經破損。「這個教士也負責主持葬禮，我會叫我的手下安排。」

「我有事要告訴你——」

馬力歐舉手制止。「晚一點吧，等這裡的事情結束。經過這次挫敗，我們的敵人無法像他們希望的那麼快行動了，佛羅倫斯的羅倫佐也會提高警覺。目前我們占上風。」他停頓。「我得回去了。看信吧，埃齊歐，想想它說什麼。記得治療手傷。」

他走了。埃齊歐走離維耶里的屍體，坐在剛才他躲藏的那棵樹下。蒼蠅已經在維耶里臉上盤旋了。埃齊歐打開信：

法蘭西斯科老爺：

我照您的吩咐跟令郎談過了。我同意您的評估，不過只有一部分。沒錯，維耶里很莽撞，容易做事不經大腦；他也習慣把手下當玩具對待，就像他只在乎棋子用象牙或木頭製造，不在乎它的死活。他的懲罰手段確實很殘酷：我收到了報告至少有三個人被打到毀容。但是我不認為他如您所說的那般無藥可救。反而，我相信對策其實很簡單。他渴望您的認同、您的關心。他的行為乖張只是自卑而缺乏安全感的結果。他經常稱讚您，表示希望和您親近。所以，要是他吵鬧無禮或生氣，我相信只是因為他想被人注意。他想要被愛。

請依據我此信提供的消息任意處置，但現在我必須請求停止通信。要是他發現我們談的內容，我真的很怕自己會遭遇到什麼下場。

您的密友
喬康多神父

埃齊歐看完信之後坐了半晌，思索著。他看向維耶里的屍體。先前他沒注意到他腰帶上有個錢包。他走過去拿，回到樹下檢查內容。裡面有幅女人的小畫像、一小袋金幣、一本嶄新的筆記簿，還有一個細心捲起的羊皮卷軸。埃齊歐用顫抖的雙手打開，立刻認出那是什麼。是古代抄本的一頁……

太陽升得更高，一群僧侶帶著木頭擔架出現，抬走了維耶里的屍體。

時序由春轉夏，含羞草和杜鵑花變成了盛放的百合和玫瑰，托斯卡尼恢復了不安的和平。埃齊歐很滿意看到母親持續復原中，不過她的精神受到家中悲劇重創，現在他覺得她或許永遠無法離開平靜的修女院。克勞蒂亞在考慮宣誓當見習修女，他不太樂見，但他知道她的天性像他一樣固執，勸她打消念頭只會加強她的決心。

這段時間，馬力歐確保了聖吉米那諾和周邊領域不再構成威脅——現在由他戒酒改過的老戰友羅貝托治理——並剷除了最後一群帕奇殘黨。蒙特里久尼很安全，慶祝勝利後，馬力歐的傭兵都獲得應有的休假，各自陪伴家人、喝酒或嫖妓，但並未荒廢訓練；隨從們也不忘保養武器盔甲，石匠木匠們確保兩座城鎮和城堡的防禦工事。在北方，法國可能構成的外來威脅暫時解除，因為路易國王忙著驅逐最後的英國入侵者，面對勃艮第公爵造成的問題；而在南方，帕奇家的潛在盟友西斯都四世教皇也忙著拔擢他的親戚和監督梵蒂岡新建的壯觀教堂，沒空理會托斯卡尼。

然而，考慮到那些他們清楚並未消失的威脅，馬力歐和埃齊歐多次長談。

「我必須告訴你羅德里哥・波吉亞的背景，」馬力歐告訴姪兒，「他出生在瓦倫西亞，但在波隆納讀法律，從未回去西班牙，因為這裡比較有利於他實現自己的野心。目前，他是羅馬教廷的重要人物，全歐洲最有權勢的人之一，而非只是個教會內部的狡猾政客而已。他的目標不僅止於此。」他壓低音量。「羅德里哥是聖殿騎士團的領袖。」

埃齊歐感覺心在體內翻攪。「難怪他出現在我父親和兄弟的刑場上。他是幕後主使。」

「對，他可不會忘記你，尤其是你害他失去了在托斯卡尼的權力基礎。他知道你的出身背景，以及你對他造成的威脅。要知道，埃齊歐，他一有機會就會想辦法除掉你。」

「這樣看來，如果想要自由，我就必須對付他。」

「我們必須監視他，但目前有更重要的事情要做，休息得夠久了。到我書房來。」

他們從原先散步的庭院走到城堡的一間內室，位在地圖室外的走廊盡頭。這裡很安靜，陰暗但不陰沉，排列著書籍，看起來比較像學者而非軍官的房間。書架上放著一些看起來像土耳其或敘利亞的器物，埃齊歐看到部分書背上的字樣是阿拉伯文。他問過叔叔為什麼，卻只得到模糊的回答。

進來之後，馬力歐打開一個箱子拿出皮革文件袋，從裡面拿出一疊紙。埃齊歐立刻認出來其中某些文件。「這是你父親的名單，孩子——我不該再叫你孩子了，現在你已經是男子漢，一個貨真價實的戰士——我又加上了你在聖吉米那諾告訴我的人名。」他看著姪兒，把文件交給他。「你該開始你的工作了。」

「上面的每個聖殿騎士都會死在我的劍下，」埃齊歐平靜地說。看到法蘭西斯科·德·帕奇名字時他的目光一亮。「嗯，就從他開始。他是全家族最惡劣、最仇視我們盟友美第奇家的人。」

「你說得對，」馬力歐附和，「那麼，你準備回佛羅倫斯？」

「我下定決心了。」

「很好。但如果你想要萬無一失，你還有些事得學。來吧。」馬力歐轉向一座書架，按下側面的隱藏機關。書架無聲地向外打開，露出裡處的石牆，上面挖出了數個方形凹槽。有五個填滿了，其餘則否。

埃齊歐看了眼睛發亮。五個填滿的空間裡都是古代抄本的紙頁！

「我想你認得這是什麼，」馬力歐說，「我不驚訝。畢竟，你有你父親留給你的一頁，還有佛羅倫斯的聰明朋友可以解讀，而這些是喬凡尼過世前找到並翻譯的。」

「還有我從維耶里身上拿到的，」埃齊歐補充。「不過內容仍然是個謎。」

「唉，你說得對。我不像你父親是學者，不過把每一頁湊起來，加上我書房裡的資料協助，我逐漸要解開這個謎了。看！有沒有發現文字的排列是跨越頁面的？再加上符號？」

埃齊歐仔細看，腦中湧現詭異的熟識感，彷彿某種潛藏的本能重新覺醒，讓古代抄本頁面上的字跡像是活了起來，含意在他眼前解開。「對！而且底下似乎有什麼圖畫的碎片……看，好像地圖！」

「喬凡尼和我都試圖搞懂那些橫跨各頁、似乎是預言的文字，但它代表的究竟是什麼，我必須繼續研究。關於『伊甸的碎片』之類的。這是很久以前像我們這樣的刺客寫的，名字好像是阿泰爾。不只如此，他還寫到『隱藏在地下，既古老又強大的東西』——我們還沒發現是什麼。」

「這是維耶里那一頁，」埃齊歐說，「把它掛到牆上。」

「還不行。你走之前我會抄一份，把正本帶去給你在佛羅倫斯的聰明朋友。他不需要窺知全貌，至少不需要知道迄今解讀出來的所有部分。知道得越多越可能帶給他危險。晚一點維耶里的羊皮紙就會加到這面牆上，我們距離解謎會更進一步。」

「其他缺頁怎麼辦？」

「改天再找吧，」馬力歐說，「不要擔心。你必須專心在眼前的計畫上。」

第8章

埃齊歐離開蒙特里久尼之前必須作些準備。在叔叔身邊，他還有很多關於刺客教團的事要學習，為了未來的任務他最好先讓自己擁有足夠的能力。也有必要確保他在佛羅倫斯至少是相對安全的，以及住宿問題，因為馬力歐在城裡的間諜回報奧迪托雷家被封鎖了，不過仍在美第奇家族的保護下，所以沒有遭人劫掠。行程遇到的數次延後和挫折讓埃齊歐越來越沒耐性，直到三月的某個早上，叔叔叫他收拾行李。

「這個冬天真是漫長啊——」馬力歐說。

「太長了。」埃齊歐插嘴。

「——但現在一切就緒了，」他叔叔繼續說，「我得提醒你，細心準備是大多數勝利的基礎。現在聽好了，我在佛羅倫斯有個朋友，她幫你在離她家不遠處安排了安全住所。」

「叔叔，她是誰？」

馬力歐表情鬼祟。「她的名字與你無關，但我保證你可以像信任我一樣信任她。總之她現在出城了。如果你需要幫助，聯絡你的老管家安妮塔，她住址沒變，現在為美第奇家工作，但最好盡量別讓人知道你在佛羅倫斯。不過，有個人你必須聯絡，只是他不好找。我把他的名字寫在這兒，你必須私下打聽他。給你的科學家朋友看古代抄本內頁時不妨問問他，但是為了他好，別讓他知道太多！對了，這是你的住處地址。」他交給埃齊歐兩張紙和一個鼓起的皮囊。「還有一百個金幣供你運用，你的旅行文件也在裡面。最好的消息是你明天可以出發了！」

埃齊歐利用剩下的空檔騎馬到修女院向母親與妹妹告辭，打包他的重要衣物和裝備，向叔叔與長久以來陪伴並支持他的鎮民們辭行。隔天黎明時分，他懷著喜悅又堅決的心情，騎馬從城堡大門往北出發。這天的旅途漫長而平安，到了晚餐時間他已經住在新居裡，準備重新熟悉這個住了一輩子卻睽違多時的城市。但這不是多愁善感的返鄉，他重新安頓好，忍不住感傷地走過老家房子的正面看一看，隨即直奔李奧納多・達文西的工作室，沒忘記隨身帶著維耶里・德・帕奇的古代抄本內頁。

自埃齊歐上一次離開後，李奧納多的工作室已經擴張到自家左邊的房子，那是座空間寬敞的大倉庫，用來實現他的各種想像。兩張高架長桌從室內一頭延伸到另一頭，照明則靠油燈和牆壁高處的窗戶——李奧納多可不希望別人看見。桌上放的、牆上掛的、隨處放置的、房間中央半完成的，都是些令人不解的裝置、機械和工程設備，牆上釘著幾百張素描和繪畫。

在這團創意的混亂中，五、六個助手忙碌不休，年紀稍長但同樣俊俏的安格紐洛和英諾森托負責監督。這裡有個馬車的模型，不過是圓形，裝載滿武器，上面有個鍋蓋狀的裝甲頂篷，頂端有個洞可以讓人探頭出來確認這臺機器前往什麼方向。遠處，是鯊魚狀但背上有座塔的船隻繪圖。不過最怪異的是，圖面上看來彷彿船是在水下航行。地圖，從眼睛、性器官到子宮胚胎運作方式的各種解剖素描——還有其他許多超過埃齊歐的想像力能夠解讀的東西——擠滿所有的牆面，堆在桌上的樣本與雜物讓埃齊歐想起他上次來訪印象中的亂中有序，但乘上一百倍。這裡有些精確的動物素描，從外型熟悉的到充滿幻想的，還有抽水機和城牆等各種設計圖。

最吸引埃齊歐目光的物品垂吊在天花板上。他記得先前看過不同版本的小模型，但這個看起來像二分之一比例的大模型，將來可能做成真正的機械。它看起來仍然像蝙蝠的骨架，某種堅固的動物皮革緊繃覆蓋在兩個突出的木頭框架上。

附近的畫架上釘著某種文件。在註記和計算式之間，埃齊歐看到部分文字：

……獸角或鋼鐵的彈簧裝在蘆葦包裹的柳木上。

即使翅膀沒有拍打空氣，動能也使鳥類維持在飛行路線上，甚至還能往上升。

如果體重兩百磅的人站在n點，用滑車舉起一百五十磅重的翅膀，用大約三百磅的力量他就能靠兩隻翅膀飛起來……

埃齊歐完全看不懂，但至少還能辨識得出內容——安格紐洛一定是從李奧納多的潦草筆跡謄寫了一遍。這時他發現安格紐洛看著他，連忙移開目光。他知道李奧納多非常希望保密。

隨後李奧納多本人從舊工作室方向走過來，急忙迎向埃齊歐，親切地擁抱他。「親愛的埃齊歐！你回來了！真高興見到你。發生了這麼多事，我們以為……」他的話語倏然而止，表情懊惱。

埃齊歐努力重新振作他的心情。「這裡不錯嘛！雖然我完全看不懂，但我猜你很清楚自己在做什麼。你放棄繪畫了嗎？」

「沒有，」李奧納多說，「只是繼續做……我感興趣的其他東西。」

「我懂。你擴大店面了，一定是生意興隆。你這兩年過得不錯啊。」

李奧納多看得出埃齊歐表情中隱含的哀傷和嚴肅。「或許吧，」李奧納多說，「他們沒來煩我，大概以為我遲早對任何掌握絕對權力的人會有用……只是我不認為有人做得到。」他改變話題。「我的朋友，你最近怎麼樣？」

埃齊歐看著他。「改天有時間，希望我們能坐下來聊聊上次見面之後發生的一切，但是現在，我又需要你幫忙了。」

李奧納多攤開雙手。「儘管說！」

「有個我認為你會有興趣的東西要給你看。」

「那你最好到我的工作室裡來——那邊比較沒人。」

回到李奧納多的老房間之後，埃齊歐從錢包拿出古代抄本內頁，在面前的桌上攤開。

李奧納多興奮得瞪大眼睛。

「你還記得上一頁嗎？」埃齊歐問。

「我怎麼可能忘記？」藝術家望著頁面，「這太令人興奮了！我可以看嗎？」

「當然。」

李奧納多仔細研究頁面，手指比劃，然後拿來紙筆，開始抄下文字和符號。他馬不停蹄地跑來跑去，專注地參考書籍和手稿。埃齊歐感激又耐心地看著他研究。

「這倒有趣，」李奧納多說，「這裡有些相當陌生的語言，至少我不懂，但確實有某種模式。嗯。對，這裡有個註解是阿拉米語，解釋得比較清楚。」他抬頭。「你知道嗎，光看這頁和上一頁，你大概會以為是工具書的片段——至少在某種程度上——用來指引各種暗殺形式。但當然不僅如此，只是我不曉得是什麼。我只知道這裡面隱含的內容我們目前只摸到皮毛而已。我們必須湊齊整本書，可是你不知道其他頁在哪裡吧？」

「不知道。」

「那麼全書有多少頁？」

「可能……有人會知道。」

「啊哈，祕密！好吧，我必須尊重。」李奧納多的注意力又被別的東西吸引。「你看這個！」

埃齊歐從他背後看過去，只看到一連串密集成群的楔形符號。「這是什麼？」

「我看不太懂，但若是我沒猜錯，這段含有一個我們不懂——而且邏輯上不可能存在的金屬或合金的配方！」

「還有其他資訊嗎？」

「有，最容易解讀的部分。基本上這是另一種武器的藍圖，似乎能補充你已經有的那項。不過這個我們必須從零做起。」

「哪種武器？」

「其實挺簡單的，是包在皮革腕甲裡的金屬板。把它戴在你的左下臂——如果像我是左撇子，戴右邊——用來格擋劍及斧的攻擊。奇特的是，它必然很堅硬，我們必須鑄造的金屬卻又輕得不可思議。而且含有一組雙刃匕首，像上一個那樣以彈簧驅動。」

「你想你做得出來嗎？」

「可以，不過得花點時間。」

「我的時間不多。」

李奧納多思索。「我想我需要的東西都有了，我的手下也有足夠技術製造這個。」他思考片刻，一面計算一面動他的嘴唇。「要花兩天，」他判定說，「你到時回來，我們再看能不能用！」

埃齊歐鞠躬。「李奧納多，感激不盡。我可以付你錢。」

「我也很感激。你這個古代抄本拓展了我的知識——我自認是創新者，但我在這些古書裡發現很多靈感。」他微笑，幾乎像在自言自語。「埃齊歐，你一定猜不到我因為能看到這些東西而虧欠你多少。若是你發現其他的再讓我看——從哪弄來不關我的事，我只對內容有興趣。除了我之外，你的朋友圈沒有人會知道它存在。這就是我想要的酬勞。」

「我答應你。」

「謝謝！那就週五——日落時見？」

「週五見。」

李奧納多和助手們不負所託。新武器雖是防禦用途，卻非常有用。李奧納多的年輕助手用真的武器假裝攻擊埃齊歐，包括雙手重劍和戰斧，而腕甲又輕又容易佩戴，輕鬆擋掉了沉重的攻擊。

「真是神奇的裝備，李奧納多。」

「是啊。」

「很可能會救我一命。」

「希望你不要再留下像左手背上的那種傷疤了。」李奧納多說。

「那是一個……老朋友的告別紀念品，」埃齊歐說，「現在我需要你的忠告。」

李奧納多聳肩。「如果我幫得上忙，問吧。」

埃齊歐看看李奧納多的助手。「我們私下說？」

「跟我來。」

回到工作室，埃齊歐打開馬力歐給他的紙條交給李奧納多。「這是我叔叔叫我去見的人。他說直接找他沒有用——」

李奧納多盯著紙上的名字，抬起頭時臉色充滿焦慮。「你知道這是誰嗎？」

「我看這名字——『狐狸』。我猜是個綽號。」

「『狐狸』！對！但別大聲嚷嚷或公開亂說。他到處都有眼線，從來沒人看過他。」

「我能在哪裡找到他？」

「不可能知道。如果你想嘗試，最好試試舊市集區，務必小心。」

「但是每個沒有坐牢或被吊死的盜賊都在那裡打混。」

「所以我說你得小心。」李奧納多看看周圍，彷彿擔心有人竊聽。「我……或許能傳話給他……明天晚禱之後去找他，看你走不走運。」

雖然叔叔警告過他，但埃齊歐還是決心要見佛羅倫斯的一個人。他離開這裡的期間從未遺忘過她，現在相思之苦因為知道她就在附近而更加強烈。在城裡不能過於鋌而走險。隨著年齡和閱歷增加，他的臉孔變得比較有稜角，但仍看得出是埃齊歐。他拉低帽簷，兜帽有助於他「消失」在人群裡；雖然現在美第奇家掌權，但帕奇家的爪牙尚未完全拔除。他們在爭取時間，他們也會保持警覺——他確定這兩點，就像他確定如果他們碰到他一定痛下殺手，無論他是不是美第奇的人。然而，這些危險性也無法在隔天早上阻止他走向卡富奇宅邸。

面街的大門開著，露出裡面陽光照耀的庭院。她在，身形瘦了點，可能長高了；頭髮也盤起，不再是少女而像婦女。他輕聲呼喚她的名字。

她一看到他就臉色發白，他以為她要昏倒了，但她打起精神，說了些話打發侍女離開後便出來，對他伸出雙手。他趕快拉著她離開街道，躲進附近一道爬滿藤蔓的隱蔽黃石拱門內。他輕撫她的頸項，發現她仍然戴著之前送給她的項鍊和墜子，只是墜子藏在她胸前。

「埃齊歐！」她叫道。

「克莉絲汀娜！」

「你怎麼會在這裡？」

「我來處理我父親的事。」

「你跑哪裡去了？我兩年來從未聽說你的消息。」

「我……出城了，也是為了我父親的事。」

「大家都說你已經死了——你媽和你妹也是。」

「每個人的命運不同。」他暫停一下，「我不能寫信，但是我一直惦記著妳。」

她眼神閃躲，突然顯得愁雲密布。

「怎麼了，親愛的？」他問。

「沒什麼。」她想掙脫，但他不放手。

「顯然有事。告訴我！」

她迎上他的目光，眼眶含淚。「喔，埃齊歐，我已經訂婚了。」

埃齊歐震驚得說不出話來。他發現自己抓得太緊弄痛她了，便放開她的手臂。他看到往後自己孤單一人的未來。

「是我父親，他一直逼我選擇。」她說，「你走了，我以為你死了，於是我父母開始歡迎曼菲多・德・阿森塔上門——你知道的，金主的兒子。你離開佛羅倫斯不久，他們就從盧卡搬來這裡。喔，天啊，埃齊歐，他們一直要我別讓家人失望，趁我年輕找個好對象。我以為永遠見不到你了，現在——」

從街尾小廣場傳來的喊叫打斷她，是一個女性的聲音。

克莉絲汀娜立刻緊張起來。「那是嘉涅塔——還記得她嗎？」

他們聽見越來越多的叫喊聲。嘉涅塔叫出一個名字——「曼菲多！」

「我們最好看看怎麼回事。」埃齊歐說，穿過街道前往騷動發生的方向。

在廣場上，他們看到了克莉絲汀娜的朋友嘉涅塔、一個埃齊歐不認識的女孩，還有個他認識的老人，是克莉絲汀娜父親的掌櫃。

「怎麼回事？」埃齊歐說。

「是曼菲多！」嘉涅塔叫道，「又是賭債！這次他們一定會宰了他！」

「什麼？」克莉絲汀娜叫道。

「很抱歉，小姐，」掌櫃說，「他欠了兩個人錢。他們把他拖到新橋底下去了。他們說要打到他還債為止。對不起，小姐，我無法阻止。」

「沒關係，桑迪歐，去叫家裡的衛兵。我最好去——」

「等一下，」埃齊歐插嘴，「曼菲多是誰？」

克莉絲汀娜看他的眼神猶如失去自由的囚徒。「我的未婚夫，」她說。

「我來想辦法。」埃齊歐說，隨即匆忙跑過通往那座橋的街道。稍後，他站在河堤上，俯瞰橋下第一道拱墩，靠近亞諾河沉重緩慢流動的黃色河水的狹小地面。有個穿銀黑兩色高雅服飾的年輕人跪在地上，另外兩個渾身是汗的年輕人正一面喘息，一面猛踢或彎下腰出拳打他。

「我發誓，我會還的！」銀黑衣服年輕人呻吟說。

「我們聽夠你的藉口了，」一名施暴者說，「你讓我們像呆子一樣。現在我們要殺雞儆猴。」他抬腳到年輕人脖子上，把他的臉壓進泥巴裡，同時另一人踢他肋骨。

第一人正要踢向年輕人的側腹時，卻忽然被抓住後頸和外套下襬。有人把他高高舉起——下一刻，他飛過空中，幾秒後掉進河裡的汙水和沖積在第一座橋墩下的垃圾之間。他忙著吐出灌進嘴裡的噁心汙水，沒注意同伴也遭遇同樣的命運。

埃齊歐伸手把一身汙泥的年輕人拉起來站好。

「謝謝，先生。我以為這次他們真的會殺了我呢。但如果他們動手那就太傻了，我可以還他們錢——真的！」

「你不怕他們再來找你嗎？」

「他們以為我有你這種保鑣就不敢了。」

「我還沒自我介紹：埃齊歐——德・卡斯楚諾佛。」

「曼菲多・德・阿森塔，聽候差遣。」

「我不是你的保鑣，曼菲多。」

「這不重要。你幫我趕走這些小丑，你不知道我有多感激。其實，請你接受我的酬謝。但首先容我梳洗更衣，請你去喝一杯。費歐達利索大道邊有家小賭場——」

「等一下。」埃齊歐說，他發現克莉絲汀娜和同伴正走過來。

「怎麼了？」

「你常賭博嗎？」

「有何不可？這是我殺時間的最佳方式。」

「你愛她嗎？」埃齊歐插嘴。

「什麼意思？」

「你的未婚妻克莉絲汀娜——你愛她嗎？」

對救命恩人的突然激動，曼菲多面露警戒。「我當然愛她——但是不關你的事。即使殺了我，我還是愛她。」

埃齊歐遲疑。聽起來這個人說的是實話。「那就聽好，你不能再賭博了，懂了沒有？」

「是！」曼菲多嚇到了。

「發誓！」

「我發誓！」

「你不知道自己有多幸運。我要你保證當她的好丈夫，如果我聽說你亂來，我會找到你，並親手宰了你。」

曼菲多看得出救命恩人是說真的。他看著那雙冰冷的灰眼，忽然想起來。「我認識你嗎？」他說，「你似乎很眼熟。」

「我們沒見過，」埃齊歐說，「以後也不需要再見面，除非……」他住口。克莉絲汀娜在橋頭等待，看著他們。「去吧，不要違背你的承諾。」

「我知道。」曼菲多猶豫，「我真的愛她，你知道的。或許今天我真的學到了什麼。我會盡力讓她幸福，不必受生命威脅也能承諾。」

「希望如此。你走吧！」

埃齊歐看著曼菲多爬上河堤，感覺視線難以抗拒被克莉絲汀娜吸引。他們互望片刻，他微微舉手道別，然後轉身離開。自從家人死後，他的心情沒這麼沉重過。

週六晚上，他仍然深陷憂鬱中。在最黑暗的時刻，他似乎失去了一切——父親、兄弟、住宅、地位、事業——現在愛人也沒了！但他提醒自己，不要忘記馬力歐對他的關愛和庇護，以及他還能拯救與保護的母親和妹妹。至於未來和事業——他兩者都還有，只是通往跟他迄今想像的非常不同的方向。他身懷任務，別為了克莉絲汀娜傷神會比較容易完成。他永遠不可能忘掉她，但他必須接受孤獨的命運。或許這就是刺客之道？或許加入教團就是這樣？

他心情憂鬱地走到舊市集區。他認識的大多數人迴避這個區域，他自己也只來過一次。舊市集廣場髒亂又破敗，周邊建築物和街道也是。有些人來來往往，但不是晚間散步。這些人有目的，不浪費時間，一直低著頭。埃齊歐刻意穿著簡樸，也沒佩劍，不過戴上了他的新腕甲和原本的彈簧匕首以防萬一。他知道他在人群中一定還是很顯眼，所以提高警覺。

他不知道接下來怎麼辦，正想走進廣場角落的廉價酒館，看看能否暗中查出怎樣才能接觸到「狐狸」時，一個削瘦年輕人突然冒出來撞到他。

「抱歉，先生。」年輕人禮貌地微笑道，快速擦身而過。埃齊歐的手本能地摸向腰帶。他的貴重物品都放在安全的住處，只帶了幾個金幣在腰包裡，現在不見了。他轉身看到年輕人正前往一條離開廣場的窄巷，便追了過去。小偷看到他隨即加快腳步，但離不開埃齊歐的視線距離。在小偷進入聖安傑羅大道上一棟高大不起眼的房屋之前，埃齊歐終於抓到他。

「還來！」他怒道。

「我不知道你在說什麼。」小偷反駁，但眼神恐懼。

埃齊歐壓抑著想要放出匕首的衝動。他忽然想到，這個人或許能提供他需要的情報。

「我不想傷害你，朋友，」他說，「把錢包還我，我就當這件事沒發生過。」

「……算你贏。」猶豫片刻，年輕人洩氣地說，伸手到他身邊的背包裡。

「還有另一件事。」埃齊歐說。

年輕人立刻提高警覺。「什麼？」

「我在哪裡可以找到自稱『狐狸』的人？」

這個人看來真的嚇到了。「從來沒聽過。在這，拿回你的錢，先生，放開我！」

「除非你告訴我。」

「等一下，」背後一個低沉渾厚的聲音說，「我或許能幫你。」

埃齊歐轉身，看到一個虎背熊腰、身高與他相近、但或許比他老十到十五歲的男子。他戴著類似埃齊歐的兜帽，模糊了部分臉孔，埃齊歐只看得到一對銳利的藍紫色眼睛盯著他，散發出特殊的魄力。

「請放了我的同伴，」男子說，「我替他負責。」他向年輕小偷說，「柯拉丁，把這位紳士的錢還他，先走吧。這事我們晚點再說。」他不怒自威的氣場讓埃齊歐不由得鬆手。一秒內柯拉丁就把埃齊歐的錢包放進他手中，並消失在房子裡。

「你是誰？」埃齊歐問。

男子緩緩微笑。「在下吉貝托，但他們給我很多稱呼：例如凶手、割喉者；朋友們都叫我『狐狸』。」他稍微躬身，仍然用銳利的眼光盯著埃齊歐。「我聽候差遣，奧迪托雷先生。事實上，我在等你呢。」

「你——你怎麼會知道我的名字？」

「我的生意就是知道城裡的所有大小事情。我想我知道你為什麼認為我可以幫你。」

「我叔叔告訴我你的名字——」

狐狸又微笑，但是沒說話。

「我想找一個人，並比他搶先一步——如果可以的話。」

「你要找誰？」

「法蘭西斯科•德•帕奇。」

「大買賣，我懂。」狐狸表情嚴肅。「我或許能夠幫你。」他停頓考慮一下，「我聽說最近從羅馬來了一些人在碼頭上岸。他們來參加一場理應沒別人知道的會議，但他們不認識我，更不知道我是這座城市的耳目。這會議的主人就是你要找的人。」

「什麼時候舉行？」

「今晚！」狐狸微笑說，「別擔心，埃齊歐——這不是命運。如果你沒有自行找到我，我也會派人去帶你來，但我想考驗你。想找我的人很少成功。」

「你是說，你派柯拉丁試探我？」

「原諒我喜歡戲劇性，而且我必須確定你沒被跟蹤。他是年輕人，這對他也是一種考驗。我或許用他試探你，但他不知道我派他去的真正用意，他只以為我指定了一個目標給他！」他的語氣變得嚴厲而務實。「現在，你必須設法偷聽這場會議，但可不容易。」他看看天空。「日落了。我們得趕快，最快的方式是走屋頂。跟我來！」

他不發一語地轉身，迅速爬上背後的牆壁，埃齊歐差點跟不上。他們跑過紅瓦屋頂，在夕陽餘暉中跳越峽谷般的街道，如貓一樣安靜，如奔跑中的狐狸般輕巧。他們穿過市區往西北走，直到看見新聖母大教堂的正面。狐狸在此停步。幾秒後埃齊歐趕上他，但他發現他比這老頭還喘。

「你的師父不錯。」狐狸說。埃齊歐心裡很清楚，如果這位新朋友想要，可以輕易遙遙領先；這讓他更下定決心要繼續磨練技巧。然而現在不是比賽打賭的時候。

「那就是法蘭西斯科先生舉行會議的地方。」狐狸指著下方說。

「那座教堂裡？」

「在地底下。來吧！」

這個時間，教堂前的廣場完全沒人。狐狸從他們所在的屋頂跳下，優雅地以蹲姿落地，埃齊歐照做。他們繞過廣場和教堂側面來到圍牆的後門，進入了魯切萊禮拜堂。狐狸停在中央的銅墓邊。「這座城市有個廣大密集的地下墓穴網絡。我發現在工作時非常有用，但可惜並非獨家專用。知道這事的人不多，認得裡面路徑的人也少，但法蘭西斯科‧帕奇就是其中一個。他就在下面跟羅馬來的人舉行會議。這是最接近他們位置的入口，你必須自己找到他們。有座禮拜堂是廢棄墓穴的一部分，下去之後在你右邊五十碼。務必小心，任何細微響動都會被放大。裡面很暗，所以先讓你的眼睛適應陰暗——很快你就可以靠禮拜堂裡的燈光引路。」

狐狸伸手放在一個支撐墳墓底座的石頭浮雕上，按下。腳邊一塊看似穩固的石板在隱形鉸鏈上掀開，露出一道石階。他讓開。「祝你好運，埃齊歐。」

「你不來嗎？」

「沒必要。而且即使我再高明，兩個人發出的聲音多過一個人。我在這兒等你。快去吧！」

進入地下，埃齊歐在黑暗中沿著右邊潮濕的石砌走道摸索前進。這裡空間很窄，他的雙手可以沿途摸索兩邊牆壁，他很慶幸濕泥地上沒有發出腳步聲。偶爾出現其他岔路，他看不見卻感覺得出來，因為他探路的手除了一片黑暗虛無外什麼也沒摸到。在這裡迷失的下場不堪設想，絕對無法找到出路。起先，一點小聲音就會驚動他，直到他發現那只是老鼠走動，不過有一隻爬到他腳上，他差點忍不住叫出來。在牆上挖出的縫隙裡，他瞥見老舊墓穴中埋葬的屍體，骨骸上布滿蜘蛛絲——地下墓穴有種原始駭人的氣氛，埃齊歐必須壓抑越來越強烈的恐慌。

好不容易看到前方有微光，他便放慢腳步走過去。在狹小又古老的禮拜堂裡，油燈映照出五個人的身影，他進入偷聽範圍後留在陰影中。

他立刻認出法蘭西斯科——矮小削瘦又緊張，正在向埃齊歐不認得的兩名禿頂髮型教士鞠躬。其中較老的教士用清澈的鼻音以拉丁文行祝福禮：「Et benedictio Dei Omnipotentis, Patris et Filii et Spiritu Sancti descendat super vos et maneat semper……（願全能的天主、聖子和聖靈賜福，降在你們身上，永遠與你們同在……）」燈光照到他的臉孔時，埃齊歐認出了他；他是史提法諾・達・巴尼奧內，法蘭西斯科的叔叔雅克坡的祕書。雅克坡本人站在旁邊。

「謝謝，神父。」祝福結束後法蘭西斯科說。他站直身子向站在教士旁邊的第四人說話。「伯納多，提出你的報告。」

「一切準備就緒。我們有一整倉庫的劍、棍棒、斧頭、弓箭和十字弓。」

「簡單的匕首比較適合這個差事。」年輕教士插嘴。

「看情況而定，安東尼奧。」法蘭西斯科說。

「或者下毒。」年輕教士又說，「手段不重要，只要致他於死就好。我絕不輕易原諒他拆毀沃泰拉，我的出生地和唯一真正的家。」

「冷靜點，」名叫伯納多的人說，「我們都有足夠的動機。現在，感謝西斯都教皇，我們也有辦法了。」

「沒錯，巴隆切里先生，」安東尼奧回答，「但他支持我們嗎？」

禮拜堂後方燈光照不到的陰影中傳出一個聲音，「他祝福我們的行動，『只要沒人喪命』。」

聲音的主人走進燈光中，埃齊歐倒抽一口氣。那是個穿著暗紅兜帽的人影，臉被兜帽陰影遮住，只露出嘴上的冷笑。原來這就是羅馬來的重要訪客：羅德里哥・波吉亞，那個西班牙人！

陰謀者們露出會心的笑容。他們都知道教皇支持哪一方，站在他們面前的樞機主教可以控制他。但是可想而知，崇高的教皇不能公開原諒流血事件。

「終於可以動手真好，」法蘭西斯科說，「我們的挫敗夠多了。不過，在大教堂裡殺他們會招來嚴厲批評。」

「這是我們最後唯一的選擇，」羅德里哥權威地說，「我們是替天行道，除去佛羅倫斯的禍害，這個場地很恰當。況且，一旦我們控制城市，隨便人民怎麼議論——如果他們敢！」

「他們還是一直改變計畫，」伯納多・巴隆切里說，「我必須派人去拜訪他弟弟朱利安諾，確認他會及時參加大彌撒。」

眾人聞言大笑，除了雅克坡和發現他表情嚴肅的西班牙人。

「怎麼了，雅克坡？」羅德里哥問帕奇老人。「你認為他們起疑了？」

雅克坡來不及回答，他姪兒不耐煩地插話。「不可能！美第奇家愚蠢又傲慢，根本不會發現！」

「別小看我們的敵人，」雅克坡斥責他，「你看不出是美第奇資助了聖吉米那諾那場對抗我們的戰役嗎？」

「這次不會有這種問題。」在同儕面前被糾正，又想起剛死不久的愛子維耶里，法蘭西斯科怒道。

沉默中，伯納多轉向史提法諾・達・巴尼奧內。「神父，明天早上我得借用兩件你們的教士袍。他們越是以為被教士圍繞，會感覺越安全。」

「由誰動手？」羅德里哥問。

「我！」法蘭西斯科說。

「和我！」史提法諾、安東尼奧和伯納多附和。

「很好。」羅德里哥停頓，「我想大致上匕首最適合。容易藏匿，近身攻擊時又好用。但有教皇的軍械庫支持也不錯——我不懷疑美第奇兄弟死後會必定有一些漏洞要處理。」他舉起手在同謀者面前畫十字。「各位，上帝保祐你們，」他說，「願洞察之父指引我們。」他看看周圍。「好吧，我想該結束了。請原諒我就此告辭。我回羅馬之前還有些事要辦，天亮之前必須上路。在美第奇家族土崩瓦解當天，我不適合出現在佛羅倫斯。」

埃齊歐在黑暗中貼緊牆壁，緘默等待，直到六人離去。他確定沒人之後才拿出自己的油燈點亮。

他循著來路走回去。狐狸還在陰暗的魯切萊禮拜堂等他。心事重重的埃齊歐告訴他剛才聽到的內容。

「……明天早上大彌撒時，在大教堂刺殺羅倫佐和朱利安諾・德・美第奇？」聽完埃齊歐的話，狐狸驚愕地道。埃齊歐看得出他差點說不出話來。「這是瀆神罪！比這還糟糕——萬一佛羅倫斯落入帕奇家手中，大家都完蛋了。」

埃齊歐陷入沉思。「明天你能在大教堂裡幫我弄個座位嗎？」他問，「靠近祭壇、靠近美第奇家的？」

狐狸表情嚴肅。「很難，但或許有機會。」他看著年輕人。「我知道你在想什麼，埃齊歐，但這件事你不可能單獨做到。」

「我可以試，而且我有奇襲優勢。前排貴族階級裡出現超過一個陌生臉孔，可能讓帕奇家起疑，但你必須把我弄進去，吉貝托。」

「叫我狐狸，」吉貝托回答他，咧嘴一笑，「只有狐狸像我一樣狡詐。」他停頓一下。「大彌撒開始前半小時到大教堂前面跟我會合。」他充滿敬意地重新看著埃齊歐的眼睛。「我會盡力幫忙，埃齊歐先生。令尊一定會以你為榮。」

第9章

隔天，四月廿六日禮拜天，埃齊歐天亮之前就起床，前往大教堂。附近行人很少，只有幾個僧侶和修女正要去參加聖歌儀式。他知道應該避人耳目，便奮力爬到鐘塔頂上，看著太陽升到市區上空。漸漸地，下方的廣場開始湧入形形色色的民眾。家庭和情侶、商人和貴族，都熱切地想參加今天的主要儀式，尤其公爵和他弟弟兼共同統治者也會出席。埃齊歐仔細觀察人群，看到狐狸來到大教堂臺階時，便從最隱蔽的鐘塔側面，像猴子般敏捷地爬下來到他身邊。途中埃齊歐始終低垂著頭，並盡量融入人群，利用市民當掩護。他為這個場合穿上了最好的衣服，沒公開帶武器，不過許多男性市民，例如富商和銀行階級，腰帶上都佩戴裝飾性的劍。他忍不住留意尋找克莉絲汀娜，但是沒看見。

「你來了，」埃齊歐過來時，狐狸說道，「全都安排好了，為你保留第三排靠走道的位子。」他說話時，臺階上的人群分開，一排使者將號角舉到嘴邊大聲吹奏。「他們要來了。」他補充說。

羅倫佐・德・美第奇從洗禮堂方向進入廣場，率先帶著身邊的妻子克拉莉絲出現。她牽著長女魯克蕾齊亞的手，五歲的兒子皮耶羅驕傲地走在他父親右邊。他們身後是由保姆隨行的三歲女兒瑪達琳娜，還是嬰兒的李奧包裹著白亞麻布，由他的保姆抱著。他們後面是朱利安諾和大腹便便的情婦費歐蕾塔。廣場上的民眾在他們經過時鞠躬，大教堂門口有兩名助理教士迎接，埃齊歐無比驚愕地認出他們——是史提法諾・達・巴尼奧內和沃泰拉出身的那個人，狐狸告訴他此人全名是安東尼奧・馬菲。

美第奇家族進入大教堂，接著是教士，他們後面是佛羅倫斯市民，依階級排序。狐狸推推埃齊歐，他順著狐狸指著的方向望去，在人群中發現了法蘭西斯科・德・帕奇和偽裝成助祭的伯納多・巴隆切里。「去吧，」他急忙小聲向埃齊歐說，「跟緊他們。」

越來越多人湧進大教堂，直到再也擠不進去，希望在裡面找個位子的人們只好留在戶外。現場聚集了超過一萬人，狐狸生平從未看過佛羅倫斯有這麼盛大的集會。他默默祈禱埃齊歐成功。

教堂裡，人群在悶熱中坐定。埃齊歐無法如預期那麼接近法蘭西斯科和其黨羽，但他緊盯著對方，一面算計等他們開始攻擊時他必須怎麼做才能觸及他們。同時，佛羅倫斯主教在主祭壇上就位，彌撒開始。

到了主教祝聖麵包和酒的時候，埃齊歐發現法蘭西斯科和伯納多交換一個眼色。美第奇家族就坐在他們前面。同一時間，教士巴尼奧內和馬菲也偷偷地左顧右盼，他們正在祭壇的臺階下，最靠近羅倫佐和朱利安諾。主教轉身面對群眾，高舉金杯，開始講話。

「基督之血……」

然後一切同時發生。巴隆切里站起來大喊：「叛徒，納命來！」並從背後把匕首戳進朱利安諾的脖子。傷口血如泉湧，濺到癱跪在地尖叫不止的費歐蕾塔身上。

「讓我解決這個混蛋！」法蘭西斯科大喊，推開巴隆切里，把雙手摀著傷口想止血的朱利安諾推倒在地。法蘭西斯科跨跪在他身上，用匕首一下又一下猛戳在被害人身上，激動得似乎沒注意他的武器誤戳了自己大腿一下。最後法蘭西斯科戳到第十九刀時，朱利安諾早就死了。

同時羅倫佐驚叫一聲，轉身面向攻擊他弟弟的人，克拉莉絲和保姆則帶著孩子們和費歐蕾塔逃往安全處。現場一團混亂。羅倫佐完全沒有把保鑣帶在身邊的念頭——在教堂裡行刺簡直前所未聞——他們正奮力擠過困惑慌亂、為了逃離屠殺現場而互相推擠踐踏的群眾，但是悶熱讓狀況更惡劣，而且根本沒有多少走動空間。

除了祭壇前面的區域。主教和他的助祭教士呆若木雞；巴尼奧內和馬菲看到羅倫佐背對著他們，便趁機從長袍裡拔出匕首，從後面撲向他。

無論他們自認目的多麼崇高，教士並非老練的殺手，所以兩人只造成羅倫佐皮肉傷就被他甩脫。他們隨即在纏鬥中壓制住他，這時法蘭西斯科也逼近了，雖然他因誤傷自己而跛著腳，但受內心沸騰的仇恨所驅使，他大聲咒罵著舉起匕首。巴尼奧內和馬菲因他們的所作所為感到怯戰，轉身逃向半圓形後殿；羅倫佐腳步蹣跚，血流如注，右肩上的傷口讓他無法使劍。

「你的時代結束了，羅倫佐！」法蘭西斯科大叫，「你整個可恥的家族都會死在我的劍下！」

「卑鄙！」羅倫佐回答，「我現在就殺了你！」

「憑那隻手臂？」法蘭西斯科冷笑，舉起匕首攻擊。

刀刃揮下時，一隻強壯的手抓住他的手腕，把他推倒。法蘭西斯科發現眼前竟是另一個宿敵的臉孔。

「埃齊歐！」他吼道，「是你！」

「是你的時代結束了，法蘭西斯科！」

人群逐漸散去，此時羅倫佐的衛兵趕到。巴隆切里來到法蘭西斯科身邊。「快，我們得逃走。結束了！」他喊道。

「我要先對付這些野狗。」法蘭西斯科臉孔扭曲，傷口也正嚴重失血。

「不行！我們得撤退！」

法蘭西斯科表情憤怒，卻不得不同意。「給我記住。」他朝埃齊歐發狠道。

「當然了。不論你去那裡，我都會追上，法蘭西斯科，直到我殺了你。」

法蘭西斯科瞪著他，隨即轉身跟著已經消失在主祭壇後面的巴隆切里跑掉。後殿裡一定有離開大教堂的門。埃齊歐準備追上去。

「等等！」背後一個虛弱的聲音說，「讓他們走，他們逃不遠的。我這邊需要你幫忙。」

埃齊歐轉身看到公爵躺在地上兩張翻倒的椅子之間。不遠處，他的家人縮成一團哭泣，克拉莉絲一臉驚恐，緊抱著兩個最年長的小孩。費歐蕾塔則是茫然望著朱利安諾扭曲又血肉模糊的屍體。

「看好我的家人，」羅倫佐吩咐衛兵，「這件事會讓全市騷動。把他們帶回家裡，鎖上大門。」

他轉向埃齊歐。「你救了我的命。」

「盡我的義務罷了。現在帕奇家必須付出代價！」埃齊歐扶起羅倫佐，輕輕地把他安置在椅子上。抬頭，他看到主教和其他教士已不見蹤影。背後的人群還在推擠拉扯著想從西側大門逃出大教堂。「我得去追法蘭西斯科！」他說。

「不行！」羅倫佐說，「我無法自己逃到安全之處，你得幫我。帶我去聖羅倫佐教堂，我有朋友在那兒。」

埃齊歐內心掙扎，但他知道羅倫佐對他的家族有多大恩情。他不會怪羅倫佐沒能阻止他的家人被殺，怎麼可能有人預料到突來的攻擊？現在羅倫佐成了受害人，命在旦夕，除非埃齊歐能帶他到最接近又可以治療的地方。聖羅倫佐教堂就在洗禮堂西北方一小段距離外。

他把自己的上衣撕成長條包紮羅倫佐的傷口，然後輕輕扶他站起來。「把左手搭在我肩上，很好。我想祭壇後面一定有路可以出去……」

他們往行刺者逃亡的方向跛行，很快來到一道打開的小門，門檻上有血跡。法蘭西斯科無疑是從這裡跑掉的。他會埋伏在近處嗎？埃齊歐很難放出他的彈簧匕首，右側撐著羅倫佐更是難以戰鬥。但至少他左臂上的金屬腕甲有助禦敵。

他們一路走到大教堂北牆外面的廣場，沿路所見盡是狼狽混亂。埃齊歐把他的披風蓋到羅倫佐肩上試圖偽裝，然後往西沿著大教堂牆壁走。大教堂和洗禮堂之間的廣場上，穿著帕奇家和美第奇家侍從制服的幾群人正在徒手打鬥，激烈到埃齊歐經過身邊也渾然不覺。他們抵達通往聖羅倫佐廣場的街道時，遭遇兩個戴著海豚十字徽章的男子。兩人都拿著看起來很醜的彎刀。

「站住！」一名衛兵說，「你們想去那裡？」

「我得送這個人去安全之處。」埃齊歐說。

「你是誰啊？」另一名衛兵不悅地說。他上前查看羅倫佐的臉。半昏迷的羅倫佐別過頭去，但這時披風滑掉了，露出他衣服上的美第奇家徽。

「哦哦，」第二個衛兵轉向他的同伴說，「看來我們可能抓到大魚了，特札戈！」

埃齊歐飛快動腦。他不能丟下負傷的羅倫佐，但要是他不放手，就無法使用他的武器。他迅速抬起左腳踹向其中一個衛兵的屁股，讓他正面仆倒。他的同伴驚怒地跑過來並舉起彎刀，埃齊歐用他的腕甲格擋這一擊，同時揮出左臂推開劍，用裝在腕甲上的雙刃匕首砍向對方，但威力不足以致死。這時第二個衛兵又站了起來，過來支援同伴，同伴則是踉蹌退後，很驚訝他無法砍掉埃齊歐的手臂。

埃齊歐用同樣方法阻止第二刀，這次他成功用腕甲沿著劍身移到劍柄，一靠近對方手腕便抓住並猛力快速扭轉，敵人一聲慘叫鬆開武器。埃齊歐趕快彎腰，幾乎在落地前撈起彎刀。使用非慣用的左手戰鬥，又被羅倫佐的體重拖累，這場戰鬥很辛苦，但他成功在衛兵回神之際砍進對方的頸子。第二個衛兵發出怒吼，再度撲向埃齊歐。他用彎刀格擋，與衛兵互相攻擊幾個回合。衛兵仍未察覺埃齊歐左臂上暗藏著金屬腕甲，徒勞地一刀又一刀猛砍。埃齊歐手臂痠痛，幾乎站不穩腳步，但他終於看到可趁之機。對手的頭盔鬆脫，他毫無警覺地低頭看著埃齊歐的前臂，準備再度攻擊。埃齊歐迅速彈出自己的匕首，假裝失手，成功打掉衛兵頭上的頭盔。趁對方來不及反應時，埃齊歐沉重的彎刀砍進敵人的頭骨，將它劈成兩半。彎刀卡在骨頭上，埃齊歐拔不出來。衛兵泥塑木雕般地站著，失去神采的雙眼仍驚訝地瞪大，隨即倒地。埃齊歐趕快看看四周，拉著羅倫佐繼續前進。

「不遠了，閣下。」

他們一路平安抵達教堂，但大門牢牢地關閉。埃齊歐回頭，看到另一群敵人發現了街尾被他殺死的衛兵，他們正往這邊看過來。他用力敲門，門上的窺孔打開，露出一隻眼睛和部分懷疑的臉孔。

「羅倫佐受傷了，」埃齊歐驚呼，「他們要來抓我們！開門啊！」

「通行密碼。」裡面的人說。

埃齊歐愣住。羅倫佐認出這個聲音，便打起精神。「安傑羅！」他大聲說，「我是羅倫佐！打開這該死的門！」

「我的老天爺，」裡面的人說，「我們以為你死定了呢！」他轉身向看不到的某人喊叫。「打開門栓！快點！」

窺孔關上，傳來門栓迅速拿下的聲音。同時，帕奇家的衛兵沿著街道走過來，開始奔跑。沉重的門及時打開讓埃齊歐和羅倫佐進去，同樣快速地猛力關上，負責看守的人裝回門栓。外面傳來一陣可怕的打鬥聲。埃齊歐不禁看著面前這個年約廿四的高雅男子冷靜的綠眼珠。

「安傑羅‧波利齊亞諾，」男子自我介紹，「我派了些人從後巷去攔截帕奇那些鼠輩。他們應該不會再惹麻煩了。」

「埃齊歐‧奧迪托雷。」

「啊——羅倫佐提起過你。」他連忙改口，「晚點再聊吧。我幫你扶他到長椅坐下，我們看看他的傷口。」

「他現在安全了。」埃齊歐說，把羅倫佐交給兩個助手。他們輕手輕腳地將羅倫佐帶到教堂北牆邊的一座長椅。

「我們會替他止血並治療他，只要復原到一定程度馬上送他回家去。別擔心，埃齊歐，他確實安全了，我們不會忘記你的恩情。」

埃齊歐滿腦子想著法蘭西斯科‧德‧帕奇。對方有很充裕的時間逃走。「我得告辭了。」他說。

「等等！」羅倫佐喊道。埃齊歐向波利齊亞諾點頭，走到羅倫佐面前，單膝跪在他旁邊。

「我虧欠你，先生，」羅倫佐說，「我不知道你為什麼救我，或是你如何得知這起陰謀，連我自己的間諜都沒查到。」他暫停，在助手清理他肩上的傷口時痛得瞇起眼睛。

「你究竟是誰？」他略微回神之後繼續說。

「他是埃齊歐・奧迪托雷。」波利齊亞諾說，走過來伸手放在埃齊歐肩上。

「埃齊歐！」羅倫佐驚訝地望著他，神情非常感動。「令尊是個好人，也是好朋友。他是我最強的盟友之一。他懂得榮譽、忠誠，絕不讓自己的利益凌駕佛羅倫斯。但是……」他又停下來虛弱地笑笑，「亞伯提死的時候我在場，是你幹的？」

「是。」

「你的復仇時機恰當又迅速。如你所見，我都無法像你這麼成功地剷除對手。但現在，由於他們過度膨脹的野心，帕奇家終於自尋死路。我祈禱……」

被派去對付帕奇家追兵的美第奇家巡邏隊員之一匆忙過來，臉上交雜著汗水和血跡。

「怎麼了？」波利齊亞諾問。

「壞消息，長官。帕奇家族聚集起來，正在進攻維奇奧宮！我們無法抵擋太久！」

波利齊亞諾臉色蒼白。「糟糕，要是他們控制那裡，一定會殺掉我們所有的支持者。萬一他們掌權——」

「萬一他們掌權，」羅倫佐說，「我倖存也沒有意義。我們都會死。」他想要站起來，但徒勞無功，忍不住痛苦呻吟。「安傑羅！你得帶著我們這邊現有的兵力去——」

「不行！我的職務是保護你。我們必須盡快送你回美第奇宮，在那邊或許可以重整旗鼓發動反擊。」

「我去吧，」埃齊歐說，「反正我還有事要找法蘭西斯科算帳。」

羅倫佐看著他。「你做的夠多了。」

「直到這碼事解決才算，閣下。安傑羅說得對，他有更重要的任務——送你回安全的宮殿裡。」

「各位，」美第奇使者插嘴，「我還有其他消息。我看到法蘭西斯科•德•帕奇帶了一支部隊到維奇奧宮背面。他在找領主宮的盲點進攻。」

波利齊亞諾看著埃齊歐。「去吧。好好武裝，帶上一支小分隊。這個人可以為你嚮導，教你從哪裡離開這座教堂最安全。趕快，從這裡得花十分鐘才能抵達維奇奧宮。」

埃齊歐鞠躬，轉身離開。

「佛羅倫斯永遠不會忘記你對城市的貢獻，」羅倫佐說，「上帝保祐你。」

戶外，大多數教堂在敲鐘，伴隨著鋼鐵碰撞聲，以及人群喊叫或呻吟的噪音。整座城市陷入騷動，被縱火的馬車在街上燃燒，雙方軍隊東奔西跑或正面激烈混戰。廣場上和街道旁到處散落著屍體，騷亂的現場讓烏鴉不敢啄食，只是從屋頂上用黑眼珠緊盯牠們的大餐。

維奇奧宮的西門開著，裡面的庭院傳出打鬥聲。埃齊歐帶著他的小部隊停下來，向帶領另一隊跑向宮殿的美第奇軍官搭話。

「你知道怎麼回事嗎？」

「帕奇家從後面攻進來，從內部打開大門。我們宮裡的人正在庭院中抵擋，幸運的話我們可以圍困他們！」

「法蘭西斯科・德・帕奇有什麼動靜？」

「他和手下守著宮殿的後門。如果我們能控制後門，就一定能困住他們。」

埃齊歐轉向他的手下。「上吧！」他喊道。

他們衝過廣場，沿著宮殿北牆外的窄街前進。很久以前，埃齊歐曾經從這裡爬到他父親的牢房窗戶外，此刻恍如隔世。接著第一個轉角右轉，他們很快遭遇到由法蘭西斯科指揮看守後門的帕奇部隊。

眾人立刻警戒，法蘭西斯科認出埃齊歐並驚怒大喊，「又是你！你怎麼還沒死？你殺了我兒子！」

「是他想殺我！」

「宰了他！快上！」

雙方激烈交鋒，幾近瘋狂地互相劈砍，因為帕奇很清楚保住退路有多重要。埃齊歐滿心怒火，推擠著接近正背靠宮殿門的法蘭西斯科。埃齊歐從美第奇軍械庫拿來的劍以托利多的高級鋼鐵打造，平衡感很好，但是他不熟悉，以致攻擊效果比平常稍弱。他只能重傷而非殺死擋路的人，法蘭西斯科注意到這一點。

「你自以為是劍聖了，是嗎，小子？你連俐落殺人都做不到。讓我示範給你看。」

他們再度纏鬥起來，劍刃交鋒時火花飛濺；法蘭西斯科的施展空間比埃齊歐小，年長二十歲的他開始露出疲態，即使當天他的戰鬥不比對手多。

「衛兵！」他終於喊，「過來！」

然而他的手下已在美第奇的大屠殺面前敗退。他和埃齊歐現在單打獨鬥。法蘭西斯科慌亂地查看四周尋找脫身方法，但唯一的去路只有穿過宮殿。他打開背後的門，爬上裡牆的石階。大多數美第奇支持者聚集在戰鬥最激烈的建築物前方，可能沒有足夠人手防禦背面，所以埃齊歐跟著他跑上三樓。

除了幾個嚇壞的文書人員一看到他們就跑掉，其他人員都在樓下庭院奮戰抵擋帕奇家，因此這裡的房間沒人。法蘭西斯科和埃齊歐一路打鬥，經過鍍金挑高的房間，直到抵達一處俯瞰領主廣場的陽臺。戰鬥的噪音從下方傳上來，法蘭西斯科絕望地大喊求救，但沒人聽見，他最後的退路被切斷了。

「堂堂正正地打，」埃齊歐說，「現在只剩我們了。」

「該死！」

埃齊歐砍向他，他的左臂見血。「來吧，法蘭西斯科，你害死我父親和今天早上刺殺朱利安諾時的勇氣到哪去了？」

「離我遠一點，你這惡魔的卒子！」法蘭西斯科撲上來，但疲態盡露的他出手失準。他失去平衡蹣跚向前，埃齊歐靈敏地側身，抬腳穩穩踩住法蘭西斯科的劍刃，讓他隨之倒地。

法蘭西斯科來不及穩住，埃齊歐又踩他的手逼他放開劍柄，並抓著他的肩膀讓他翻身仰躺。他掙扎著想起身時，埃齊歐猛踢他的臉。法蘭西斯科翻個白眼，掙扎地陷入暈眩。埃齊歐跪下來搜身，拆掉他的護甲和馬甲，露出裡面蒼白削瘦的身體。他沒有搜到文件，或是任何對他重要的東西，只有錢包裡的幾枚金幣。

埃齊歐丟開劍，放出彈簧匕首。他跪下，一手扼著法蘭西斯科的脖子拉他起來，兩人幾乎臉貼臉。

法蘭西斯科眼皮顫動幾下，睜開眼，眼神驚慌又恐懼。「饒命啊！」他拚命叫道。

這時下面的庭院傳來勝利的吼叫聲。埃齊歐側耳聆聽，發現帕奇軍被趕走了。「饒了你？」他說，「你以為我會放過你這豺狼？」

「不要！」法蘭西斯科慘叫，「我求你！」

「這下是為我父親，」埃齊歐說，一刀捅進他的腹部。「這下是為費德里科，」再捅一刀，「這下是為佩楚丘；這下是為朱利安諾！」

法蘭西斯科的傷口噴湧出鮮血，濺了埃齊歐一身。直到他想起馬力歐說的「不要變成維耶里這種人」才住手，否則他會繼續捅這個垂死的人。內心的怒火平息後，埃齊歐對自己殺人時的凶殘深感震驚。這並不符合教條。他退後跪坐。法蘭西斯科眼皮顫動，生命正在流逝。他咕噥了什麼，埃齊歐俯耳細聽。

「神父……神父……發發慈悲，幫我找個神父。」

「沒時間了，」埃齊歐說，「我會為你的靈魂辦一場彌撒。」

臨死的法蘭西斯科此時喉嚨發出咯咯聲，然後四肢變得僵直，痛苦發抖，頭往後仰，張大嘴巴，與人人終究必須面對的無形敵人進行無謂的搏鬥；最後，他頹癱在地，像個空袋子，脆弱、萎靡又蒼白。

「安息吧。」埃齊歐低聲說。

這時廣場傳來新的吼聲。五、六十個人高舉著帕奇的旗幟從西南角跑過來，埃齊歐認出帶頭者——法蘭西斯科的叔叔雅克坡！

「自由！自由！為了人民與自由！」他們一路高喊著跑過來。同時美第奇部隊也湧出宮殿迎向敵人，但據埃齊歐所見，他們疲倦且寡不敵眾。

他回頭看向屍體。「唉，法蘭西斯科，」他說，「即使你已死，但我想我找到彌補你的罪過的方法。」他迅速伸手到屍體的肩膀下把它抬起來——意外地輕——帶到陽臺上。他找到一條掛旗子用的繩索，套住死去老人的脖子，快速地把另一端綁在堅固的石柱上，接著鼓起全部力氣舉起屍體，丟到欄杆外面。繩索被向外扯，直到突然啪一聲繃緊。法蘭西斯科癱軟的屍體懸吊著，腳尖無力地指向下方的地面。

埃齊歐躲在石柱後面，「雅克坡！」他大聲叫喊，「雅克坡・德・帕奇！看！你們的領袖死了！你們失敗了！」

底下的雅克坡聞聲抬頭，震驚當場。他背後的手下也開始猶豫。美第奇部隊跟著雅克坡的視線，隨即歡呼起來，並繼續逼近。但此時帕奇家已經逃竄潰散。

短短幾天，一切都結束了。帕奇家在佛羅倫斯的勢力土崩瓦解。他們的貨品和財產被扣押，家徽被扯下來踐踏。雖然羅倫佐呼籲大眾憐憫，佛羅倫斯暴民仍追捕並殺死每個找得到的帕奇支持者，不過有些要角逃掉了。被捕者只有一人受到赦免——教皇的外甥拉斐爾・瑞亞里奧，羅倫佐認為他太過輕信他人又老實，不可能深入參與，公爵的許多顧問認為羅倫佐這個決定顯示出的人道關懷多過政治算計。

然而西斯都四世氣壞了，下令褫奪佛羅倫斯的教權，但他沒有實權，佛羅倫斯人根本不當一回事。

至於埃齊歐，他是最早獲公爵召見的人之一。他發現羅倫佐站在陽臺上俯瞰亞諾河。他身上依舊纏著繃帶，但顯然正在復原，臉頰也不再蒼白。他昂然挺立，絲毫不負佛羅倫斯人給他的綽號——偉人。

他們寒暄之後，羅倫佐指著河面。「你知道嗎，埃齊歐，我六歲時曾經掉進亞諾河。我很快地發現自己正在下沉，並陷入了黑暗之中，以為自己死定了。但是，我被母親哭泣的聲音吵醒。她身旁站著一個全身濕透、微笑著的陌生人，她解釋是他救了我。那個陌生人姓奧迪托雷，從此展開我們兩個家族之間長久良好的關係。」他轉身，嚴肅地看著埃齊歐。「很抱歉我無法挽救你的家人。」

埃齊歐不知該說什麼。在冷酷的政界，是非的界線經常模糊不清，他了解但討厭這個圈子。「我知道如果在能力範圍內你會救他們。」他說。

「你家的房子在市政府的保護下很安全。我派了府上的老管家安妮塔負責，由我出資雇人看守。不管發生什麼事，你想回家時隨時都可以去。」

「您太慷慨了，閣下。」埃齊歐停頓一下。他想起克莉絲汀娜。或許現在說服她解除婚約嫁給他、幫他復興奧迪托雷家族，還不算遲？但短短兩年間，事態的改變超過了他的認知，現在他有另一個責任——對教團的責任。

「我們獲得一場大勝，」最後他說，「然而戰爭還沒結束，有許多敵人逃走了。」

「不過我們確保了佛羅倫斯的安全。西斯都教皇想要說服那不勒斯跟我們作對，但我說服了費迪南度別這麼做；波隆納或米蘭也不會。」

埃齊歐不能告訴公爵他參與的大戰內情，因為他無法確定羅倫佐是否知悉刺客教團的祕密。「為了我們的安全，」他說，「我需要您允許我去追捕雅克坡・德・帕奇。」

羅倫佐臉上出現陰霾。「那個懦夫！」他憤怒地說，「我們出手之前他就跑了。」

「您知道他可能去哪裡嗎？」

羅倫佐搖頭。「不知道。他們躲得很好。我的間諜回報巴隆切里或許試圖逃往君士坦丁堡，其他人就……」

埃齊歐說，「給我人名。」他語氣中透露的堅定，讓羅倫佐察覺眼前之人或許遠比所見更加危險而致命。

「我怎麼可能忘記殺害我弟弟的凶手的名字？如果你能找到他們，我會永遠虧欠你這份恩情。他們是安東尼奧・馬菲和史提法諾・達・巴尼奧內教士，我剛提到的伯納多・巴隆切里。還有另一個沒直接參與行刺，但也是敵方的危險盟友。他是比薩的大主教，法蘭西斯科・薩維亞提——瑞亞里奧家族的人，教皇的鷹犬。我不想變得和那些渣滓一樣，便寬恕了他的表弟，有時我懷疑這麼做是否明智。」

「我有份名單，」埃齊歐說，「這些名字都會入列。」他準備告辭。

「接著你要去哪裡？」羅倫佐問。

「回蒙特里久尼找我叔叔馬力歐，那是我的基地。」

「那麼上帝保祐你，我的朋友埃齊歐。在你離開之前，我有一件你可能感興趣的東西……」羅倫佐打開腰帶上的皮包，抽出一張羊皮紙。他打開之前，埃齊歐就知道是什麼了。

「我記得多年前跟令尊談過古代文件，」羅倫佐低聲說，「這是我們共同的興趣。我知道他翻譯過一些。來，拿著——我在法蘭西斯科・德・帕奇的文件裡發現的，他已經不需要了，我想你可以拿走。它讓我想起你父親。或許你想要把它加入他的……收藏？」

「我真的很感謝，閣下。」

「我知道你會喜歡，」羅倫佐說，他的語氣讓埃齊歐懷疑他到底知道多少內情。「希望這對你有用。」

打包好準備上路之前，埃齊歐帶著羅倫佐給他的古代抄本新頁，匆忙地拜訪老朋友李奧納多・達文西。雖然上星期動盪不安，然工作室彷彿沒事似地正常運作。

「真高興看到你平安無事，埃齊歐！」李奧納多迎接他。

「看來你也平安躲過一劫了。」埃齊歐回答。

「我說過了——他們懶得理我。他們一定以為我不是瘋子、壞人，就是太危險碰不得！喝杯酒吧，我們還有些蛋糕，如果還沒走味的話——我的管家真沒用——再告訴我你的打算。」

「我要離開佛羅倫斯。」

「這麼快？他們說你是當紅的英雄耶！何不安心享受一下這些稱讚？」

「我沒時間。」

「還有更多敵人要追殺？」

「你怎麼知道？」

李奧納多微笑。「謝謝你來告別。」他說。

「在我走之前，」埃齊歐說，「我有另一頁古代抄本給你。」

「這真是好消息！我可以看嗎？」

「當然。」

李奧納多仔細研究這份新文件。「我開始抓到訣竅了，」他說，「我還是不太懂背景的大圖形是什麼，但是文字變熟悉了。看起來像描述另一種武器。」他起身，抱了一堆看似脆弱的舊書到桌上。「我看看……我必須說，不管記錄這些的發明家是誰，一定遙遙領先他的時代。光是機械部分……」他沉默，陷入沉思。「啊哈！我懂了！埃齊歐，這是另一種刀劍的設計圖——如果你必須用這個取代舊的，可以裝進手臂上的機關裡。」

「有什麼差別？」

「如果我沒猜錯，這個相當凶狠——中間是空心的，看到沒？透過隱藏在刀身的管子，使用者可以注入毒物到目標身上。刺中哪裡都會死！這玩意簡直會讓你天下無敵！」

「你能做出來嗎？」

「條件和上次一樣？」

「當然。」

「很好！我有多少時間？」

「到本週結束？我得做些準備，而且……我想去向某個人道別。只是我必須盡快上路。」

「時間不太寬裕。但我上次用的工具還在，我的助手也能幫忙，我想應該可以。」

埃齊歐利用這段空檔辦完在佛羅倫斯的瑣事，打包行李，安排信差送信去蒙特里久尼。他不知不覺地一再延誤這件一廂情願的最後任務，但他知道非做不可。最後，離開前兩天的晚上，他走到卡富奇宅邸，雙腳像灌了鉛般沉重。

他走近之後發現大門深鎖，屋裡也未亮燈。明知看起來像瘋子，他還是爬上克莉絲汀娜的陽臺，卻看到她的窗戶關著。陽臺上的旱金蓮盆栽都枯死了。他又失望地爬下來，感覺萬念俱灰。他逗留在門口發呆，不知道過了多久，但一定有人看到他了，因為有個婦人打開一樓的窗戶探出頭來。

「他們走了，你知道的。卡富奇先生預料到有麻煩，全家搬到盧卡去了——他女兒的未婚夫就是那裡的人。」

「盧卡？」

「對。我聽說他們兩家挺親密的。」

「他們什麼時候會回來？」

「不曉得。」婦女看著他，「我是不是在哪裡見過你？」

「我想沒有。」埃齊歐說。

一整夜，有關克莉絲汀娜和法蘭西斯科的血腥末路的噩夢，在他腦海中輪替。

隔天早上，天空烏雲罩頂，正如埃齊歐的心情。他走到李奧納多的工作室，很高興這一天他要離開佛羅倫斯了。

新刀已製作完成，低調無光澤的灰色鋼鐵，非常堅硬，刀鋒銳利得足以割破飄落其上的絲巾。刀尖的洞很細小。

「柄裡含有毒藥，只要繃緊你的手臂肌肉壓這個內側按鈕就能注射。小心，機關相當敏感。」

「我該用什麼毒？」

「我用了高濃度的毒芹讓你入門，你用完之後找個醫師詢問。」

「毒藥？找醫師買？」

「只要濃度夠高，治病的藥也能殺人。」

埃齊歐哀傷地點頭。「我又欠你一次了。」

「這是你的古代抄本內頁。非要這麼快離開嗎？」

「佛羅倫斯暫時安全了，可我還有事得辦。」

第10章

「埃齊歐！」馬力歐笑道，他的鬍子比以前更亂，臉也被托斯卡尼的陽光曬黑了。

「歡迎回來！」

「叔叔。」

馬力歐正色說。「看來我們分開這幾個月你經歷了不少事情。等你洗澡休息之後，一定要告訴我。」他停頓一下，「我們聽到了佛羅倫斯傳來的消息，我忍不住祈禱奇蹟出現讓你逃過一劫。但你不只平安，還逆勢打倒了帕奇家！聖殿騎士團會因此恨死你，埃齊歐。」

「我也討厭他們。」

「先休息吧——再告訴我詳情。」

當天晚上，兩人一起坐在馬力歐的書房裡。馬力歐專心聆聽埃齊歐敘述他所知道在佛羅倫斯發生的事件。埃齊歐把維耶里的古代抄本頁還給叔叔，再交出羅倫佐給他的那頁，描述裡面的毒劍設計，示範給他看。馬力歐非常佩服，目光在新紙頁上徘徊。

「我朋友只能解讀關於武器的描述。」埃齊歐說。

「那樣也好。不是所有內頁都有這種說明，他應該只對有武器的頁面感興趣，」馬力歐說，語氣隱含提醒的意味。「無論如何，唯有湊齊所有頁數，我們才能夠完全了解古代抄本的意義。但是這頁，加上維耶里那頁和其他頁面，應該能讓我們更接近一步。」

他起身，走到遮掩懸掛古代抄本內頁那面牆的書架前，把它打開，研究新頁應該放在哪裡。其中一張可以跟已經放上的書頁連接。另一張則是在角落。「真有趣，維耶里和他父親竟然擁有顯然相關的頁面。」他說，「現在，來看看……」他住口，專心地研究。

「嗯。」他沉吟道，語氣困惑。

「叔叔，有什麼新進展嗎？」

「我不確定。我們可能仍舊不清楚，但它絕對指向一個預言——不是出自《聖經》，而是活著的或即將降臨的先知……」

「會是誰呢？」

「先別急。」馬力歐對著紙頁思索，念念有詞，埃齊歐聽不懂他用的語言。「就我能懂的範圍，這裡的文字大略可以翻成『唯有先知可以開啟……』。而這裡，提到兩次『伊甸的碎片』，但我不知道是什麼意思。我們得有耐心，直到取得更多古代抄本內頁。」

「我知道古代抄本很重要，叔叔，但我來這裡有比解謎更急迫的理由。我要尋找逃犯雅克坡・德・帕奇。」

「他逃離佛羅倫斯之後一定往南去了。」馬力歐遲疑一會後繼續說，「我原本打算今晚再談這件事，埃齊歐，但是這對我們來說都很緊急，必須盡快開始準備。我的老朋友羅貝托被趕出聖吉米那諾，那裡再度成為聖殿騎士團的據點。距離佛羅倫斯和我們都太近了，不能容忍，我相信雅克坡可能躲在那裡。」

「我有其他陰謀者的名單。」埃齊歐說，從錢包裡拿出名單交給叔叔。

「很好。這裡面某些人的求助管道遠不如雅克坡，或許很容易剷除。天亮時我會派間諜到鄉下去，看看能查到什麼消息。同時，我們必須準備奪回聖吉米那諾。」

「讓你的人手備戰無妨，但如果我要抓到這些凶手就不能浪費時間。」

馬力歐考慮一下。「或許你是對的——獨自行動通常可以滲透軍隊攻不破的城牆。我們應該趁他們還自以為安全時抓到他們。」他想了片刻。「所以，我允許。你儘管繼續探查，我知道經過這些日子，你已經可以獨當一面了。」

「叔叔，謝謝！」

「別急，埃齊歐！我讓你離開有一個條件。」

「是什麼？」

「你延後一週再走。」

「一週？」

「如果你要單獨到外頭，沒有支援，只有古代抄本的武器是不夠的。現在你是個男子漢，是刺客教團的英勇鬥士，但你的名聲會讓聖殿騎士團更想要除掉你，我知道你還缺少了一些技能。」

埃齊歐不耐煩地搖頭。「不行，叔叔，很抱歉，一週的時間太——！」

馬力歐皺眉，稍微放大音量。「我聽說了你的好評，埃齊歐，但也有壞話。你殺法蘭西斯科的時候失控了。你也讓自己對克莉絲汀娜的感情誘惑你偏離道路。現在你只對教團有責任，如果你懈怠，這個你喜愛的世界可能將不復存在。」他挺直身子。「我以你父親的立場要求你服從。」

叔叔說話的語氣越發嚴肅，甚至有種不怒自威的氣勢。接受這個決定雖然很痛苦，但埃齊歐也知道叔叔說得沒錯。他不情願地低下頭。

「很好，」馬力歐緩和語氣，「以後你會感謝我的。新的戰鬥訓練明天早上開始。記住，勝敗全看準備！」

一週後，萬事俱備，埃齊歐騎馬前往聖吉米那諾。馬力歐交代過他去接觸一個他派駐在該鎮可見距離內監視進出人員的巡邏傭兵，離開蒙特里久尼的第一晚他加入他們的某個營地。

指揮官是個廿五歲身經百戰的強悍男子。甘巴托給了埃齊歐一塊羊奶乾酪麵包和一杯白酒，趁他進食時報告消息。

「很遺憾，我想安東尼奧・馬菲已經離開沃泰拉了。他執著於羅倫佐，認為公爵摧毀了他的家鄉，把它納入佛羅倫斯的保護傘下。現在馬菲氣瘋了。他躲在大教堂的塔頂上，被帕奇家弓兵團團保護，每天都滔滔不絕地談論聖經經文和弓箭。天曉得他想幹什麼——用傳道說服市民支持他的目標，還是用弓箭殺掉他們。聖吉米那諾的一般民眾討厭他，但只要他繼續恐怖統治，市民對他也無可奈何。」

「所以必須除掉他。」

「那麼就一定能削弱城裡的帕奇家權力基礎。」

「他們的防禦力如何？」

「瞭望塔和城門上部署了很多人，會在黎明換班。以你的身手，或許可以偷偷翻過城牆進入市區。」

埃齊歐沉思，擔心這是否會耽擱他追殺雅克坡的主要任務。但他隨即自省，他必須看清大局——馬菲是帕奇家支持者，埃齊歐身為刺客的遠大責任也包括推翻這個狂人。

隔天日出時，聖吉米那諾裡比較敏感的市民，或許都發現到有個細瘦、灰眼珠的兜帽人影，如鬼魅般溜過通往大教堂廣場的街道。市場商人已經在擺設攤位了，但此時仍是日常循環的低潮點，無聊又疲倦的衛兵都倚著長戟打瞌睡。鐘塔西側仍在深沉的陰影中，沒人看見那個黑衣人影如蜘蛛般優雅、無聲又輕鬆地爬上鐘塔。

憔悴的馬菲已經就位了。他眼神空洞，頭髮凌亂。四個疲倦的帕奇家十字弓兵也來到崗位上，各自守住鐘塔一角。但他似乎不信任十字弓兵的保護，安東尼奧・馬菲左手抓著《聖經》，右手還握著一把圓柄匕首。他已經在演講了，埃齊歐靠近塔頂時，開始聽見馬菲的話。

「聖吉米那諾的公民們，仔細聽我說！你們必須懺悔，懺悔！並且尋求寬恕……跟我一起禱告，孩子們，這樣我們才能一起對抗籠罩我們熱愛的托斯卡尼的黑暗！天主啊，請垂聽，我有話說；世人啊，請聆聽我口中的話。讓我的教誨如雨滴落，讓我的話語如露水滲透，像雨滴落在柔軟的藥草上，像陣雨落在草地上；因為我歌頌上帝之名！祂就是磐石！祂的行事完美，因為祂的一切方式都是正義！祂正直無私；但自我腐化的那些人，他們不是神的子民——是缺陷、墮落和邪惡的世代！聖吉米那諾的公民們——你們如此面對天主嗎？喔，愚蠢無知的人啊！祂不是創造你們的父親嗎？用祂的慈悲之光，洗淨罪惡吧！」

埃齊歐輕輕跳過高塔的圍牆，在通往下方樓梯的活門附近找了個位置。弓兵努力想用十字弓攻擊他，但是距離太短，他又有奇襲優勢。他伏低身子抓住其中一人腳跟，把他掀到圍牆外，慘叫著摔死在下方兩百呎的碎石地上。趁其餘人反應不及，他又攻向第二人，以刀戳中他的手臂。對方似乎驚訝傷口這麼小，但隨即臉色發白倒下，瞬間死亡。埃齊歐用上了他的新毒劍，因為現在沒時間正正當當打鬥了。他衝向第三人，對方丟下十字弓想要把他擠下樓梯。對方到達樓梯口時，埃齊歐順勢踹他屁股，他頭下腳上跌落木頭階梯，到了最底層時骨頭已經摔斷。最後一人舉起雙手、口齒不清地說了些話。埃齊歐低頭看見此人已經尿濕褲子。他讓開後諷刺地一鞠躬，讓嚇壞的弓兵跟隨死去的同伴奔下樓梯。

忽地，他的後頸遭到鋼鐵匕首柄沉重一擊。遇襲的馬菲已經從震驚中回神，從背後攻擊埃齊歐。埃齊歐踉蹌往前了幾步。

「我會讓你跪下，罪人！」教士大吼，嘴角冒出白沫。「乞求寬恕吧！」

人們為何總是浪費時間講話呢，埃齊歐心想。他趁教士說話時已經穩住身體並轉過身來。兩人在狹窄空間裡繞著對方走動。馬菲用沉重的匕首進行砍刺攻擊。他顯然不是老練的鬥士，但慌亂和狂熱讓他變得非常危險，埃齊歐屢次被迫閃躲對方無法預測的揮刀範圍，難以出招。最後他總算抓住教士的手腕拉他上前，兩人胸膛相抵。

「我會讓你哭著下地獄。」馬菲罵道。

「朋友，別小看死亡。」埃齊歐反駁。

「走著瞧！」

「投降吧！我會給你時間禱告。」

馬菲忽地往埃齊歐的眼睛吐了口唾沫迫使他放手，他低吼著以匕首刺向埃齊歐左前臂，刀鋒卻被金屬腕甲擋掉，徒勞地滑到一旁。「什麼惡魔在保護你？」他怒道。

「你話太多了。」埃齊歐說道，把他的匕首淺淺刺進教士的脖子，繃緊前臂的肌肉。劍身中的毒藥流入馬菲的頸靜脈，他的身體瞬間僵硬，嘴巴大張，但傳出的只有口臭味。他推開埃齊歐，蹣跚地退後到牆邊，暫時穩住身子，隨即仆倒跌落死神的懷抱中。

埃齊歐俯身，從馬菲的長袍中搜出一封信，打開來迅速瀏覽。

主人：

我滿心恐懼地寫下這封信。先知來了，我感覺得到。連鳥類的行為都變得不正常，漫無目的地在天上盤旋。我從塔頂上看到的。我無法如您要求的參加我們的會議，因為我再也無法這樣公開露面了，惡魔恐怕會找到我。請見諒，但我必須聽從我內心的聲音。

願洞察之父指引您，也指引我。

修士安東

埃齊歐心想，甘巴托說得對，這個人瘋了。他憂鬱地想起叔叔的訓誡，闔上教士的眼皮，「安息吧。」

剛才他放過的那個弓兵有可能拉了警報，埃齊歐低頭看看尖塔圍牆外的地面市區，沒看到任何值得擔心的動靜。帕奇家衛兵仍在他們的崗位上發懶，市場已經開張了，但生意清淡。那個弓兵此時無疑已經跑到城外回家去，他八成認為擅離職守總比被軍法審判甚至受折磨好多了。埃齊歐小心地戴上手套，再把袖劍推回，藏在手臂上的機關裡，慢慢走下尖塔的樓梯。太陽已經升起，如果從鐘塔外牆爬下去就太顯眼了。

他回到馬力歐的傭兵隊，甘巴托心情興奮地迎接他。「你一來就帶給我們好運，」他說，「我們的探子找到薩維亞提大主教了！」

「在哪裡？」

「離這裡不遠。看到那邊山丘上的宅邸沒有？」

「有。」

「他就在那兒。」甘巴托忽然想到，「但是首先我得問你，隊長，在城裡的任務怎麼樣？」

「尖塔上不會再有充滿仇恨的布道了。」

「人民會祝福你，隊長。」

「我不是隊長。」

「對我們來說你是。」甘巴托說道，「從這裡帶一隊隨從去吧。薩維亞提戒備森嚴，那棟宅邸又是堡壘式的老建築。」

「也好，」埃齊歐說，「幸好雞蛋放得很近，幾乎在同一個窩裡。」

「其餘人的位置必然不遠，埃齊歐。你不在的期間我們會繼續搜索。」

埃齊歐選了十幾個甘巴托手下擅長近身搏鬥的精兵，帶他們徒步走過通往薩維亞提藏身宅邸的田野。他讓手下散開，保持在可互相呼叫的範圍內，薩維亞提設置的帕奇家哨兵都被輕易地迴避或除掉。但埃齊歐在接近過程中折損了兩個手下。

埃齊歐原本希望在目標察覺之前奇襲攻占宅邸，但當他靠近堅固的大門時，上方圍牆出現一個身穿大主教法袍的人影，手爪攫著城垛，禿鷹般的臉孔俯瞰外面，又迅速縮回去。

「薩維亞提。」埃齊歐自言自語。

大門外沒有部署其他衛兵。埃齊歐示意手下貼近牆壁，讓弓兵們沒有足夠視角向下射擊他們。薩維亞提無疑會把他剩餘的保鑣集中在又高又厚、似乎無法穿透的圍牆內。埃齊歐忖度自己是否該再度嘗試翻牆，從裡面打開大門讓手下進入，但他知道這樣會驚動裡面的帕奇家衛兵。

他示意手下躲在看不見的地方，自己則貼著圍牆，蹲低走向長草地上有個敵人屍體倒臥之處。他迅速脫衣換上死人的制服，把自己的衣服夾在腋下。

他與手下會合，他們看到穿著帕奇制服的埃齊歐接近時一度非常緊張。他把自己的衣服交給其中一人，然後用劍柄頭用力敲門。

「開門啊！」他叫道，「看在洞察之父的分上！」

緊張的一分鐘過去。埃齊歐退後，讓對方從圍牆上看見他。不久他聽見沉重的門栓卸下的聲音。

大門一打開，埃齊歐便和手下一起衝撞推門，再各自分散去對付裡面的衛兵。他們來到一處庭院，周圍有三面被宅邸圍繞。薩維亞提本人站在主棟中央一道樓梯的頂端，十幾個全副武裝的粗壯男子擋在他和埃齊歐之間，更多人散布在庭院裡。

「齷齪的叛徒！」大主教喊道，「你想出去可沒有進來這麼容易。」他拉開嗓門大吼下令：「殺了他們！全部殺光！」

帕奇部隊圍上來，團團包圍埃齊歐的手下。帕奇家沒有馬力歐•奧迪托雷這種高手訓練，雖然形勢不利，埃齊歐的傭兵仍舊成功地在庭院迎戰對手，同時埃齊歐衝向樓梯。他放出毒劍砍向薩維亞提周圍的人。他砍到哪裡不重要；每當他出手見血，即使只是臉頰上的輕微劃傷，對方也會立刻倒斃。

「你果真是魔鬼——來自地獄的最深處！」薩維亞提顫抖的聲音說，因為他和埃齊歐終於單獨面對面了。

埃齊歐收回毒劍，拔出戰鬥匕首。他抓住薩維亞提的罩袍衣領，劍抵著大主教的脖子。「聖殿騎士團開始經營銀行時就已經失去神聖性了，」他平靜地說，「你沒念過〈福音書〉嗎？『你們不能又事奉神，又事奉瑪門！』[2]現在是你自我救贖的機會。告訴我——雅克坡在哪裡？」

薩維亞提抗拒地瞪眼。「你永遠找不到他！」

埃齊歐的劍輕柔但穩定地劃過此人的喉嚨，只流了一點血。「你必須表現得更好才行，大主教。」

「我們會面時都有黑夜守護著——哼，想殺就殺吧！」

「所以，你們就像殺人凶手一樣在黑暗的掩護下偷偷摸摸地行事。多謝了。我再問一遍，在哪裡？」

「洞察之父明鑑，我現在所做之事是為了造福世人。」薩維亞提冷淡地說，突然雙手抓住埃齊歐的手腕，施力讓匕首深深插入他自己的咽喉。

「快說！」埃齊歐喊道。但是大主教已經嘴冒血泡倒下，華麗的黃白色法袍沾著深紅

2　路加福音十六章十三節。

的血跡。

又過了幾個月，埃齊歐才聽說他尋找的陰謀者的進一步消息。同時，他和馬力歐一起策劃如何收復聖吉米那諾，解放市民脫離聖殿騎士團的殘酷枷鎖，但對方上次學到了教訓，嚴密地控制這個城鎮。心知聖殿騎士團也會尋找散佚的古代抄本書頁，埃齊歐自己也四處遊歷尋找，卻依舊沒有收穫。尋獲的紙頁藏在刺客教團中，並有馬力歐的嚴密保護。只要聖殿騎士團找不到這些，教條的祕密便永遠不會被對方所知悉。

有一天，佛羅倫斯的信差騎馬來到蒙特里久尼，帶了李奧納多給埃齊歐的信。他趕快拿出鏡子，因為他知道左撇子老朋友的習慣——倒著寫字。即使對最聰明的閱讀者而言，如果不熟悉這蛛網般的字跡，一定會很難閱讀。埃齊歐撕開蠟封急切地看完，每一行都讓他提心吊膽：

好心的埃齊歐：

羅倫佐公爵要我轉告關於伯納多·巴隆切里的消息！這個人似乎搭船去了威尼斯，隱姓埋名，從當地再祕密出發前往君士坦丁堡的鄂圖曼蘇丹宮廷，打算尋求庇護。但他在威尼斯沒待多久，不知道威尼斯人最近跟土耳其人談和了——他們甚至派了第二優秀的畫家詹蒂萊•貝里尼，去為蘇丹穆罕默德二世畫肖像。所以他抵達後，真實身分一曝光就被逮捕了。

當然你可以想像土耳其宮廷和威尼斯之間的信件往返；但威尼斯人也是我們的盟友——至少目前是——羅倫佐公爵是高明的外交家。巴隆切里被鎖鍊加身送回佛羅倫斯，一回來就被抓去審問。但他很頑固……或者說是愚蠢？勇敢？我不確定是何者——他撐過了拉肢拷問臺、火鉗、鞭打和老鼠咬腳，只告訴我們那些陰謀者習慣晚上在新聖母大教堂地下的舊墓穴聚會。我們當然搜索過，卻毫無所獲。他已經被吊死了。我畫了幅挺棒的素描描繪他的吊刑，我們下次碰面我會給你看。我認為在構造上來說，畫得很精確。

祈祝安好

你的朋友

李奧納多•達文西

「這個人死了也好，」看了埃齊歐拿給他的信後，馬力歐說，「他連自己老媽的狗屋稻草都會偷。但是，我們還是不清楚聖殿騎士團下一步打算幹什麼，連雅克坡也下落不明。」

埃齊歐撥空去探視母親和妹妹。她們仍在平靜的修女院裡度日，由善心的院長照料。他難過地發現，瑪麗亞永遠無法再復原了。她的頭髮花白，眼角出現皺褶，然而她獲得了內心的平靜，當她談到死去的丈夫和兒子，她的語氣裡充滿深情且引以為傲的想念。但一看到床頭櫃上小佩楚丘裝老鷹羽毛的梨木盒子，她仍然會流下眼淚。至於克勞蒂亞，她現在是見習修女。雖然埃齊歐遺憾這是浪費她的美貌和才能，但她臉上出現的光采讓他勉強同意她的決定，並真心為她高興。聖誕節時他又去看了她們一次，新年一到再度投身訓練，只是他內心深處沸騰著焦躁。為了壓抑這點，馬力歐讓他擔任城堡的共同指揮官，埃齊歐也不斷地派出間諜和密探，到全國搜尋那些無法原諒的仇敵。

春末的某個早上終於等到消息。甘巴托出現在埃齊歐和馬力歐開會的地圖室門口，眼神發亮。

「兩位！我們找到了史提法諾•達•巴尼奧內！他躲在阿斯莫迪歐修道院，就在南方幾個里格[3]之外。他一直在我們眼皮底下！」

「他們就像野狗一樣窩在一起，」馬力歐怒道，用如苦工般長繭的粗短手指迅速在面前地圖上指出一條路線。他看著埃齊歐。「但雅克坡的祕書好歹是狗王！要是我們無法從他問出什麼——！」

3 里格（league）：長度單位，約三哩。

然而埃齊歐已經下令備馬打算出發。他快速地回房間，佩戴古代抄本裡的武器，這次選了初始的彈簧袖劍而非毒劍。根據蒙特里久尼的醫師建議，他用莨菪取代了李奧納多的濃縮毒芹，劍柄裡的毒囊是滿的。毒劍使用時須非常謹慎，因為總是有誤傷自己的風險，加上他手指上布滿小傷痕，因此現在他使用這兩種袖劍時，會戴上柔軟但厚重的皮手套。

修道院在蒙蒂恰諾附近，古代城堡俯瞰著這座小山城。修院位於遍布柏樹的一處緩坡的向陽凹地上，是棟僅百年左右的新建築，以昂貴的進口黃色砂岩建造，廣大的庭院圍繞著中央教堂。大門敞開著，院內的僧侶們穿著黃褐色衣服，在周圍開闢的田地和果園以及上方的葡萄園裡工作；修道院出產的葡萄酒很出名，甚至出口到巴黎。埃齊歐的前置工作之一就是弄一件僧袍。他假扮成官方信差投宿，把他的馬留給客棧的馬夫照顧，抵達修道院之前他就變裝好了。

他很快就發現史提法諾正在和修院的知客僧交談。那個胖僧侶顯然喝多了，身材看來像酒桶。埃齊歐設法悄悄摸到了偷聽範圍內。

「弟兄，我們禱告吧。」僧侶說。

「禱告？」史提法諾的黑衣和周圍的明亮顏色形成強烈對比，看起來好像煎餅上的蜘蛛。「為什麼？」他嘲諷地說。

僧侶表情驚訝。「為了天主的庇護啊！」

「如果你以為天主對我們的瑣事有興趣，吉洛拉莫修士，趕快改變想法吧！但如果這能幫你打發時間，請別在意，繼續自我欺騙吧。」

吉洛拉莫修士大驚失色。「你的說法是褻瀆！」

「不，我只是說實話。」

「可是，否認祂崇高的存在──！」

「──是唯一理性的反應，如果有人宣稱天上有某個隱形瘋子的話。相信我，要是我們寶貴的《聖經》有參考價值，那就是祂完全瘋了。」

「你怎麼能說這種話？你自己也是教士！」

「我是管理人。我利用神職外表以便接近該死的美第奇，這樣才能讓他們屈服，服侍我真正的主人。但是首先還有埃齊歐這個刺客要處理。他讓我們芒刺在背太久了，我們必須拔掉他。」

「這倒是。那個邪惡的魔鬼！」

「看來，」史提法諾奸笑，「至少我們有個共同點。」

吉洛拉莫壓低音量。「聽說魔鬼給了他超自然的速度和力量。」

史提法諾看著他。「魔鬼？不對，我的朋友。那是他自己的天賦，多年來不斷訓練的結果。」他停頓一下，削瘦的身體彎成沉思的角度。「你知道嗎，吉洛拉莫，我很厭煩你不願意承認某些人自作自受。我想你大概會把全世界都當成受害人。」

「我原諒你缺乏信仰和說謊，」吉洛拉莫虔誠地回答，「你仍然是上帝的孩子之一。」

「我告訴過你——」史提法諾有點粗暴地開口，但隨即雙手一攤放棄了。「唉，有什麼用？夠了！就像對牛彈琴！」

「我會為你禱告。」

「隨便你。但是請安靜，我得繼續看守。在我們埋葬這個刺客之前，沒有任何聖殿騎士能夠稍微鬆懈。」

僧侶鞠躬離去，留下史提法諾單獨在庭院。第一次和第二次禱告的鐘聲響起，整個村落的人都在教堂裡。埃齊歐像鬼魂般從陰影中出現。正午時的陽光凝滯著。烏鴉般的史提法諾在北側牆壁來回踱步，不安、焦躁、魂不守舍。

當他看到埃齊歐時，臉上毫無驚訝之色。

「我手無寸鐵，」史提法諾說，「我用頭腦戰鬥。」

「你得活著才有辦法使用頭腦。你能自衛嗎？」

「你打算冷血地殺掉我嗎？」

「我殺你是因為你的死是必要的。」

「答得好！但你不認為我或許有你想知道的祕密？」

「我看得出你不會屈服於任何刑求。」

史提法諾打量他。「雖然我不太確定自己會怎麼做，就當作是稱讚吧，但僅僅是以理論上而言。」他稍停，繼續用微弱的聲音說。「你錯過機會了，埃齊歐。事已至此，刺客教團失敗了。我知道無論我做什麼、說什麼，你都會殺了我，我在中午彌撒結束前就會死；但我的死不會帶給你任何利益。聖殿騎士團已經遠占上風，這盤棋的勝負很快就會揭曉。」

「你無法確定。」

「我快要去見造物主了——如果祂存在的話。我們等著看吧。既然如此，我沒有必要說謊，對吧？」

埃齊歐不語，放出他的匕首。

「真精巧的機關，」史提法諾評論道，「他們接下來還有什麼花招？」

「你可以為自己贖罪，」埃齊歐說，「告訴我你知道的事。」

「你想知道什麼？我主人雅克坡的行蹤？」史提法諾微笑說，「那很容易。他很快會和我們的同志會面，在晚上，羅馬眾神的陰影下。」他停頓一下。「希望這讓你滿意，因為無論如何我都不會再多說。這一切已經沒什麼意義，我很清楚你們來不及力挽狂瀾了。我唯一的遺憾是無法看到你們滅亡——但是誰知道呢？興許死後世界真的存在，我就能夠從天上俯視你們的毀滅。至於現在——我們趕快結束這檔不愉快的事吧。」

修道院鐘聲又響了。埃齊歐沒多少時間。「很遺憾，你本來可以讓我獲益良多。」他說。

史提法諾哀傷地看著他。「這輩子不行，」他說著打開衣領。「幫我個忙，讓我死得痛快點。」

埃齊歐以深入又致命的精準度刺下一劍。

「聖吉米那諾西南方有一座波斯太陽神殿，」埃齊歐回來之後，馬力歐若有所思地說，「方圓幾哩內那是唯一重要的羅馬遺跡。你說他提到羅馬眾神的陰影？」

「他是這麼說的。」

「而且聖殿騎士團很快會在那裡聚會？」

「對。」

「那我們不能耽擱了，從今晚起得派人監視那裡。」

埃齊歐垂頭喪氣。「達・巴尼奧內告訴我已經來不及阻止他們了。」

馬力歐笑道。「那麼，我們就來證明他錯了。」

開始守夜的第三天，馬力歐回到基地，繼續策劃在聖吉米那諾對抗聖殿騎士團，留下埃齊歐和五個信得過的人，包括甘巴托，隱身在孤立荒廢的神殿遺跡周圍的濃密樹林中繼續監視。這是幾百年來發展出的大型建築群，上一個擁有者是羅馬軍隊信奉的波斯太陽神米斯拉。這裡也包括其他古老教堂，曾供奉智慧女神密涅瓦、愛神維納斯和使神墨丘利。建築群中還有個附設劇場，舞臺仍然完好，不過面對的半圓形石階狀座位已經殘破，淪為蠍子老鼠的巢穴。座位區背後有道傾頹的牆壁，兩側是遭貓頭鷹築巢的殘破石柱。藤蔓到處攀爬，汙損殘破的大理石裂縫中長滿強悍的醉魚草。此地正籠罩在鬼魅的月光下，即使是這群總是無畏地對抗敵人的勇士，還是有一、兩個人顯得很緊張。

埃齊歐原本打算監視一星期，但他知道手下們很難在此專注這麼久，因為那些過去的異教徒陰魂彷彿在此處徘徊不去。到了午夜時分，刺客們正因靜止不動而全身痠痛時，他們聽到了馬具的微弱碰撞聲。埃齊歐和手下立刻全神戒備。不久後，三個人帶著十幾個拿火把的軍人騎馬穿過建築群，前往劇場。埃齊歐和傭兵們也尾隨監視。

這群人下馬後，圍著三個領袖排成一個保護圈。埃齊歐細看，欣喜若狂地認出一張他找了好久的臉孔——滿臉愁容的六十歲白鬚老人，雅克坡・德・帕奇！他身邊的人有一個他不認識，另一個他認得——鷹勾鼻、穿深紅斗篷的人影，無疑是羅德里哥・波吉亞。埃齊歐沉肅地在右腕的機關裝上毒劍。

「你知道我為何召開這次會議，」羅德里哥開口，「我給了你充足的時間，雅克坡，但你還沒有任何成果。」

「很抱歉，指揮官。我已經盡力了，刺客教團比我強大。」

「你沒有奪回佛羅倫斯。」

雅克坡低下頭。

「你連那小畜生埃齊歐・奧迪托雷的腦袋都砍不下來！每打贏我們一次，他就變得更強大，變得更危險！」

「都是我姪兒法蘭西斯科的錯，」雅克坡口齒不清地說，「他缺乏耐心、輕舉妄動！我很努力扮演理性的一方——」

「是懦弱的一方吧。」第三個人嚴厲地插嘴。

雅克坡轉向他，顯然對他的尊重遠不如羅德里哥。「唉，艾米里歐先生。如果你給我們真正的武器，而不是那些你們威尼斯人稱作武器的垃圾，或許我們會比較有機會！不過你們巴巴里格家向來是吝嗇鬼。」

「夠了！」羅德里哥怒斥，又轉向雅克坡。「我們相信你和你的家族，你是怎麼回報我們的？無能又毫無作為。你收復了聖吉米那諾！好極了！然後就按兵不動，甚至放任他們在當地攻擊你。馬菲修士是我們共同目的的寶貴僕人。而你連自己的祕書都救不了，他一個人的腦子能抵你十個！」

「閣下！請給我機會彌補，你會發現——」雅克坡看著周圍的嚴厲臉色，「我一定會有成果——」

聞言，羅德里哥緩和臉色，甚至露出笑意。「雅克坡，我們都知道現在的最佳做法，你必須交給我們接手。過來，讓我擁抱你。」

雅克坡遲疑地照做。羅德里哥左臂攬上他肩膀的同時，右手從長袍裡拔出短劍，穩穩地刺進雅克坡的胸腔。雅克坡踉蹌退後躲開利刃，羅德里哥只是用恨鐵不成鋼的眼光看著他。雅克坡抓著傷口，羅德里哥似乎沒有傷及任何重要器官。

此時艾米里歐・巴巴里格上前走向他。雅克坡本能地舉起血染的雙手保護自己，艾米里歐拔出一把外型凶惡的短劍，一側鋒刃呈鋸齒狀，沿著劍鋒有一道深深的血槽。

「不要，」雅克坡哀求，「我盡力了。我一向忠誠地服侍我們的大業。一輩子。拜託……拜託不要……」

艾米里歐發出獰笑。「不要怎樣，你這哭哭啼啼的廢物？」他撕開雅克坡的上衣，鋸齒劍刃劃過雅克坡的胸膛，割開一道傷口。

雅克坡慘叫著跪倒然後側躺在地，在血腥中蠕動掙扎。他抬頭看到羅德里哥・波吉亞站在旁邊，手拿一把窄劍。

「主人——手下留情！」雅克坡吃力地說，「現在還不遲！給我最後的機會挽救——」然後他被自己的血噎到。

「唉，雅克坡，」羅德里哥溫和地說，「你太令我失望了。」

他舉起劍猛力刺穿雅克坡的脖子，劍尖從後頸穿出來，似乎切斷了頸椎。他轉動一下劍刃再緩緩拔出。雅克坡身體繃緊拱起，滿嘴鮮血，隨即抽搐著跌回地上，最後終於靜止不動。

羅德里哥用死者的衣服擦拭劍身，拉開他的斗篷，收劍入鞘。「太難看了。」他咕噥道，然後轉身看往埃齊歐的方向，笑著大喊，「你可以出來了，刺客！很抱歉搶走了你的獵物！」

埃齊歐來不及反應，已經被兩個身穿黃盾紅十字徽章上衣的衛兵抓住——是他仇敵的徽章。他呼叫甘巴托，但他的手下沒有任何回應。他被拖到古代劇場的舞臺上。

「你好，埃齊歐！」羅德里哥說，「很抱歉殺了你的手下，但你真的以為我沒料到你會來這裡嗎？以為我不會預作防範？以為史提法諾•達•巴尼奧內未經我許可就告訴你這次會議的準確時間和地點？當然，我們得假裝成很困難，否則你可能會察覺是陷阱。」他大笑。「可憐的埃齊歐！這麼說好了，我們玩這個遊戲的時間可是比你長久得多。在你抵達之前，我就讓衛兵躲在這邊的樹林裡。恐怕你的手下也像你一樣措手不及——我想在你死前再看看你，只是一時興起，現在我滿意了。」羅德里哥微笑向抓著埃齊歐手臂的衛兵說。「謝謝，你們可以殺他了。」

他和艾米里歐・巴巴里格一起上馬離去，帶走了隨行前來的衛兵。埃齊歐看著對方離開，腦中飛快地思索著。有兩個壯漢正押著他——樹林裡還躲著多少人馬？波吉亞安排了多少人來埋伏他的部隊？

「小子，禱告吧。」一名衛兵向他說。

「聽著，」埃齊歐說，「我知道你們只是奉命行事，所以，如果你們放了我，我就饒你們不死。你看怎麼樣？」

衛兵不禁發笑。「哈！你聽聽！我之前可沒碰過像你這樣的人，死到臨頭還耍嘴皮——」

但他沒能說完。埃齊歐彈出他的袖劍，趁衛兵驚愕未回神時，刺向抓住他右邊的人。毒藥瞬間發揮作用，對方踉蹌退後，倒在不遠處。另一個衛兵也反應不及，劍刃已經深深刺入腋下盔甲擋不到的破綻。埃齊歐掙脫之後跳進舞臺邊的陰影中等待。他沒等太久，便看到羅德里哥預藏在樹林裡的十個衛兵出現。有些人謹慎地掃視劇場邊緣，有些人彎腰察看倒地的同僚。埃齊歐以山貓般的致命速度衝進衛兵中間，專刺他們身體暴露出來的部位，留下鐮刀狀傷口。受到驚嚇又遭到突襲的波吉亞部隊瞬間潰敗，在倖存者驚慌地哀鳴著逃入樹林之前，埃齊歐順利地殺了五個人。埃齊歐看著其餘人離去。他們不會回報羅德里哥，除非想因為無能被吊死。要過一陣子才會有人想到他們，到時羅德里哥則會發現他的邪惡計畫失敗了。

埃齊歐在雅克坡•德•帕奇的屍體旁跪下。他遍體鱗傷又毫無尊嚴，只剩下一副可悲絕望的老人軀殼。

「可憐的混蛋，」他說，「羅德里哥搶走我的獵物時我很生氣，但現在——」

他陷入沉默，伸手闔上德•帕奇的眼皮。這時他發現對方眼睛正直直地看著他。真是奇蹟，雅克坡仍然勉強活著。他張嘴欲言但發不出聲音，顯然痛苦垂死。埃齊歐第一個念頭是丟下他慢慢等死，可對方的眼神充滿懇求。他想起來，即使敵人毫不留情，也要有慈悲心。這也是教條的一部分。

「願上帝賜你安寧。」他說，俯身親吻雅克坡的額頭，同時把匕首穩穩插進宿敵的心臟。

第11章

埃齊歐回到佛羅倫斯，向羅倫佐公爵報告帕奇家最後一人的死訊。羅倫佐很欣慰，也悲痛於佛羅倫斯和美第奇家族的安全必須以這麼多鮮血作為代價。羅倫佐寧可用外交手段解決歧異，這種願望讓他成為其他義大利城邦統治者中的異類。

他賜給埃齊歐一件華貴的典儀披風，並授與他佛羅倫斯榮譽市民身分。

「真是慷慨的禮物，閣下，」埃齊歐告訴他，「但恐怕我沒什麼空閒享受它帶給我的好處。」

羅倫佐很驚訝。「什麼？你要馬上離開嗎？我還打算重新開放府上的宅邸，在市政府裡替你安插職位，希望你留下跟著我做事呢。」

埃齊歐鞠躬，「很抱歉這麼說，我想我們的麻煩並不會因為帕奇家滅亡而結束，他們只是巨獸的爪牙之一。現在我打算出發去威尼斯。」

「威尼斯？」

「對。和羅德里哥‧波吉亞一起密會法蘭西斯科的男子是巴巴里格家族的人。」

「威尼斯共和國最有權勢的家族之一。你的意思是這個人很危險？」

「他是羅德里哥的同夥。」

羅倫佐考慮片刻，然後攤開雙手。「看來我不得不遺憾地同意你離開，埃齊歐；記住，我永遠虧欠你，也就是說我無權命令你。況且，我有預感你從事的工作長期而言會對我們的城市有益，即使我有生之年可能看不到。」

「別這麼說，閣下。」

羅倫佐微笑。「希望我錯了，但這種時代生在這個國家，就像住在維蘇威火山旁邊——危險又充滿不確定性！」

儘管探訪以前的老家對埃齊歐很痛苦，也不打算再踏進裡面一步，離開之前，他還是帶了消息和禮物給安妮塔。他也刻意迴避卡富奇宅邸，倒是去探望了寶拉，發現她很親切但心不在焉，彷彿另有心事。最後一站，他去拜訪老友李奧納多，抵達後發現只有安格紐洛和英諾森托在家，整個工作室看來好像打烊了。到處不見李奧納多的蹤影。

安格紐洛微笑迎接他。「你好，埃齊歐！好久不見！」

「太久了！」

埃齊歐眼神中帶著不解地看著他。

「你想問李奧納多在哪裡。」

「他走了嗎？」

「對，只是暫時。他帶走了一些材料，但無法搬光，所以英諾森托和我這段期間負責看守。」

「他去哪裡了？」

「說來有趣。大師正在和米蘭的史佛札家協商，但是佩薩羅伯爵邀請他去威尼斯住一陣子——他要畫完一套五幅的家族肖像……」安格紐洛意有所指地微笑。「根本不可能。威尼斯議會似乎對他的工程作品很有興趣，願意提供工作室、人手，一應俱全。所以，親愛的埃齊歐，如果你需要他，就得跑一趟了。」

「我正好也要去那裡！」埃齊歐叫道，「真是好消息。他什麼時候走的？」

「兩天前。但你要趕上他毫無困難。他有一輛裝滿東西的大馬車，用兩頭牛拉車。」

「有人陪他去嗎？」

「只有車伕和兩個騎馬侍從，以防萬一。他們走拉溫納。」

埃齊歐只帶著能裝進馬鞍袋的東西，單獨上路。騎馬走了一天半，在一處道路轉彎處，他遇到一輛沉重的牛車，帆布頂篷下小心地堆疊著大量機械和模型。

車伕站在路旁搔頭，看起來又熱又煩惱；兩個配備十字弓和長矛的健壯年輕隨從在附近土丘上警戒。李奧納多也在這裡，顯然在架設某種槓桿系統。他無意間抬頭，看到了埃齊歐。

「嗨，埃齊歐！真走運！」

「李奧納多！怎麼回事？」

「我似乎遇上一點麻煩。有個車輪……」他指著從車軸脫落的後輪。「我們必須抬高車子才能換裝車輪，可是人手不夠，我臨時拼湊的這個槓桿又抬得不夠高。你有沒有辦法……？」

「當然。」

埃齊歐向兩名粗壯的車伕示意。比起那些身手矯健的侍從，他們更能夠將馬車抬起夠高夠久。李奧納多把車輪裝回車軸上固定好的同時，埃齊歐和眾人奮力抬著車子。他看著車裡面的貨物，其中毫無疑問地放置著他先前看過的那個蝙蝠狀的結構，外型似乎經過了許多修改。

車子修好之後，李奧納多和一名車伕爬上前方長椅的座位，其餘人騎馬走在牛的旁邊。侍從在前後不斷地巡邏。埃齊歐讓馬慢步行走在李奧納多身旁，以便兩人交談。自從上次碰面已經過了很久，他們有很多事可聊。埃齊歐告訴李奧納多最新狀況，李奧納多則談起他接的新案子，還有即將看到威尼斯的興奮感。

「我好高興有你當旅伴！不過，如果不用我的步調旅行，你可以更快抵達。」

「這是我的榮幸。而且我想確保你安全抵達。」

「我有隨從啊。」

「別誤會，李奧納多，但即使是初出茅廬的強盜，都能像趕蟲子般輕易地打跑那兩個人。」

李奧納多表情先是驚訝，然後不悅，最後莞爾。「那麼我更高興有你作伴了。」他表情狡黠。「我有預感，你希望看到我平安抵達，應該不只是出於我們的交情。」

埃齊歐笑而不答，只說：「我發現你還在製作那個蝙蝠發明。」

「啊？」

「你知道我說什麼。」

「喔，沒什麼。那個是我一直在摸索修改的東西，我捨不得丟下它。」

「那是什麼？」

李奧納多欲言又止。「我不太喜歡在東西完成之前談論……」

「李奧納多，你可以相信我，我保證！」埃齊歐壓低聲音，「畢竟，我的祕密你也知道。」

李奧納多內心掙扎，然後鬆口。「好吧，但你不能告訴別人。」

「我保證。」

「如果說出去，大家都會認為你瘋了。」李奧納多繼續說，口氣難掩興奮。「聽好。我想我發現讓人飛行的辦法了！」

埃齊歐看著他，難以置信地大笑起來。

「總有一天，你會希望收回臉上的嘲笑。」李奧納多耐心地說。

接著他轉移話題，開始談威尼斯。威尼斯共和國與義大利其餘地方疏離，而因為最近鄂圖曼土耳其人控制了遠及亞得里亞海北部的一半海岸，威尼斯共和國出於貿易之便和恐懼心態，總是向東邊國家尋求合作。他談到威尼斯的美麗與背叛，談到這座城市多麼致力於財富，談到它的富裕和詭異的構造——以幾十萬個巨大木樁為地基，從濕地崛起的運河之城。威尼斯共和國非常獨立自主，政治力強大。不到三百年前，威尼斯總督曾經出於私人目的把整支十字軍從聖地調離，摧毀這座城邦的所有商業、軍事對手和反對勢力，讓拜占庭帝國屈服[4]。他談到漆黑的祕密暗流、高塔、燭光照明的宮殿、他們講的奇怪義大利方言、無時不在的寧靜、他們炫麗奢華的服裝、傑出的畫家——其中佼佼者是喬凡尼•貝里尼，李奧納多很想認識他——他們的音樂、他們的面具慶典、他們浮誇的炫耀能力、他們精湛的下毒技藝。

4　一二〇二年，教皇英諾森三世發起第四次十字軍東征，受威尼斯總督恩里科．丹多洛的利誘改變計畫，攻占君士坦丁堡。拜占庭帝國大部分土地被攻陷，後來建立了拉丁帝國。

「這一切，」他總結說，「我是從書上看來的。想想看，若是能親眼見識，該會是何等令人驚嘆的模樣。」

會是很骯髒、又平凡的模樣，埃齊歐冷淡地想，就像其他地方。但他對朋友露出贊同的微笑。李奧納多是夢想家，他有權盡情作夢。

他們進入一處峽谷，兩旁岩壁傳來他們交談的回音。埃齊歐掃視兩面包夾、幾乎看不見的懸崖頂端，忽然緊張起來。照理來說侍從正騎馬走在前方，在這個侷限的空間，他應該聽得見他們的馬蹄聲。然而，沒有聲音。薄霧湧現，加上突來的寒意，兩者都令他不安。李奧納多毫不在意，但埃齊歐看得出車伕也很緊張，表情謹慎。

突然，峽谷岩壁上喀啦喀啦滑落一堆小碎石，令馬匹卻步。埃齊歐抬頭，在陽光下瞇眼細看。高處一隻老鷹飛起來。

現在連李奧納多也察覺了。「怎麼了？」他問。

「有人來了，」埃齊歐說，「上方懸崖可能有敵人的弓兵。」

此時，雷鳴似的馬蹄聲轟然響起，好幾匹馬從後方接近他們。

埃齊歐掉轉馬頭，看到五、六個騎兵接近。他們的旗幟是黃盾上的紅十字。

「波吉亞！」埃齊歐低聲吼道。他拔劍的同時，一支十字弓的弩箭倏地射進馬車側壁。車伕沿著前方道路逃掉，留下受到驚嚇的牛隻自行緩慢地奮力前進。

「握著韁繩讓牠們保持前進，」埃齊歐向李奧納多喊道，「他們追的是我，不是你。不論發生什麼事，只管前進！」

李奧納多連忙照做，埃齊歐策馬回頭迎戰騎兵。馬力歐給他的長劍靠劍柄的圓球能達到良好的平衡，他的坐騎也比敵人的馬更輕快好駕馭。但對方盔甲齊全，又沒有機會用到古代抄本的袖劍。埃齊歐用腳跟夾緊馬腹，讓牠衝進敵陣中。在馬鞍上趴低，埃齊歐撞上這群人，撞擊力道讓敵方兩匹馬猛烈直立，接著雙方開始激烈鬥劍。然而，埃齊歐戴在左下臂的護甲擋掉許多攻擊，他得以趁敵人驚訝於攻擊無效時，給予有效的反擊。

不久後，他已經擊落了四個人，倖存的兩人策馬循著來路逃走。這次埃齊歐知道，他不能允許任何一人逃回去見羅德里哥。他加速追趕，砍落第一人，然後另一人，隨即翻身下馬。

他快速搜索屍體，兩人身上沒什麼值得注意的東西；搜索完畢後他把死者拖到路旁用大小石塊覆蓋。他重新上馬騎回來，途中只暫停一下，清理路上的其餘屍體，並用他找得到的石頭和樹枝將之簡略地掩埋。敵兵的馬匹這時早就跑掉了，無法處理。

埃齊歐再次逃過了羅德里哥的報復，但他知道波吉亞樞機主教不會罷手，直到確認他死了。他策馬加速追上李奧納多。趕上之後，他們一起尋找並呼叫逃跑的車伕，但徒勞無功。

「我付了不少押金租這輛車和公牛，」李奧納多抱怨，「我猜永遠拿不回來了。」

「就在威尼斯賣掉吧。」

「他們那邊不是坐岡多拉小船嗎？」

「大陸上有很多農場。」

李奧納多看著他。「天啊，埃齊歐，我喜歡務實的人！」

他們繼續漫長的越野旅程，經過現在已是獨立小城邦的古城佛里，再到拉溫納和幾哩外海岸線上的港口。他們在濱海河谷搭船，從安科納開往威尼斯。確認船上沒有可疑的對象，埃齊歐總算放鬆了點。但即使在這種小型船上，半夜悄悄殺人再棄屍於黑暗的大海裡也不會太難，他保持警戒地看著他們停靠的每個小港口來來去去的人。

幾天後，他們平安抵達威尼斯碼頭。在此埃齊歐才遭到下一個挫折，原因令人意外。

他們下船後，等待渡船將他們載到島嶼上的城市。船準時來了，水手們幫李奧納多把他的馬車搬上船，重量壓得船身驚險地下沉。渡船船長告訴李奧納多有幾個佩薩羅伯爵的手下會在碼頭等他，帶他去新住所，然後鞠個躬微笑拉他上船。「先生，你一定有通行證吧？」

「當然。」李奧納多說，把文件遞給他。

「先生，你呢？」船長轉向埃齊歐禮貌地詢問。

埃齊歐嚇了一跳。沒人邀請他來，他也不知道當地有這條法律。「可是——我沒有通行證。」他說。

「沒關係，」李奧納多插嘴向船長說。「他是我的同伴，我可以為他擔保，而且我確定伯爵——」

船長舉手制止。「我很遺憾，先生。議會的規定很清楚，沒有通行證，誰也不准進入威尼斯。」

李奧納多正要抗議，埃齊歐阻止他。「別擔心，李奧納多。我會設法解決。」

「我也希望能幫你，先生，」船長說，「但我必須奉命行事。」他拉開嗓門向全體乘客宣布：「請注意！請注意！渡船將在十點整離岸！」埃齊歐知道他還有一點時間。

此時，他的注意力被一對衣著光鮮的夫婦吸引。那對夫婦跟他同時上帆船，他們住最好的艙房，沉默寡言。這時兩人單獨在停泊幾艘私人小船的一座碼頭末端，顯然正在激烈爭吵。

「親愛的，拜託——」外型柔弱、比眼神明亮活潑的紅髮女伴老了二十歲的男士說。

「吉洛拉莫——你這個蠢才！上帝才曉得我幹嘛嫁給你，希望祂也知道我吃了多少苦！你老是猛挑毛病，把我像小雞一樣關在那個可怕的小省城裡，而現在呢？你連找條船送我們去威尼斯都辦不到！我還以為你叔叔是該死的教皇呢！你一定能發揮一點影響力吧。但是看看你——簡直是沒骨頭的蛞蝓！」

「凱特琳娜——」

「別煩我，癩蝦蟆！叫手下去搬行李，看在老天分上弄條船去威尼斯。我需要洗個澡喝點酒！」

吉洛拉莫怒道。「我真想把妳丟在這裡，自己去波代諾內。」

「早知道我們該走陸地的。」

「陸路旅行太危險了。」

「對！尤其是對你這種沒脊椎的動物！」

埃齊歐繼續看著。

吉洛拉莫沉默下來，接著狡猾地說，「妳何不先上這條岡多拉——」他指著一條船，「我馬上去找船伕。」

「哼！這才像話！」她怒罵著讓他牽上船。待她一坐定，吉洛拉莫趕緊解開纜索並猛推一下船頭，讓船漂進瀉湖中。

「一路順風！」他惡意地喊。

「混蛋！」她回罵。然後發現自己陷入困境，她開始大叫，「救命啊！救命啊！」但吉洛拉莫已經走回幾個不知所措的僕人看守行李的位置，發號施令。他愉快地帶著僕人和行李走到碼頭另一邊去，開始找他自己的私人渡船。

埃齊歐看著凱特琳娜的不幸遭遇，不禁覺得既好笑又有些擔心。此時她轉向他。

「喂，你！別杵在那裡！快來幫我！」

埃齊歐解下他的劍，脫掉鞋子和上衣，跳進水裡。

回到碼頭之後，凱特琳娜微笑著向濕淋淋的埃齊歐伸出手。「我的英雄。」她說。

「沒什麼。」

「我可能會淹死！那隻豬才不在乎！」她感激地看著埃齊歐，「但是你！我的天，你一定很強壯。我不敢相信你怎麼能拖著小船和我游回來。」

「對我來說輕如羽毛。」埃齊歐說。

「油嘴滑舌！」

「我是說，船的平衡很好——」

凱特琳娜皺眉。

「很榮幸為妳服務，女士。」埃齊歐心虛地收尾。

「改天我得報答你，」她說，眼神充滿弦外之音。「貴姓大名？」

「埃齊歐・奧迪托雷。」

「我是凱特琳娜。」她頓了一下，「你要去哪裡？」

「我想去威尼斯，但我沒有通行證，所以渡船——」

「夠了！」她打斷他，「某個狗屁小官不讓你上船，對吧？」

「是。」

「我們走著瞧！」她不等埃齊歐穿上衣服鞋子就衝過碼頭。

等他追上的時候，她已經在渡船上，他猜她也痛罵了發抖的船長一頓。埃齊歐抵達時只聽見船長奴顏婢膝地說：「是，閣下。」、「當然，閣下。」、「遵命，閣下。」

「最好是遵命！除非你想被砍頭示眾！他來了！罰你去拿他的馬和行李！去吧！對他客氣一點！否則我會知道！」船長匆匆離去。凱特琳娜轉向埃齊歐。「哈，看吧？解決了！」

「謝謝妳，夫人。」

「善有善報——」她看著他，「但我希望後會有期。」她伸出手來。「我是佛里人。改天來玩，我很樂意招待你。」她和他握手後，準備轉身離開。

「妳不是也要去威尼斯？」

她看著他，再看看渡船。「搭這艘破船？別開玩笑了！」她沿著碼頭往她丈夫的方向慢慢離去，此時他剛把最後一件行李裝上船。

船長牽著埃齊歐的馬快步過來。「您的東西，先生。容我誠心道歉，先生。要是我早知道……」

「我們抵達後，需要馬廄收容我的馬。」

「樂意效勞，先生。」

渡船離岸駛過潟湖的鉛灰色水面，目睹了整出插曲的李奧納多苦笑道，「你知道她是誰吧？」

「我不介意她成為我的下一個戰利品。」埃齊歐微笑道。

「你該謹慎點！那是凱特琳娜・史佛札，米蘭公爵的女兒。她老公是佛里公爵，教皇的外甥。」

「他叫什麼名字？」

「吉洛拉莫・瑞亞里奧。」

埃齊歐沉默，他對這個姓氏有印象。接著他說，「看來他娶了個小辣椒。」

「我說過，」李奧納多回答，「你該謹慎點。」

第12章

一四八一年的威尼斯，在總督喬凡尼・莫切尼哥的穩定統治下，大致上算是個好地方。和土耳其人談和之後，城市蓬勃發展，確保了海陸貿易路線，資金利率雖高，但投資人很樂觀，存款人也滿意。教會很富裕，藝術家在心靈和世俗的金主雙重照顧下成果斐然。這座城市因第四次十字軍之後大肆掠奪君士坦丁堡而致富，丹多洛總督半路轉移目標，擊敗拜占庭，還無恥地展示戰利品：聖馬可大教堂正面上層排列的四匹銅馬就是其中最顯眼的。

李奧納多和埃齊歐在夏日清晨抵達官方碼頭時，並不知道這座城市卑劣、詭詐和盜竊的歷史。他們只看到總督宮亮麗的粉紅大理石和磚牆，向前延伸再左轉的大廣場，高得驚人的磚造鐘塔，還有柔弱的威尼斯人。當地人身穿黑衣，像影子沿著陸地快步行走，或在惡臭迷宮般的運河裡駕駛各種船隻，從高雅的岡多拉到醜陋的貨船，後者裝載著水果或磚塊等各色產品。

佩薩羅伯爵的僕人們搬運李奧納多的行李，在他暗示下，也幫忙照顧埃齊歐的馬，更答應幫這個佛羅倫斯來的年輕銀行家安排適當的住處。完事後僕人離開，只留下一個金魚眼、膚色灰黃的年輕胖子，衣服被汗水浸濕，笑容甜得連糖漿也會自嘆不如。

「兩位閣下，」他走過來傻笑說，「容我自我介紹。在下尼祿，伯爵的私人接待員。我的義務和榮幸是提供你們簡短導覽，在覲見伯爵之前參觀我們驕傲的城市……」尼祿緊張地看看李奧納多和埃齊歐，想分辨誰是受邀的藝術家，幸運地猜中是看起來比較少運動的李奧納多，「……李奧納多先生，晚餐前我們會提供兩位維內托葡萄酒，然後愉快地在高階侍從餐廳用餐。」他又打躬作揖地說，以免失禮。「我們的岡多拉在等……」

接下來半小時，搭乘由前後兩名船伕巧妙操縱的岡多拉船，埃齊歐和李奧納多得以——其實是被迫——從最好的位置欣賞威尼斯共和國的美景。但尼祿的油腔滑調破壞了樂趣。埃齊歐雖然對這裡的獨特美景和建築有興趣，但拯救凱特琳娜夫人後他全身又濕又累，只想睡覺逃避尼祿的枯燥獨白。然而他突然驚醒，注意力被某事吸引。

離費拉拉侯爵宮不遠處的運河岸上，埃齊歐聽到喧譁聲。兩個武裝衛兵正在騷擾攤販。

「先生，不是叫你待在家裡嗎？」一名衛兵說。

「但我已經支付租金，有權在這裡做生意。」

「抱歉，先生，這違反艾米里歐先生的新規定。恐怕你麻煩大了。」

「我要向十人議會申訴！」

「先生，來不及了。」第二個衛兵說著踢倒攤位的頂篷。攤販賣的是皮件，兩個衛兵拿走其中的好東西，把其餘的大半丟進運河裡。

「聽著，先生，下次別再這樣。」衛兵之一撂下話後，兩人便大搖大擺地慢慢走掉。

「怎麼回事？」埃齊歐問尼祿。

「沒什麼，閣下。一點小問題，請別在意。現在我們即將通過聞名的里亞托木橋底下，唯一橫跨大運河的橋，歷史上出名的典故是……」

埃齊歐不介意讓這可憐的傢伙喃喃自語，但剛才看到的事令他不安，他聽說過艾米里歐這個名字。常見的基督徒名字——會是艾米里歐・巴巴里格嗎？

過了不久，李奧納多堅持停下來看賣兒童玩具的市場攤位。他馬上走到最搶眼的攤位前。「你看，埃齊歐。」他叫道。

「發現什麼了？」

「是人體模型，作畫時用來參考的活動小人偶。我需要兩個。你可以借我錢嗎？我好像把錢包和行李都送到新工作室去了。」

埃齊歐伸手拿錢包時，一群年輕人恰好擦身而過，其中一人企圖割下他腰帶上的錢包。

「喂！」埃齊歐大叫，「混蛋！站住！」他追了過去。他認定的那個目標轉頭看了一下，撥開臉上一撮紅褐色頭髮。是女人！但她跑掉了，和同伴消失在人群中。

他們默默地繼續遊覽，李奧納多滿足地抓著他的兩尊人偶。埃齊歐急著想擺脫小丑般的導遊，甚至李奧納多。他需要獨處與思考的時間。

「現在我們正接近著名的絲綢宮，」尼祿滔滔不絕，「艾米里歐•巴巴里格閣下的家。巴巴里格先生最近聞名於企圖讓全市的商販統一遵守他的準則。這是大功一件，唉，可惜遭遇市內某些激進派的反抗……」

一座莊嚴的堡壘聳立在岸上遠處，前方有一片石板空地，它的碼頭上停著三條岡多拉。他們的船經過時，埃齊歐看到剛才被騷擾的攤販想要進入建築裡。他被兩個衛兵拉住，埃齊歐發現他們肩上是紅色山形圖案的黃色徽章，上面是黑馬，底下是海豚、星星和榴彈。果然是巴巴里格家的人！

「我的攤位被破壞，貨物也毀了。我要求賠償！」攤販生氣地說。

「抱歉先生，我們關門了。」一名衛兵說，用他的戟戳可憐的攤販。

「我跟你們沒完。我要向議會投訴！」

「去啊，去投訴啊！」第二個較年長的衛兵怒道。這時又出現一個軍官和三個衛兵。

「公然鬧事，是嗎？」軍官說。

「不是，我——」

「逮捕這個人！」不等對方說完，軍官大吼。

「你想幹什麼？」攤販驚恐地說。

埃齊歐無能為力地旁觀著，憤怒在心中不斷壯大，他暗自記住這個地方。攤販被拖往建築物的方向，一扇鐵甲小門打開讓他進去，又立刻關上。

「這裡或許很美，但你選的不是最好的地方。」埃齊歐告訴李奧納多。

「我開始後悔當初沒選擇米蘭了，」李奧納多回答，「不過工作就是工作。」

第13章

埃齊歐告別李奧納多在自己住處安頓好之後，馬不停蹄地回到絲綢宮。在這座窄巷、蜿蜒運河、低拱門、小廣場和死巷之城找到路可不容易，但是人人知道這座宮殿，迷路時當地人很熱心地幫他指路──不過他們似乎都不懂為何有人想要主動前往。一、兩個人建議他搭岡多拉最簡單，可埃齊歐想要摸熟這個城市，也想掩人耳目抵達目的地。

他接近宮殿時已接近黃昏，不過這裡比較像要塞或監獄，因為主建築群聳立在垛牆之內。兩側隔著窄街點綴著其他建築，背面看來是個被另一道高牆圍繞的大庭院，前方面對運河處則是埃齊歐稍早看過的空地。現在，一群巴巴里格衛兵和一群烏合之眾的年輕人在此處似乎正激戰，年輕人辱罵對手後輕盈地跳出他們揮戟戳刺的範圍外，接著向憤怒的衛兵丟擲磚塊、石頭、腐爛的雞蛋水果。或許他們只是在聲東擊西，因為埃齊歐看到在他們後方，有個人影爬上混戰現場外的宮殿外牆。埃齊歐挺佩服──牆很陡峭，即使他要爬也得三思。那個人毫無困難地偷偷爬上城垛，接著出乎意料地往上跳，落在一座瞭望塔屋頂上。埃齊歐看得出此人打算跳到宮殿的屋頂上，再設法進入室內。他暗自記住這招，以備改天派得上用場。但顯然瞭望塔裡的衛兵聽到了落地聲，向宮殿裡值班的同僚呼叫示警。宮殿屋頂橫梁上的窗口出現一個弓兵開始射箭。人影優雅地跳躍閃避，箭被瓦片彈開，但他未能躲過弓兵的第二次射擊，人影悶哼一聲，腳步踉蹌，抓著受傷的大腿。

弓兵又射擊，但是沒中，因為人影已經從塔頂跳回下方的城垛——其他衛兵正沿著城垛跑來——再跳回去翻過高牆，半滑半摔地落地。

宮殿前方空地上的另一邊，巴巴里格家衛兵把攻擊者逼回遠處的巷道裡，開始沿路追趕他們。埃齊歐趁此機會追上往安全的反方向離去的跛腳人影。

趕上之後，此人輕巧、年輕但敏捷的體型讓他吃了一驚。他正要出手協助，對方恰好轉向他，他認出那是稍早在市場想偷他錢包的女孩的臉。

他不禁驚訝、困惑，而且——奇怪地——對她頗有好感。

「扶我一把。」女孩急迫地說。

「妳不記得我嗎？」

「你誰啊？」

「我是今天妳在市場想扒竊的人。」

「很抱歉，但現在不是敘舊的時候。如果我們不快點走就死定了。」

彷彿要證明她的論點，一枝箭從兩人之間呼嘯飛過。埃齊歐讓她的手臂搭在他肩上，攬著她的腰，像他上次扶羅倫佐一樣。「去哪裡？」

「運河。」

「當然了，」他諷刺地說，「威尼斯只有一條運河，不是嗎？」

「你這新來的真是該死地自大。我會指路，走這裡——要快點！看，他們已經追過來了。」確實有一小隊人已經跑過卵石街道追向他們。

一手抓著受傷的大腿，身體因劇痛而僵硬，她指點埃齊歐穿過一條又一條巷道，接連不斷，直到埃齊歐完全喪失方向感。他們背後，追兵的聲音逐漸淡去，然後完全消失。

「從大陸僱來的傭兵，」女孩用不屑的口氣說。「在這座城市絕對打不過我們本地人。太容易迷路了。走吧！」

他們來到悲憐運河上的一處碼頭。這裡停著一條不起眼的小船，船上有兩個男子。一看到埃齊歐和女孩，一個立刻開始解纜繩，另一個扶他們上船。

「他是誰？」第二人問女孩。

「不曉得，但他碰巧在現場，也顯然不是艾米里歐的朋友。」

這時女孩看上去快暈倒了。

「她大腿受傷。」埃齊歐說。

「現在我沒辦法取出來，」男子看著傷口上的箭頭說，「我手上沒有藥膏或繃帶。趁艾米里歐手下的溝鼠趕上之前，我們得趕快帶她回去。」他看著埃齊歐。「對了，你是誰？」

「我是奧迪托雷，埃齊歐。佛羅倫斯來的。」

「嗯。我是烏戈，她是羅莎，那邊划槳的人是帕加尼諾。我們不太喜歡陌生人。」

「你們是什麼人？」埃齊歐回答，不理會他上一句話。

「他人錢財的專業解放者。」烏戈說。

「盜賊。」帕加尼諾大笑一聲解釋。

「你什麼事情都講得很掃興。」烏戈不悅地說，然後突然警戒起來。「小心！」他大喊時，兩枝箭倏地先後從上方某處射在船身上。他們抬頭看，發現兩個巴巴里格家弓兵站在附近屋頂上，正往他們的長弓搭上新箭。烏戈在船艙裡翻找，拿出一把看來很堅固好用的十字弓。他迅速裝箭、瞄準再發射，同時埃齊歐也瞬間往另一個弓兵連續擲出兩把飛刀。兩個弓兵慘叫著掉進下面的運河裡。

「那混蛋到處都有嘍囉。」烏戈向帕加尼諾若無其事地說。

他們兩人都很矮，寬肩，廿幾歲，外型強悍。他們熟練地操縱小船，顯然對運河系統瞭若指掌，埃齊歐好幾次以為他們轉進了死路，卻發現末端不是磚牆，而是底下有道低拱門，只要他們彎下腰便可勉強讓小船通過。

「你們進攻絲綢宮想幹什麼？」埃齊歐問。

「關你什麼事？」烏戈回答。

「艾米里歐·巴巴里格不是我朋友。或許我們可以互相幫忙。」

「你憑什麼以為我們需要你幫忙？」烏戈反駁。

「別這樣，烏戈，」羅莎說，「他剛才幫了我們呢。你也忘了他救過我的命。我是同伴裡面最會爬牆的人，沒有我，我們永遠進不了那個蛇窩。」她轉向埃齊歐，「艾米里歐想要壟斷城裡的貿易。他很有權勢，也養了幾個聽話的議員。到了現階段，任何違抗他想維持獨立性的生意人都被封口了。」

「但你們不是商人──是盜賊。」

「專業盜賊，」她糾正他，「獨立的生意、獨立的店鋪、獨立的個人──他們比任何壟斷企業都容易對付。反正，他們有保險，保險公司向顧客收了高額保費之後會賠償他們，所以大家都開心。艾米里歐會把威尼斯變成我們這種人的沙漠。」

「更別提那個人渣不只想獨占本地商業，還想接管這座城市。」烏戈插嘴，「安東尼奧會說明。」

「安東尼奧？」

「你很快就知道了，佛羅倫斯先生。」

最後他們停泊在另一座碼頭，快速行動，因為羅莎的傷勢不輕，必須盡快清理與治療。留下帕加尼諾顧船，烏戈和埃齊歐半拖半扛著此刻因為失血已經沒有意識的羅莎，沿著另一條鋪著暗紅磚頭和木材的曲折小巷，走一小段路來到一座小廣場，中央有水井和樹木，圍繞著外表骯髒、灰泥早已剝落的建築群。

他們來到其中一棟房子的斑駁暗紅色大門前，烏戈在門上敲了一套複雜的密碼。窺孔打開又關上，門迅速打開讓他們進入後又同樣迅速地關上。不確定有沒有忽略什麼重點，但埃齊歐注意到鉸鏈、鎖頭和門栓都上了油，沒有生鏽。

進門後，他發現自己來到一處灰色斑駁高牆圍繞的破爛庭院，牆上開了幾扇窗戶。兩旁各有一座木造樓梯，通往上方環繞二樓和三樓牆壁的木造走廊，走廊邊有幾扇門。

五、六個人聚集在附近，埃齊歐認出某些人參加過稍早絲綢宮外的混戰。烏戈已經在下令。「安東尼奧在那裡？去叫他！——幫羅莎騰出空間來，快去拿毯子，還有藥膏、熱水、利刃、繃帶……」

一個男子跑上樓梯間，消失在二樓的某扇門裡。兩個女人攤開乾淨的床墊，輕輕地將羅莎放下。第三個女人消失後帶著烏戈要求的醫療工具回來。此時羅莎恢復了意識，看到埃齊歐，向他伸出一隻手。他握著她的手跪在她身邊。

「這是哪裡？」

「我想一定是妳同伴的總部。總之，妳安全了。」

她捏捏他的手。「抱歉我想偷你的錢。」

「不用在意。」

「謝謝你救我一命。」

埃齊歐有些焦慮。她很蒼白。他們如果真想救她可得加快動作。

「別擔心，安東尼奧知道怎麼辦。」他站起來時烏戈說。

一個衣著整潔、年近四十的男子匆忙走下樓梯間，左耳垂戴著一個黃金大耳環，頭上戴頭巾。他直接走向羅莎跪到旁邊，彈手指索討醫療工具。

「安東尼奧！」她說。

「我的小可愛，妳怎麼了？」他用威尼斯人天生的苛薄腔調說。

「快把這玩意挖出來！」羅莎罵道。

「先讓我看看。」安東尼奧說，口氣突然變嚴肅。他仔細檢查傷口。「它徹底貫穿妳的大腿，沒射中骨頭。幸好不是十字弓的弩箭。」

羅莎咬緊牙根。「快、拔、出、來。」

「給她東西咬著。」安東尼奧說。他摘掉箭上的羽毛，用布包著箭頭，把藥膏塗在射入和穿出的傷口，將箭拔出。

羅莎吐出他們放進她嘴裡的布團，痛楚難耐地哀嚎。

「很抱歉，小朋友。」安東尼奧說，雙手繼續壓著兩處傷口。

「去你的抱歉，安東尼奧！」羅莎大叫。婦女們壓住她。

安東尼奧抬頭看向一個隨從。「米切爾！去叫比安卡來！」接著他表情嚴厲地轉向埃齊歐。「還有你！幫我一下！拿著那些敷布，我一放手就按在傷口上。然後我們幫她好好包紮。」

埃齊歐連忙照做。他的雙手感覺到羅莎大腿的體溫，感覺到她身體的反應，他試著不和她視線交會。同時安東尼奧動作快速地動作著，最後示意埃齊歐讓開，輕輕地嘗試彎曲羅莎被純白色布料包紮的腿。「很好，」他說，「我們短期內不會再派妳爬城垛了，但我想妳可以完全復原。要有耐心。我了解妳！」

「笨拙的蠢蛋，你非得搞得我這麼痛嗎？」她瞪著他，「希望你得瘟疫，混蛋！你跟你那個妓女母親！」

「帶她進去，」安東尼奧微笑說，「烏戈，陪她去。務必讓她好好休息。」

四名婦女抬起床墊的四角，抬著仍在抗議的羅莎出了一樓的門。安東尼奧看著他們離開，再轉向埃齊歐。「謝謝你，」他說，「那個小潑婦跟我很親近。要是我失去她——」

埃齊歐聳肩。「我一向同情有危難的少女。」

「幸好羅莎沒聽見你這麼說，埃齊歐・奧迪托雷。你的名聲比你本人先到了威尼斯。」

「我沒聽到烏戈告訴你我的名字。」埃齊歐警戒地道。

「他沒說，但我們很清楚你在佛羅倫斯和聖吉米那諾做過的事。幹得好，只是有點粗糙。」

「你們究竟是誰？」

安東尼奧雙手一攤。「歡迎光臨威尼斯專業盜賊與皮條客公會總部，」他說，「我是安東尼奧・德・馬吉亞尼斯——會長。」他諷刺地躬身行禮。「但我們當然只會劫富濟貧，我們的妓女也喜歡自稱社交名媛。」

「你也知道我來的目的？」

安東尼奧微笑。「我有個主意——不過我必須先徵詢我的……員工。來吧！我們去辦公室談。」

一進入辦公室，彷彿重回馬力歐叔叔的書房，讓埃齊歐有些驚訝。他不知道具體上該預期什麼，但他看到一個排滿書籍的房間、裝幀精美的昂貴書籍、高級土耳其地毯、胡桃木和黃楊木家具、鍍銀的燈臺和燭臺。

房內最顯眼的是中央的大桌子，上面放了一組絲綢宮和周邊環境的大比例模型，建築內和周圍放了許多木頭小人。安東尼奧招手叫埃齊歐坐下，他走到角落一座看起來很舒適的火爐邊，爐中飄出一股怪異迷人但陌生的香氣。

「需要任何東西嗎？」安東尼奧說。他讓埃齊歐想起馬力歐叔叔的強烈程度實在不可思議。「餅乾？或一杯咖啡？」

「對不起——你說一杯什麼？」

「咖啡。」安東尼奧解釋，「這是種很有趣的調和品，有個土耳其商人帶來給我的。來，喝喝看。」他遞給埃齊歐一個裝著溫熱黑色液體、氣味刺鼻的白瓷小杯。

埃齊歐淺啜一口。好燙，但是不難喝，他老實說出感想，隨口補充，「或許加點奶油和糖會好一點。」

「這樣絕對會毀了它。」安東尼奧一副受到冒犯的表情。

當他們喝完咖啡，埃齊歐很快感到某種未曾體驗的神經能量波動。下次見到李奧納多一定得告訴他有這種飲料。至於現在有正事要處理，安東尼奧指著絲綢宮的模型。

「如果羅莎成功進入並打開某一道側門或後門的話，這就是我們後續的部署計畫。但如你所知，她被發現又挨了一箭，我們只好撤退。現在我們必須重組，而這也讓艾米里歐有時間加強他的防禦。更糟的是，這個任務花錢如流水，我幾乎花光了每一分錢。」

「艾米里歐一定很富有，」埃齊歐說，「何不馬上發動第二次進攻，搶走他的那些不義之財？」

「你沒在聽嗎？我們的資源有限，他又有所警覺。沒有奇襲優勢的話，我們絕對無法擊敗他。況且，他有兩個大人物堂兄弟當靠山，馬可和阿哥斯提諾兄弟，雖然我相信至少阿哥斯提諾是個好人。至於莫切尼哥，呃，總督人不錯，但他不問俗事，商業事務都交給別人——那些被艾米里歐控制的人。」他盯著埃齊歐。「我們需要人幫忙補給咖啡豆，我想你或許幫得上忙。要是你成功，就能向我證明你是值得幫助的盟友。你願意接下這個任務嗎，奶油加糖先生？」

埃齊歐微笑。「說來聽聽。」

第14章

安東尼奧的任務很花時間，而且埃齊歐和多疑的盜賊公會財務長面談並不愉快，但埃齊歐能像頂尖盜賊一樣用寶拉教他的技能，盡力偷竊與艾米里歐結盟的富裕威尼斯市民。幾個月後，在其他盜賊的合作下——這時他已經是公會的榮譽會員——他籌到了安東尼奧需要用來重啟任務、對付艾米里歐的兩千銀幣。但是有代價。不是所有會員都能逃過被巴巴里格衛兵緝捕的下場。所以，盜賊雖然有了他們需要的資金，人手卻不夠。

然而艾米里歐•巴巴里格犯了個傲慢的錯誤。為了殺雞儆猴，他把俘虜關在小鐵籠，在他控制的區域裡公開示眾。要是他把俘虜關在宮殿地牢裡，連上帝也救不了他們，但艾米里歐寧可拿他們炫耀，不給食物和水，俘虜想睡時就讓衛兵用棍子戳他們，打算在眾目睽睽下讓他們餓死。

「他們沒水活不過六天，更別提斷食了。」烏戈向埃齊歐說。

「安東尼奧怎麼說？」

「救援計畫由你全權負責。」

他到底還要我提出多少忠誠的證明？埃齊歐心想。隨即他發現自己已經贏得安東尼奧的信賴了，盜賊王子甚至把最重要的任務託付給他。他的時間不多。

烏戈和埃齊歐謹慎地偷偷觀察衛兵的行動模式。看來有一隊衛兵不斷走動巡邏每一個囚籠。雖然每個籠子隨時都被好奇的群眾圍觀，其中也可能有巴巴里格的間諜，但埃齊歐和烏戈還是決定冒險。到了夜班，圍觀群眾變少，衛兵正要去下個地點巡邏時，他們來到第一個籠子。等衛兵一離開可見範圍之外，他們就設法撬鎖。幾個旁觀者的無章喝采讓他們士氣大振。只要有娛樂效果，市民一點也不在乎誰占了上風，有些人還跟隨他們到第二個籠子，甚至第三個。他們解放的男女總共二十七人，關了兩天半之後已經衰弱不堪，但至少他們沒被戴上手銬，埃齊歐帶他們到幾乎每個重要廣場中央都有的水井，解決他們最優先最重要的需求。

從天黑忙到雞鳴，任務結束後，烏戈和獲救的同伴們無比尊敬地看著埃齊歐。「救援我的兄弟姐妹不僅僅是義舉或善行，埃齊歐，」烏戈說，「這些……同僚們會在往後幾星期扮演重要的角色。而且——」他口氣變嚴肅，「——我們公會永遠感謝你。」

整群人回到了公會總部。安東尼奧臉色凝重地擁抱埃齊歐。

「羅莎還好嗎？」埃齊歐問。

「好一點了，但她的傷勢比我們想的嚴重，而她還不能走路就想奔跑！」

「很像她的個性。」

「老是這樣。」安東尼奧停一下，「她想見你。」

「我受寵若驚。」

「怎麼會？你可是當紅的英雄呢！」

幾天後，埃齊歐被叫到安東尼奧的辦公室，發現對方正在專心研究絲綢宮的模型。周圍的木頭小人重新部署過，旁邊的桌上有堆紙張，寫滿了計算公式和筆記。

「啊！埃齊歐！」

「先生。」

「我剛從敵區一場小小的掠奪行動中回來。我們設法搶到了預定送往親愛的艾米里歐那座小宮殿的三船武器。我想我們可以開個小小的扮裝派對，大家都換上巴巴里格家弓兵的制服。」

「好主意，這應該能讓我們順利混進他的堡壘。何時行動？」

安東尼奧舉起手。「別急，老弟。還有個問題，我想請問你的意見。」

「你太客氣了。」

「不，我只是重視你的判斷。其實呢，我非常確定我有些手下已經被艾米里歐收買了。」他停頓一下。「我們得先清除叛徒才能出擊。聽著，我知道我可以仰賴你，你的臉孔在公會內部還不熟悉。如果我能給你這些叛徒行蹤的線索，你覺得你可以處理他們嗎？你可以帶著烏戈當支援，需要誰幫忙都可以。」

「安東尼奧先生，打倒艾米里歐對我和對你一樣重要。我們聯手做吧。」

安東尼奧微笑。「我就知道你會這麼說！」他示意埃齊歐陪他走到放在窗邊的地圖桌前。「這是市區平面圖。按照我的忠實間諜所言，那些可能背叛我的人在這裡的小酒館集會，店名是舊鏡子。他們在那裡接觸艾米里歐的代理人，交換情報並接受指令。」

「有多少人？」

「五個。」

「你要我怎麼處理他們？」

安東尼奧看著他。「那還用說？殺了他們，我的朋友。」

隔天日出時，埃齊歐召集他為這項任務親自挑選的小組，說明他的計畫。他讓全體人員換穿安東尼奧從船上沒收來的巴巴里格家制服。安東尼奧解釋艾米里歐以為這些被偷的裝備隨船沉入海裡了，所以他的人不會懷疑。天黑後不久，他帶著烏戈與另外四人來到舊鏡子酒館。這裡是巴巴里格家族常來之處，但這個時間除了叛徒和巴巴里格家的聯絡人之外，只有寥寥幾個顧客。有一群衛兵進入酒館，所以叛徒和聯絡人一直低垂著頭，直到被包圍了才注意到有人來了。烏戈掀開兜帽，在昏暗的酒館中顯示他的身分。叛徒們跳了起來，表情驚懼。埃齊歐伸手按在最近的人肩上，輕鬆冷靜地把袖劍彈出插進對方眉心。烏戈和其他人也跟著解決掉他們背叛的同伴。

這段時間以來，心情暴躁的羅莎逐漸復原。她可以起身走動，只是得撐枴杖，受傷的腿也還包著繃帶。埃齊歐盡量抽出時間陪伴她，心裡情不自禁地對克莉絲汀娜·卡富奇感到罪惡。

「妳好，羅莎，」某天早上，埃齊歐向羅莎問候，「怎麼樣？我看妳的腿似乎好一點了。」

羅莎聳肩。「不知道要花多久，但是有進步。你呢？覺得我們的小城市怎麼樣？」

「這是個偉大的城市，可你們怎麼得了忍受運河的臭味？」

「習慣了。我們也不喜歡佛羅倫斯的灰塵和髒亂。」她停頓一下。「所以，是什麼風把你吹來我這裡？」

埃齊歐微笑。「不完全如妳猜測。」他猶豫一下。「我希望妳教我如何像妳那樣攀牆。」

她指指自己的腿。「現在不行，」她說，「如果你很急，我朋友法蘭科技術跟我差不多。」她提高音量。「法蘭科！」

一個文弱的黑髮年輕人幾乎立刻出現在門口。埃齊歐感到強烈的嫉妒，明顯到被羅莎發現了。她微笑。「別擔心，親愛的，他像聖塞巴斯提安諾一樣是同性戀。但他也像舊靴一樣強韌。法蘭科！請你教埃齊歐幾招。」她看向窗外，指著對面一棟無人建築，外面搭蓋了用皮繩綑綁的竹鷹架。「先教他爬那個吧。」

在羅莎刺耳的指點聲下，埃齊歐用早上剩餘的三小時追逐法蘭科。結束訓練時，他已經能用接近師父的速度和熟練度爬上令人目眩的高度，也學會了如何從攀附處接連往上跳，只是他懷疑自己能否達到羅莎的標準。

「午餐少吃一點，」羅莎說，對他毫無誇獎。「我們今天的訓練還沒完。」

到了下午的午睡時間，她帶他到巨大紅磚造的佛拉里教堂前廣場上。他們一起仰望教堂。「爬上去，」羅莎說，「直到最頂端。我要你在我數到三百之前回來這裡。」

一輪下來，埃齊歐汗流浹背，累得頭暈目眩。

「四百三十九，」羅莎宣布，「重來！」

第五輪嘗試之後，埃齊歐精疲力竭，只想打羅莎一耳光，但這個念頭隨即煙消雲散，因為她向他微笑道，「兩百九十三。你勉強過關了。」

旁觀的一小群人鼓掌叫好。

第15章

接下來幾個月，盜賊公會完成了組織重整和內部改造的工作。某天早上，烏戈前來埃齊歐的住處邀請他去開會。埃齊歐把古代抄本的武器放在背包裡，跟著烏戈來到總部。他們發現安東尼奧又情緒高昂地在絲綢宮模型周圍排放小木人。埃齊歐懷疑他是否太執迷了。羅莎、法蘭科，和另外兩、三個資深公會人員也在場。

「啊，埃齊歐！」安東尼奧微笑說，「多虧你最近的努力，現在的我們足以反擊了。目標是艾米里歐的倉庫，離他家不遠。這是計畫，你看！」他指指模型和排在倉庫周圍的幾排藍色小木人。「這些是艾米里歐的弓兵，他們是最大的威脅。在黑夜掩護下，我打算派你和另外兩人上倉庫旁邊的建築物屋頂——我知道你做得到，多虧最近羅莎的訓練——然後跳下來，安靜無聲地解決弓兵。同時，我們的人將會穿著搶來的巴巴里格家制服，從周邊巷道上前取代他們的位置。」

埃齊歐指著倉庫牆內的紅色小人。「裡面的衛兵怎麼辦？」

「你們除掉弓兵之後，我們會聚集在這裡……」安東尼奧指著附近一個廣場，埃齊歐認出李奧納多的新工作室就在那裡——他不禁猜想老朋友接的案子進度如何，「……再討論下一步。」

「我們何時行動？」埃齊歐問。

「今晚！」

「太好了！讓我挑兩個好手。烏戈，法蘭科，要來嗎？」

兩人笑著點頭。「我們會解決弓兵，照你的指示會合。」

「有我們的人取代他們的弓兵，他們不會起疑。」

「下一步呢？」

「我們占領倉庫之後，就向宮殿發動攻擊。記住要低調進行，不能讓他們起疑！」安東尼奧笑了笑，拍一下手。「朋友們，祝你好運——in bocca al lupo!（義語：祝你好運）」他拍拍埃齊歐的肩膀。

「Crepi il lupo.（義語：但願餓狼去死）」埃齊歐回答，也拍一下手。

當晚的任務順利進行。巴巴里格家弓兵還來不及發現被誰攻擊，不知不覺就被安東尼奧的人取代；渾然不知外頭的同伴已被消滅，倉庫裡的衛兵也靜悄悄倒下，沒機會抵抗盜賊的屠殺。

安東尼奧的下一步是攻擊宮殿，但埃齊歐堅持他要先去探查環境。多虧了安東尼奧和比安卡聯手讓最終階段的復原神速，現在羅莎幾乎能像受傷前一樣爬爬跳跳。她想要陪埃齊歐去，卻被安東尼奧否決，讓她很生氣。埃齊歐忖度著，到頭來安東尼奧還是認為他比她更值得犧牲。但他隨即甩掉這念頭，為偵查任務作準備。左臂綁上古代抄本的腕甲和雙刃匕首，右臂則是最初的彈簧袖劍。他要爬上很多困難的地方，不想冒險用毒劍，那無論如何都是致命武器，他不希望出任何意外害死自己。

拉上兜帽，利用羅莎和法蘭科傳授的往上跳躍新技巧，他爬上宮殿的外牆，像陰影般無聲無息，直到上了屋頂俯瞰裡面的庭院。他發現有兩個人正一邊交談一邊走向通往一條私人小運河的側門，運河圍繞著宮殿後方，一條岡多拉停在那裡的小碼頭，有兩個黑衣船夫，沒點燈籠。埃齊歐在屋頂和圍牆上的腳步就像壁虎一樣穩，他匆忙地爬下去躲在樹叢裡，偷聽他們談話。他驚訝地認出，這兩人正是艾米里歐•巴巴里格，和莫切尼哥總督的近侍之一卡洛•格里馬迪。他們旁邊還有灰衣高瘦男子，是艾米里歐的祕書，厚重的眼鏡不斷從他鼻子上滑落。

「……你的紙牌小屋正在崩塌，艾米里歐。」格里馬迪說。

「只是小挫折而已。違抗我的商人，還有安東尼奧•德•馬吉亞尼斯那混蛋很快就會死掉或被捕，或去土耳其帆船當划槳奴隸。」

「我指的是那個刺客。他在這裡，你知道的，所以安東尼奧才這麼大膽。聽著，我們都被偷過搶過，衛兵更沒有他們聰明；我能做的只有防止總督過問這檔事。」

「刺客？這裡？」

「你這蠢蛋，艾米里歐！如果主人知道你有多笨，你就死定了。你清楚那個刺客在佛羅倫斯和聖吉米那諾已經重創我們的目的了。」

艾米里歐右手握拳。「我會把他像蝨子一樣踩死！」他罵道。

「的確，他肯定吸了你不少血。誰曉得他是不是正埋伏在附近偷聽我們講話？」

「哼，接下來你大概要說你相信有鬼了。」

格里馬迪瞪他一眼。「傲慢使你變得愚不可及，艾米里歐。你沒看清大局，你只不過是小池塘裡的大魚。」

艾米里歐抓住他的上衣，氣憤地拉他貼近。「威尼斯早晚是我的，格里馬迪！我提供了佛羅倫斯所有的武器！如果雅克坡那白痴不會用不是我的錯，別想在主人面前說我的壞話。如果我想要，我可以告訴他關於你的——」

「你省省吧！我得走了。記住！會議預定十天後在費歐雷拉家外面的聖史提法諾廣場。」

「我會記得，」艾米里歐酸溜溜說，「到時主人就知道——」

「主人會發號施令，你俯首聽命就是了。」格里馬迪反駁，「告辭！」

埃齊歐看著他踏入陰暗的岡多拉，船滑入黑夜中。

「混蛋！」看著岡多拉消失在大運河的方向，艾米里歐向祕書怒道，「萬一他說對了怎麼辦？如果該死的埃齊歐．奧迪托雷就在這裡？」他沉思片刻。「聽著，馬上備船，必要的話叫醒船夫。我要馬上裝貨，船半小時後待命。如果格里馬迪沒說謊，我必須找個地方躲著，至少躲到會議當天。主人會想辦法對付那個刺客……」

「他一定和安東尼奧．德．馬吉亞尼斯合作了。」祕書插嘴。

「我知道，白痴！」艾米里歐低聲說，「過來，幫我打包之前提到的那些文件，免得我的老朋友格里馬迪上門偷走。」

他們回頭往宮殿裡走，埃齊歐跟上，像鬼魅般絲毫不露痕跡。他融入陰影中，如貓步輕巧無聲。在他發暗號之前，安東尼奧不會攻擊宮殿，首先他要查清楚艾米里歐想幹什麼——他所說的文件是什麼？

「大家怎麼都不懂？」埃齊歐繼續跟蹤時，艾米里歐向他的祕書說，「更多的自由與機會，只導致更多犯罪！我們必須確保國家能控制人民生活的每個面向，同時給銀行家和私人金主空間。這樣，社會才會繁榮。反抗的人必須被封口，那就是進步的代價。刺客教團屬於過去的時代，他們不懂重要的是國家，而非個人。」他搖搖頭。「就像喬凡尼•奧迪托雷，他可是個銀行家呢！讓人以為他應該會表現得正直一點！」

聽到父親名字被提起，埃齊歐不由得猛吸一口氣，但隨即靜下心繼續追蹤獵物。艾米里歐和祕書一路走到辦公室，挑選文件，包裝，最後回到庭院門邊的小碼頭，那裡有另一條較大的岡多拉在等待主人。

艾米里歐從祕書手中接過他的文件背包，下最後的命令。「送些換洗衣物給我。你們知道在哪裡。」

祕書鞠躬後消失。附近沒有別人。船夫們準備解船頭和船尾的纜繩。

埃齊歐從制高點跳到岡多拉上，船身猛地劇烈搖晃。他迅速兩下肘擊，把船夫打落水中，再抓住艾米里歐的喉嚨。

「衛兵！衛兵！」艾米里歐含糊地求救，摸索腰帶上的匕首刺向埃齊歐的腹部，埃齊歐抓住他的手腕。

「別急。」埃齊歐說。

「刺客！是你！」艾米里歐低吼。

「對。」

「我殺了你的敵人啊！」

「那不表示你是我朋友。」

「殺我不會解決你的任何問題，埃齊歐。」

「我想至少能夠幫威尼斯除掉一隻麻煩的……蝨子。」埃齊歐說，釋出他的彈簧劍。

「安息吧。」毫不耽擱，埃齊歐把鋼劍刺入艾米里歐的肩胛骨之間——他立刻無聲無息死了。埃齊歐殺人的效率和他完成使命的堅定決心一樣強。

把艾米里歐的屍體丟進水裡，埃齊歐開始翻找他背包裡的文件。有很多安東尼奧會感興趣的東西，他一面心想一面迅速翻閱，現在沒時間仔細查看。忽地一張羊皮紙吸引了他的注意——捲起來上蠟封的羔皮。肯定是另一頁古代抄本！

他正要撕破蠟封時——咻！——有枝箭呼嘯射中他雙腿之間的岡多拉底板。埃齊歐立刻警戒地蹲下，抬頭看箭的來向。頭上高處的宮殿牆垛上，排列著一大群巴巴里格弓兵。

這時其中一人揮手，靈巧地從高牆上爬下來。沒多時她便投入他懷中。

「抱歉，埃齊歐——我知道這是愚蠢的玩笑，但我們忍不住！」

「羅莎！」

她緊靠著他。「生龍活虎行動自如的羅莎！」她眼神明亮地看著他。「而且占領了絲綢宮！我們釋放了反對艾米里歐的攤商，控制了這個區域。快來！安東尼奧在籌劃慶祝，艾米里歐的酒窖可是傳奇！」

時光飛逝，威尼斯似乎很平靜。沒人懷念消失的艾米里歐；其實，許多人認為他還活著，只是出國去那不勒斯王國尋找商機。安東尼奧確保絲綢宮仍正常運作，只要不妨礙威尼斯整體的商業利益，沒人真正在乎幾個商人的死活，無論他多麼有野心又成功。

埃齊歐和羅莎關係變得更親密，但他們之間仍有激烈的對抗。這時她已完全復原，迫切地想要自我證明。某天早上她來到他的房間。「埃齊歐，我想你需要重新調整狀態，我要看看你是否還像法蘭科和我訓練你時那麼靈光。所以——來賽跑吧？」

「賽跑？」

「對！」

「去哪裡？」

「從這裡去海關倉庫。馬上開始！」埃齊歐還來不及反應時她已跳出窗外。他看著她跑過紅色屋頂，幾乎像舞蹈般躍過建築物之間的運河。他丟下上衣，追了過去。

最後他們同時抵達了這棟位於多索杜羅區末端岬角的木造建築屋頂上，俯瞰聖馬可運河和潟湖。對岸是低矮的聖喬吉歐馬衰雷修道院，它的對面是總督宮閃亮的粉紅色石壁。

「看起來是我贏了。」埃齊歐說。

她皺眉。「胡說。隨便你吧，會這麼說就證明你不是紳士，也不像威尼斯人。但是誰能指望佛羅倫斯人呢？」她停頓一下。「你一定在說謊。我贏了。」

埃齊歐聳肩微笑。「妳說了算，親愛的。」

「那麼，贏家要有獎品。」她說著拉下他的頭，熱情地吻他嘴唇。這時，她的身體柔軟又溫暖，而且無限誘人。

第16章

艾米里歐•巴巴里格本人或許無法參加聖史提法諾廣場的聚會，但埃齊歐肯定不會錯過。一四八五年底，一個晴朗的早晨，他站在人山人海的廣場上。與聖殿騎士團爭奪優勢的戰鬥辛苦又漫長。埃齊歐開始認為，就像對他父親和叔叔一樣，這也會變成他終身的工作。

他套著兜帽融入人群，看到卡洛•格里馬迪的身影和另一人走近時當即跟上。此人外表憔悴，身穿檢察官的紅袍，雜亂的紅褐色髮鬚和蒼白微青的皮膚幾乎分不清。那是西維奥•巴巴里格，艾米里歐的堂兄，綽號「紅人」。他看起來心情不太好。

「艾米里歐在哪裡？」他不耐煩地問。

格里馬迪聳肩。「我有叫他來。」

「你親自告訴他的？當面？」

「對，」格里馬迪不悅地回答，「親自！當面！我很擔心你不信任我。」

「我也是。」西維奧咕噥。格里馬迪聽了咬牙切齒，但西維奧只是茫然地東張西望。

「好吧，或許他會和其他人一起來。我們四處走走吧。」

他們漫步繞過龐大的矩形廣場，經過聖維達教堂和大運河邊的豪宅群，到聖史提法諾廣場另一端，偶爾停下來看看攤販擺出來準備販賣的貨品。埃齊歐尾隨他們，但並不容易，因為格里馬迪很緊張，一直狐疑地回頭。有時埃齊歐只能在視線外偷聽。

「等待的同時，你可以告訴我總督宮的最新動態。」西維奧說。

格里馬迪雙手一攤。「唉，老實說不太妙。莫切尼哥的圈子很小。我試過照你說的到處打點，為了我們的目的提建議。但當然我不是唯一爭取他注意的人。他雖然古怪，倒是挺精明的。」

西維奧從攤位拿起一個外型複雜的玻璃人偶，看了看又放回去。「那你必須更努力，格里馬迪。你得打進他的小圈子。」

「我已經是他最親近最信任的同僚之一，花了好多年才成功。多年的耐心規劃、等待、忍受羞辱。」

「是，是，」西維奧煩躁地說，「但你有什麼成果？」

「這比我預料的困難。」

「為什麼？」

格里馬迪挫折地揮揮手。「我不知道。我已經為國家盡力工作……但事實上，莫切尼哥不喜歡我。」

「我想也是。」西維奧冷淡地說。

格里馬迪忙著想自己的事，沒察覺其中的諷刺。「不是我的錯！我一直努力討好那個混蛋！我調查他的喜好，試圖替他弄來——薩丁尼亞最好的果醬、米蘭的最新服飾——」

「或許總督就是不喜歡馬屁精。」

「你認為我是馬屁精？」

「對。墊腳石、諂媚者、逢迎討好——要我說下去嗎？」

格里馬迪看著他。「別侮辱我，檢察官。你根本不懂狀況，你不懂壓力有多大——」

「喔，我不懂壓力？」

「對！你不知道。你或許是大官員，但我幾乎每天從早到晚都待在總督身邊。你想要取代我，自認能夠做得更好，但是——」

「你講完沒有？」

「還沒！聽著，我接近那個人，奉獻了一輩子才爬到這個位置。我告訴你，我有信心能爭取莫切尼哥的支持。」格里馬迪停一下。「我只是需要多點時間。」

「你似乎已經用掉太多時間了。」西維奧忽然住口。埃齊歐看到他舉起手招呼一位衣著昂貴、蓄著白鬚的老人，他身邊帶了一個埃齊歐生平看過最高大的保鑣。

「早安，堂弟。」新來的人問候西維奧，「格里馬迪。」

「你好，馬可堂哥。」西維奧回答。他看看周圍。「艾米里歐呢？他沒跟你來嗎？」

馬可・巴巴里格的表情先是驚訝，然後轉為沉重。「啊，所以你還沒聽到消息。」

「什麼消息？」

「艾米里歐死了。」

「什麼？」果然，西維奧很不高興，權勢較大的堂兄連消息都比他靈通。「怎麼會？」

「我猜得到，」格里馬迪憤恨地說，「刺客。」

馬可眼神銳利地看著他。「正是。昨天深夜，他們從運河中打撈到他的屍體。想必在水裡泡了——呃，夠久了。聽說他屍體腫成兩倍大，所以才浮起來。」

「那個刺客會躲在哪裡呢？」格里馬迪說。

「我們必須在他造成更多傷害前找到他，並殺了他。」

「他可能在任何地方，」馬可說，「所以我到哪裡都帶著但丁，少了他我就沒有安全感。」他嘆氣。「唉，有什麼用呢？那個刺客現在說不定在附近。」

「我們得快點行動。」西維奧說。

「說得對。」馬可附和。

「但是馬可，我有預感我快成功了。再給我幾天。」格里馬迪懇求。

「不，卡洛，你拖得夠久了，我們沒閒工夫慢慢來。如果莫切尼哥不肯加入，我們必須除掉他換上自己人，本週就得完成！」

自從來到此處，巨人保鑣但丁就不斷警戒地掃視人群，這時他開口。「我們最好保持移動到別處，先生。」

「好，」馬可答應，「主人在等我們了。走吧！」

埃齊歐像影子般在人群和攤位間移動，在他們穿過廣場沿著大致通往聖馬可廣場的街道離去時，努力保持在偷聽範圍內。

「主人會同意我們的新策略嗎？」西維奧問。

「不同意就太傻了。」

「你說得對，我們沒有選擇。」西維奧附和，然後看著格里馬迪。「這樣就用不著你了。」他不悅地補充。

「這得由主人決定，」格里馬迪反駁，「就像他會決定派誰取代莫切尼哥——你，或你這位堂兄馬可。而我是他的最佳顧問！」

「我不知道有什麼好選擇的，」馬可說，「大家都知道他會怎麼選。」

「我同意，」西維奧緊張地說，「應該由籌劃整個行動、想到怎麼拯救這個城市的人來選！」

馬可立刻回答。「我絕對不會低估戰術情報，親愛的西維奧；但到頭來統治還是需要智慧。別搞錯了。」

「各位，拜託，」格里馬迪說，「主人或許能在四十一人委員會召開選舉新總督時提供意見，但他無法影響他們。就我們所知，主人屬意的可能是你們以外的人選……」

「你是說你自己嗎？」西維奧驚訝地說，而馬可只發出一聲冷笑。

「有何不可？我可是真正出力的人！」

「先生們，拜託繼續走，」但丁插話，「回到室內之後你們會比較安全。」

「當然。」馬可同意並加快腳步。其餘人隨即跟上。

「你這個保鑣不錯，」西維奧說，「你付他多少錢？」

「付再多都不夠。」馬可回答，「他忠心又可靠，救了我的命兩次。但他的話不多。」

「誰想和保鑣聊天啊？」

「我們到了。」格里馬迪說，他們來到百合聖母教堂廣場旁一棟房子的小門前。知道但丁會極度提防，埃齊歐和他們保持安全距離，繞過廣場角落時剛好看到他們進去。他看看周圍，確認沒人注意，便爬上建築側面，來到門口正上方的陽臺。房間外的窗戶開著，房裡，堆滿文件的長餐桌後的沉重橡木椅上，坐著一個身穿紫色絲絨的西班牙人。埃齊歐躲進陰影中等待，準備偷聽接下來的發展。

羅德里哥・波吉亞心情非常不好。刺客教團已經在好幾件大業上令他挫敗並全身而退。現在他必須來威尼斯，除掉樞機主教在此的主要盟友之一。雪上加霜的是，羅德里哥還得浪費會議的前十五分鐘，聽他手下還活著的笨蛋們爭吵誰該擔任下一任總督。這些白痴似乎不在意他已經選好了人、打點了四十一人委員會的關鍵成員。他的人選就是三人之中最老、最虛榮、也最聽話的。

「你們都給我閉嘴，」他終於開口，「我需要你們在達成大業時維持紀律並且全力奉獻，而非懦弱地競逐個人私利。這是我的決定，你們照做就是。馬可・巴巴里格將是下一任總督，喬凡尼・莫切尼哥死後下週他就會當選。總督已經七十六歲了，不會引人起疑，但還是必須不露破綻。你能夠安排好嗎，格里馬迪？」

格里馬迪看一眼巴巴里格兄弟。馬可在整理鬍子，西維奧失望之餘努力維持表面的威嚴。他們都是傻瓜，他心想。不管當不當總督，他們仍是主人的傀儡，主人正在交代他的真正責任。格里馬迪妄想著更高成就的同時回答，「當然，主人。」

「你什麼時候能夠最接近他？」

格里馬迪回想。「我可以自由進出總督宮。莫切尼哥或許不太喜歡我，但是完全信任我，大多數時間我都在他身邊待命。」

「很好。一有機會就毒死他。」

「他有試毒人。」

「天啊，你以為我不知道嗎？你們威尼斯人應該很擅長下毒才對。等他們試過以後再在他的肉裡加料，或是他最喜歡的薩丁尼亞果醬。你想不出辦法就等著倒大楣！」

「交給我吧，閣下。」

羅德里哥不悅地看向馬可。「我猜你可以為我們的目的弄到適當的毒藥吧？」

馬可心虛地微笑。「其實那是我堂弟的專長領域。」

「我應該能夠弄到足夠的坎塔雷拉毒液。」西維奧說。

「那是什麼？」

「是一種最有效而且很難追查的砒霜。」

「很好！就這麼辦！」

「我必須說，主人，」馬可說，「讓您親自這麼深入地參與計畫，我們真是與有榮焉。這對您不是很危險嗎？」

「刺客絕對不敢來找我。他很聰明，但是永遠比不過我。無論如何，我覺得必須更直接地參與。帕奇家在佛羅倫斯讓我們失望了，我衷心希望巴巴里格家不會重蹈覆轍……」

他瞪著他們。

西維奧竊笑道。「帕奇家是一群外行人——」

「帕奇家，」羅德里哥打斷他，「是能幹又可敬的家族，而一個年輕刺客就打敗了他們。別低估這個麻煩的敵人，否則他也會摧毀巴巴里格家。」他停頓一下強調他的意思。「去吧，辦好這件事。我們禁不起再次失敗了！」

「您有什麼計畫，主人？」

「我要回羅馬。時間寶貴！」

羅德里哥匆匆起身離開房間。埃齊歐躲在陽臺的制高點上俯瞰著。對方單獨離開，穿過廣場，昂首闊步走向官方碼頭時驚動一群鴿子四散飛起。其餘人很快跟著他離開，分頭走不同路線離開廣場。確定四下無人之後，埃齊歐跳到地面的石板上匆忙離開，前往安東尼奧的總部。

抵達後，羅莎用一個長吻迎接他。「把你的匕首收回鞘裡。」兩人身體緊貼時她微笑說。

「是妳害我拔劍的。而且，」他意有所指地說，「劍鞘在妳身上。」

她牽他的手。「那就來吧。」

「不行，羅莎，很抱歉。」

「所以你已經厭煩我了？」

「妳明知不是這樣！我必須先見安東尼奧。很急。」

羅莎看著他，發現他的臉和冰冷的藍灰色雙眼中都滿溢著緊張。「好吧，這次我原諒你。他在辦公室裡。他已經占領真正的絲綢宮，應該不玩模型了！來吧！」

「埃齊歐！」安東尼奧一看到他就說，「我不喜歡這個表情。你還好吧？」

「希望如此。我剛發現卡洛・格里馬迪、巴巴里格家堂兄弟西維奧和馬可跟一個……我很熟的人聯手，綽號西班牙人。他們打算謀殺莫切尼哥總督，用自己人取代。」

「真是壞消息。自己人當上總督，他們就能控制整支威尼斯艦隊和貿易帝國。」他停一下。「他們還敢說我是罪犯！」

「那──你會幫我阻止他們嗎？」

安東尼奧伸出手來。「我保證，小兄弟。我所有人手都支持你。」

「包括女人。」羅莎插嘴。

埃齊歐微笑。「謝謝，我的朋友。」

安東尼奧若有所思。「但是埃齊歐，這需要預先計畫。總督宮戒備森嚴，比起來絲綢宮簡直像開放公園。我們沒時間做模型慢慢研究了──」

埃齊歐舉起手堅定地說，「天下沒有毫無破綻的東西。」

兩人看著他。安東尼奧大笑起來，羅莎則調皮地微笑。「沒有毫無破綻的東西！——難怪我們喜歡你，埃齊歐！」

當天深夜，路人稀少時，安東尼奧和埃齊歐來到總督宮。

「這種背叛我已經不驚訝了，」他們走路時安東尼奧說，「莫切尼哥總督是個好人，我很驚訝他能撐這麼久。小時候，我們被教導貴族都是正直善良的人，我也信以為真。雖然我父親是鞋匠，母親是洗碗女傭，但我渴望出人頭地。我拚命讀書，吃苦耐勞，卻永遠無法進入統治階級。若非天生權貴，否則是不可能被接納的。所以——我問你，埃齊歐，誰是威尼斯真正的貴族？像格里馬迪、馬可或西維奧・巴巴里格那種人？不對，我們才是！盜賊、傭兵和娼妓！我們維持城市運作，每個人小指頭上的羞恥心，都超過那些所謂的統治者！我們熱愛威尼斯，其他人只當這裡是發財的手段！」

埃齊歐不置可否，因為他看不出安東尼奧戴上總督帽後，能否做得比現在那些人更好。他們在適當時間抵達聖馬可廣場，繞過邊緣到達總督宮的粉紅色外牆。這裡顯然戒備森嚴，不過他們倆成功地偷偷爬上搭在隔壁大教堂側面牆壁的鷹架，從制高點俯瞰。他們知道即使能夠跳到宮殿屋頂上，進入庭院，那裡還有一道高鐵柵，頂端的尖刺朝外向下彎曲。他們看得到喬凡尼•莫切尼哥總督本人就在柵欄下的庭院裡。老人衣著高貴，但就像一副乾癟的外皮穿戴上城邦領袖的華服和官帽。他正在和那被指定來殺他的殺手卡洛•格里馬迪交談。

埃齊歐專心聆聽。

「您還不懂我提議的苦心嗎，閣下？」卡洛說，「請聽我的，這是您最後的機會了！」

「你竟敢這樣跟我說話？居然威脅我！」總督怒道。

卡洛立刻道歉。「請原諒我，長官，我絕無惡意，但請相信您的安全是我的主要考量……」

說完，兩人走進建築物中。

「我們時間緊迫，」看穿埃齊歐的心思，安東尼奧說，「而且沒辦法通過這道鐵柵。即使有，看看這裡有多少衛兵。該死！」他洩氣地揮手，嚇飛了一群鴿子。「看看這些鳥！如果我們會飛，或許就容易多了！」

突然，埃齊歐暗自發笑。是時候去探望老朋友李奧納多•達文西了。

第17章

「埃齊歐！多久沒見了？」李奧納多像迎接失散多年的兄弟般迎接埃齊歐。他的威尼斯工作室看起來和佛羅倫斯那間一模一樣，但中央放置著真實比例版的蝙蝠狀機器。埃齊歐現在知道，他必須認真看待它的用途。但首先，他必須說服李奧納多。

「埃齊歐，你透過那位叫烏戈的好人送給我另一頁古代抄本，但你一直沒來問後續。你這麼忙啊？」

「我確實挺忙的。」埃齊歐回答，想起他從艾米里歐・巴巴里格遺物中拿到的那一頁。

「噢，在這裡。」李奧納多在看似雜亂的房間裡翻找，出人意料地迅速拿出整齊捲好的古代抄本頁，蠟封也修復如初。「這次沒有新武器設計，從上面的符號和字跡看來，我認為是阿拉米文甚至巴比倫文。無論你在拼湊什麼，這都是重要的一頁。我想我看出了地圖的痕跡。」他舉起手。「其他部分不必跟我說！我只對這些頁面上的新發明有興趣，其他的我不在乎。像我這種人，因為還算有點用處，才能遠離危險苟活至今；如果被發現我涉入得太深——」

李奧納多生動地用手指劃過喉嚨。「嗯，下場就是這樣。」他繼續說。「我了解你，埃齊歐，你的來訪從來不是單純社交。喝一杯這種難喝的維內托——我還是喜歡香提——如果你餓了，這裡應該有炸魚餅。」

「你的案子完成了嗎？」

「伯爵很有耐心。敬伯爵！」李奧納多舉杯。

「李奧——你這組機器真的能用嗎？」埃齊歐問。

「你是說，會不會飛？」

「對。」

李奧納多摸摸下巴。「嗯，它還在初期階段，離完成還差得遠，但是我想可以！當然會飛！天曉得我花了多少時間，這個點子我一直捨不得放棄！」

「李奧——我可以試試嗎？」

李奧納多大驚。「當然不行！你瘋啦？太危險了。首先，我們得把它搬到高塔上才能起飛……」

隔天黎明前，在第一抹灰暗粉紅色染上東方海平線時，李奧納多和助手們把拆解以便搬運的飛行器重新組好，放在毫不知情的雇主私宅佩薩羅宮又高又平的屋頂上。

埃齊歐跟他們在一起。下方的城市還在沉睡中，總督宮屋頂上沒有任何衛兵，因為這是夜行動物的主宰時刻，吸血鬼和幽靈力量最強大之際，只有瘋子和科學家會在此時外出。

「可以開始了。」李奧納多說，「感謝上帝四下無人。如果有人看到這個一定不敢相信他們的眼睛——要是他們知道是我發明的，我在這裡就混不下去了。」

「我會盡快。」埃齊歐說。

「盡量別弄壞了。」李奧納多說。

「這只是試飛，」埃齊歐說，「我會很小心。再說一遍這寶貝怎麼操縱？」

「看過飛行中的鳥嗎？」李奧納多問，「重點不是比空氣輕，而是優雅和平衡！你只能用你的體重來控制升降和方向，翅膀會帶著你。」李奧納多臉色非常嚴肅地捏捏埃齊歐的手臂。

「祝你好運，朋友。你即將創造歷史——我希望啦。」

李奧納多的助手謹慎地把埃齊歐綁到機器下方，蝙蝠狀翅膀在他頭上張開。他面向前方、被固定在皮革搖籃裡，不過雙手雙腳可動。面前有根水平的橫桿，裝在雙翼的木框主體上。

「記住我跟你說的！左右移動控制轉向，前後移動控制翅膀角度。」李奧納多熱心地解說。

「謝謝。」埃齊歐說道。他用力吸口氣。如果飛不起來，這就是他人生的最後一跳了。

「上帝保祐你。」李奧納多說。

「晚點見。」埃齊歐底氣不足地說。他調整好上方的翅膀，穩住身形，從屋頂邊緣助跑並一躍而下。

他的胃先是差點從喉嚨跳出來，接著一種美妙的興奮感開始充盈他的四肢百骸。他在空中翻轉翱翔，威尼斯在底下掠過，此時飛行器開始顫抖，從天上落下。幸好埃齊歐保持著冷靜，按照李奧納多關於操作桿的指示修正方向——很勉強——飛回佩薩羅宮屋頂。他落地時奮力往前奔跑——用盡力氣和敏捷度才能維持穩定。

「全能的基督啊，真的能飛！」李奧納多喊道，不顧被發現的可能性，旁若無人地把埃齊歐從機器上解開並狂熱地擁抱他。「你太厲害了！你會飛！」

「是啊，上帝保祐，我成功了，」埃齊歐喘著氣說，「但是沒達到我需要的距離。」他的目光望向遠處的總督宮和庭院。如果要阻止莫切尼哥被謀殺，他沒時間耽擱了。

稍後眾人回到工作室，埃齊歐和李奧納多仔細地翻修機器。李奧納多在高架大桌上攤開他的藍圖。「我先看看我的設計，或許能找到什麼方法延伸飛行距離。」

他們研究到半途，便被安東尼奧的匆忙來訪打斷。

「埃齊歐！不好意思打擾了，但是這很重要！我的間諜回報西維奧取得了他們需要的毒液，已經交給格里馬迪了。」

好巧不巧，此時李奧納多絕望地喊。「沒有用！我試了又試，就是行不通！我不知道怎麼延長航程。唉，該死！」他生氣地把文件掃落桌下。部分紙張飄進旁邊的大火爐燃燒了起來，灰燼紛飛。李奧納多出神地看著這一幕，臉上的表情漸漸改變，最後欣喜的笑容取代了怒意。

「我的天！」他叫道，「我找到了！沒錯！太神奇了！」

他抓出還沒被火燒光的文件，踩熄火焰。「絕對不要被怒氣沖昏頭，」他勸他們，「那只會產生反效果。」

「那你是怎麼回事？」安東尼奧問。

「看！」李奧納多說，「看到灰燼飄起來沒有？熱氣會讓東西飛起來！我經常看到高空的老鷹，完全不振翅，卻能維持飛行！原理很簡單！我們只需要應用就好了！」

他將威尼斯的地圖攤在桌面，拿著鉛筆趴在圖上振筆。他標出佩薩羅宮和總督宮的距離，在中間的重要地點畫叉叉。「安東尼奧！」他大聲說，「你能不能派你的人在我畫的每個地點堆營火，並按照順序點燃？」

安東尼奧研究地圖。「我想應該辦得到——但是為什麼？」

「你還不懂嗎？這是埃齊歐的飛行路線！火焰會把飛行器和他一路帶到目的地！利用熱氣上升！」

「衛兵怎麼辦？」埃齊歐說。

安東尼奧看著他。「你要操縱那個玩意，這次衛兵就交給我們吧。」他補充，「無論如何，至少一部分衛兵會無暇他顧。我的間諜說有一批裝著彩色粉末的奇怪小型管子運到，從很遙遠的東方、一個叫做中國的國家來的。天曉得是什麼，但一定很貴重，他們非常保護這批貨。」

「煙火。」李奧納多自言自語說。

「什麼？」

「沒事！」

天黑時，安東尼奧的手下照李奧納多的命令準備好了火堆。他們也趕走了周圍的警衛或圍觀路人，免得他們通知當局。同時，李奧納多的助手們把飛行器再次搬上佩薩羅宮屋頂，埃齊歐則佩戴上彈簧刃和護甲就定位。安東尼奧站在一旁。

「換了我可幹不了這件事。」他說。

「這是進入宮殿的唯一辦法。你自己說的。」

「不過我作夢都沒想到會實現。我還是覺得不敢相信，如果上帝想要我們飛——」

「你準備好向部下發信號了嗎，安東尼奧？」李奧納多問。

「沒問題。」

「現在動手吧，然後我們把埃齊歐送上天。」

安東尼奧走到屋頂邊緣往下看，拿出一大條紅手帕揮舞。隨即，一個接著一個，五堆大營火依序冒出火光。

「很好，安東尼奧。恭喜你。」李奧納多轉向埃齊歐，「現在，記住我說的。你必須飛在火堆之間。你經過每一處的營火熱氣，應該能讓你浮在空中一路抵達總督宮。」

「務必小心，」安東尼奧說，「屋頂上有弓兵，他們一看到你肯定會射箭。他們會以為你是地獄冒出來的魔鬼。」

「我真希望飛行時有辦法使劍。」

「你的腳有空，」李奧納多想了一下說，「如果你能閃過箭、飛得夠靠近弓兵，或許可以把他們從屋頂踢下去。」

「我會記住。」

「該出發了。祝你好運！」

埃齊歐跳下屋頂，飛入夜空，按照設定好的路線前往第一座營火。

他接近時開始逐漸下降，但是抵達營火後，他感到飛行器再度上升。李奧納多的理論有效！他繼續飛，看到照顧營火的盜賊們仰望著他歡呼。

但盜賊不是唯一發現他的人。埃齊歐看見了部署在大教堂和總督宮周圍建築屋頂上的巴巴里格家弓兵。他設法操縱飛行器躲開大多數來箭，只有一、兩枝射中木架，他也成功低飛踢落了幾個弓兵。當他接近宮殿時，總督的衛兵也發箭攻擊，而且用的是火箭。一枝箭射中右翼，立刻燒了起來。埃齊歐的飛行高度迅速下降，只能勉力維持航向。他看到一個漂亮女貴族仰頭尖叫魔鬼來抓她了，但他順利飛越過去。他放開操縱桿，摸索著解開綁著他的皮帶扣環。他在最後一刻自行掙脫向外跳，以完美蹲姿落在庭院內側屋頂上，通過護衛宮殿內側、只有鳥能飛過的鐵柵。他抬頭，看到飛行器撞上聖馬可教堂的鐘塔，殘骸落在下方的廣場，造成人群恐慌和大混亂。

趁著總督的弓兵分心，埃齊歐快速往下爬。同時，他看到莫切尼哥總督出現在三樓某扇窗戶裡。

「那是什麼玩意？」總督說，「那是什麼？」

卡洛・格里馬迪出現在他身邊。「可能只是些年輕人放爆竹吧。來吧，把酒喝完。」

埃齊歐聞言連忙跑過屋頂和牆壁，並小心地不被弓兵看到。來到打開的窗戶外，探頭進去，他看到總督正喝下杯中最後一點酒液。他跨過窗臺進入房間，著急大喊，「且慢，閣下！別喝——！」

總督驚訝地看著他，埃齊歐知道自己來晚了一步。格里馬迪得意竊笑。「這次你的時機可沒那麼準了，小刺客！莫切尼哥大人很快就會離開我們。他喝的毒藥足夠殺死一頭牛。」

莫切尼哥轉向他。「什麼？你做了什麼？」

格里馬迪作個遺憾的手勢。「你肯聽我的就好了。」

總督蹣跚欲倒，埃齊歐衝上前扶著他到椅子前，他沉重地坐下。

「我覺得好累……」總督說，「……變暗了……」

「很抱歉，閣下。」埃齊歐無助地說。

「你也該嘗嘗失敗的滋味了。」格里馬迪怒罵埃齊歐，隨即打開房門大喊，「衛兵！衛兵！總督被下毒了！凶手在這裡！」

埃齊歐衝過房間抓住格里馬迪的衣領，把他拖回房裡，猛力關門上鎖。幾秒後他聽到衛兵跑過來撞門。

他轉向格里馬迪。「失敗是嗎？那我最好設法彌補。」他彈出他的袖劍。

格里馬迪微笑。「你可以殺了我，」他說，「但你永遠無法打敗聖殿騎士團。」

埃齊歐把匕首插進格里馬迪的心臟。「安息吧。」他冷酷地說。

「很好。」背後一個微弱的聲音說。埃齊歐回頭，看到總督的臉色蒼白得可怕，處在垂死邊緣。

「我去找醫生來幫忙。」他說。

「不用……來不及了。至少我能在臨死前看到凶手比我早一步下地獄，謝謝。」莫切尼哥掙扎著喘氣。「我早就懷疑他是聖殿騎士，但我太軟弱、太輕信他人了……檢查他的錢包，拿走裡面的文件。我相信你會發現能幫助你的東西，為我報仇。」

說完，莫切尼哥微笑著未再開口。埃齊歐看著他，他嘴上的笑容僵硬，眼神呆滯，頭垂向一側。埃齊歐伸手到總督的頸側，確認沒有脈搏了。埃齊歐用手指撫過死者的臉，闔上他的眼皮，低誦幾句祝福，接著連忙翻出格里馬迪的錢包。果然，在一小疊文件中，有另一頁古代抄本。

衛兵們持續撞門，門開始鬆動了。埃齊歐跑到窗前往下看。庭院布滿了衛兵，他必須冒險攀上屋頂。躍出窗戶，他開始爬上面前的牆壁，箭矢從他臉側呼嘯而過，撞到兩旁的石磚上。抵達屋頂之後，埃齊歐面對的是更多弓兵，幸好對方措手不及，他得以用奇襲優勢幹掉他們。但他遇上另一個困難。先前擋住他的鐵柵現在把他困在裡面了！他跑過去，發現它的設計只為了擋住外面的人——頂端尖刺朝外向下彎。如果他能爬上去，就能脫困。他已經聽得見許多衛兵的腳步聲踏上通往屋頂的樓梯。

情急之下，他鼓起所有力氣，助跑後一躍爬上了鐵柵頂端。下一刻他便安全地在鐵柵另一邊，換成衛兵被困住了。他們盔甲太重無法爬上去，埃齊歐知道無論如何他們都不如他敏捷。他跑到屋頂邊緣，跳向大教堂牆面上搭的鷹架，從鷹架爬下地面。然後他跑進聖馬可廣場，消失在人群中。

第18章

總督去世當晚，夜空中出現巨大怪鳥，在威尼斯引起的騷動持續了好幾週。李奧納多的飛行器在聖馬可廣場墜毀，沒人敢靠近這個怪東西，任它燒成灰燼。同時，新總督馬可・巴巴里格順利當選上任。他公開宣示會抓到那個僥倖逃脫的年輕刺客，那個謀殺了高貴公僕卡洛・格里馬迪、可能也包括老總督的人。巴巴里格家和總督的衛兵在每個街角巡邏，並日夜巡視運河。

在安東尼奧的勸告下，埃齊歐躲在他的總部裡，但他充滿強烈挫折感，雪上加霜的是李奧納多跟隨他的金主佩薩羅伯爵暫時出城了，連羅莎都沒辦法逗他開心。

很快，新年過後某一天，安東尼奧把他叫進辦公室，掛著笑臉迎接他。「埃齊歐！我有兩個好消息告訴你。首先，你朋友李奧納多回來了；其次，嘉年華到了！幾乎人人戴面具，所以你——」但埃齊歐已經往門外跑了。「喂！你要去哪裡？」

「去找李奧納多！」

「呃，快點回來——我要你見一個人。」

「誰啊？」

「泰朵拉修女。」

「修女？」

「你看到就知道！」

埃齊歐戴著兜帽穿過街道和運河，低調地行走在大群戴著面具、服裝華麗的男男女女中間。他也特別留意值勤中的衛兵群。比起一手策劃的前任總督謀殺案，馬可‧巴巴里格毫不在意格里馬迪之死；現在只要演出一齣緝凶秀，就能讓事件落幕並且安撫民眾，還可減少所費不貲的公開行動。但埃齊歐非常清楚，如果可以的話，總督絕對很樂意私下抓住自己並處以私刑。他的存在讓聖殿騎士團芒刺在背，他必須隨時保持警覺。

不論如何，他終究成功來到李奧納多的工作室，偷偷溜了進去。

「真高興再看到你，」李奧納多迎接他。「這次我以為你一定死了。我沒有你的消息，莫切尼哥和格里馬迪又出了大事，我的金主決定去旅行，堅持要我隨行——結果是去米蘭——我也一直沒空重建我的飛行器，因為威尼斯海軍終於要我開始幫他們設計東西，真是傷腦筋！」接著他笑道。「但最重要的是，你還活得好好的！」

「而且是威尼斯頭號通緝犯！」

「對。雙屍謀殺犯，還是謀殺最顯赫的政府官員。」

「你應該不會相信吧。」

「如果我相信他們的話你現在就不會在這裡了。你知道可以信任我，埃齊歐，如同你信任這裡每一個人。畢竟，我們可是共謀幫你飛進總督宮呢。」李奧納多拍手，一名助手端著酒出現。「路卡，能不能幫我們這位朋友找張嘉年華面具？我有預感應該派得上用場。」

「謝謝，我的朋友。我也有東西給你。」埃齊歐交出古代抄本的新頁。

「太好了！」李奧納多立刻辨認出他手中的東西。他在身邊的桌上騰出空間，攤開羊皮紙開始研究。

「嗯，」他皺眉專注地說，「這張有新武器的設計，而且相當複雜。看來好像也是裝在手腕上的，不過不是匕首。」他繼續細看。「我知道是什麼了！是火器，但縮小比例──像蜂鳥一樣小。」

「聽起來不太可能。」埃齊歐說。

「只有一個辦法證明，那就是做出實品，」李奧納多說，「幸好我這些威尼斯助手都是工程學專家。我們馬上開始進行。」

「你其他的工作怎麼辦？」

「喔，不急，」李奧納多輕鬆地說，「他們都以為我是天才，讓他們這麼想也無妨——事實上，這代表他們就不會來煩我！」

幾天後，火槍就做好可供埃齊歐測試了。相對於尺寸，它的射程和威力挺厲害的。就像袖劍，設計成可以綁在埃齊歐手臂上的伸縮機關，內縮時隱藏，需要使用時瞬間開槍。

「我自己怎麼從來不會想出這樣的東西呢？」李奧納多說。

「最大的問題是，」埃齊歐懷疑地回答，「幾百年前的人怎麼會有這種想法。」

「反正不管這是怎麼來的，都是機械學上的巨大傑作，希望對你有用。」

「我想這個新玩具來得正是時候。」埃齊歐真心地說。

「我懂，」李奧納多說，「當然，知道得越少越好，不過我也猜得到可能跟新總督有點關係。我不懂政治，但有時連我都嗅得出詭計。」

埃齊歐意味深遠地點頭。

「這種事你該找安東尼奧談，而且最好戴著面具——只要在嘉年華期間，你在街上應該很安全。但要記住——外面不准用武器！藏在袖子裡就好。」

「我現在要去找安東尼奧，」埃齊歐告訴他，「他要我認識一個人——泰朵拉修女，在多索杜羅區。」

「喔！泰朵拉修女！」李奧納多微笑。

「你認識她嗎？」

「她是安東尼奧和我的共同朋友。你會喜歡她的。」

「她究竟是誰？」

「你馬上就知道。」李奧納多笑道。

埃齊歐來到安東尼奧給他的地址。建築物看來顯然不像修女院。敲門進去之後，他確信走錯地方了，因為他進入的房間讓他想起寶拉在佛羅倫斯的沙龍。來來去去的優雅年輕女子肯定不是修女。他正要戴回面具離開時，聽見安東尼奧的聲音，不久後他本人出現，手挽著一個豐唇風騷的優雅美女，她倒是真的穿修女服。

「埃齊歐！你來了，」安東尼奧說。他有點醉了。「容我介紹……泰朵拉修女。泰朵拉，這位是——我該怎麼說呢？——全威尼斯最有才能的人！」

「修女。」埃齊歐鞠躬說，然後看著安東尼奧。「我是不是哪裡搞錯了？你絕對不像有信仰的人。」

安東尼奧大笑，但泰朵拉修女開口，意外地嚴肅。「那要看你對宗教的觀點而定，埃齊歐。需要安慰的不只是人的靈魂。」

「來喝一杯，埃齊歐！」安東尼奧說，「我們得談談，但是先放輕鬆！你在這裡絕對安全。見過小姐們沒有？喜歡哪一個嗎？別擔心，我不會告訴羅莎。你得告訴我——」

安東尼奧被沙龍某個房間中傳出的尖叫聲打斷。門猛然打開，裡面有個眼神狂亂的持刀男人。他背後血染的床上有個女孩在痛苦掙扎。

「抓住他，」她大叫，「他偷我的錢，還刺傷我！」

瘋子怒吼一聲，又抓住另一個女孩拉她貼近，並把刀架在她的喉嚨上。「讓我出去，否則我連這女人也宰掉！」他咆哮著，刀尖微微刺進女孩的脖子，滲出了一點血絲。「我說真的！」

安東尼奧立刻嚇醒，看著泰朵拉和埃齊歐。泰朵拉也望著埃齊歐。「嗯，埃齊歐，」她用驚人的冷靜說，「現在是討好我的機會。」

瘋子走過沙龍往大門移動，有一小群女子站在門口。他向她們怒吼，「開門！」但她們似乎嚇得動彈不得。「打開該死的門，否則我殺了她！」他又把刀子戳進女孩的喉嚨。她的頸項開始流出血來。

「放開她！」埃齊歐說。

男子轉身面對他，露出凶惡表情。「你又是誰？他媽的嫖客嗎？別逼我宰了她！」

埃齊歐看看男子和大門。被男子脅持的女孩已經昏迷了，架著她並不輕鬆。埃齊歐看得出男子在猶豫，隨時可能放掉她。他暗自作好準備。附近太多女人，他必須選對時機快速行動，他也知道他對新武器沒什麼經驗。「開門。」他向其中一名嚇壞的妓女堅定地說。

她轉身開門時，瘋子放開流血的女孩讓她倒地。他準備衝出去街上時，注意力暫時離開了埃齊歐。這個瞬間，埃齊歐彈出他的小手槍並開火。

埃齊歐右手的手指間發出轟然巨響，接著爆出火光和一團煙霧。男子面露驚訝的表情跪倒在地，額頭中央多了個小洞，有些腦漿噴濺在背後的門柱上。他緩緩仆倒時小姐們尖叫著匆忙逃離。泰朵拉大聲下令，助手們連忙搭救兩位受傷的小姐，但臥室那個已經失血過多而死。

「我們感謝你，埃齊歐。」恢復秩序之後泰朵拉說。

「我來不及救她。」

「你救了其他人。若非你在這裡阻止他，他可能殺害更多人。」

「你用了什麼魔法打倒他？」安東尼奧驚嘆地問。

「不是魔法，只是祕密武器，算是飛刀的進階版本。」

「哇，看起來挺好用的。咱們的新總督嚇壞了，他身邊都是衛兵，而且絕不離開宮殿。」安東尼奧暫停一下。「我猜你的下個目標就是馬可•巴巴里格？」

「他和他堂弟艾米里歐都是敵人。」

「我們會幫你，」泰朵拉插口道，「而且很快就有機會了。總督要為嘉年華辦一場大宴會，到時他必須離開宮殿。他贏不了人心，但至少可以收買，所以他可是不惜血本。據我的間諜說，他甚至從中國訂購了煙火！」

「所以今天我才叫你來，」安東尼奧向埃齊歐說明，「泰朵拉修女是自己人，她最清楚威尼斯的大小事。」

「我怎樣才能受邀參加宴會？」埃齊歐問她。

「不容易，」她回答，「你需要黃金面具才能進場。」

「聽起來弄到一個應該不太困難。」

「先別太有把握——每個面具都是邀請函，而且有編號。」泰朵拉微笑說，「不過這不成問題，我有個主意，或許能幫你贏得面具。來，陪我走走。」她帶著他離開眾人，來到房子背後一處安靜的小庭院，裝飾的池塘裡有噴泉。

「明天開始會舉辦一些嘉年華的特別競賽，人人皆可參加。有四個活動，贏家可以獲得黃金面具，成為宴會上的榮譽來賓。為了參加宴會接近馬可•巴巴里格，你非贏不可，埃齊歐。」她看著他。「參加時，我勸你帶著那個噴火小道具，因為你無法靠近到可以用刀的距離。」

「我可以問一件事嗎？」

「可以，但我不保證能回答。」

「我很好奇，妳穿著修女服，卻顯然不是修女。」

「你怎麼知道？小子，我向你保證，我是真的修女。」

「我不懂。妳也是交際花，而且妳經營妓院。」

泰朵拉微笑。「我不認為有牴觸。我選擇如何奉行信仰，選擇如何運用我的身體——都是我的自由。」她思索片刻，「聽著，」她繼續說，「就像許多年輕女子，我受教會吸引，但我看清了這座城市所謂的信徒。男人只在腦中宣稱自己信奉上帝，而非由身體心靈的深處去實踐力行。你懂我的意思嗎，埃齊歐？男人必須懂得如何愛人才能獲得救贖。小姐們和我提供這項知識給顧客。當然，沒有任何教派同意我，所以我只好自創。或許違背傳統，但是有用，男人的心在我的照料下更堅強了。」

「我猜其他東西也變強了。」

「你真憤世嫉俗，埃齊歐。」她向他伸手。「明天再來，我們來研究這些比賽。你自己保重，別忘了戴面具。我知道你能照顧自己，但我們的敵人還在外面找你。」

埃齊歐的新槍需要一些小調整，於是他在回盜賊公會總部途中先繞到李奧納多的工作室。

「真高興看到你，埃齊歐。」

「被你說中了，李奧納多。泰朵拉修女是真正的自由思想家。」

「要不是她自我保護得好，一定會被教會找麻煩；但她有些權貴仰慕者。」

「我能想像。」埃齊歐發現李奧納多有點心不在焉，更用怪異的目光看著自己。「怎麼了，李奧？」

「或許別告訴你這件事比較好，但如果你意外發現更糟糕。聽著，埃齊歐，克莉絲汀娜•卡富奇和她丈夫來威尼斯參加嘉年華了。當然她現在是克莉絲汀娜•德•阿森塔。」

「她住在哪裡？」

「她和曼菲多是我的金主的客人，所以我才知道。」

「我得見她！」

「埃齊歐，你確定這是個好主意嗎？」

「明早我會來拿槍。恐怕到時我會需要用到——我有些急事要辦。」

「埃齊歐，如果是我，不會沒武裝就到處跑。」

「我還有古代抄本的袖劍。」

埃齊歐心緒紛亂地來到佩薩羅宮。透過公共書記辦公室，他付錢寫了張短信，內容是：

我親愛的克莉絲汀娜：

今晚七點，我必須在主人宅邸以外之處單獨見妳。我會在諸聖運河的日晷處等妳——

他署名「曼菲多」，派人送去伯爵宮，然後等待。

機會不大，但是成功了。很快地，克莉絲汀娜帶著一個女僕出現，匆忙走向多索杜羅區。他一路跟蹤她。抵達指定地點後，女僕退到禮貌的距離外，他便上前去。兩人都戴著嘉年華面具，但他看得出她美麗如昔。他忍不住擁抱她，給她一個溫柔的長吻。

兩人忘情擁吻。最後她掙脫埃齊歐的懷抱，摘下面具，不解地看著他，然後措手不及地伸手摘掉他的面具。

「埃齊歐！」

「原諒我，克莉絲汀娜，我——」他發現她沒戴他送的項鍊墜子。當然了。

「你在這裡搞什麼鬼？你竟敢那樣吻我？」

「克莉絲汀娜，沒關係的……」

「沒關係？我八年沒有你的消息了！」

「如果不用一點手段，我怕妳根本不會來赴約。」

「你說得對——我當然不會來！我好像記得上次我們見面時你在街上吻我，然後耍帥救了我未婚夫的命，丟下我嫁給他。」

「那樣做才是正確的。他愛妳，但是我——」

「誰在乎他怎麼樣？我當時愛的是你！」

埃齊歐不知該說什麼。他覺得整個世界都分崩離析了。

「別再找我了，埃齊歐，」克莉絲汀娜眼中含淚，「我受不了，你顯然已經有了新的人生。」

「克莉絲汀娜——」

「過去你只要勾勾手指頭，我就會——」她突然住口。「再見，埃齊歐。」

他無助地看著她離開，和女僕會合，消失在街角。她沒有回頭。

埃齊歐走回盜賊總部，詛咒著兩人的命運。

隔天，心情鬱悶又堅決的他從李奧納多那裡拿回了槍，道謝，並取回那頁古代抄本，希望遲早他能把它和取自艾米里歐的另一頁送回去給馬力歐叔叔。他走回泰朵拉的家。她再次帶著他到舉行比賽的聖保羅廣場。廣場中央搭了一個舞臺，臺上有兩、三個官員坐在桌邊，記錄參賽者的名字。現場人群中，埃齊歐發現了西維奧•巴巴里格病弱憔悴的身影。他驚訝地發現巨人保鑣但丁也在他身邊。

「你將會對上他，」泰朵拉說，「你覺得你能打敗他嗎？」

「有必要的話。」

終於，所有參賽者姓名登記完畢（埃齊歐報了假名），一個穿鮮紅色斗篷的高大男子站到舞臺上。他是儀式主持人。

總共有四項比賽。參賽者要互相競爭，由評審團判定最後贏家。埃齊歐運氣很好，許多競爭者因為嘉年華的緣故都戴著面具。

第一項是徒步賽跑，埃齊歐輕鬆獲勝，令西維奧和但丁很懊惱。第二項比較複雜，涉及抉擇與戰術，參賽者必須互相搶奪發給他們的錦旗。

在這個項目，埃齊歐再度獲勝，但看到但丁和西維奧的表情後，他感覺有些不安。

「第三項競賽，」主持人宣布，「結合了前兩項的要素再加上新的要求。這次，你們必須用速度和技巧，但同時兼具魅力和風度！」他大大張開雙臂，指向廣場上幾群正優雅地偷笑的時髦女子。「有些女士自願幫忙我們，」主持人繼續說，「有些女士在這座廣場上，其餘的女士走在附近的街道，甚至可能在岡多拉上。現在，要辨認這些女士就靠她們頭髮上的緞帶。光榮的參賽者們，你們的任務就是在我的沙漏跑完之前，盡量收集最多的緞帶。時間一到，我們會敲響教堂的鐘，我敢說無論你運氣如何，這將是今天最有樂趣的活動！帶回最多緞帶的人就是贏家，距離黃金面具更近一步。但是記住，如果四項比賽中沒有明確的贏家，評審會選擇哪個幸運兒可以參加總督的宴會！比賽──開始！」

如同主持人所說，愉快的時間很快就過去。當沙漏的沙落光，作為信號的聖保羅廣場的鐘聲響起，參賽者回到廣場上就位，並把他們的緞帶交給評審。有人微笑，有人臉紅。只有但丁仍板著臉孔，不過統計賽果之後他再度氣得脹紅了臉——主持人舉起了埃齊歐的手。

「嘿，神祕小夥子，你今天可真走運，」主持人說，「希望你的好運不會在最後衝刺拋棄你。」此時舞臺上已經清空，四周圍起繩子改裝成一個拳擊擂臺。他轉身向全體觀眾宣布，「各位女士先生，最後的比賽與之前截然不同，靠的是純粹的力量。競爭者要捉對搏鬥，直到剩下最後兩人。這兩人要打到其中一方被擊倒，然後就到大家期待的那一刻了！黃金面具的總冠軍即將宣布，但請小心下注——結果可能令你們失望或驚訝！」

但丁一路勝出，而埃齊歐運用不同的技巧和靈活的腳步過關斬將，在最後一關面對巨人保鑣。但丁像打樁機一樣向埃齊歐連續揮拳，然而埃齊歐敏捷得足以確保不被重拳打中，乘隙讓對方命中了幾下左上鉤拳和右鉤拳。

最後一戰沒有中場休息，兩人對打一陣子後，埃齊歐看出但丁開始露出疲態，也從眼角發現西維奧•巴巴里格急忙和主持人與坐在臺下帳篷裡的評審團講話。他似乎看到西維奧遞過一個鼓起的錢包，主持人趕緊收進口袋裡，但在激烈的對打中他很難完全確定。這時對手發怒了，揮舞雙臂衝向他。埃齊歐千鈞一髮躲開，並快速回擊，打中但丁的下巴和軀幹，大個子終於倒下。埃齊歐站在一旁，但丁瞪著他。「還沒結束呢！」巨人保鑣吼道，可明顯爬不起來。

埃齊歐看看主持人，舉手要求判決，主持人卻面無表情。「我們確定所有競爭者都被擊倒了嗎？」主持人大聲說，「所有人？我們直到確定才能宣布贏家！」

群眾正竊竊私語時，兩個表情猙獰的男人走出人群爬到擂臺上。埃齊歐看向評審團，但他們迴避他的目光。那兩人逼近他，埃齊歐這才看見對方的掌心裡都藏著短刀。

「原來是這麼回事，嗯？」他向兩人說，「那就別怪我不手下留情了。」

倒地的但丁抓著他的腳踝想要拉倒他，但埃齊歐跳開，接著躍上空中踢中一個新對手的臉。對方吐出掉落的牙齒退開。埃齊歐落地猛踩第二人的左腳，壓斷蹠骨，隨即猛擊對方的肚子，並趁對手彎腰時，用他的膝蓋狠頂對手的下巴。對手哀嚎一聲倒下，他咬破了舌頭，從嘴裡流出血來。

埃齊歐沒有回頭，而是跳下擂臺去質問主持人和一臉心虛的評審團。背後的觀眾發出歡呼。

「我想贏家出現了。」埃齊歐告訴主持人。主持人和評審團與站在附近的西維奧•巴巴里格互看了幾眼。主持人爬上擂臺，盡力避開血跡，向群眾說話。

「各位女士先生！」他有點緊張地清清喉嚨之後宣布，「我想大家都會同意，今天我們欣賞了一場激烈又公平的競爭。」

人群歡呼。

「在這種情況下，很難選出真正的贏家——」

群眾滿臉困惑。埃齊歐和站在人群邊緣的泰朵拉交換一個眼色。

「對評審和我來說是個困難的決定，」主持人揉揉他的眉毛繼續說著，有點冒汗，「綜合計算之後，我們選了一個贏家。」這時他彎下腰，吃力地扶著但丁坐起身來。「各位女士先生，我在此宣布黃金面具得主——但丁・莫洛先生！」

群眾大喝倒采，叫罵抗議，更有人開始丟擲手邊的石頭和垃圾。主持人和評審們被迫狼狽逃離。埃齊歐匆忙走向泰朵拉，兩人只能眼睜睜地看著西維奧蒼白的臉上露出奸笑，扶著但丁下舞臺，再打發他從小巷離開。

第19章

回到泰朵拉的「修女院」，埃齊歐壓抑不住憤怒之情，同時泰朵拉和安東尼奧擔憂地看著他。

「我看到西維奧賄賂主持人，」泰朵拉說，「無疑他也買通了評審。我無能為力。」

安東尼奧嘲弄地大笑，埃齊歐煩躁地瞪他一眼。

「不難看出西維奧為何這麼堅決讓他們的人贏得黃金面具，」泰朵拉繼續說，「他們還在警戒中，不希望馬可總督冒任何風險。」她看著埃齊歐。「他們不會放棄，除非你死。」

「那他們可要長期失眠了。」

「我們必須想辦法。明天就是宴會了。」

「我想辦法跟蹤但丁去宴會，」埃齊歐決定，「我會設法拿走他的面具，然後——」

「怎麼做？」安東尼奧想知道，「殺了那個可憐的大個子？」

埃齊歐生氣地轉向他。「你有更好的主意嗎？你知道現在不容猶豫了！」

安東尼奧舉起雙手道歉。「聽著，埃齊歐——如果你殺了他，他們會取消宴會，馬可也會躲回宮殿裡，我們這段時間就再次浪費了！所以，你該做的是神不知鬼不覺地偷走面具。」

「我們可以幫忙，」泰朵拉插話，「有很多個小姐也會參加宴會，娛樂賓客。她們可以在你下手時引開但丁。你進去之後不用怕，我也會在場。」

埃齊歐不情願地點頭。他不喜歡聽別人指使，但安東尼奧和泰朵拉說得對。「好吧。」他說。

翌日，太陽下山時，埃齊歐來到但丁前往宴會途中的必經之地。泰朵拉的幾個小姐也在附近逗留。終於，大個子出現在視線內。他花了些心思打扮，穿著昂貴但浮誇的衣服，黃金面具掛在腰帶上。小姐們一看到他就揮手招呼，上前到他左右兩邊，其中兩人挽著他手臂，確保面具晃到他背後，並陪他走到官方碼頭旁封鎖起來辦宴會的大區域。此時宴會已經開始了。埃齊歐精準計算他的動作，選擇在最後一刻割下但丁腰帶上的面具。他得手之後衝上前超越但丁，出現在管制入場者的衛兵面前，他們看到面具便放埃齊歐進去。過了一會兒，但丁來到會場入口，伸手到背後拿面具時才發現不見了。護送他的小姐們趁機混入人群中並戴上自己的面具，免得被他認出來。

衛兵嚴格執行命令，但丁便和他們在門口起了爭執。同時，埃齊歐穿過賓客接觸泰朵拉。她親切地迎接他。「你成功了！恭喜！現在聽著，馬可仍然很謹慎，留在總督禮船上，停在官方碼頭外。你無法接近他，但你最好找個最佳制高點準備攻擊。」她轉身叫來三、四個交際花。「你穿過宴會人群時，這些小姐會幫你掩護行動。」

埃齊歐隨即出發，然而當身穿銀紅色絲緞衣服、豔光四射的小姐們走過大群賓客時，他的注意力被一個高大威嚴的六十幾歲男子吸引。此人眼神清澈、富有智慧，蓄著白色絡腮鬍，正在跟一位年齡相仿的威尼斯貴族交談。兩人都戴著遮不住多少臉孔的小面具，埃齊歐認得前者是馬可的弟弟阿哥斯提諾•巴巴里格。如果他哥哥發生什麼不測，阿哥斯提諾可能會和威尼斯的命運有重大關係，埃齊歐心想最好是混進能夠偷聽到他們對話的位置。

埃齊歐接近時，阿哥斯提諾正在輕聲發笑。「老實說，家兄搞這場秀真丟臉。」

「你沒權利這麼說他，」貴族回答，「他可是總督！」

「對，對，他是總督。」阿哥斯提諾撫摸鬍子回答。

「這是他的宴會，他的嘉年華，他會自己判斷該花多少錢。」

「他只是名義上的總督，」阿哥斯提諾更尖銳地說，「他花的可是市民的錢，不是他自己的。」他壓低音量。「還有更重要的事情，你很清楚。」

「馬可是被選出來的領袖。令尊或許認為他不會有什麼成就，所以把政治事業交給了你，但照目前的局勢來說已經不重要了，對吧？」

「我從來不想當總督——」

「恭喜你得償所望。」貴族冷酷地說。

「聽著，」阿哥斯提諾忍住脾氣說，「權力比財富重要。家兄真的相信他當選不是因為他的財富嗎？」

「他是因為智慧和領導力才當選！」

此時煙火表演開始，打斷了他們的談話。阿哥斯提諾看了一會兒，冷笑道，「這就是他用智慧做的事？一場聲光秀？整個城市崩解時他躲在總督宮裡，還以為昂貴的爆炸就能讓人民忘掉他們的問題。」

貴族不屑地揮揮手。「人民喜歡奇觀，這是人性。你會發現……」

這時埃齊歐發現但丁的粗壯身影正帶著一群衛兵闖進宴會現場，無疑在找他。他移動到一個隱蔽的位置，如果總督離開停在碼頭外幾碼的禮船，他或許能從這裡接近總督。

一陣嘹亮奏樂聲響起，煙火秀停止了。人群沉默下來，隨即在馬可來到官船左舷準備演講時爆出掌聲。一名侍童介紹他：「各位女士先生！請歡迎我們敬愛的威尼斯總督！」

馬可開始講話：「歡迎！各位朋友，歡迎光臨本年度最盛大的社交活動！無論戰時或太平，無論繁榮或貧困，威尼斯永遠會有嘉年華！……」

總督講話時，泰朵拉來到埃齊歐身邊。

「太遠了，」埃齊歐告訴她，「他不會離開那艘船，所以我得游泳過去。該死！」

「我可不會這麼做，」泰朵拉低聲說，「你馬上會被發現。」

「那我就得一路殺過去——」

「等等！」

總督繼續說。「今晚，我們紀念這偉大且不凡的一切。我們的光芒將會照亮世界！」他張開雙臂，又開始一段短暫的煙火秀。群眾歡呼喊叫。

「有了！」泰朵拉說，「用你的火槍！在我的妓院阻止凶手時使用的那個。算好時間，利用煙火聲掩護槍聲，你就能安全脫身。」

埃齊歐看著她。「我喜歡妳的思考方式，修女。」

「只是你得非常小心瞄準。你只有一次機會。」她捏捏他的手臂。「祝你好運，小子。我會在妓院等你。」

她消失在賓客之中，埃齊歐看見人群裡的但丁和嘍囉仍在尋找他。他像鬼魂般安靜地走到碼頭上、最接近船上的馬可的位置。幸好，對方耀眼的長袍沐浴在宴會燈光下，成為很顯眼的目標。

總督繼續演講，埃齊歐利用這段時間準備，仔細注意煙火再度開始的時間。如果他要掩人耳目開槍，時機必須很精準。

「大家都知道我們經歷過困難的時期，」馬可說，「但我們一起度過，讓威尼斯成為更堅強的城市……權力交替對大家來說都很辛苦，但我們優雅又平靜地克服了變遷。失去一位正值巔峰的總督並不好受，而刺殺親愛的弟兄莫切尼哥的刺客仍逍遙法外，更是令人洩氣。然而，許多人開始對前任者的政策感到不適應，感到不安全，懷疑他帶領城市的路線是否正確，我們或許差堪告慰。」

人群中傳出幾聲附和，馬可微笑著舉手示意安靜。「不過，朋友們，我可以告訴各位，我已經為大家找到正確的路了！我看得見遠方，我知道我們要去哪裡！那是個美麗的地方，我們攜手同行！我所看到的威尼斯的未來，是充滿力量的未來，是財富豐收的未來。我們將建立一支讓敵人空前畏懼的強大艦隊！我們也會拓展海上貿易路線，帶回從馬可波羅時代以來做夢也想不到的香料和寶物！」馬可的眼神發亮，語氣變得威嚇。「我要向反對我們的人說：小心選邊站，因為只要不是我們的朋友，那就是邪惡的一方。我們絕不寬恕敵人！我們會抓到你，我們會剷除你，我們會摧毀你！」他又舉起雙手宣布：「威尼斯將永遠強大——成為所有文明中最燦爛的寶石！」

他得意地放下雙手，壯觀的煙火秀同時開始——讓黑夜宛如白晝的盛大終曲。爆炸噪音震耳欲聾，埃齊歐致命的小槍聲幾乎聽不見。等他穿過人群快步離開，才有人開始注意到威尼斯史上最短命的總督之一馬可•巴巴里格，踉蹌地抓著自己胸口，倒斃在總督禮船的甲板上。「安息吧。」埃齊歐邊走邊低聲念道。

消息傳開之後迅速擴散，比埃齊歐更快抵達妓院。泰朵拉和交際花們以稱讚的呼聲迎接他。

「你一定累壞了，」泰朵拉挽著他的手，帶他離開眾人前往內室。「來吧，放輕鬆！」

安東尼奧先來祝賀他。「威尼斯的救星！」他叫道，「我還能說什麼？或許我擅自懷疑是錯了。現在我們至少有機會看看結果如何……」

「先不說這個，」泰朵拉說，「來，埃齊歐。你辛苦了，孩子。我感覺你疲倦的身體需要撫慰和支援。」

埃齊歐馬上懂她的意思，配合著說。「沒錯，修女。我全身痠痛，可能需要很大量的撫慰和支援。希望妳做得到。」

「喔，」泰朵拉笑道，「我可不打算單獨紓解你的痛苦！小姐們！」

一群交際花微笑著走過埃齊歐進入內室，他在房間中央看到一張大床，床邊有個像椅子的怪東西，但是有滑輪、皮帶和鐵鍊。讓他想起出自李奧納多工作室的東西，但他無法想像這會有什麼用途。

他和泰朵拉互望一眼，跟著她進入臥室，緊緊關上背後的門。

兩天後，埃齊歐站在里亞托橋上，神清氣爽地看著人潮。原本他考慮在午餐時間前去喝兩杯維內托，卻看到一個他認識的人匆忙走來——是安東尼奧的使者。

「埃齊歐，埃齊歐，」男子走過來說，「安東尼奧先生要見你——有重要的事。」

「那我們馬上去吧。」埃齊歐說著便隨他下橋。

來到辦公室後，埃齊歐看到了安東尼奧，更令人驚訝的是——阿哥斯提諾•巴巴里格也在場。安東尼奧介紹雙方認識。

「很榮幸認識你，先生。很遺憾你失去了兄長。」

阿哥斯提諾揮揮手。「感謝你的同情，但老實說家兄是個笨蛋，完全被羅馬的波吉亞派系所控制——我永遠不希望威尼斯變成這樣。幸好，有人行俠仗義暗殺了他，避免了這個下場。方法還挺有創意的……當然會進行調查，但我個人完全看不出結果會怎樣……」

「阿哥斯提諾大人即將被選為總督，」安東尼奧插嘴，「對威尼斯真是好消息。」

「這次四十一人議會動作倒很快。」埃齊歐平淡地說。

「我想他們從錯誤學到了教訓，」阿哥斯提諾苦笑回答，「我不希望像家兄只當名義上的總督。這就要談到當頭的問題了。我們的可怕堂弟西維奧占領了兵工廠——城裡的軍事區——用兩百個傭兵嚴加看守！」

「你當上總督以後不能命令他們撤退嗎？」埃齊歐問。

「能夠如願就好了，」阿哥斯提諾說，「家兄的奢華耗盡了城市的資源，我們很難抵擋一支控制了兵工廠又有決心的軍隊。沒有兵工廠，無論是不是總督，我都無法真正控制威尼斯！」

「那麼，」埃齊歐說，「我們必須建立一支自己的軍隊。」

「說得好！」安東尼奧笑道，「我想我有個最佳人選。你聽說過巴托羅繆・德・艾維亞諾嗎？」

「當然。以前效命教皇國的傭兵領袖！我聽說他倒戈了。」埃齊歐說。

「目前他的根據地在這裡。他對西維奧缺乏好感，你知道的，西維奧也是波吉亞樞機主教的傀儡，」阿哥斯提諾說，「巴托羅繆住在兵工廠東邊的聖彼得區。」

「我會去見他。」

「你離開之前，埃齊歐，」安東尼奧說，「阿哥斯提諾大人有東西給你。」

阿哥斯提諾從長袍裡掏出一張捲起的古老羊皮捲軸，沉重的黑色蠟封破損，垂在破舊的紅絲帶上。「我在家兄的文件裡找到的，安東尼奧認為你或許有興趣。就當作是……服務的酬勞吧。」

埃齊歐收下。他馬上知道這是什麼。「謝謝，先生。我確信這會對將來無可避免的戰爭很有幫助。」

迅速武裝之後，埃齊歐馬不停蹄地前往李奧納多的工作室，他驚訝地發現老朋友正在收拾行李。

「你要去哪裡？」埃齊歐問。

「回米蘭。當然，我離開前打算送信給你，還要送你一包小槍用的子彈。」

「哈，幸好我趕上了。你看，我又拿到一頁古代抄本！」

「太好了，我很有興趣看！先進來，我的僕人路卡和其他人可以幫我打包。我已經把他們訓練得很好了，可惜不能全帶走。」

「你去米蘭要做什麼？」

「洛多維柯・史佛札提出了我無法拒絕的條件。」

「你在這裡的計畫怎麼辦？」

「取消了，海軍沒錢搞新計畫，顯然上一任總督把錢花光了。其實我也可以幫他做煙火，根本沒必要花大錢從中國買。沒關係，威尼斯和土耳其人仍保持和平，他們說歡迎我回來——其實，我想他們希望我回來。我會留下路卡，他離開威尼斯會活不下去，還會留下一些基本設計讓他們開始做。至於伯爵，他對家族肖像很滿意，不過我自己認為還可以再修飾一下。」李奧納多開始攤開羊皮紙。「嗯，我們來看看吧。」

「你回來的時候務必通知我。」

「我保證，朋友。你呢──如果可以的話請告訴我你的近況。」

「我會的。」

「嗯……」李奧納多攤開古代抄本頁檢視。「這裡的東西看起來像搭配你金屬腕甲的雙刃劍藍圖，但是不完整，可能是設計的草稿。其餘的只有和其他頁連起來才看得出意義──看，有很多地圖式的標記和某種圖畫，讓我想起我有時間胡思亂想時喜歡亂畫的複雜編織圖案！」李奧納多捲起紙頁，看著埃齊歐。「我會把它收在安全的地方，跟你在威尼斯找到的另兩頁放一起。它們顯然都有重大意義。」

「其實，李奧，如果你要去米蘭，不知道我能否請你幫個忙？」

「請說。」

「你到帕杜亞以後，可否安排一個可靠的信差，把這三頁送去蒙特里久尼給我叔叔馬力歐？他是……古物收藏家，我想他會很有興趣。我需要信得過的人替我跑腿。」

李奧納多對他淺笑一下。要不是埃齊歐心事重重，他或許會以為祕密已經曝光了。

「我的行李會直接送去米蘭，但我自己會開個小差──套句老話──先去佛羅倫斯看看安格紐洛和英諾森托，所以我會親自帶到那邊，再派安格紐洛送去蒙特里久尼，不用怕。」

「比我期望的還要周到。」埃齊歐抓住他的手，「你是最棒的朋友，李奧。」

「我希望如此，埃齊歐。偶爾我想你需要有個好人來照顧你。」他停頓一下，「祝你工作順利。希望有一天你能夠大功告成，好好休息。」

埃齊歐鐵灰色的雙眸看向遠方，他正面沒回答，只說，「你提醒了我——我有另一件事要跑腿。我會派我雇主的手下帶另兩頁古代抄本去。所以，暫時再見了！」

第20章

從李奧納多的工作室到聖彼得區，最快的方法是搭渡船或在新海岸街雇船，從市區的北岸向東航行。埃齊歐意外地發現很難找到人載他去。例行渡船停駛了，他掏出大筆錢才總算說服兩個年輕岡多拉船夫。

「到底出什麼問題了？」他問他們。

「聽說，那邊發生了激烈的戰鬥，」後方船夫說，努力對抗風浪。「現在似乎已經平息了，只是地方上的糾紛。但是渡船還不會冒險重新開船。我們會把你放在北邊海灘上，你自己小心了。」

他們信守承諾。埃齊歐上岸後，很快地發現四下無人，心道不妙。他跋涉走上泥濘海岸來到磚造擋土牆。他從這裡看得到不遠處聖彼得大教堂的尖塔。他也看到教堂東南方有一群低矮磚房冒出幾團煙霧，那是巴托羅繆的軍營。埃齊歐心臟狂跳，連忙趕去。

這裡安靜得詭異，他靠近時，只看到四散的屍體。有些人戴著西維奧・巴巴里格的徽章，其餘的他不認得。最後他遇到一個重傷但還活著的士官，對方勉強撐起身子靠在一面矮牆上。

「拜託……救我……」埃齊歐走近時士官說。

埃齊歐趕緊查看周圍找到水井，他取水並祈禱沒被敵人下毒，不過井水看起來還算清澈乾淨。他倒了些水在附近找到的瓶子裡，輕輕放在傷者的唇邊，浸濕一塊布擦掉他臉上的血跡。

「謝謝，朋友。」士官說。埃齊歐發現他戴著陌生的徽章，猜想一定是巴托羅繆的。顯然巴托羅繆的部隊被西維奧打敗了。

「是突襲，」士官證實了埃齊歐的猜測。「巴托羅繆的某個叛徒出賣了我們。」

「他們現在去哪裡了？」

「檢察官的人嗎？回兵工廠去了。他們趁新總督掌控之前在那裡建立基地。西維奧討厭他堂兄阿哥斯提諾，因為他不是檢察官參與的陰謀一員。」男子咳出血來，盡力繼續說。「他們俘虜了我們的隊長。真的很怪，我們正好也計畫攻擊他們。巴托羅繆只是在等……城裡來的一個使者。」

「你們剩下的人在哪裡？」

士官試著抬頭看看周圍。「沒被殺或被俘的人應該逃散了，畢竟這種時候只能自保。

他們會躲在威尼斯和潟湖裡的各島上，需要有人去統合。他們會等待隊長的消息。」

「但他被西維奧抓了？」

「對。他……」還未說完，不幸的士官呼吸變得急促而艱難。當他吐出最後一口鮮血，浸濕了面前三碼的草地時，他的掙扎也結束了，眼睛茫然望著潟湖的方向。

埃齊歐闔上他的眼皮，把他雙手交疊在胸前。「安息吧。」他嚴肅地說。

他抓緊佩劍的腰帶——他的左前臂也綁上了腕甲，但沒裝上雙刃匕首。他右前臂則是綁上了毒劍，勝算低微時總是很有用。落單時最有用的手槍——要確保看得見目標，每次開槍後得重新裝填——跟火藥子彈一起收在腰包裡，和彈簧劍當作後備。他拉上兜帽，前往由聖彼得通到堡壘區的木橋。他過橋後順利而快速地通過大街往兵工廠前進。他發現周圍的人雖然都忙著日常工作，但眼神均帶著謹慎。一場區域性戰爭不足以完全阻止威尼斯的運作，不過堡壘區的普通市民當然不會太清楚這次衝突的結果對他們的城市有多重要。

埃齊歐這時並不知道這場戰爭會拖上很多很多個月，其實，一直持續到翌年。他想起克莉絲汀娜、母親瑪麗亞和妹妹克勞蒂亞。他覺得自己無家可歸，變得越來越蒼老。但是有教團必須效勞與維護，這比任何事都重要。或許，永遠沒人會知道這個世界因為有刺客教團宣誓反對邪惡霸權，才免於被聖殿騎士團統治。

他的第一個任務顯然是找到巴托羅繆・德・艾維亞諾，如果可能的話也要釋放他。位於市區最東端的兵工廠很難進入，此處被又高又厚的磚牆圍繞，包括許多雜亂的建築與船塢。加上西維奧的私人軍隊戒備森嚴，人數似乎超過阿哥斯提諾・巴巴里格告訴他的兩百個傭兵。埃齊歐經過建築師甘巴洛最近完工的大門，繞過外圈建築群，來到一道內建有便門的沉重大門。從遠處觀察，他發現能夠順利侵入是因為外面的衛兵在換班。他得再等四小時才有空檔，而那時他已做好一切準備。在午後炙熱的陽光下，空氣潮濕，除了埃齊歐人人都變得遲鈍。門外只有一人，他看著上哨的衛兵從門內走出來，便混入下哨的衛兵隊伍末端。最後一名士兵通過後，他割了門邊衛兵的喉嚨，在被發現前溜了進去。和幾年前聖吉米那諾的情況如出一轍，西維奧部隊雖然龐大，但並不足以看守整個區域。畢竟這裡是城市的軍事重鎮，難怪阿哥斯提諾無法控制這裡就沒有真正的實權。

進去之後，在巨大建築群之間的寬廣空間移動相對容易——行政區、製繩區、砲彈製造廠，還有最重要的船塢。只要隱匿在午後的陰影中，小心地避開巡邏隊，埃齊歐知道這樣就不會有事，但他仍高度警戒著。

遠處傳來嘻笑嘲弄聲，他循聲來到一座主要乾塢的側面，裡面停了一艘大型帆船。在船塢側面的高牆上吊著一個鐵籠，巴托羅繆就在裡面。他看起來約三十出頭，精力充沛，身材魁梧，只比埃齊歐大四、五歲。他周圍有一群西維奧的傭兵，埃齊歐心想這些人應該在外面巡邏而非霸凌已經擊敗的敵人才對，但他想起西維奧・巴巴里格是檢察長，並沒有帶兵的經驗。

埃齊歐不知道巴托羅繆在籠子裡被關了多久，應該有好幾小時了，但他的憤怒和體力似乎不受肉體折磨的影響。加上他一定沒有任何食物或飲水，更是令人佩服。

「齷齪的懦夫！」他向折磨他的人大罵。埃齊歐發現，其中一人用海綿沾醋放在長矛尖端推到巴托羅繆的嘴邊，希望他會誤認是水喝下去。巴托羅繆推開它。「我一個人打你們全部！同時一起上！我只用一隻手——不對——雙手都綁在背後！我會活活吃了你們！」他笑道。「你們一定在懷疑這怎麼可能，有種就放我出去，我很樂意示範！可悲的人渣！」

檢察官的衛兵大聲嘲笑著用棍子戳巴托羅繆，搖晃籠子。籠子沒有底板，巴托羅繆必須用雙腳頂住下方鐵柵以保持平衡。

「你們沒有榮譽！沒有勇氣！沒有人格！」他聚集足夠的口水往下吐向他們。「人們還需要懷疑威尼斯的光芒為何開始減弱嗎！」接著他語氣一變，幾乎可以說是懇切。「我會善待有勇氣放了我的人。剩下的都得死！我會親自動手！我發誓！」

「你他媽的省省力氣吧，」一名衛兵大聲說，「今天要死的只有你，該死的人渣。」

此間，埃齊歐躲在圍繞著幾艘小型戰艦停泊處的磚造柱廊的陰影下，想出了一個能夠拯救傭兵領袖的辦法。籠子周圍有十個衛兵，全都背對著他。此外，他們沒值班，沒穿盔甲。埃齊歐檢查他的餵毒匕首。引開衛兵應該不困難。他計算值班巡邏隊經過的時間，發現每當船塢牆壁影子長度增加三吋，他們就會出現。另一個解救巴托羅繆的問題，就是如何讓他閉嘴並快速完成任務。他努力思索，因為時間不多。

「什麼人會為了幾個銀幣出賣榮譽和尊嚴？」巴托羅繆仍怒罵著，喉嚨乾啞。雖然意志依舊堅強，但也逐漸喪失銳氣。

「蠢貨，這也是你的工作吧？你不跟我們一樣是傭兵嗎？」

「我從來不效命於叛徒和懦夫，不像你們！」巴托羅繆的眼神閃亮。站在底下的衛兵被他的氣勢逼得有些退縮。「你們以為我不知道你們為何綁我嗎？你們以為我不知道西維奧的幕後主使者是誰嗎？你們這些小鬼還在吃奶的時候，我就在跟那個幕後小人打仗了！」

埃齊歐興趣盎然地偷聽。一名士兵生氣地撿起半塊磚頭投向籠子，但被鐵條彈回來。

「沒錯，你們這些混蛋！」巴托羅繆聲音沙啞地喊，「繼續試！我發誓，一走出這個籠子我就會砍下你們的狗頭，塞進他媽的屁眼裡面！我還會交換你們的腦袋，反正你們這些小雜種分不清腦袋和屁股！」

這下衛兵真的發怒了。但即使巴托羅繆吊在籠子裡毫無抵抗力，傭兵們顯然奉了命而無法用長矛戳死他，或向他射箭。埃齊歐看出固定籠門的鎖頭相當小。巴托羅繆的敵人只仗恃籠子高懸在空中這一點。他們無疑打算讓白天的烈日和夜晚的寒冷加上脫水與飢餓把他整死，除非他崩潰了願意招供。然而從外表看來，巴托羅繆絕不可能屈服。

很快就會有執勤巡邏隊經過，埃齊歐知道他得趕快行動。釋出毒劍之後，他以媲美狼的速度和優雅上前，迅雷不急掩耳地在幾秒內拉近和傭兵們間的距離。在他們察覺之前，他便把毒藥注入他們體內。接著他拔劍，俐落地解決掉其餘人，敵人的攻擊則都被他左前臂上的金屬護甲反彈。巴托羅繆看得目瞪口呆。最後，在一片寂靜中，埃齊歐轉身抬頭看。

「你能從上面跳下來嗎？」他問。

「只要你能放我出去，我會像該死的跳蚤一樣能跳。」

埃齊歐撿起一名死者的長矛。矛尖是鐵不是鋼，而且是鑄造不是鍛造。勉強可用。他用左手抓穩長矛，身子微微伏低，猛力跳上空中，最後抓到了籠子外的鐵柵。

巴托羅繆瞪大眼睛看他，「你是怎麼做的？」他問。

「訓練。」埃齊歐微笑說。他用矛尖插入鎖頭，用力扭轉，直到整個鎖斷裂。埃齊歐拉開籠門，順勢跳落地面，像貓一樣優雅著地。「換你跳了，」他命令，「快點。」

「你是誰？」

「快點跳！」

巴托羅繆緊張地在籠子門口預備好就往下跳。他重重落地，摔得七葷八素，但埃齊歐扶他站起來後，他驕傲地甩開幫手。「我沒事，」他怒道，「我只是不習慣該死的馬戲團把戲。」

「那，沒骨折吧？」

「去你的，不管你是誰，」巴托羅繆說著自顧自笑了出來。「但是感謝你！」他促不及防地熊抱埃齊歐一下，讓他嚇了一跳。「你到底是誰啊？該死的大天使加百列之類的嗎？」

「在下埃齊歐・奧迪托雷。」

「巴托羅繆・德・艾維亞諾。幸會。」

「我們沒時間寒暄了，你很清楚。」

「別教我怎麼做我的工作，特技演員，」巴托羅繆仍相當友善地說，「總之，我欠你一份情！」

但他們已經浪費太多時間了。這時警鐘大作，從附近建築物湧出的巡邏隊逼近他們，肯定有人從城垛上發現了狀況。

「來啊，你們這些混蛋！」巴托羅繆怒吼，接連揮出讓但丁・莫洛相形失色的重拳。埃齊歐欣賞著巴托羅繆殺進湧來的士兵群裡，兩人一同殺開血路回到大門上的便門，終於清空了敵人。

「我們快走！」埃齊歐喊道。

「我們不是該多打破幾顆頭嗎？」

「或許我們該暫時迴避衝突？」

「你怕了嗎？」

「現實考量。我知道你打上火了，但他們的人數是我們的百倍。」

巴托羅繆沉思。「你說得對。畢竟我是指揮官，應該冷靜思考，而不是讓你這種小毛頭幫我恢復理智。」然後他壓低聲音，擔憂地自言自語，「我只希望我的比安卡沒事。」

埃齊歐沒時間詢問或猜想巴托羅繆的題外話。他們必須趕回巴托羅繆在聖彼得的總部。但途中巴托羅繆繞了兩次路，到聖巴西奧河岸和柯特諾瓦區，通知他的當地手下他活著逃出來了，並命令那些沒被俘的人重新集結。

黃昏時，他們回到聖彼得區，發現了幾個在攻擊中倖存、這時才從藏身處出現的巴托羅繆傭兵，走在蒼蠅產卵飛舞的屍體間想要埋葬同袍並重建秩序。他們很高興地與隊長重逢，而巴托羅繆心不在焉，著急地在營地裡搜尋大喊，「比安卡！比安卡！妳在哪裡？」

「他在找誰？」埃齊歐問一名護衛官，「她對他一定很重要。」

「沒錯，先生，」軍官笑道，「而且比大多數女人可靠多了。」

埃齊歐跑去趕上他的新盟友。「一切還好吧？」

「你想呢？看看這裡的慘狀！可憐的比安卡！要是她出了什麼事……」

巴托羅繆用肩膀撞開一扇鉸鍊半脫的門，進入一間庫房，看起來應該是地圖室。寶貴的地圖多半已毀損或被偷走，巴托羅繆在殘骸中翻找著，忽然欣喜地大喊——

「比安卡！喔，我的達令！感謝上帝妳沒事！」

他從廢墟中拔出一把大劍揮舞，喊著，「啊哈！妳沒事！我一點也不懷疑！比安卡！這位是……我忘了你叫什麼來著？」

「埃齊歐・奧迪托雷。」

巴托羅繆若有所思。「難怪。你的名聲遠播啊，埃齊歐。」

「我很榮幸。」

「你來這裡做什麼？」

「我也有事要找西維奧・巴巴里格。我想他在威尼斯已經不受歡迎了。」

「西維奧那坨屎！他需要從公廁被沖掉！」

「我想或許我能仰賴你的幫忙。」

「幫忙？在你救了我之後？我可是欠你一命啊！」

「你有多少人手？」

「護衛官，這裡有多少倖存者？」

埃齊歐剛才攀談的護衛官跑過來敬個禮。「十二個，隊長，包括您和我，還有這位先生。」

「十三個！」巴托羅繆揮舞比安卡大喊。

「對抗整整兩百人。」埃齊歐說著轉向護衛官。「他們俘虜了你手下多少人？」

「大多數，」對方回答，「突襲讓我們完全措手不及。有些人順利逃脫，但西維奧的手下抓走了更多人。」

「聽著，埃齊歐，」巴托羅繆說，「我要集結我手下現有的人。我會清理這個地方、埋葬死者，在此重整旗鼓。這段時間裡，你可以幫助我釋放被西維奧俘虜的人嗎？因為你似乎很擅長這件事？」

「當然可以。」

「盡快帶他們回這裡來。祝你好運！」

埃齊歐帶著他的古代抄本武器，再度向西前往兵工廠。他有點懷疑西維奧會不會把所有巴托羅繆的手下囚禁在那裡，因為他去救隊長時並沒有看到其他人。到了兵工廠內部，他一直躲在黃昏的陰影中，努力偷聽派駐在外牆的衛兵的對話。

「你看過塞了那麼多人的籠子嗎？」其中一人說。

「沒有。那些可憐的混蛋被塞得像沙丁魚一樣擠。如果巴托隊長打贏了，我不認為他會那樣對待我們。」他的同僚說。

「他當然會。如果你想活命的話，把高貴的想法留在心裡就好。我主張幹掉他們。何不把籠子放到池子裡，淹死所有人？」

埃齊歐緊張起來。兵工廠內有三座巨大矩形凹池，各自可容納三十艘小帆船。池子位於建築群北側，周圍有厚磚牆，上面有沉重的木造屋頂。那些比用來囚禁巴托羅繆的籠子更大的鐵籠，正是用鐵鍊懸吊在凹池的水面上。

「淹死一百五十個訓練有素的傭兵？太浪費了。西維奧希望勸降他們加入我們這邊。」第二個士兵說。

「他們和我們一樣是傭兵。有何不可？」

「對！只需要再軟化他們一點。讓他們看看誰才是老大。」

「希望如此。」

「感謝上帝他們不知道老大已經逃脫了。」

第一個衛兵怒道。「他逃不久的。」

埃齊歐丟下他們，前往稍早發現的便門。沒時間等衛兵換班了，他從月亮和地平線的距離判斷出他還有兩個小時。埃齊歐彈出袖劍——最初也仍是他最愛用的古代抄本武器——割開西維奧派來單獨看門的老胖子衛兵的喉嚨，在對方的血濺到他衣服上之前推開他。他迅速在草地上擦乾淨劍刃，換成毒劍。他在屍體胸前劃個十字祈禱。

在弦月和稀疏星光下，兵工廠圍牆內的建築群看來不太一樣，但埃齊歐記得那些凹池的位置。他留意著西維奧的手下，沿著圍牆來到第一處。他透過打開的大拱門窺探前方的幽暗水池，但只看到帆船在微弱星光下隨波起伏。第二處情況相同，但他接近第三處時聽到了講話聲。

「現在加入我們還不算太遲。只要宣誓效忠就饒你們一命。」檢察官的軍士之一用嘲弄的口氣大聲說。

埃齊歐貼著牆壁窺探。十幾個未持武器的人正拿著酒瓶，抬頭仰望昏暗的屋頂下懸吊大鐵籠的位置。籠子正緩緩下降到水面，他看不到機關在哪裡。凹池裡沒有船，只有烏黑油膩、看不到底的水，令人恐懼。

檢察官的衛兵裡只有一個可怕的大塊頭沒喝酒，並保持著警戒。埃齊歐立刻認出是但丁・莫洛！原來在主人馬可死後，這個巨人轉向效忠對他表示過欣賞的堂弟西維奧。

埃齊歐謹慎地沿牆前進，摸索到一個可能是李奧納多設計的裝著各式齒輪、滑車和繩索的開架式大箱子。這就是機關，用一座水鐘驅動。它正運作著。埃齊歐從左邊腰帶上的鞘裡拔出普通匕首，卡進兩個齒輪之間，時間恰到好處地停住機關，這時籠子離水面只剩幾吋了。衛兵們立刻發覺狀況不對，有人往控制機關跑過來。埃齊歐彈出他的毒劍迎戰。

兩人從碼頭上落水，慘叫著沉入油膩黑水中。同時，埃齊歐沿著凹池邊緣跑向其他衛兵，但除了但丁之外其他人已全部逃跑，巨人保鑣留在原地像座高塔俯瞰埃齊歐。

「現在成了西維奧的走狗，是吧？」埃齊歐說。

「活狗勝過死獅子。」但丁說，伸手想把埃齊歐打落水中。

「閃開！」埃齊歐躲過他的拳頭，「我跟你無冤無仇！」

「拜託，閉嘴。」但丁說，抓著埃齊歐的後頸把他抬起來猛撞池壁。「我對你也沒什麼敵意。」他看得出埃齊歐很驚訝。「給我待著。我得去警告我的主人，如果你再給我添麻煩，我會回來拿你去餵魚！」

他就這麼走了。埃齊歐搖搖頭回神，頭暈目眩地站起來。籠子裡的人在喊叫，埃齊歐看到有個西維奧的衛兵爬了出來，正想拔出他插在機關裡的匕首。他感謝上帝沒讓他忘了在蒙特里久尼學的飛刀技術，從腰帶拔出一把刀，致命精準地丟出去。衛兵呻吟，抓著插在他眉心的刀子仆倒在地。

埃齊歐從背後牆壁的架上抓起一支魚叉，冒險俯身到水面上，靈巧地把最靠近的籠子拉向他。籠門只用一根簡單門栓關著，他拉開門栓，釋放裡面的人，他們翻滾落在碼頭上。靠被釋放者的幫忙，他從剩下的籠子裡輪流釋放俘虜。

他們雖然因受盡折磨而疲倦不堪，但仍為他歡呼。

「走吧！」他叫道，「我得帶你們回去找隊長！」

他們打敗看守凹池的人之後，一路回到聖彼得，巴托羅繆和手下在此情緒激動地重逢。埃齊歐不在時，逃過西維奧第一波屠殺的傭兵都回來了，營地也恢復得井然有序。

「嗨，埃齊歐！」巴托羅繆說，「歡迎回來！天啊，幹得好！我就知道可以仰賴你！」他抓起埃齊歐的手。「你真是最棒的盟友，幾乎讓人以為——」這時他停頓一下，改口說，「多虧你讓我的軍隊恢復原狀。這下咱們的朋友西維奧會發現他犯了多麼嚴重的錯誤！」

「那，我們該怎麼做？直接攻擊兵工廠嗎？」

「不行。正面進攻會讓我們在門口就被屠殺。我想我們最好把我的人分散到整個區域，叫他們在當地製造些風波，牽制住西維奧的大多數手下。」

「所以，要是兵工廠鬧空城——」

「你就可以挑選一支小隊占領它。」

「希望他會上當。」

「他是檢察官，只知道怎麼凌虐戰俘。但他不是軍人。媽的，他的頭腦連半調子棋士都不如！」

巴托羅繆的傭兵花了幾天時間滲透到堡壘區和兵工廠區。一切就緒之後，巴托羅繆和埃齊歐召集他們挑選保留用來攻打西維奧堡壘的小群傭兵。埃齊歐親自挑選了身手靈活又擅長兵器的人手。

他們小心地規劃攻擊兵工廠。接下來的週五晚上，萬事齊備。一名傭兵奉命到聖馬提諾的塔頂上，月光明亮時，點燃一支李奧納多工作室設計提供的煙火。這就是攻擊訊號。特遣隊傭兵身穿深色皮甲，從四面八方爬上兵工廠的牆壁。翻越城垛之後，眾人像鬼魅般穿過寂靜又人手不足的堡壘，迅速壓制了裡面的少數衛兵。不久埃齊歐和巴托羅繆就發現他們面對了最致命的敵人——西維奧和但丁。

但丁戴著鐵製指虎，揮舞巨大的鏈球，保護他的主人。埃齊歐或巴托羅繆都很難靠近他，手下則忙著與敵人交戰。

「他很強，對吧？」西維奧在安全的掩蔽後面叫道，「你們死在他手裡應該很光榮！」

「混蛋，吃屎吧你！」巴托羅繆回罵。他設法用手杖纏住了鏈球，但丁的武器脫手，被迫退後。「上吧，埃齊歐！我們得抓住這個死胖子！」

但丁轉身，拿到他想要的東西，布滿扭曲鐵釘的狼牙棒，再度面對他們。他向巴托羅繆揮棒，有根釘子在他肩上刮出了一條溝。

「我會整死你，你這豬眼糞袋！」巴托羅繆怒吼。

同時埃齊歐裝填後向西維奧開槍，沒打中。他的子彈被磚牆反彈，激出大量火花和碎屑。

「你以為我不曉得你在這裡嗎，奧迪托雷？」西維奧大喊，不過顯然被槍嚇了一跳。

「你來晚了！現在你已經無法阻止我們！」

埃齊歐重新裝填，再開槍。但他生氣了，又聽不懂西維奧的話，這次又失手。

「哈！」掩蔽物後的西維奧說，同時但丁和巴托羅繆激烈打鬥。「你假裝不知道！不過但丁解決你和肌肉發達的朋友之後，怎樣都不重要了。你只會踏上笨蛋父親的老路！你知道我最大的遺憾是什麼嗎？我無法親自吊死喬凡尼。我好想要拉那根拉柄看著你可憐的老爸踢腿呻吟和擺盪！接著當然，會有很多時間對付你的酒鬼叔父，胖子馬力歐，還有你尚未復原的媽媽，垂奶瑪麗亞，和那個漂亮小草莓，你妹妹克勞蒂亞。我上次搞廿五歲以下的人都不記得多久了！告訴你，我會留著她們兩個出海——在海上很寂寞的！」

透過氣得模糊發紅的視線，埃齊歐專心在檢察官口沫橫飛的嘴唇隨著辱罵瘋狂吐出的訊息。

這時，西維奧的衛兵占壓倒性優勢，開始聚集攻擊巴托羅繆的突擊隊。但丁又向巴托羅繆猛揮一拳，用指虎打中肋骨，令他腳步踉蹌。埃齊歐向西維奧開第三槍，這次射穿了檢察官脖子附近的長袍，讓他腳步不穩，埃齊歐看到一絲血跡，但他沒有倒下。西維奧大聲向但丁下令，但丁後退，爬上城垛到主人身邊，跟著他消失到牆的另一邊。埃齊歐知道另一邊想必有梯子讓他們下去碼頭，他向巴托羅繆大喊要他跟上，衝出戰場去攔截他的敵人。

他看到那兩人爬進一艘大船，還注意到他們憤怒和絕望的表情。隨著他們的目光，他看到潟湖對面有艘大黑船往南消失不見。

「我們被出賣了！」埃齊歐聽到西維奧向但丁說。「船丟下我們開走了！那些該死的傢伙！我一向忠誠結果卻這樣——這！——就是他們對我的回報！」

「我們用這條船追趕他們吧，」但丁說。

「來不及了——這麼小的船無法載我們到島上；但至少我們可以逃離這場災難！」

「那我們啟航吧，閣下。」

「好。」

但丁轉向顫抖的船員，「解纜繩！揚帆！動作快點！」

這一刻埃齊歐從陰影跳出來，越過碼頭落在船上。嚇壞的水手紛紛逃走，跳進混濁的潟湖裡。

「離我遠一點，凶手！」西維奧尖叫。

「這是你最後一次罵人了，」埃齊歐說，捅進他肚子再把雙刃匕首緩緩劃過他肚皮。

「因為你汙辱我家的婦女，如果我認為值得，我會用這刀子割下你的睪丸。」

但丁呆站在原地。埃齊歐看著他，大塊頭看起來很累。

「結束了，」埃齊歐告訴他，「你下錯賭注了。」

「或許吧，」但丁說，「反正我都會殺了你，齷齪的刺客。你讓我累死了。」

埃齊歐彈出他的手槍開火。子彈命中但丁的臉，他倒下。

埃齊歐跪到西維奧旁邊聽他的臨終懺悔。他是真心誠意的，也總是記得唯有別無選擇才能殺人；而垂死之人很快就沒有任何權利了，至少應該給予最後的赦罪儀式。

「你們原本要去哪裡，西維奧？那艘帆船是什麼？你不是想要當總督嗎？」

西維奧淡淡一笑。「那只是煙幕彈……我們原本要去……」

「哪裡？」

「來不及了。」西維奧微笑，然後斷氣。

埃齊歐轉向但丁，用臂彎捧著他巨大強悍的頭。

「目的地是塞浦路斯，奧迪托雷，」但丁沙啞地說，「或許我終於可以說出實話拯救我的靈魂了。他們要……他們要……」他被自己的血噎到，斷氣了。

埃齊歐搜索兩人的錢包，只發現一封但丁的老婆寫給他的信。他羞怯地看完。

我的愛人：

我懷疑是否有一天你能再次理解這些話。我對自己所做的事很抱歉——讓馬可從你身邊搶走我，跟你離婚，成為他的妻子。現在他死了，我可能找得到方法讓我們團圓。然而我不知道你是否還記得我？或者你在戰鬥中受的傷是否太重？我的話是否打動你的記憶，還有內心？但或許別人說什麼都不重要，因為我知道你還在我內心深處。我會找到辦法，親愛的。讓你想起，讓你復原……

永遠愛你的

葛洛莉亞

信上沒有地址。埃齊歐小心折好信紙放進他錢包裡。他要問問泰朵拉是否聽說過這個奇異的往事，能否把這封信還給寄件人，通知這個沒有信心的女人她真正的丈夫已經死了。

他看著屍體向他們劃十字。「安息吧。」他哀傷地說。

當巴托羅繆喘著氣過來，埃齊歐還站在屍體旁邊。「一如往常，看來你不需要我幫忙。」他說。

「你奪回兵工廠沒有？」

「要是沒有，你想我會在這裡嗎？」

「恭喜！」

「萬歲！」

埃齊歐望著海上。「我們奪回威尼斯了，我的朋友，」他說，「阿哥斯提諾的治理可以不必再擔心聖殿騎士團。但我想我還不能休息。你看到海平線上那艘帆船沒有？」

「有。」

「但丁臨死前告訴我它開往塞浦路斯。」

「有什麼目的？」

「朋友，那正是我必須查明的。」

第21章

埃齊歐不敢相信主後一四八七年的施洗者約翰節[5]已經到了。他的廿八歲生日。他獨自在拳鬥者之橋[6]上，倚著欄杆，陰鬱地望著底下雜草茂密的運河。有隻老鼠經過他的視線範圍，咬著一片從附近蔬菜貨船偷來的甘藍菜葉，前往岸邊黑磚牆上的一個破洞。

「原來你在這裡，埃齊歐！」一個開朗的聲音從背後傳來。埃齊歐轉頭招呼之前就聞到羅莎的麝香氣味了。「好久不見，我幾乎以為你在躲我呢！」

「我一直……在忙。」

「當然了。威尼斯沒有你該怎麼辦啊？」

埃齊歐抑鬱地搖搖頭，羅莎來到他身邊舒適地倚著欄杆。

「帥哥，幹嘛這麼嚴肅？」她問。

埃齊歐面無表情看著她聳肩。「祝我生日快樂。」

5 六月廿四日，又稱仲夏日。

6 Ponte dei Pugni，因為 Castellani 和 Nicolotti 兩個家族常在橋上鬥毆而聞名。

「今天是你生日？真的？哇！恭喜！太好了！」

「我可沒這麼開心，」埃齊歐嘆道，「從我目睹父親和兄弟之死已經超過十年了。我也花了十年追殺那些該為此事負責的人，不論是我父親名單上本來就有的，或是他死後新加入名單的人。我知道我接近終點了——但我還是不懂這一切真正的意義究竟是什麼。」

「埃齊歐，你奉獻了一輩子堅持這條道路，因此讓你變得寂寞孤立，但從某個角度來說也是你的天命。雖然你用來達成目標的工具是死亡，你從來沒有失去公正。因為有你，現在的威尼斯變得比以前更美好。所以開心點吧。總之，既然今天是你的生日，我剛好有個禮物，真巧！」她拿出一本看來很正式的日誌。

「謝謝，羅莎。這可不太像妳會送的禮物類型。到底是什麼？」

「只是我碰巧……撿到的東西。是兵工廠的送貨清單。去年底你的黑船航向塞浦路斯那天也記在裡面——」

「真的嗎？」埃齊歐伸手要拿，但羅莎調皮地把書收回去。「給我，羅莎。這不是開玩笑。」

「一切都有代價……」她細語。

「如妳所願。」

他給她一個長長的擁抱，直到她幾乎融化在他身上，埃齊歐趕緊搶走日誌。

「喂！不公平！」她笑道，「總之，不用看了，你那艘船預定回威尼斯的日子——是明天！」

「我很想知道他們的船上載了什麼東西。」

「我怎麼不驚訝某個在附近不遠處的傢伙會去查出來？」

埃齊歐笑了。「我們先去慶祝吧！」

這時，一個熟悉的人影匆忙走來。

「李奧納多？」埃齊歐大吃一驚，「我以為你在米蘭呢！」

「剛回來，」李奧納多回答，「他們告訴我你在這裡。嗨，羅莎。抱歉，但我有事必須和埃齊歐談。」

「現在？馬上？」埃齊歐詫異道。

「不好意思。」

羅莎大笑。「你們走吧，開心點，不用管我！」

李奧納多催促不情不願的埃齊歐一起離去。

「最好是很重要的事。」埃齊歐嘟囔。

「喔，當然是啊。」李奧納多安撫地說。他帶著埃齊歐穿過幾條窄巷，來到他的工作室。李奧納多到處張羅，拿出溫酒和走味的糕餅，還有一疊文件，全部放在書房中央的高架大桌上。

「我照約定把你的古代抄本內頁送去蒙特里久尼了，但我自己忍不住繼續研究，記下了我的發現。我不知道先前為什麼沒想到，但我拼湊起來之後，發現記號、符號和古代字母可以解讀，我們好像挖到金礦了——這些頁面是連續的！」他喝了口酒，皺眉。「這酒太熱了！跟你說，我已經習慣喝聖科隆巴諾；這種維內托比較起來簡直像昆蟲尿。」

「請繼續。」埃齊歐耐心地說。

「聽聽這個。」李奧納多拿出一副眼鏡掛在鼻梁上，翻閱文件並大聲朗誦：「第二碎片被帶到飄浮城市之後……先知……會出現……」

埃齊歐聽了猛吸一口氣。

「先知？」他複述，「『只有先知可以開啟』、『兩個伊甸的碎片』……」

「埃齊歐？」李奧納多表情疑惑地摘下眼鏡。「那是什麼？這些話讓你想起了什麼嗎？」

埃齊歐看著他，似乎下定了決心。「我們認識這麼久了，李奧納多。如果我信不過你，就沒有人值得我信了……聽好！我叔叔馬力歐很久以前提過，他已經解讀了這份古代抄本的其他頁數，家父喬凡尼也是。古代抄本裡藏了一段預言，關於一座古老的祕密地室，裡面放著某種——力量很強大的東西。」

「真的？太驚人了！」李奧納多忽然想到，「呃，埃齊歐，如果我們能從古代抄本發現這麼多資訊，巴巴里格家和你的其他敵人又知道多少呢？或許他們也知道這個地室的存在。若是如此，看來不妙。」

「等等！」埃齊歐說，飛快地思索。「萬一他們就是因此才派船去塞浦路斯呢？尋找那個『伊甸的碎片』，並將它帶回威尼斯！」

「『第二碎片被帶到飄浮城市之後』——難怪了！」

「我想起來了！『先知會出現』、『只有先知可以開啟地室！』……天啊，李奧，我叔叔告訴我古代抄本內容的時候，我太年輕太草率了，以為那只是老人的幻想。但現在我懂了！謀殺喬凡尼・莫切尼哥，殺害我的家人，企圖行刺羅倫佐公爵導致他弟弟慘死——全都是他尋找地室計畫的一部分——我名單上的第一個人！我還沒除掉的西班牙人！」

李奧納多深吸一口氣。他知道埃齊歐在說誰。「羅德里哥・波吉亞。」他低聲說。

「正是！」埃齊歐停頓一下。「塞浦路斯的船明天回來。我打算去看看。」

李奧納多擁抱他。「祝你好運，親愛的朋友。」

翌日清晨，埃齊歐裝備著古代抄本武器和掛滿飛刀的背帶，站在碼頭附近柱廊的陰影中，仔細看著一群身穿便服避免引人注意、但慎重地露出樞機主教羅德里哥・波吉亞徽章的人，正從一艘最近由塞浦路斯返航的黑色帆船上，卸下一個外型普通的小箱子。他們小心翼翼，其中一人將箱子抬起到肩上準備扛走，幾人在他身側護送。但這時埃齊歐發現，其他幾個衛兵也抬起類似的箱子，總共五人。這代表每個箱子都裝著貴重的第二碎片，還是故布疑陣呢？埃齊歐只能遠遠地在掩護後窺視，從這個距離，衛兵們看上去沒什麼不同。

埃齊歐正準備離開掩體跟蹤時，發現有另一人也從類似的制高點看著卸貨的情況。那是叔叔馬力歐‧奧迪托雷，埃齊歐堪堪忍住驚呼。他沒時間打招呼或質疑了，因為扛著箱子的波吉亞手下已經跟著護衛兵走了。埃齊歐在安全距離外尾隨他們。然而，有個疑問困擾著他──那人真的是他叔叔嗎？如果是，他怎麼會在這時候來到威尼斯，為了什麼？

然他無暇他顧，必須暫時拋開這個念頭跟蹤波吉亞衛兵，專注在最初扛箱子那個人身上──如果那真的是裝著不明寶物的箱子。裡面是「伊甸的碎片」之一嗎？

衛兵們來到一座五條街匯聚的廣場。每個扛箱子的衛兵與護衛者在此分頭前往不同的方向。埃齊歐爬上附近建築物的側牆，以便從屋頂上追蹤每個衛兵的路線。其中一人離開護衛者，轉入一座外表堅固的磚房庭院，並將箱子放在地上，打開來。接著一名波吉亞的士官出現。埃齊歐跳過連綿的屋頂去偷聽他們說什麼。

「主人在等了，」士官說，「小心重新包裝好。趕快！」

衛兵從木箱中取出一個用稻草仔細包裝的物體，放進屋裡僕人拿來的柚木箱子中。埃齊歐腦中思緒轉得飛快。主人！以他的經驗，當聖殿騎士的嘍囉提到這個頭銜只會指一個人——羅德里哥•波吉亞！他們顯然重新包裝真正的寶物以策安全。但現在埃齊歐知道該跟蹤哪一個衛兵了。

他溜回地面，緊跟著拿柚木箱的士兵。那名士官離開，去跟樞機主教的護衛者會合，並在庭院外面等候。因此埃齊歐趁機殺掉士兵，把屍體拖去藏匿，換上他的制服、披風和頭盔。

埃齊歐正要扛起箱子時，忍不住想先確認箱內物品，便掀起蓋子。但好巧不巧士官又出現在庭院門口。

「快走！」

「是，長官！」埃齊歐說。

「給我打起精神。這可能是你這輩子最重要的任務。懂嗎？」

「是，長官。」

埃齊歐站到護衛者中間，整支小隊出發。

他們從官方碼頭一路往北，穿過市區到達聖喬凡尼與保羅廣場，廣場中央是維洛奇歐大師最近製作的傭兵領袖柯里昂尼的巨大騎馬雕像。他們再度沿著乞丐河堤往北，最後來到俯瞰運河的高地上一棟不起眼的房子。士官用他的劍柄尾敲門，門立刻打開。衛兵們先把埃齊歐推進去，再跟著進入。門隨後關上，裝上沉重的門栓。

入目是一座爬滿藤蔓的涼廊，裡面坐著一個五十幾歲、鷹勾鼻，身穿暗紫色絲絨長袍的男子。眾人向他敬禮。埃齊歐也照做，盡量迴避那雙他再熟悉不過的冰冷深藍色眼睛。西班牙人！

羅德里哥．波吉亞向士官說。「真的在裡面嗎？你們沒被跟蹤吧？」

「沒有，閣下。一切正常──」

「繼續！」

士官清清喉嚨。「我們完全照您的命令。到塞浦路斯的任務比預期的困難，一開始就出了點……狀況。為了完成任務，我們必須拋棄……部分隨行者。但我們還是成功地取得古物，並且遵照閣下的指示帶來了。根據我們的協議，閣下，現在我們期待您的慷慨酬勞。」

埃齊歐知道不能讓柚木箱子和內容物落入樞機主教手中。這一刻，來到了令人不愉快卻必要的付款時間，提供服務者催促客戶支付任務酬勞，埃齊歐抓住這個機會。就像許多富人，該給錢的時候樞機主教可能很吝嗇。埃齊歐彈出右臂的毒劍和左臂的雙刃匕首，瞬間放倒士官，隨即迅速轉向護送的五名衛兵。他的身軀像陀螺一樣靈巧旋轉，以快速精準的動作施以致命的攻擊。片刻過後，所有衛兵已倒斃在他腳邊。

羅德里哥・波吉亞低頭看著他，長嘆一聲。「唉呀，好久不見了，埃齊歐・奧迪托雷。」樞機主教似乎毫不慌亂。

「樞機主教。」埃齊歐諷刺地鞠個躬。

「交給我。」羅德里哥指著箱子說。

「先告訴我他在那裡。」

「誰在哪裡？」

「你的先知！」埃齊歐看看周圍，「看來似乎沒有人會出現了。」他停頓一下，嚴厲地開口：「究竟死了多少人？就為了箱子裡的東西？你看！這裡沒人了！」

羅德里哥低聲輕笑，好像骨頭碰撞的聲音。「你自稱不是信仰者，」他說，「但你卻在這裡。你沒看見先知嗎？他已經在場了——我就是先知！」

埃齊歐瞪大眼睛。這個人走火入魔了！但這詭異的瘋狂似乎凌駕任何理性或自然因素。埃齊歐的疑惑讓他稍微鬆懈了一下。西班牙人從長袍裡拔出一把輕巧但看來很致命、尾端是個貓頭裝飾的籠手長劍，從涼廊躍出，劍尖瞄準埃齊歐的咽喉。「把『蘋果』交出來。」他大聲說。

「箱子裡就是這個？一顆蘋果？一定很特別。」埃齊歐說，同時腦中迴盪著叔叔的聲音：伊甸的碎片。「想要就過來拿！」

羅德里哥的長劍攻向埃齊歐，第一劍就割破他的上衣讓他見血。

「只有你一個人，埃齊歐？你的刺客朋友在哪裡？」

「我不需要他們幫忙也能對付你！」

埃齊歐用他的匕首凌厲地橫劃直刺，同時左前臂的護甲格擋羅德里哥的攻擊。他的毒劍雖然沒命中目標，雙刃倒是劃破了樞機主教的絲絨袍，他看到上面有對手的血跡。

「小雜種，」羅德里哥痛得怒吼，「看來我需要幫手才能打敗你了！衛兵！衛兵！」

突然，十幾個衣服上有波吉亞徽章的武裝男子衝進埃齊歐和樞機主教對峙的庭院。埃齊歐知道他右手匕首柄裡還剩一點寶貴的毒液。他往後跳，以便對抗羅德里哥的援兵。一個新來的衛兵彎腰拿起柚木箱子，交給他的主人。

「謝謝，勇士！」

此時埃齊歐屈居嚴重劣勢，但意圖奪回箱子的強烈欲望讓他能夠冷靜應戰。他收起袖劍，伸手拔出背帶上的飛刀，以致命的準確度擲出，先射倒那個勇士，接著第二刀從羅德里哥扭曲的手上打落了箱子。

西班牙人彎腰撿回箱子打算撤退，這時——「咻！」——另一把飛刀劃過空中射中樞機主教臉孔旁幾吋的石柱。但這把刀不是埃齊歐丟的。

埃齊歐轉身看見背後有個熟悉、開朗的蓄鬍男人。或許對方變老了，頭髮白了也變胖了，但身手一如既往地敏捷。「馬力歐叔叔！」他大叫，「我就知道剛才看到的是你！」

「好玩的不能讓你獨享，」馬力歐說，「別擔心，姪兒。幫手來了！」

但一名波吉亞衛兵舉著戟衝向埃齊歐。在他發出致命重擊的瞬間，一枝弩箭神奇地出現，射進衛兵的額頭。他武器脫手往前仆倒，臉上殘留著無法置信的表情。埃齊歐又看看周圍——狐狸！

「狐狸，你怎麼會在這裡？」

「我們聽說你可能需要支援，」狐狸說，在他快速裝弩時從房子裡湧出更多衛兵。幸好安東尼奧和巴托羅繆也出現在埃齊歐身邊。

「別讓波吉亞帶著箱子跑了！」安東尼奧喊道。

巴托羅繆把他的巨劍比安卡當鐮刀用，衛兵企圖以人數優勢打倒他，仍然無法阻止他殺出一條血路，漸漸地，戰況轉而對刺客與盟友們有利。

「我們可以應付他們，姪兒，」馬力歐大聲說，「去找西班牙人！」

埃齊歐轉身看到羅德里哥正逃向涼廊後方的一道門，便趕過去攔截，但樞機主教拿著劍在等他。「你此戰必敗，小子，」他罵道。「你無法扭轉乾坤！你會像你父親和兄弟一樣死在我手裡——想與聖殿騎士團作對的人，唯一下場就是死亡。」

然而，羅德里哥只是虛張聲勢。埃齊歐環顧周圍，看到他的最後一個衛兵也倒下了。

擋住羅德里哥的退路，他舉起自己的劍攻擊。「這是為我父親！」但是樞機主教靈巧地躲過這一擊，撞倒埃齊歐，丟下寶貴的箱子衝出門外逃命去了。

「別搞錯了，」他離去時陰狠地說，「我活下來是為了改天再戰！到時我會確保你死得又慢又痛苦。」

埃齊歐氣喘吁吁，掙扎著想站起來努力調整呼吸，一隻女性的手伸過來攙扶他。他抬頭，看到手的主人是——寶拉！

「他跑掉了，」她微笑說，「但是沒關係。我們拿到我們要的東西了。」

「不行！妳聽到他說的話沒有？我必須追上去解決他！」

「冷靜點。」另一個女人走過來。是泰朵拉。看看周圍聚集的人，埃齊歐發現了他的所有盟友，馬力歐、狐狸、安東尼奧、巴托羅繆、寶拉和泰朵拉。還有一個蒼白的黑髮年輕人，長相親切又詼諧。

「你們怎麼都來了？」埃齊歐問，察覺他們有點緊張。

「或許跟你的理由一樣，埃齊歐，」陌生年輕人說，「希望看到先知出現。」

埃齊歐困惑而焦躁。「不對！我是來殺西班牙人的！我一點也不在乎你們的先知——如果真有此人。他肯定不在這裡。」

「不在嗎？」年輕人靜靜地看著埃齊歐。「就是你。」

「什麼？」

「預言說先知會到來。我們認識你這麼久，卻沒猜出真相。你一直都是我們尋找的人。」

「我不懂。你又是誰？」

年輕人躬身行禮。「在下尼科洛‧迪‧伯納多‧戴‧馬基維利。我是刺客教團的一員，接受古老訓練，以保護人類的未來。跟你一樣，跟這裡的每個人一樣。」

埃齊歐大驚，輪流看著眾人的臉。「真的嗎，馬力歐叔叔？」他終於說。

「孩子，是真的，」馬力歐上前說，「多年來我們都在引導你，教你加入我們行列所需的一切技能。」

埃齊歐腦中充滿疑問，不知從何問起。「我得問你我家人的近況，」他向馬力歐說，「我母親，我妹妹……」

馬力歐微笑。「平安無事。她們已經不在修道院，到蒙特里久尼住我家了。瑪麗亞對失去家人還是很難過，但現在她有很多精神安慰，她跟著修道院長投入慈善工作。至於克勞蒂亞，院長比她自己更早看出修女生活不適合她的個性，她還有其他方式可以服侍上帝。她還俗了，嫁給了我的資深軍官。埃齊歐，很快她就會給你生個外甥。」

「太好了，叔叔。我一直不贊成克勞蒂亞在修女院過一輩子。但我還有很多事想問你。」

「很快就會有時間發問。」馬基維利說。

「我們回家團聚慶祝之前還有很多事要做，」馬力歐說，「也可能我們永遠無法回家。我們逼羅德里哥放棄了箱子，但他不會罷手，所以我們必須用生命保護它。」

埃齊歐看看周圍的刺客們，這才發現他們每個人左手無名指根部都有個烙印。但現在顯然沒時間問清楚了。馬力歐向同伴們說，「我想是時候了……」他們嚴肅地點頭同意。

安東尼奧拿出一張地圖打開，讓埃齊歐看上面標出的一個地點。

「日落時來跟我們會合，」他用莊嚴命令的語氣說。

「走吧。」馬力歐向眾人說。

馬基維利負責拿裝了神祕寶物的箱子，刺客們默默陸續走進街道離去，只留下埃齊歐。

這天晚上威尼斯空曠得詭異，大教堂前的廣場除了鴿子之外安靜無人。埃齊歐開始攀爬高聳得令人目眩的鐘塔，但他毫不猶豫。他被召喚參加的集會一定會解答他的疑問，雖然內心深處知道部分答案可能令人惶恐，他也知道他不能逃避。

接近塔頂時，他開始聽到模糊的講話聲。最後他抵達塔頂的石雕，擺盪一下跳入鐘樓。這裡已被清出了一個圓形空間，七名刺客全部戴著兜帽圍成一圈，中央有個燃燒的小火爐。

寶拉拉著他的手帶他到中央，馬力歐開始念咒語：「Laa shay'a waqi'un moutlaq bale koulon moumkine（阿拉伯語：萬物皆空，諸行皆可）……這是我們祖先的話語，深藏在我們教條的核心……」

馬基維利上前注視著埃齊歐。「當別人盲目服從真理，記住——」

埃齊歐彷彿生平早已熟悉，接上後半句：「——萬物皆空。」

「當別人接受道德或法律限制，」馬基維利繼續說，「記住——」

「——諸行皆可。」

馬基維利說，「我們在黑暗中行事，以服侍光明。我們是刺客。」

其餘人加入，一起吟誦：「萬物皆空，諸行皆可。萬物皆空，諸行皆可。萬物皆空，諸行皆可……」

結束之後，馬力歐抓起埃齊歐的左手。「時候到了，」他告訴他，「現在這個時代，我們不像祖先那麼古板。我們不要求犧牲一根手指，但我們加在自己身上的印記是永久的。」他吸一口氣。「你準備好加入我們了嗎？」

埃齊歐宛如在夢中，但不知何故他知道該怎麼做，以及接下來會怎樣。他毫不猶豫地伸出他的手。「準備好了。」

安東尼奧走到火爐前，拔出一支滾燙的烙鐵，末端是兩個小半圓形，可以用握柄上的拉桿合攏。他抓著埃齊歐的手拉出無名指。「只會痛一陣子，弟兄，」他說，「就像很多事情。」

他把烙鐵放在手指上讓滾燙的半圓合攏在指根。一陣灼痛與燒焦味，但埃齊歐沒有畏縮。安東尼奧快速鬆開烙鐵放到一旁。接著刺客們拉下兜帽圍在他身邊。馬力歐叔叔驕傲地拍拍他的背。泰朵拉拿出一個裝著透明濃稠液體的小玻璃瓶，細心地抹在埃齊歐手指的永久燙傷部位。「這可以止痛，」她說，「我們以你為榮。」

接著馬基維利站到他面前，對他意義深遠地點頭。「歡迎，埃齊歐。入會儀式到此結束，你現在是我們的一員了。然後，我的朋友，我們有正經的工作要做！」

說完，他看看鐘塔的邊緣。鐘塔下方周圍地面各處有幾堆乾草，以短距離分隔開——那些是預定送往總督宮的馬飼料。在埃齊歐看來，任何人從這個高度似乎都不可能夠精確地瞄準跳落在那麼小的目標上，但馬基維利就這麼做了，他跳下時斗篷在風中飛揚。他的同伴們跟著跳，埃齊歐既驚恐又敬佩地看著每個人完美落地然後集合，用他鼓勵的表情仰望著他。

他雖然習慣了跳越屋頂，但從未在這種高度。乾草堆看起來只有幾顆麥子的大小，但他知道除了這個沒有其他的落地方式；而且他遲疑越久，會更難以跳下。他深呼吸幾下，然後在黑夜中往外一躍而下，張開雙臂像燕子般俯衝。

感覺花了幾小時才落地，耳邊風聲呼嘯，吹亂了他的衣服和頭髮。然後乾草堆浮上來迎向他。在最後一瞬間，他閉上眼睛……

……他掉進乾草堆裡！肺裡所有空氣似乎都被擠出來，但他顫抖著站起來之後發現自己毫髮無傷，心情無比亢奮。

馬力歐走過來，泰朵拉跟在他旁邊。「我想他過關了，妳說呢？」馬力歐問泰朵拉。

當天晚上馬力歐、馬基維利和埃齊歐圍坐在李奧納多工作室裡的高架大桌旁。羅德里哥・波吉亞大費周章弄來的怪異古物放在他們面前，他們都好奇又敬畏地看著它。

「真迷人，」李奧納多說，「太有意思了。」

「這是什麼，李奧？」埃齊歐問，「有什麼用處？」

李奧納多說，「呃，目前我毫無頭緒。這裡面含有不欲人知的祕密，設計前所未見，我猜，世界上沒人看過——我當然也沒看過這麼精巧的設計……我無法解釋這東西，就像無法解釋為什麼地球繞著太陽轉。」

「你的意思是『太陽繞著地球』吧？」馬力歐怪異地瞄李奧納多一眼。但李奧納多繼續檢查這機器，在手中謹慎地翻來覆去，同時彷彿回應似地，它開始從內部透出鬼魅般的光亮。

「它的材料以任何邏輯來說都不應該存在，」李奧納多驚訝地繼續說，「但這又顯然是個很古老的裝置。」

「我們現有的古代抄本內頁一定提過它，」馬力歐插嘴，「我是從描述認出來的。古代抄本稱之為『伊甸的碎片』。」

「而羅德里哥稱之為『蘋果』。」埃齊歐補充。

李奧納多嚴肅地看著他。「是指知識之樹的蘋果嗎？夏娃給亞當的蘋果？」

他們都轉頭看著這個物體。它發出的光變得更亮了，彷彿催眠般讓人移不開目光。埃齊歐感覺越來越身不由己，他不清楚為什麼，只想伸手去觸摸它。他感受不到任何溫熱，但隨著迷幻感出現的是一種由內而發的危險感，彷彿觸摸它有如觸摸閃電。他感受不到其他人；周圍的世界似乎變得又暗又冷，除了他自己和這個……東西之外，什麼都不存在。

他著迷地看著，手不聽使喚地往前伸，他無法控制。最後他的手穩穩停在古物的光滑表面上。

他的第一個反應是震驚。蘋果看來像金屬品，觸感卻是溫暖柔軟，像活生生的女人肌膚！但他沒時間想這些，因為他的手被彈開。下一個瞬間，裝置內部發出的光突然爆發成刺眼的光線與色彩萬花筒，在滿目旋轉的混亂中，埃齊歐辨認出一些特定的模式。他暫時移開目光看著同伴們。馬力歐和馬基維利已經轉過身去，眼神渙散，恐懼或痛苦地雙手抱頭。李奧納多站著不動，目瞪口呆。埃齊歐回頭，看到那些模式開始組合。出現一座大庭園，充滿了怪獸生物；有個黑暗的城市在燃燒，有些巨大的蕈狀雲比大教堂或宮殿還大；一支軍隊在行軍，但不像埃齊歐看過甚至想像得出來的樣子；穿條紋制服的飢民被拿鞭子牽狗的人趕進磚房裡；高大的煙囪吐出黑煙；旋轉的恆星和行星；穿怪異盔甲的人在漆黑的太空中翻滾——而且，還有另一個埃齊歐，另一個李奧納多、馬力歐和馬基維利，他們越來越多，像時間本身的複製品，無助地在空中不停翻滾，成為狂風的玩物，此刻狂風似乎在他們置身的房間裡大聲呼嘯。

「快停下來！」有人怒吼。

埃齊歐咬緊牙根，然後，他自己也不知道為什麼，用左手抓著右腕，強迫他的右手回去接觸這個東西。

它立刻停了下來。房間瞬間恢復正常狀態和比例。眾人面面相覷，連一根頭髮也沒有亂掉，李奧納多的眼鏡還在鼻梁上。「蘋果」靜靜地躺在桌上，就像沒人會多看一眼的普通小玩意。

李奧納多率先開口。「這絕對不能落入壞人手裡，」他說，「意志軟弱的人會被逼瘋……」

「我同意，」馬基維利說，「我差點無法抵抗，差點相信它的力量。」小心戴上手套之後，他拿起蘋果把它放回箱子裡，緊緊闔上蓋子。

「你想西班牙人知道這玩意的能力嗎？你想他能控制嗎？」

「絕對不能落入他手中，」馬基維利用岩石般堅毅的語氣說。他把盒子交給埃齊歐。「你必須負責保管，用我們教你的所有技能保護它。」

埃齊歐小心接過他的箱子點點頭。

「帶去佛里吧，」馬力歐說，「那裡的堡壘有城牆和大砲守護，而且是我們最大的盟友之一在管理。」

「是誰啊？」埃齊歐問。

「她叫凱特琳娜・史佛札。」

埃齊歐微笑。「我想起來了……老朋友，我很樂意再見面。」

「那你就準備動身吧。」

「我會陪你前去。」馬基維利說。

「感激不盡。」埃齊歐微笑說。他轉向李奧納多。「那你呢，我的朋友？」

「我嗎？我在這裡的工作結束後會回去米蘭。那邊的公爵很禮遇我。」

「下次到佛羅倫斯有時間的話，你一定要來蒙特里久尼。」馬力歐說。

埃齊歐看著他最好的朋友。「再見，李奧納多。希望後會有期。」

「我相信一定會，」李奧納多說，「如果你需要我，佛羅倫斯的安格紐洛一定知道怎麼找到我。」

埃齊歐擁抱他。「再會。」

「告別禮物。」李奧納多說著交給他一個袋子。「你的小手槍需要的子彈和火藥，還有一大瓶匕首用的毒藥。希望你用不到，但我想要確保你受到盡可能的保護。」

埃齊歐激動地看著他。「謝謝——感謝你所做的一切，我的老朋友。」

第22章

從威尼斯搭船經過一段漫長無事的旅程之後，埃齊歐和馬基維利抵達拉溫納附近的濕地港，凱特琳娜帶著幾個近侍親自在此迎接他們。

「他們派使者傳話說你們上路了，所以我想還是親自過來陪你們回佛里吧，」她說。「選擇搭阿哥斯提諾總督的船，你們挺聰明的。我們有盜匪作亂，陸地上經常不安全。不過我想，」她意有所指地看埃齊歐一眼，「他們也不會造成你們太大的困擾。」

「很榮幸妳還記得我，夫人。」

「呵，雖然很久沒見，但你留下了深刻的印象。」她轉向馬基維利，「也很高興再見到你，尼科洛。」

「你們認識嗎？」埃齊歐問。

「尼科洛是我的顧問……關於某些國家事務。」她轉移話題，「我聽說你已經成為獨當一面的刺客了。恭喜。」

他們來到凱特琳娜的馬車旁，但她交代僕人她想要騎馬，今日天氣宜人，路途也不遠，他們騎上裝好馬鞍的馬之後，凱特琳娜要埃齊歐騎在她旁邊。

「你一定會喜歡佛里。你在那裡很安全。我們的大砲守衛這座城市超過百年，堡壘也固若金湯。」

「請見諒，夫人，但有件事我很感興趣——」

「請說。」

「我從來沒聽說過有女人統治城邦。我很佩服。」

凱特琳娜微笑道。「當然了，先前是我丈夫在統治。你記得他嗎？多多少少？吉洛拉莫。」她停一下，「不過，他死了——」

「我很遺憾。」

「不用遺憾，我找人暗殺他的。」

埃齊歐掩藏不住他的驚訝。

「事情是這樣的，」馬基維利插話，「我們發現吉洛拉莫・瑞亞里奧替聖殿騎士團工作。他正要完成一張地圖，標示尚未尋獲的古代抄本內頁位置——」

「反正我從沒喜歡過那個該死的混蛋，」凱特琳娜平淡地說，「他是個爛父親，在床上很無趣，在各方面都很討人厭。」她停下來回想，「告訴你，之後我改嫁過兩次——如果你問我，他們都被高估了。」

有匹無人的馬兒快步經過打斷了他們。凱特琳娜派一名護衛去追馬，其餘人繼續往佛里前進，但這時史佛札家侍從都拔出劍來。他們很快發現一輛被翻倒的馬車，輪子仍在空中轉動，周圍有幾具屍體。

凱特琳娜皺起眉頭。她策馬前進，埃齊歐和馬基維利緊跟在後。

又走了一段路，他們遇到一群本地農民往他們走過來，有人受傷了。

「怎麼回事？」凱特琳娜問走在最前面的婦人。

「閣下，」婦人流下眼淚說，「您一離開他們馬上就來了。他們在準備圍攻城市！」

「是誰？」

「奧西兄弟，夫人！」

「我的天啊！」

「奧西兄弟是誰？」埃齊歐問。

「我雇用來殺吉洛拉莫的混蛋。」凱特琳娜怒道。

「奧西兄弟只要給錢什麼事都肯做，」馬基維利說，「他們不是很聰明，但很不幸他們擁有使命必達的名聲。」他暫停想了一下。「幕後主使一定是西班牙人。」

「但他怎麼可能知道我們要把蘋果帶到哪裡？」

「他們不是在找蘋果，埃齊歐；他們要的是瑞亞里奧的地圖。地圖還放在佛里。羅德里哥想知道剩下的古代抄本內頁藏在哪裡，我們絕不能讓他拿到地圖！」

「別管地圖了，」凱特琳娜叫道，「我的子女還在城裡。啊，魔鬼的卒子！」

他們策馬飛奔直到看見城鎮。城牆內冒出黑煙，城門被關閉了。外圍城牆的奧西家族熊與矮樹徽章下站了一些人。但在城內，山丘上的要塞仍然掛著史佛札的旗幟。

「看來他們好像至少控制了佛里的一部分，但不包括要塞。」馬基維利說。

「吃裡扒外的混蛋！」凱特琳娜大罵。

「有沒有辦法能讓我偷偷進入城內？」埃齊歐問，拿出他的古代抄本武器綁到手上，手槍和彈簧刀留在袋子裡。

「有辦法，親愛的，」凱特琳娜說，「但是很困難。西面城牆下從運河有個舊隧道可以進去。」

「我試試看，」埃齊歐說，「準備好。如果我順利從裡面打開城門，騎著馬快跑。我們要是能抵達要塞，讓妳的手下看到妳的徽章放妳進去，我們就能安全地策劃下一步。」

「下一步就是把這些笨蛋吊起來，看他們在風中擺盪！」凱特琳娜低吼，「去吧，埃齊歐，祝你好運！我會想辦法引開奧西部隊的注意。」

埃齊歐下馬跑到西側城牆，蹲低身子利用小丘和矮樹叢當掩護。同時凱特琳娜在馬鐙上站起來，向城牆上的敵人大罵：「喂，你！我在跟你們說話，沒種的走狗。你們敢占領我的城市？我的家？你們真的以為我會束手無策？聽著，我要上去扯掉你們的卵蛋——如果你還有卵蛋的話！」

這時幾批士兵出現在城牆上，俯瞰著凱特琳娜，想笑又有點畏懼。她繼續罵：「你們還算什麼男人？為了幾個零錢任聽使喚！等我上去，就砍掉你們的腦袋，尿在你們的脖子上，把你們的臉塞進我的屄之後，那時再看你們還認為值不值得！我要把你們的卵蛋叉在叉子上用廚房火爐烤熟！聽到了沒？」

這時候西側城牆已經沒人看守了。埃齊歐發現運河無人看管，便沿河游過去，找到雜草叢生的隧道入口。他浮出水面，跳進黑暗深邃的隧道中。

裡面維護得很好，又乾燥，他只需要一路走到另一頭就看見亮光了。他謹慎地走近，同時又聽見了凱特琳娜的聲音。隧道末端是一小段石階，向上通往佛里西側塔樓之一的地面暗室。這裡沒人，凱特琳娜把相當多人吸引走了。他透過窗戶看得到大多數奧西部隊的背面，他們只顧看著凱特琳娜的表演，甚至偶爾鼓掌。

「……如果我是男人，就讓你們笑不出來！但是別以為我不會盡力。別被我有奶子這件事誤導了——」她突然有個點子，「我打賭你們想要看，對吧？我打賭你們希望可以摸，可以舔，猛捏一把！嘿，你們怎麼不下來試試看？我會猛踢你們的卵蛋，讓它們從你們的鼻孔飛出來！一群齷齪的混蛋！你們最好趁早打包回家——如果你們不想被刺穿豎立在我的要塞城牆示眾！啊！或許我錯了！或許你們其實很喜歡被這樣對待？——我連罵你們都是浪費我的時間！我從來沒看過這麼多爛屎尿堆在一起。他媽的噁心！即使我閹了你們也不會有多少差別，你們根本沒有卵蛋！」

這時埃齊歐已經來到城內街道。他看得到最靠近凱特琳娜和馬基維利所在的城門。拱門上面有個弓兵站在控制城門的沉重拉柄旁邊。他迅速而無聲地爬到拱門頂上，刺一下弓兵的脖子放倒他。接著埃齊歐用盡全身重量拉下拉柄，下方的城門發出響亮的呻吟並緩緩打開。

馬基維利從頭到尾一直仔細地看著，他一看到城門打開，側身低聲向凱特琳娜說話，她立刻策馬向前猛衝，馬基維利與其餘近侍趕緊跟上。一看到狀況不對，城牆上的奧西部隊發出怒吼並衝下來攔截，但史佛札一行人速度太快。埃齊歐從死掉的衛兵身上抓起弓箭，射倒三個奧西的手下，然後迅速爬下附近的牆，開始在市區的屋頂上奔跑，尾隨著凱特琳娜一行人，看他們騎馬穿過狹窄街道前往要塞。

他們越深入市區，狀況越混亂。顯然爭奪佛里之戰短期內還不會結束，史佛札的藍蛇黑鷹旗幟下的幾批士兵正與奧西傭兵交戰，平民百姓則跑回家躲藏或在混亂中漫無目的地到處亂跑。市場攤位被翻倒，雞群在腳下啼叫奔逃，有個幼童坐在泥巴裡哭著找母親，一個女人跑過來把他抱到安全處。到處都傳出戰鬥的喧鬧聲。埃齊歐跳過一個又一個屋頂，從制高點監控著地面狀況，每當奧西士兵太逼近凱特琳娜和馬基維利，他就用弓箭精準地保護他們。

終於，他們抵達要塞前的大廣場。這裡沒士兵，周邊街道似乎也沒人。埃齊歐下來加入他的同伴。要塞的城垛上不見人影，大門緊緊關閉著，看起來就如凱特琳娜說的固若金湯。

她抬頭大喊：「你們這群該死的笨蛋，開門！是我！你們的女公爵！給我振作一點！」要塞裡的某些手下聽到叫聲出現在城牆上。其中有個隊長說，「太突然了，閣下！」再向三個人下令，他們立刻消失過來開門。但正逢此時幾十個奧西部隊吼叫著從四周街道湧入廣場，擋住所有退路，把凱特琳娜一行人困在他們和堅固的要塞城牆之間。

「該死的埋伏！」馬基維利大喊。埃齊歐聚集了幾個自己的手下，擋在凱特琳娜和敵軍之間。

「開門！快開門！」凱特琳娜大喊。大門終於往內打開。史佛札士兵衝出來支援他們，以凶猛的近身格鬥術攻向奧西軍，一邊戰鬥一邊慢慢退回大門內，大門隨即猛力關上。埃齊歐和躍下馬背的馬基維利兩人並肩倚著牆壁，氣喘吁吁。他們不敢相信他們做到了。凱特琳娜也下馬，但一刻也沒休息，而是穿過內庭院跑到一扇門前，門裡有兩個小男孩和一個抱嬰兒的奶媽恐懼地等待著。

孩子們跑向她。她擁抱他們，叫他們的名字，「切薩雷，喬凡尼——不用擔心。」她撫摸嬰兒的頭，「你好，加雷佐。」接著她看看周圍，再看向奶媽。

「妮賽塔，比安卡和奧塔維亞諾在哪裡？」

「請恕罪，夫人。攻擊展開時他們在外面玩，之後我們就找不到他們了。」

凱特琳娜表情驚恐地正要開口時，突然要塞外面的奧西部隊發出一陣吼叫。史佛札的隊長狂奔到埃齊歐和馬基維利面前。「他們從山區叫了援軍過來，」他報告說，「我不知道還能抵擋他們多久。」他轉向副官，「大家上城垛！準備開砲！」

副官跑步離開去召集砲手。眾人匆忙就位時，奧西家弓兵射出一陣箭雨，開始落在內庭院與城牆上。凱特琳娜帶著孩子們躲到安全處，同時向埃齊歐大喊，「顧好火砲！那是我們唯一的希望！別讓那些混蛋攻破要塞！」

「快來！」馬基維利喊道。埃齊歐跟著他爬上火砲排列的地方。

幾個砲手已經死了，隊長和副官也是。其餘的負傷。倖存者掙扎著想要調整沉重的大砲，瞄準下方廣場上的奧西部隊。對方來了大量援軍，埃齊歐看見他們粗魯地推著攻城機和投石器穿過街道。同時在正下方，一小群奧西部隊推出了破城槌。如果他和馬基維利不趕快想出辦法，就沒機會拯救要塞了，但要撐過這波新攻勢，他就必須向佛里城牆內的目標發射大砲，冒著傷害甚至誤殺無辜市民的風險。他留下馬基維利指揮砲手，跑下去庭院找到凱特琳娜。

「他們要攻城了。為了壓制他們，我必須向城牆內的目標開砲。」

她堅定冷靜地看著他，「該怎麼辦就怎麼辦吧。」

他抬頭看向城牆，馬基維利正等待訊號。埃齊歐舉起他的手臂，果斷地向下一揮。

砲聲隆隆響起。他們開砲的同時，埃齊歐飛快爬回大砲所在的城牆上。他指示砲手自由射擊，看著一座接一座的攻城機與投石器被轟成碎片。奧西部隊在窄街裡沒什麼空間閃躲，一陣砲轟之後，史佛札家弓兵和十字弓兵開始消滅城牆內倖存的入侵者。最後，剩餘的奧西部隊被徹底逐出佛里，要塞外面倖存的史佛札部隊也得以守住外城牆。但這場勝利是有代價的。城內有幾棟房子成了悶燒的廢墟，為了奪回城池，凱特琳娜的砲手無法避免地波及了一些自己人。馬基維利很快提醒眾人，還有其他事情要考慮。他們把敵人趕出城外，但對方並未解除圍攻。佛里仍然被奧西軍隊團團包圍，切斷了淡水與糧食供給；而且凱特琳娜最年長的兩個小孩仍下落不明，身處危險。

過了一陣子，凱特琳娜、馬基維利和埃齊歐站在外圈城牆上觀察周圍的敵軍營地。他們背後，佛里的市民正全力讓城市恢復秩序，但糧食飲水無法永遠撐下去，大家心知肚明。凱特琳娜形容憔悴，擔心著她失蹤的孩子——長女比安卡才九歲，奧塔維亞諾則小一歲。

他們還沒正面對上奧西兄弟本人，但這天有個哨兵出現在敵軍中央吹號角。部隊像紅海一樣分開讓兩個騎栗色駿馬、身穿鎖子甲的男子通過，身邊的侍童舉著熊與矮樹的徽章。他們勒馬停在弓箭射程之外。

其中一個騎士在馬鐙上站起來拉開嗓門喊。「凱特琳娜！凱特琳娜・史佛札！我們認為妳還躲在妳的可愛小城市裡，凱特琳娜——回答我！」

凱特琳娜在城垛上俯身，粗聲粗氣地道，「你想幹什麼？」

男子咧嘴笑道。「喔，沒什麼。我只是猜想妳是否弄丟了一、兩個孩子？」

此時埃齊歐往凱特琳娜身旁一站。說話者驚訝地仰望著他。「哎呀呀，」他說，「如果我沒看錯，你是埃齊歐・奧迪托雷。幸會幸會，我聽說過很多你的事蹟。」

「我猜，你們就是奧西兄弟。」埃齊歐說。

還沒開口的那個人舉起手說，「正是。洛多維柯——」

「——和切柯，」另一人說。「聽候差遣！」他譏笑一聲。

「夠了！」凱特琳娜大叫，「少來這套！我的孩子在哪裡？放了他們！」

洛多維柯在馬鞍上諷刺地鞠躬。「沒問題，夫人。我們很樂意交還他們，以交換妳的某個東西。應該說，屬於妳亡夫的東西。他在製作它，委託人是……我們的某些朋友。」

他口氣忽然變強硬。「我說的是一張地圖！」

「還有一顆『蘋果』，」切柯補充說，「沒錯，我們全都知道。妳以為我們是笨蛋嗎？妳以為我們的雇主沒有間諜嗎？」

「對，」洛多維柯說，「我們也要那顆蘋果。或者我應該割了妳孩子的喉嚨，讓他們去陪伴父親？」

凱特琳娜聽著他們的威脅，心情倒恢復了冷靜。輪到她說話時，她大叫，「混蛋！你以為你可以用粗魯的威脅嚇倒我？人渣！我什麼也不會給你！你要我的小孩嗎？拿去！我還有辦法生出更多！」她向他們掀起裙子。

「我沒興趣看妳裝腔作勢，凱特琳娜，」切柯策馬掉頭，「我也沒興趣看妳的私處。妳會改變主意的，但我們只給妳一小時。妳的小鬼這段時間內很安全，就在這條路盡頭那個破爛小村子裡。別忘了——到時我們會殺了他們，然後回來砸了妳的城市拿走我們要的東西——所以妳最好把握我們的慈悲，大家都可以省下很多麻煩。」

說完兄弟倆騎馬離去。凱特琳娜瞬間癱倒，靠在城牆的粗糙牆壁上，張著嘴猛喘氣，對自己剛才所言所為震驚無比。

埃齊歐在她身邊。「妳不能犧牲妳的小孩，凱特琳娜。沒有任何大業值得這樣做。」

「即使是拯救世界？」她看著他，在一頭紅髮下睜大失神的藍眼珠。

「我們不能變成他們那種人，」埃齊歐只說，「有些妥協是絕不容許的。」

「喔，埃齊歐！我就知道你會這麼說！」她環抱他的脖子。「我們當然不能犧牲他們，我的骨肉！」她重新站起來。「但我不能要求你冒險替我救回他們。」

「我會盡力。」埃齊歐說著轉向馬基維利，「我不會去太久——希望如此。但無論我發生什麼事，我知道你會用性命保護『蘋果』。而凱特琳娜——」

「嗯？」

「妳知道吉洛拉莫把地圖藏在哪裡嗎？」

「我會找出來。」

「去吧，要保護好地圖。」

「那你打算怎麼處理奧西兄弟？」馬基維利問。

「他們已經加進我的名單裡了，」埃齊歐說，「他們跟殺害我家人、摧毀我家庭的那些人沒兩樣。但我現在知道，有遠比復仇更崇高的大業要完成。」兩人握手之後互看對方。

「祝你好運，我的朋友。」馬基維利堅定地說。

「也祝你好運。」

抵達切柯草率地透露位置的村子並不困難，即使他描述為破爛有點過分了。就像羅馬涅地區的大多數農村，這裡又小又窮，看起來剛被附近的河流淹過；但大致上還算整齊乾淨，房屋簡略地塗了白漆，茅草屋頂是新的。雖然隔開十幾棟房屋的積水道路仍很泥濘，看似不富裕卻有秩序，不夢幻卻很勤奮。聖薩瓦札跟承平時期農村唯一的差別是布滿了奧西家的徽章。埃齊歐心想，難怪切柯認為他透露把比安卡和奧塔維亞諾關在哪裡也無妨。接下來的問題是，凱特琳娜的孩子究竟在村裡的哪個地方？

埃齊歐這次在左臂上裝備了金屬護甲和雙刃劍，右臂則是手槍，腰帶上也佩著輕便長劍；他穿著農民的羊毛斗篷，長度到膝蓋以下。他拉上兜帽避免被認出，在村外就下馬，沿路注意奧西的哨探，還從一間小屋借來一捆柴火揹在背後。他彎腰前進，走進了聖薩瓦札村。

雖然被軍隊強行駐紮，村民仍盡力維持著日常事務。理所當然，沒有人喜歡奧西家傭兵，即使埃齊歐幾乎立刻被村民認出是陌生人，卻還是贏得他們對這項任務的支持。他來到村子盡頭，比其他房子大、相對孤立的一棟房屋。一名從河裡取水的老婦告訴他有個小孩關在這裡。埃齊歐慶幸奧西家的兵力部署極為分散。大多數人都在忙著圍攻佛里。

他能救援小孩的時間有限。

房子的門窗緊閉著。他走到屋後。建築物的兩翼形成一座庭院，埃齊歐聽到一個稚嫩堅定的聲音，像在嚴厲說教。他爬上屋頂向下窺探庭院，發現宛如母親翻版的比安卡・史佛札正在痛罵兩個奧西衛兵。

「他們只能派兩個醜八怪來看守我嗎？」她高傲地說，挺直身子像她母親一樣盡力不露懼色。「蠢貨！這樣可不夠！我媽很凶悍，絕對不允許你們傷害我。史佛札家的女人可不是膽小鬼！我們可不像外表那樣弱不禁風，我父親就很清楚！」她吸口氣，衛兵不知所措地互看一眼。「可別以為我會害怕，你們要是這麼想就大錯特錯了。要是你們敢碰我弟弟一根頭髮，我媽會抓到你們、把你們當早餐吃掉！懂嗎？」

「閉嘴啦，妳這小笨蛋，」較年長的衛兵罵道，「除非妳想要挨耳光！」

「你膽敢這樣跟我說話！總之，太荒謬了。你們絕對逃不掉的，我一小時後就會安全回家。這裡真他媽的無聊，在我等著你們的死期來臨時，沒有其他事可做了嗎？」

「好吧，我受夠了。」年長衛兵說著伸手要抓她。但這一瞬間，埃齊歐從屋頂上開槍，正中衛兵的胸口。他的身體向後飛出——倒地之前深紅血跡已在衣服上暈開。埃齊歐驚嘆於其威力強大，李奧納多的火藥配方肯定改良過。趁著混亂，埃齊歐從屋頂跳下，像豹子般優雅有力地落地，用雙刃劍迅速攻向年輕衛兵，衛兵摸索著拔出一把醜陋的匕首。埃齊歐精準地劃過對方的前臂，把他的手筋像緞帶般割斷。衛兵的匕首落地，尖端向下插進泥土裡——他來不及做出任何防禦，埃齊歐把雙刃劍插進他下巴，刺穿嘴與舌頭的軟組織，進入腦腔。埃齊歐冷靜地收回劍，讓屍體跌落地面。

「只有他們兩個嗎？」他一面迅速裝填彈藥，一面問鎮定自若的比安卡。

「對！不管你是誰，謝謝你。我媽一定會重賞你的。但他們也抓走了我弟弟奧塔維亞諾——」

「妳知道他在哪裡嗎？」埃齊歐問，快速完成裝填。

「他們帶他去瞭望塔了——在斷橋邊！我們得趕快！」

「告訴我怎麼走，跟緊一點！」

他跟著她走出房子沿著道路來到瞭望塔。他們剛好趕上，因為洛多維柯正抓著哭泣的奧塔維亞諾後頸拖著他前進。埃齊歐看得出小男孩跛著腳——他想必扭傷腳踝了。

「是你！」洛多維柯看見埃齊歐之後大喊，「你最好交出那個女孩，回去找你的女主人——告訴她如果我們拿不到想要的東西，就會解決這兩個小鬼！」

「我要媽媽，」奧塔維亞諾哭喊著，「放開我，你這個大壞蛋！」

「小鬼，閉嘴！」洛多維柯罵他，「埃齊歐！去拿蘋果和地圖來，否則小孩就倒楣。」

「我要尿尿！」奧塔維亞諾哭喊。

「喔，天啊，閉上你的嘴！」

「放開他。」埃齊歐堅定地說。

「過來試試看啊！蠢貨，你絕對無法靠近！你一動，我眨眼間就能割了他的喉嚨！」

洛多維柯本來雙手拖著小男孩，但現在為了拔劍必須放開一隻手。轉瞬間奧塔維亞諾企圖掙脫，但洛多維柯緊抓住他的手腕。然而，奧塔維亞諾不再擋在洛多維柯和埃齊歐中間。埃齊歐抓住機會，手槍開槍。

洛多維柯憤怒的表情轉變成不敢置信。子彈擊中他的脖子——打斷了靜脈。他瞪大眼睛，放開奧塔維亞諾之後跪倒，抓著他的喉嚨——鮮血從他的指縫流出來。小男孩跑過來被姐姐一把抱住。

「奧塔維亞諾！太好了！」她緊抱著他說。

埃齊歐上前來到洛多維柯旁邊，但沒太靠近。他還沒倒下，手裡仍握著劍。血流到了他的皮衣上，越流越多。

「我不知道哪個魔鬼使者給了你打敗我的工具，埃齊歐，」他喘息說，「但我很遺憾地告訴你，無論你做什麼，都會輸掉這場戰爭。我們奧西家不是你以為的笨蛋。如果有笨蛋，那就是你——你和凱特琳娜！」

「蠢的是你，」埃齊歐冷酷地譴責，「為一點小錢而死，你真的認為值得嗎？」

洛多維柯面孔扭曲。「你什麼都不懂，朋友。你智不如人。現在不管你做什麼，主人都會得到他想要的！」他痛苦得表情扭曲。血跡快速擴散。「埃齊歐，如果還有點慈悲心的話，你最好殺了我。」

「那就帶著你的驕傲死去吧，奧西，即使這毫無意義。」埃齊歐上前割開洛多維柯脖子上的傷口。轉瞬間，他斷氣了。埃齊歐彎下腰闔上他的眼皮。「安息吧。」他說。

沒時間耽擱了。他回到目瞪口呆的孩子們身邊。「你能走路嗎？」他問奧塔維亞諾。

「我盡量，但是很痛。」

埃齊歐跪下來查看。腳踝果然扭傷了。他抱起奧塔維亞諾放在肩上。

「小閣下，鼓起勇氣，」他說，「我會送你們安全回家。」

「我可以先尿尿嗎？我真的很急。」

「快一點。」

埃齊歐知道帶孩子們穿過村子回家並不容易。他們不可能變裝，而且無論如何比安卡的逃脫肯定已經被發現了。他把手腕上的手槍換成毒劍，把機關放回袋子裡。他左手牽著比安卡，走向村子西側外圍的樹林。他爬上一個足以俯瞰聖薩瓦札村的矮丘，看到奧西部隊往瞭望塔的方向跑去，所以此處樹林裡似乎沒人。心懷感激地休息片刻，彷彿經過一輩子這麼久，他和孩子們回到了他拴馬的地方，先把他們放上馬背，隨即上馬。

他騎馬往北回到佛里。城市看來異常地平靜。太平靜了。而且奧西的軍隊去哪裡？他們解除包圍了嗎？並非不可能。他策馬繼續前進。

「走南邊的橋，先生，」前面的比安卡抓著馬鞍頭說，「是從這裡回家最快的路。」

奧塔維亞諾緊靠著他。

接近城牆時，他看到南城門開著。一小群史佛札衛兵走出來，護送著凱特琳娜和緊跟在後的馬基維利。埃齊歐立刻看出馬基維利受傷了。他催促馬匹快跑，趕上他們之後，翻身下馬把孩子們交到凱特琳娜的懷抱裡。

「以聖母之名，到底怎麼回事？」他輪流看看凱特琳娜和馬基維利，「你們出來幹什麼？」

「喔，埃齊歐，」凱特琳娜說，「我很抱歉，對不起！」

「怎麼了？」

「從頭到尾都是詭計。為了解除我們的戒心！」凱特琳娜絕望地說，「抓走小孩只是煙幕彈！」

埃齊歐的目光轉回馬基維利。「但是城市安全了？」他說。

馬基維利嘆道。「對，城市安全了。奧西兄弟已經沒興趣了。」

「什麼意思？」

「趕走他們之後，我們放鬆下來——只是暫時，重整組織和救護傷患。這時切柯發動反擊。他們一定全都計畫好了！他攻擊城市。我一對一和他作戰，但他的士兵從背後攻擊打倒了我。埃齊歐，現在我必須請求你展現勇氣：因為切柯搶走了蘋果！」

埃齊歐愣了好一陣子，然後他緩緩說，「你說什麼？不，不可能吧。」他慌張地看看四周。「他去哪裡了？」

「他一拿到東西就帶著他的人撤退了，而且兵分二路。我們看不出哪一邊帶著蘋果，反正我們也累得無法有效追擊。但切柯自己帶著一群人進入了西邊山區——」

「所以沒救了？」埃齊歐懊惱地道，想起洛多維柯說得對——他低估了奧西兄弟。

「我們還有地圖，感謝上帝，」凱特琳娜說，「他不敢花太多時間去找。」

「但現在他有了蘋果，萬一他不再需要地圖呢？」

「絕不能讓聖殿騎士團得手，」馬基維利陰沉地說，「絕對不行！我們該走了！」

但埃齊歐看得出他的朋友因為傷勢臉色枯槁。「不行——你待在這裡。凱特琳娜！請照顧他。我現在得走了！或許還有時間！」

第23章

只在換馬時稍作休息，埃齊歐花了很多時間，馬不停蹄地趕到亞平寧山脈，然而他知道搜尋切柯・奧西會花掉更多時間。但他也知道切柯如果回到家族根據地努比拉利亞，他就能夠在當地向南通往羅馬的蜿蜒長路上攔截他。很難說切柯會不會直接前往教廷，但埃齊歐認為帶著蘋果這麼貴重的東西，他一定會先尋求熟悉的安全處所，然後派出使者確認西班牙人是否回到了梵諦岡，再去見他。

所以埃齊歐決定前往努比拉利亞，然後祕密混入城鎮，盡力調查切柯的行蹤。但是到處都有切柯的間諜，不久埃齊歐就得知切柯知道他逼近了，正打算帶著兩輛馬車的車隊與蘋果出發，以免被他破壞計畫。

在切柯準備出發的當天早上，埃齊歐準備就緒，緊盯著努比拉利亞的南城門，他預期的兩輛馬車很快就隆隆作響地駛了出來。埃齊歐上馬追趕，但在最後一刻，一個奧西嘍囉駕著第三輛輕型馬車，從小街裡竄出來故意擋住埃齊歐的去路，讓他的馬直立把他甩下來。刻不容緩，埃齊歐被迫放棄座騎，從地上跳起來，爬到輕型馬車上，一拳把車夫打落在地。他鞭打馬匹開始追逐。

不久他就看到了敵人的車隊，但他們也看見了他，便加速前進。他們奔過險峻的山路時，護衛馬車上的奧西家士兵準備用十字弓射擊埃齊歐，但過彎太快。馬匹亂了腳步驚險先繞過彎路，但馬車失去了轉向裝置又無人駕駛，直衝出路面摔落幾百呎深的山谷。埃齊歐低聲感謝命運之神眷顧。他策馬前進，擔心逼得太緊讓馬兒不堪負荷而暴斃，但幸好牠們拉的重量遠低於切柯的馬車，穩定地縮短了埃齊歐和獵物之間的距離。

埃齊歐趕上時，奧西家的車夫揮鞭打他，但埃齊歐伸手抓住鞭子奪了過來。然後算準時機，他放開轠繩從自己的車跳到切柯的車頂上。慌亂中，拉他車子的馬匹減輕負重又沒人駕馭，便暴衝出去，沿著前方的道路跑得不見蹤影。

「給我下去！」切柯的馬伕警覺地大喊，「你以為你在幹什麼？你瘋了嗎？」但他沒了鞭子很難控制馬匹，無暇分心打鬥。

切柯從馬車裡大喊，「別傻了，埃齊歐！你這次絕對逃不掉！」他探出半個身子，在車夫慌亂地試圖控制馬匹時用劍刺向埃齊歐。「立刻滾下我的馬車！」

車夫故意搖晃車身試圖甩掉埃齊歐，但他死命抓緊。馬車危險地轉向，最後，當他們經過一處廢棄的大理石採石場時，馬車完全失控，側翻之後把車夫重重甩到一堆石匠切割後因為有瑕疵而丟棄、不同尺寸的大理石板上。奔跑中的馬匹被拉倒，驚恐狂亂地掙扎。埃齊歐則在車倒下的前一刻跳開，以蹲姿精準地落地，並拔劍準備迎戰切柯。切柯沒受傷，氣喘吁吁地爬出車外，表情憤怒。

「交出蘋果，切柯。一切都結束了。」

「白痴！等你死了才會結束！」切柯向對手揮劍，他們立刻在路邊懸崖驚險萬分地交手。

「切柯，交出蘋果我就放你走。你不知道那個東西有多大的威力！」

「你休想。等我的主人拿到，他會擁有夢想不到的權力，洛多維柯和我也會分一杯羹！」

「洛多維柯死了！一旦你對他沒有用處，你真的以為你的主人會留你活命？你已經知道太多了！」

「你殺了我兄弟？那麼為了他，你受死吧！」切柯衝向他。

他們酣戰不休，刀光劍影，切柯猛地揮出一劍，卻被埃齊歐的金屬護甲彈開。這次失手讓切柯暫時失去防備，但他迅速調整狀況並攻向埃齊歐的右臂，深深割傷他的二頭肌，讓他的武器脫手。

切柯得意地大吼一聲。他抬起劍尖指著埃齊歐的咽喉。「不用求饒，」他說，「因為我不會放過你。」他縮回手臂準備刺出致命一擊。這個瞬間，埃齊歐從左臂上的機關裡彈出雙刃匕首，閃電般地快速一揮，刺進切柯的胸口。

切柯呆立半晌，低頭看著滴落在白色路面上的血。他丟下劍，倒向埃齊歐，抓著他支撐身體。兩人臉孔貼得極近，切柯微笑。「這下，你又搶回獎賞了。」他低聲說，胸前重創快速地失血。

「真的值得嗎？」埃齊歐問，「死了這麼多人！」

他發出一聲輕笑，也可能只是咳嗽，因為嘴裡溢滿了血液：「聽著，埃齊歐，你也知道長時間守護這麼貴重的東西會有多困難。」他掙扎著呼吸。「今天我死了，明天就輪到你。」他臉上表情消失，雙眼翻白，身軀重重地跌落埃齊歐的腳邊。

「朋友，我們走著瞧，」埃齊歐告訴他，「安息吧。」

他感到暈眩。血液從手臂上的傷口湧出，但他強迫自己走到馬車邊安撫馬匹，割斷挽繩放走牠們。然後他搜索車內，很快地找到柚木箱子。趕緊打開確認內容物安全之後，他重新蓋上用完好的手臂緊緊夾住。他看看採石場對面，車夫動也不動地躺著。沒必要確認他是生是死，因為屍體的怪異姿勢說明了一切。

馬匹們沒有跑遠，埃齊歐走向牠們，懷疑自己是否還有力氣上馬並騎回佛里。他希望回去時事態沒有改變，因為追蹤切柯比他預期的多花了一些時間。但他從不幻想他的任務很容易，蘋果回到了刺客手中，他的時間沒有白費。

他再看看馬匹，判斷帶頭的那隻是四匹之中的首選。他走過去，拉著牠的鬃毛爬上馬，因為馬身上並沒有騎乘用的鞍具。進行這一切時他的腳步蹣跚欲倒。

他的失血比想像中嚴重。他必須設法包紮傷口才能繼續行動。他把馬拴在樹上，從切柯的上衣割下布條來當繃帶。然後把屍體拖到隱蔽處。即使有人經過發現，只要沒認真搜查現場，都會以為這是一場交通事故悲劇。而天色漸晚，這個時間在野外不會有多少旅客。

然而，這些動作榨乾了埃齊歐最後的體力。即使是我也必須休息，他心想，這個念頭非常誘人。他坐到樹蔭下，聽著馬兒輕輕吃草的聲音。他把柚木箱放到身旁地上，最後一次小心觀察四周，因為這是他最後的久留之地；但他的眼皮沉重，沒看到前方路旁土丘有個躲在樹上的無聲旁觀者。

埃齊歐醒來時已是黑夜，但月光足以讓他看見一個人影悄悄走近。

右邊二頭肌還在作痛，當他想用正常的手臂撐起身子時，卻發現無法動彈。有人從採石場拿了一塊大理石板壓住他的手臂。他掙扎著，用雙腿嘗試站起來，但是沒辦法。他低頭查看放置箱子的位置。

箱子不見了。

埃齊歐看到那個人影頭戴黑兜帽、身穿道明會僧侶的白袍。對方沒發現他醒了，逕自調整石板讓它壓得更穩。埃齊歐發現僧侶有隻手缺了一根指頭。

「等等！」他說，「你是誰？你在幹什麼？」

僧侶沒有回答。埃齊歐看到僧侶彎下腰撿起那個箱子。原來在那裡。「別摸它！不管你做什麼，不要——」

僧侶自顧自地打開箱子，像太陽般明亮的光線射出來。

埃齊歐好像聽到僧侶發出一聲滿意的嘆息，然後他又昏迷了。

他再度醒來時已是早晨。馬匹都不見了，幸運的是隨著天亮，他恢復了一點力氣。壓在他手上的大理石板很沉重，但隨著他移動手臂倒是稍微動了一下。他看看四周，右手搆得到的範圍內有根堅固的樹枝，肯定是從樹上掉落的，但還算新鮮所以夠強韌。他咬緊牙根撿起來，把它移到石板下。他把樹枝一端插到石板下並往上扳，他的右臂痛得要命，而且又開始流血。一句學童時期學過、幾乎遺忘的話語閃過腦中：給我夠長的槓桿，我就能舉起地球[7]……他用力推。石板開始移動，但他沒力氣了，石板又落回原位。他躺平休息，再試一次。

7　古希臘哲學家阿基米德名言。

到第三次嘗試，埃齊歐痛得差點慘叫出聲，以為他右臂傷口的肌肉要撕裂了。他再次使盡力氣猛推，石板終於翻落地面。

他小心翼翼地坐起身來。左臂很痠痛，但沒有骨折。他不知道他睡覺時僧侶為何沒殺他，或許是因為神職人員的身分。但有件事他很確定——道明會僧侶和蘋果都不見了。

他拖著身體站起來，走到附近的溪邊猛喝水，然後清洗傷口重新包紮。他開始往東走，背對山脈前往佛里。

走了好幾天之後，他終於看到遠方城鎮的高塔。但他感到前所未有的疲倦，精力彷彿已被馬不停蹄的任務以及他的失敗和寂寞榨乾。回程途中，他有很多時間想到克莉絲汀娜和另一種命運——如果他沒有揹起十字架。但是他做了選擇，他無法改變人生；而他也不願意。

他抵達通往南門的橋末端，接近到可以看見城垛上的人，此時疲憊終於壓垮了他，他陷入昏迷。

埃齊歐醒來時，發現自己躺在床上，蓋著嶄新的亞麻被子，身處在藤蔓陰影下的晴朗陽臺上。一隻清涼的手撫摸他的額頭，把一瓶水湊到他嘴邊。

「埃齊歐！感謝上帝你清醒了。你還好嗎？發生什麼事？」凱特琳娜嘴裡照例急躁地吐出一連串問題。

「我……我不知道……」

「他們從城牆上看到你。我親自跑出來。我不清楚你走了多久，而且你的傷勢很嚴重。」

埃齊歐掙扎著回想。「我想起來了……我從切柯那裡搶回蘋果……但接著很快來了另一個人——他拿走了蘋果！」

「誰？」

「他戴著黑兜帽，像僧侶。而且……缺了一根手指！」埃齊歐奮力坐起身。「我在這裡躺了多久？我得走了——馬上！」他想要站起來，但手腳像鉛塊一樣沉重，他移動時，一陣強烈暈眩襲來，他被迫躺回去。

「那個僧侶把我怎麼了？」

凱特琳娜俯身看著他。「你暫時哪裡都不能去，埃齊歐。如果未來想要好好戰鬥，即使是你也需要時間復原；我看得出你還有一段漫長辛苦的路要走。打起精神！尼科洛回佛羅倫斯了。他會在那邊處理一些事情。你的刺客同伴們都很警惕。所以待一陣子吧……」她親吻他的額頭，然後試探地吻他的唇。「如果有什麼我能夠……幫助你復原的事，儘管開口。」她的手開始溫柔地摸進被子裡面，直到她找到目標。「哇，」她微笑說，「我想我已經稍微成功了。」

「妳這女人真不簡單，凱特琳娜・史佛札。」

她大笑。「親愛的，如果我要寫自傳，我會震撼全世界。」

埃齊歐身體強壯，心志堅定，正值巔峰時期的三十歲年輕男人。此外，他接受過世上最刻苦的訓練，所以他比大多數人預期的更快恢復其實不奇怪。但他的右臂被切柯的劍傷嚴重削弱，他知道必須努力鍛鍊才能恢復繼續任務所需的完整力量。他強迫自己保持耐心，在凱特琳娜嚴格但體諒的指引下，將被迫留在佛里的時間用在靜態活動。大家經常看到他坐在藤蔓下專心閱讀波利齊亞諾的著作，但更常看到他努力進行各種運動。

某天早上，凱特琳娜來到埃齊歐的房間，發現他穿著旅行服裝，有個侍童幫他穿上馬靴。她坐到他旁邊的床上。

「時候到了嗎？」她說。

「對。我不能再拖延了。」

她表情哀愁離開房間，過了不久拿著一個卷軸回來。「唉，遲早要來的，」她說，「天曉得你的任務比我們的樂趣重要多了——我希望下次很快能再看到你！」她讓他看卷軸。「拿去——我帶了告別禮物給你。」

「這是什麼？」

「你會需要的東西。」

打開之後，埃齊歐看到的是整個半島的地圖，從倫巴底到卡拉布里亞，除了道路和城鎮，整個圖面上用紅墨水標記了幾個十字。

埃齊歐抬頭看她。「這是馬基維利提過的地圖。屬於妳丈夫——」

「屬於我已故丈夫，親愛的。你不在的時候，尼科洛和我有兩個重要的發現。第一是我們除掉親愛的吉洛拉莫正是時候，因為他正要完成這張圖。第二是它價值連城，即使聖殿騎士團拿到蘋果，如果沒有地圖，就不可能指望找得到地室。」

「妳知道地室？」

「親愛的，你有時實在太天真了點。我當然知道。」她語氣變嚴肅，「但要完全解除敵人的武器，你必須取回蘋果。這張地圖會幫你達成完整任務。」

她把地圖交給他，兩人手指碰觸、逗留、交纏。互相凝視著無法離開。

「這附近的濕地有座修道院，」凱特琳娜終於說，「道明會的。他們教團戴黑色兜帽。我會從那裡開始找。」她明亮的眼神移開。「去吧！幫我們找出那個麻煩的僧侶！」

埃齊歐微笑。「我會想念妳的，凱特琳娜。」

她微笑回應，笑得有點太過燦爛。生平第一次她覺得難以鼓起勇氣。「喔，我知道你會。」

第24章

在濕地修道院迎接埃齊歐的僧侶就像個僧侶的樣子——肥胖又紅潤，但他頂著一頭鮮豔紅髮，眼神頑皮又精明。埃齊歐認得他的口音，很像在馬力歐麾下認識的某些傭兵——他是愛爾蘭人。

「祝福你，弟兄。」

「謝謝，神父——」

「我是歐卡拉漢修士——」

「不曉得您能否幫我？」

「這正是我們存在的目的，弟兄。當然，我們活在一個紛亂的時代。肚子空空的很難動腦筋。」

「你是指錢袋空空。」

「你誤會了。我不是在向你討東西。」僧侶攤開雙手。「但是天主保佑慷慨的人。」

埃齊歐掏出幾個金幣交給他。「如果不夠的話……」

僧侶若有所思。「啊，當然，心意到了。但是事實上，天主真的會保佑比較慷慨的人。」

埃齊歐繼續掏出錢幣，直到歐卡拉漢修露出滿意的表情。「教團感謝你的慷慨，弟兄。」他雙手交疊在肚皮上。「你要找什麼？」

「一個戴著黑色兜帽的僧侶——他缺了一根手指。」

「嗯。基多修士只有九根腳趾。你確定不是腳趾嗎？」

「相當確定。」

「然後還有多梅尼克修士，但他是整條左臂不見了。」

「不是。很抱歉，但我很確定是一根手指。」

「嗯。」僧侶停下來沉思，「欸，等一下！我記得一個只有九根手指的黑兜帽僧侶……對！沒錯！當時我們在托斯卡尼的修道院裡辦聖文森晚宴。」

埃齊歐微笑。「嗯，我知道這個地方。我會去試試看。謝謝。」

「上帝保佑你，弟兄。」

「一向如此。」

路途漫長又辛苦，夏秋之際的天氣也很壞。埃齊歐往西越過山區，終於進入托斯卡尼。他接近修道院時心情非常忐忑不安，因為這裡正是涉及暗殺羅倫佐的陰謀者之一——雅克坡的祕書史提法諾・德・巴尼奧內很久以前死在埃齊歐手中的地方。

很不幸，出來迎接他的院長也是目睹那次殺戮的人。

「抱歉，」埃齊歐先向他說，「不曉得您能不能——」

但是院長認出了他，嚇退一步大叫，「願所有大天使——烏列爾、拉斐爾、米迦勒、薩拉奎爾、加百列、雷米爾和拉貴爾——願祂們保護我們！」他炯炯的目光從天上轉向埃齊歐。「邪惡的魔鬼！快滾！」

「怎麼回事？」埃齊歐錯愕地說。

「怎麼回事？怎麼回事？就是你殺了史提法諾修士。在這個聖地上！」一群緊張的僧侶聚集在安全距離外，這時院長轉向他們。「他回來了！僧侶和教士的殺手回來了！」他用如雷的聲音宣布，然後跑掉，其餘人也跟著跑。

這些人顯然非常驚慌。埃齊歐別無選擇只能追上。修道院內部對他並沒有院長和僧侶們那麼熟悉，後來他厭倦了在陌生的石砌通道和迴廊跑來跑去，便跳上屋頂觀察僧侶們往哪裡跑。這讓他們更加恐慌，開始慘叫，「他來了！他來了！魔鬼來了！」他只好打消念頭，用傳統方式追逐。

最後，他追上了他們。院長氣喘如牛，向他大聲怒罵：「滾出去，魔鬼！別惹我們！我們不像你罪孽深重！」

「不，等等，聽我說，」埃齊歐喘息，差點跟他們一樣狼狽。「我只想問你們一件事。」

「我們並未召喚魔鬼！我們還不打算踏上來生！」

埃齊歐掌心朝下安撫。「拜託。冷靜點！我無意傷害你們！」

但院長聽不進去。他翻白眼。「主啊，主啊，祢為何拋棄我？我還沒準備好加入祢的天使！」

然後他又跑掉了。

埃齊歐被迫撲倒他。兩人都站起來，在一圈目瞪口呆的僧侶中間拍掉身上的灰塵。

「別再跑了，拜託！」埃齊歐懇求。

院長嚇得口齒不清。「不要！饒命啊！我不想死！」

埃齊歐察覺自己聽起來太嚴肅了，說：「聽著，院長神父，我只殺那些草菅人命的壞人。你們的史提法諾修士就是凶手。他在一四七八年企圖謀殺羅倫佐公爵。」他停頓一下，沉重地呼吸。「放心，院長先生，我確信你不會是凶手。」

院長的表情稍微緩和，但眼神仍很懷疑。

「那你想幹什麼?」他說。

「很好。現在請聽我說,我在找一個服裝跟你們一樣的僧侶——道明會的——他少了一根手指。」

院長別開目光。「你說,少一根手指?像薩佛納羅拉修士嗎?」

埃齊歐記住這個名字。「薩佛納羅拉?他是誰?你認識嗎?」

「我認識,先生。他曾經……是我們的一員。」

「然後呢?」

院長聳聳肩。「我們建議他去山區的隱居所好好休息一陣子。他在這裡……不太適應……」

「院長,我覺得他當隱士的時間或許結束了。你知道現在他可能去哪裡嗎?」

「喔我的天……」院長絞盡腦汁,「要是他離開了隱居所,他可能回佛羅倫斯的卡米內聖母教堂了。他曾在那裡讀書。」

埃齊歐放心地嘆口氣。「謝謝,院長。上帝保佑你。」

經過這麼多年後回到故鄉,埃齊歐覺得很怪。回憶紛至沓來,但現實要求他單打獨鬥。他連老朋友或盟友都不能聯絡,以免驚動敵人。

城裡看起來很平靜，但看起來他尋找的那座教堂發生了騷動。有個僧侶恐懼地從裡面跑出來。

他向僧侶攀談。「哇，等等，修士。不要急！」

僧侶瞪大眼睛看著他。「躲遠一點，朋友。如果你不想死的話！」

「這裡發生什麼事了？」

「羅馬來的士兵占領了教堂！他們驅散我的弟兄，問了一堆沒頭沒腦的問題，一直要求我們交出水果！」

「什麼水果？」

「蘋果！」

「蘋果？該死！羅德里哥比我先到了！」埃齊歐喃喃自語。

「他們把我的一個卡邁爾派弟兄拖到教堂後面去了！我想他們要殺了他！」

「卡邁爾派？你們不是道明會嗎？」埃齊歐丟下他，小心地緊貼著外牆繞過聖母教堂。他像面對眼鏡蛇的貓鼬般無聲行動。抵達教堂庭院的圍牆之後，他爬上屋頂。經驗豐富的他看到下方景象仍大吃一驚。幾名波吉亞衛兵正在痛毆一個年輕的高大僧侶。他看起來大約卅五歲。

「快說！」衛兵的領袖大喊，「招出來，否則我會讓希望自己從未出生。蘋果在哪裡？」

「拜託！我真的不知道！我根本不懂你在說什麼！」

帶頭衛兵湊近他。「承認吧！你姓薩佛納羅拉！」

「對！我說過了！但是你再打下去，我大概連名字都會忘了！」

「只要招出來，你的痛苦就結束了。他媽的蘋果在哪裡？」審問者野蠻地猛踹僧侶的胯下，僧侶痛苦哀嚎。「反正你當修士有沒有那玩意兒都差不多。」衛兵嘲笑他。

看著這情況，埃齊歐非常擔憂。如果這僧侶真的是薩佛納羅拉，波吉亞的惡棍可能會在問出真相之前殺了他。

「你為什麼一直說謊？」衛兵冷笑，「我的主人聽到你逼我把你整死可不會高興！你想害我惹麻煩嗎？」

「我沒有什麼蘋果，」僧侶啜泣說，「我只是個修士。求求你放了我！」

「休想！」

「我什麼也不知道！」僧侶哭得很淒慘。

「如果要我住手，」衛兵再度踢向他，「就說實話，吉洛拉莫——薩佛納羅拉修士！」

僧侶咬著嘴唇，但仍固執地回答，「我知道的全告訴你了！」

衛兵再踢他，叫嘍囉抓著僧侶的腳踝無情地在卵石地面上拖行，讓他的頭不斷痛苦地碰撞硬石。僧侶慘叫，徒勞地掙扎。

「小混蛋，受夠了沒？」帶頭衛兵又湊近他的臉，「你這麼想去見上帝，寧可一再說謊，只為了見祂？」

「我只是個僧侶，」他哭道，長袍款式和顏色與道明會不幸地很類似。「我沒有任何水果！拜託……」

衛兵再度踢向同樣的地方，又一下。哭泣僧侶的身體痛苦地扭曲。

埃齊歐看不下去了。他跳下來，宛如復仇的幽靈。這次純粹出於憤怒，他用毒匕首和雙刃劍動手。一分鐘的屠殺過後，波吉亞的歹徒全部倒斃或遭受他們施加的同樣痛苦，在庭院的石板地上呻吟。

僧侶邊哭邊抱著埃齊歐的膝蓋：「謝謝，謝謝，我的救星。」

埃齊歐撫摸他的頭。「冷靜，冷靜。現在沒事了，修士。」但他也看著僧侶的手指。十指健在。

「你有十根手指。」他大失所望。

「對，」僧侶哭道，「我有十根手指。除了每週四從市場送來修道院的貨物以外，我根本沒有什麼別的蘋果！」他站起來，打起精神，輕柔地整理服裝儀容，然後大罵。「以上帝之名！全世界都瘋了嗎？」

「你是誰？他們為什麼抓你？」埃齊歐問。

「只因為他們發現我姓薩佛納羅拉！但是我怎麼能出賣我的堂兄？」

「你堂兄？你知道他做了什麼事嗎？」

「我什麼也不知道！他跟我一樣是僧侶。他選了比較嚴厲的道明會——」

「他少了一根手指？」

「對，但你怎麼會知道——？」僧侶眼神一亮。

「吉洛拉莫・薩佛納羅拉究竟是誰？」埃齊歐追問。

「我堂兄，虔誠的修道者。容我請問，你又是誰？我謙卑地感激你救了我，你要什麼我都會答應。」

「我……沒有名字，」埃齊歐說，「但是請告訴我你貴姓大名。」

「馬切羅・薩佛納羅拉修士。」僧侶溫馴地回答。

埃齊歐記住這名字，飛快地思索。「你堂兄吉洛拉莫在哪裡？」

馬切羅修士沉思，掙扎著要不要說出口。「我堂兄確實……對如何服侍上帝有奇特的見解……他傳播自己的教義……你或許在威尼斯找得到他。」

「他在那裡做什麼？」

馬切羅挺起胸膛。「我認為他誤入歧途。他傳播的是世界末日。他宣稱看見了未來。」馬切羅眼眶發紅，眼神痛苦地看著埃齊歐。「如果你問我的意見，他說的全是瘋話！」

第25章

埃齊歐覺得他花了太多時間在看似毫無收穫的追尋上。追逐薩佛納羅拉好像追逐鬼火，或怪獸，或自己的尾巴。但他必須繼續搜尋，毫無怨言，因為九指修士握有蘋果——遠超過他想像的重大關鍵，而且他是危險的宗教狂熱分子，可能比主人羅德里哥・波吉亞本身更容易失控。

他從拉溫納搭船在威尼斯碼頭上岸，迎接他的是泰朵拉。

一四九二年的威尼斯，仍處在阿哥斯提諾・巴巴里格總督比較公正清白的統治下。城裡都在議論，有個名叫克里斯多夫・哥倫布的熱那亞水手計畫向西航行越過大洋，在被威尼斯拒絕後從西班牙獲得了資助，正要出發。

威尼斯不資助這項探險是瘋了嗎？如果哥倫布成功，就可能建立通往東印度群島的安全航路，避開現在被鄂圖曼土耳其人阻擋的傳統陸路。但埃齊歐腦中塞滿了其他事情，無暇注意政治和貿易事務。

「我們收到你的消息了，」泰朵拉說，「但是你確定嗎？」

「這是我唯一的線索，而且似乎可信。我確定蘋果又回到這裡了，在僧侶薩佛納羅拉手上。我聽說他向民眾宣傳地獄和末日即將到來。」

「我聽說過這個人。」

「妳知道哪裡找得到他嗎，泰朵拉？」

「不知道。但我看過演說人在工業區招攬人群，宣傳你提到的世界末日。或許他是那個僧侶的追隨者。跟我來。你在這裡停留期間一定要好好地讓我招待，等你安頓好，我們就直接去找那個布道者。」

埃齊歐和泰朵拉，以及任何有智慧理性的人，都知道為何這種驚悚的歇斯底里開始吸引民眾。距離半千禧的一五〇〇年不遠了，很多人相信到時將會有救世主復臨，上帝會「乘雲而來，浩浩蕩蕩，帶著天父的榮光，一萬個聖徒，甚至無數的天使，並將坐在顯赫的寶座上。世人將聚集在祂面前；祂將分辨他們，把羔羊、得救者放在祂右邊，山羊、罪人放在左邊」。

使徒馬太對末日審判的描述在許多人的想像之中迴盪。

「這個演說人和他主子靠這股世紀狂熱真的賺了不少，」泰朵拉說，「就我所知，他們自己也深信不疑。」

「我想他們一定相信，」埃齊歐說，「危險在於，有蘋果在手，他們可能真的帶來一場純屬魔鬼的世界級災難。」

他停頓一下。「但感謝上帝，目前他們還沒釋出所擁有的力量，我懷疑他們是否知道怎麼控制它。至少現在，他們似乎預言末日就滿足了。這種事情——」他苦笑道，「——向來是個好賣點。」

「但情況正在惡化。」泰朵拉說，「其實，人們可能真的相信末日快到了。你聽說了壞消息沒有？」

「我離開佛里之後沒聽過。」

「羅倫佐・德・美第奇在卡雷吉的別墅裡過世了。」

埃齊歐表情凝重。

「這真是個悲劇。羅倫佐是我家族的真正朋友，沒有他的保護，恐怕我永遠無法取回奧迪托雷宅邸。但比起他的死可能危害他和各城邦維持的和平，我的利益就微不足道了。美好的時代總是很脆弱。」

「不只如此，」泰朵拉說，「老實說，是比羅倫佐之死更糟糕的消息。」她停頓一下。「你得有心理準備，埃齊歐。西班牙人羅德里哥・波吉亞當選教皇了。現在他以教皇亞歷山大六世的身分統治梵諦岡和羅馬！」

「什麼！怎麼可能——？」

「羅馬的樞機閉門會議這個月剛剛結束。謠傳羅德里哥收買了大多數選票，連最可能抗衡的候選人阿斯卡紐‧史佛札都投給他！聽說，他的賄款是四頭騾子都載不動的白銀。」

「他當上教皇有什麼好處？他想幹什麼？」

「這麼大的影響力還不夠嗎？」泰朵拉看著他，「現在我們面對一匹強大無比的餓狼，埃齊歐，或許也是世人看過最凶殘的。」

「妳說得對，泰朵拉。但他尋求的力量遠比教皇地位能給他的更大。如果他控制了梵諦岡，距離進入地室就不遠了；而且他還在找蘋果，他需要『伊甸的碎片』帶給他——上帝本身的力量！」

「咱們祈禱你能將它奪回刺客教團手中吧——羅德里哥當上教皇和聖殿騎士團團長已經夠危險了。一旦他拿到蘋果……」她停下來。「如你所說，他將會天下無敵。」

「真怪。」埃齊歐說。

「怎麼了？」

「我們的朋友薩佛納羅拉還不知道，但是有兩個獵人正在追捕他。」

泰朵拉帶埃齊歐來到威尼斯工業區裡演說人平常進行布道的開闊大廣場，留下他一人。埃齊歐拉起兜帽，低垂著頭留意四周，融入已經聚集的人群。

不久廣場上就擠滿了人，群眾圍繞著一座木造小舞臺，有個人走上去，看來像苦行僧的男子有冷酷的藍眼珠、凹陷的雙頰，鐵灰色頭髮和扭曲的雙手，穿著普通的灰色羊毛僧袍。他開始演講，只在群眾瘋狂喝采時被迫暫停。埃齊歐看著這個人高明地把幾百人帶入盲目歇斯底里的狀態。

「過來，孩子們，聽我的呼聲！因為末日近了。你們準備好面對即將發生的事了嗎？你們準備好看我的弟兄薩佛納羅拉用來祝福我們的光芒嗎？」他舉起雙手。埃齊歐很清楚演說者指的光芒是什麼，認真地聆聽。「黑暗時代即將降臨，」演講人繼續說，「但我的弟兄指出了前方通往救贖的道路，通往等著我們的天堂之光。但除非我們準備好，除非我們擁抱他。讓薩佛納羅拉成為我們的指引，因為只有他知道即將發生什麼事。他不會帶我們走錯路。」這時演說人熱切地俯身趴到面前的講臺上。「各位兄弟姐妹，你們準備好面對最終審判日嗎？到時你們會追隨誰？」他又暫停一下製造戲劇性效果。「教會裡有很多人宣稱能提供救贖，召喚者，寬恕者，輕率迷信的奴隸……但是不行，我的孩子們！他們都是波吉亞教皇的奴隸，亞歷山大『教皇』的奴隸，第六個也是最惡劣的名號繼承者！」

人群附和喊叫。埃齊歐暗自皺眉。他想起他在李奧納多工作室看過蘋果投射出的預言。在遙遠的未來，地球真正變成地獄的時代——除非他能阻止。

「我們的新教皇亞歷山大不是虔誠的人；他不重視靈魂。他這種人收買你們的禱告、出賣聖職牟利。我們教會的所有神父都是教會的商人！只有一個人是真正的信仰者，只有一個人看到了未來，並且與上帝對話！那就是我的弟兄，薩佛納羅拉！他會領導我們！」

埃齊歐心想：這個瘋狂僧侶像他一樣打開過蘋果嗎？他放出過同樣的幻象嗎？李奧納多是怎麼形容蘋果的——對意志軟弱的人來說更加危險？

「薩佛納羅拉會領導我們走向光明，」演說人總結說，「薩佛納羅拉會告訴我們未來的情況！薩佛納羅拉會帶我們前往天堂的大門！我們在薩佛納羅拉見證過的新世界沒有匱乏。薩佛納羅拉修士走的正是我們一向尋求、通往上帝的道路！」

他又舉起雙手，群眾發出震天價響的吶喊歡呼。

埃齊歐知道只有透過這個助手才能找到那個僧侶。但他必須設法接近此人而不讓狂熱群眾起疑。他謹慎地前進，假裝成想和演說人的同伴談話的普通民眾。

這並不容易。有些人認出他是陌生人、新來者、認為必須小心提防，並猛烈地推擠他。但他微笑躬身，甚至不得已的時候灑錢說，「我要捐獻支持薩佛納羅拉，和其他相信他、支持他的同伴。」

金錢照例很有魔力。其實，埃齊歐心想，錢是最強大的轉化劑。

嘲笑又輕蔑地看著埃齊歐靠近，演說人示意護衛者讓開，向他打招呼，帶他到主廣場外圍的僻靜空地，可以私下談話的地方。埃齊歐很高興看到演說人顯然自以為吸引到一個重要又有錢的新支持者。

「薩佛納羅拉本人在哪裡？」他問道。

「他無所不在，弟兄，」演說人回答，「他跟我們所有人融為一體，我們所有人也跟他融為一體。」

「聽著，朋友，」埃齊歐急切地說，「我要找的是本人，不是神話。請告訴我他在哪裡。」

演說人斜眼看他，埃齊歐清楚地看到他眼中的瘋狂。「我已經告訴你他在哪裡了。聽著，薩佛納羅拉像你自己一樣愛你。他會帶給你光明。他會讓你看到未來！」

「但我必須當面跟他談談。我必須見到偉大的領袖！而且我有很多錢捐給他強大的十字軍！」

演說人表情狐疑。「我懂了，」他說，「耐心點。時候還沒到。但你可以跟我們一起朝聖，弟兄。」

於是埃齊歐保持耐心。他已經壓抑忍耐很久了。後來某一天，他收到演說人的消息，要在黃昏時到威尼斯碼頭會合。他提早抵達，緊張又不耐地等待，直到終於看見一個陰暗的人影在夜霧中走過來。

「我不確定你會來。」他向演說人打招呼。

演說人表情愉快。「你有追求真理的熱情，弟兄。而且禁得起時間的考驗。現在我們準備好了，偉大領袖已經取得了他天生應有的指揮權。來吧！」

他帶著埃齊歐來到停著一艘大帆船的碼頭邊。船邊有一群信徒在等待。演說人向他們說：

「我的孩子們！終於到我們出發的時候了。我們的弟兄兼精神領袖吉洛拉莫•薩佛納羅拉在他終於取得的城市裡等我們！」

「對，一點也沒錯！那個王八蛋強迫我的城市和家族屈膝——屈服在他的瘋狂之下！」人群和埃齊歐轉頭去看說話的人，那是個戴黑帽子的長髮年輕人，嘴唇豐滿，面容虛弱，氣憤得表情扭曲。

「我剛從那裡逃出來，」他繼續說，「我被法國的混蛋查爾斯國王剝奪公爵身分，他的干預害我被薩佛納羅拉那個神棍竄位！」

頓時群情激憤，要不是演說人阻止，他們一定會抓住那個年輕人把他丟進潟湖。

「讓他說完，」演說人下令，然後轉向陌生人問：「你為什麼妄稱薩佛納羅拉的名號，弟兄？」

「為什麼？為什麼？因為他害慘了佛羅倫斯！他控制了那個城市！領主們不是支持他，就是沒有能力反抗。他煽動暴民甚至是那些應該懂道理的人，例如波提切利大師，他像奴隸般追隨他。他們焚燒書籍和藝術品，以及那個瘋子認定不道德的所有東西！」

「薩佛納羅拉人在佛羅倫斯？」埃齊歐專注地問，「你確定？」

「還能在哪裡！他又不會在月亮上或地獄裡！我九死一生才逃出來的！」

「你又是誰呢，弟兄？」演說人問，表情顯露出不耐煩。

年輕人挺直身子。「我是皮耶羅‧德‧美第奇，偉人羅倫佐之子，佛羅倫斯的正當統治者！」

埃齊歐握他的手。「幸會，皮耶羅。令尊是我的忠實朋友。」

皮耶羅看著他。「無論你是誰，謝謝你。至於我父親，幸好他在這一波瘋狂的大浪摧毀我們的城市之前就去世了。」他心不在焉地轉向憤怒的人群。「別支持那個邪惡的僧侶！他是個超級自大又危險的笨蛋！他應該像瘋狗一樣被撲殺！」

人群異口同聲發出自以為正義的怒吼。演說人轉向皮耶羅大喊，「異端！邪惡思想的播種者！」他向人群大聲說，「這個人必須除掉！封口！必須燒死他！」

在他身邊的皮耶羅和埃齊歐同時拔劍，面向凶惡的暴民。

「你是誰？」皮耶羅問。

「埃齊歐・奧迪托雷。」他回答。

「啊！感謝你的協助。家父經常提起你。」他的目光轉向敵人，「這次我們逃得掉嗎？」

「希望如此。但是你這麼做不太明智。」

「我怎麼知道會這樣？」

「你剛搞砸了我檯面下的努力和準備；但是沒關係。注意你的劍！」

戰鬥艱困但很短暫。他們讓暴民把他們逼到一座廢棄倉庫，然後堅守原地。幸好，朝聖的人群雖然憤怒，但遠不如受過訓練的戰士，其中最勇敢的人被埃齊歐和皮耶羅的長劍重創撤退去療傷之後，其餘人也逃走了。只有演說人氣得臉色鐵青，站著沒動。

「冒牌貨！」他向埃齊歐說，「你會在地獄最底層永遠冰凍。現在我就送你過去。」

他從長袍裡掏出一把鋒利的短劍高舉過頭衝向埃齊歐，準備攻擊。

埃齊歐退後時不小心踉蹌一下，差點被演說人砍死，但皮耶羅出手砍傷對方的腿。埃齊歐重新站穩，彈出他的雙刃匕首，戳進對手的腹部。演說人全身顫抖，驚叫一聲後倒地，蠕動抽搐並抓著地面，直到他終於斷氣。

「希望這樣能補償我破壞了你的好事，」皮耶羅苦笑一下，「來吧！我們去總督宮，叫阿哥斯提諾派出衛兵確保這幫瘋子解散，躲回他們的巢穴去。」

「謝謝，」埃齊歐說，「但我另外有事。我要去佛羅倫斯。」

皮耶羅不敢置信地看著他。「什麼？自投羅網嗎？」

「我有自己的理由要找到薩佛納羅拉。但或許挽救他對我們城市造成的傷害也還不算太遲。」

「那麼祝你好運了，」皮耶羅說，「不論你尋求什麼結果。」

第26章

吉洛拉莫•薩佛納羅拉修士在一四九四年掌控佛羅倫斯的實質政權，時年四十二歲。他是個際遇坎坷的人，扭曲的天才，最糟糕的狂熱信徒；但他最可怕的一點是他不僅領導民眾，還煽動民眾犯下最荒唐又暴力的愚行。造就此般瘋狂的原因，來自於民眾對於地獄烈火的恐懼，以及他在教義中灌輸的理論：所有樂趣、世俗財貨和人造的東西都一文不值，唯有完全禁欲才能找到真正的信仰之光。

難怪李奧納多留在米蘭，埃齊歐心想，在他騎馬前往故鄉時還百思不解——除此之外，埃齊歐得知迄今被放任或處以小額罰金的同性戀行為，在佛羅倫斯又恢復成死罪。也難怪被培養與啟蒙的羅倫佐精神吸引而來、唯物主義和人本主義學派的思想家和詩人都散去了，逃離佛羅倫斯這個智識沙漠，尋求比較肥沃的土壤。

接近城市時，埃齊歐察覺有一大群黑袍僧侶和衣著樸素的平民朝向同一個方向行走。所有人表情都嚴肅但堅定，低著頭走路。

「你們要去哪裡？」他問其中一個路過者。

「去佛羅倫斯，追隨偉大領袖。」一個蒼白的商人說，然後繼續前進。

道路很寬，埃齊歐看到另一群人從城裡走過來，顯然要出城。他們也低著頭走路，表情嚴肅又鬱悶。

他們經過時，埃齊歐聽見他們交談的片段，發現這些人自願被放逐。他們推著裝滿東西的推車，或揹著袋子提著行李。他們是難民，不是被薩佛納羅拉下令，就是自己選擇離開家園，因為他們再也無法忍受活在他的統治下。

「要是皮耶羅有他父親十分之一的才幹，我們就不會無家可歸了……」一個人說。

「我們根本不該讓那個瘋子踏進我們城市一步，」另一個人咕噥，「看看他造成的慘狀……」

「我不懂的是為何這麼多人願意接受他的壓迫。」一個婦人說。

「唉，現在任何地方都比佛羅倫斯好，」另一個婦人說，「我們只因為拒絕交出所有財物給他寶貴的聖馬可教會就被趕出來了！」

「是巫術，這是唯一的解釋。連波提切利大師都被薩佛納羅拉蠱惑了……他老了，肯定都快五十歲，或許他想要提高上天堂的機率。」

「焚書，逮捕民眾，沒完沒了的該死的布道！想想佛羅倫斯短短兩年前是什麼樣子……我們是對抗無知的燈塔！結果現在又回到了黑暗時代的泥沼。」

接著有個婦人說的話讓埃齊歐豎起耳朵。

「有時候我希望刺客能回來佛羅倫斯，我們就能擺脫他的暴政了。」

「妳作夢啊！」她朋友回答，「刺客只是神話！是父母用來哄小孩的虛構人物。」

「你錯了——我父親在聖吉米那諾看過他，」第一個婦人嘆道，「但那是很多年前了。」

「是啊，是啊——隨妳怎麼說。」

埃齊歐騎馬擦身而過，心情沉重。但他看到路上有個熟悉的人影走過來迎接，不禁精神一振。

「你好，埃齊歐。」馬基維利招呼。他的臉孔變老了，但因為歲月的痕跡變得更加有趣。

「你好，尼科洛。」

「你選了個好時間回家。」

「你了解我的。哪裡有病，我就想去治好。」

「現在我們肯定需要你的協助，」馬基維利嘆道，「若不使用那個強大古物『蘋果』，薩佛納羅拉肯定無法達到他現在的地位。」他舉起手說。「我知道我們上次分手後你遭遇的所有事。兩年前凱特琳娜從佛里派使者來，最近還有一個帶了威尼斯的皮耶羅寫的信函來。」

「我是來找蘋果的。它脫離我們的掌握太久了。」

「我猜從某種方面來說我們應該感謝那個可怕的吉洛拉莫，」馬基維利說，「至少他沒讓新教皇得手。」

「他試過做什麼嗎？」

「他一直嘗試。謠傳亞歷山大打算把我們親愛的教士逐出教會。反正在這裡也沒什麼差別。」

埃齊歐說，「我們最好馬上開始設法取回蘋果。」

「蘋果？當然好——不過事情可能比你想的更複雜。」

「哈！什麼時候不是？」埃齊歐看著他，「你何不告訴我最新發展？」

「來吧，我們先回城裡。我把知道的一切全部告訴你。簡單地說，法國國王查爾斯八世終於讓佛羅倫斯屈服了。皮耶羅逃走。渴望擴充領土的查爾斯進軍那不勒斯——我搞不懂他們為什麼稱呼他『友善者』——而醜小鴨薩佛納羅拉便趁機填補了權力真空。他就像任何一個獨裁者，完全沒有幽默感，意志堅強，對自己的重要性充滿不可動搖的信心，簡直是最有效率又最難纏的君王。」他停了一下。「改天我要為此寫一本書。」

「而蘋果是他達成目的的手段？」

馬基維利雙手一攤。「只是一部分。我不得不承認，絕大多數是靠他自己的領袖魅力。他不只奴役城市，也包括領導階級中有影響力和權力的人。當然起初有些領主反對他，但現在——」馬基維利表情憂慮。「現在他們都聽從他。曾經遭人人唾棄的對象，突然變成眾所崇拜的人。要是有人不從，他們就被迫離開。如同你今天所見。現在佛羅倫斯議會也壓迫人民，確保那個瘋狂僧侶的意志能夠貫徹。」

「但是正直的平民呢？他們真的完全不反抗嗎？」

馬基維利難過地笑笑。「你跟我一樣很清楚答案，埃齊歐。願意反抗現狀的人很少。所以——只能靠我們幫他們看清這一切了。」

這時兩個刺客來到了城門。如同所有警察，城市武裝衛兵服務的是城邦利益而非道德，他們檢查兩人的文件之後揮手放行，不過埃齊歐發現有另一群衛兵正忙著堆積戴著波吉亞徽章的其他士兵屍體。他指給尼科洛看。

「喔，是啊，」馬基維利說，「我說過，老朋友羅德里哥——我永遠不會習慣稱呼那個混蛋亞歷山大——不斷嘗試。他派兵進入佛羅倫斯，佛羅倫斯再把他們送還，通常是屍塊。」

「所以他不知道蘋果在這裡？」

「他當然知道！我必須承認，這是個不幸的狀況。」

「薩佛納羅拉在哪裡？」

「他在聖馬可修道院統治全市。幾乎足不出戶。感謝上帝，安傑利柯修士沒有活著看到吉洛拉莫修士搬進來那天！」

他們下馬將坐騎牽進馬廄，馬基維利替埃齊歐安排住宿。寶拉的舊妓院被關閉了，其他同業也是。馬基維利解釋。賣春、賭博、跳舞和慶典，全部被薩佛納羅拉禁止。另一方面，義憤殺人和壓迫弱者都無妨。

埃齊歐安頓之後，馬基維利陪他走到聖馬可修道院的宗教建築群。埃齊歐的目光打量著建築物。

「直接攻擊薩佛納羅拉很危險，」他判斷說，「尤其蘋果還在他手上。」

「沒錯，」馬基維利附和，「但有什麼其他選擇？」

「除了那些既得利益的城市領導階級，你相信人民從根本上擁有自由意志嗎？」

「樂觀主義者或許願意賭一賭。」馬基維利說。

「我的意思是，他們並非自願追隨僧侶，而是因為暴力和恐懼吧？」

「除了他的黨羽和政客，沒人會反駁這一點。」

「那麼我提議我們利用這一點。如果我們能讓他的助手閉嘴，煽動群眾的不滿，薩佛納羅拉會分心，我們就有機會出手。」

馬基維利微笑。

「真聰明，應該有個形容詞描述你這種人。我會找狐狸和寶拉商量──對，他們還在這兒，只是他們必須地下化。他們可以幫我們發起暴動，讓你解放各地區。」

「那就這麼說定了。」埃齊歐欲言又止，馬基維利看得出來。他帶他到附近小教堂的安靜走廊上，讓他坐下。

「怎麼了，朋友？」馬基維利問。

「兩件事，但都是私事。」

「說說看。」

「我家的老房子現在怎麼樣了？我不敢去看。」

馬基維利臉上閃過一道陰影。

「親愛的埃齊歐，堅強一點。你的老家還在，但羅倫佐保護它的能力全靠他的權力、他的生命。皮耶羅想延續父親的做法，但他被法國人趕走之後，奧迪托雷宅邸被徵用充當查爾斯的瑞士傭兵軍營。他們去了南方之後，薩佛納羅拉的手下把裡面剩下的財物洗劫一空，封鎖那個地方。振作一點。改天你可以修復它。」

「安妮塔呢？」

「感謝上帝，她逃走了，在蒙特里久尼陪伴令堂。」

「至少這是好消息。」

一陣沉默之後，馬基維利問，「第二件事呢？」

埃齊歐低聲說，「克莉絲汀娜——」

「這個實在難以啟齒，」馬基維利皺眉。「但你必須知道真相。」他停對一下。「我的朋友，她死了。曼菲多不肯離開，他們的許多朋友經過法國人和薩佛納羅拉雙重肆虐後都走了。他相信皮耶羅會發動反攻奪回城市。但僧侶掌權之後不久，有個可怕的夜晚，所有不肯自願交出所有財物，讓僧侶用虛榮之火燒毀所有奢侈品和世俗用品的人，住宅都遭到劫掠然後縱火。」

埃齊歐聽著，強迫自己保持冷靜，不過他的心臟快炸開了。

「薩佛納羅拉的狂熱信徒，」馬基維利繼續說，「強行闖入阿森塔宅邸。曼菲多試圖自衛，但對方人數遠超過他和自家人……而克莉絲汀娜不肯離開他。」馬基維利暫停半晌，忍住自己的淚水。「在混亂中，那些狂熱信徒也殺了她。」

埃齊歐望著面前的白漆牆壁。每個細節，每個裂縫，連爬過的螞蟻，看來全都清晰得可怕。

第27章

我們的希望多麼容易落空，
我們長遠美好的計畫多麼容易失敗，
無知在世界上多麼普遍，
唯有死亡，我們全體的女主人，能判斷。
有人在歌舞爭鬥中度日，
有人把才能投入高雅藝術，
有人嘲弄世上的一切，
有人隱藏感動他們內心的衝動。
無謂的想法與希望，各種擔憂
充斥在這誤入歧途的世界上
化身為各種大自然的傳說；

命運造就反覆無常的心智，
一切事物都短暫虛幻，脆弱易逝，
唯有死亡永遠不變。

埃齊歐放下手中羅倫佐的十四行詩集。克莉絲汀娜之死，讓他更加下定決心要除掉罪魁禍首。他的城市在薩佛納羅拉統治下痛苦夠久了，他的太多同胞已經落入他的魔咒，不順從的人不是因被排擠而轉入地下，就是被迫流亡。該採取行動了。

「許多可能幫助我們的人已經被放逐，」馬基維利向他說明，「但即使薩佛納羅拉在城邦之外的大敵——米蘭公爵和我們的老朋友羅德里哥，亞歷山大六世教皇——都還沒有辦法除掉他。」

「這些營火是怎麼回事？」

「這是最瘋狂的事情。薩佛納羅拉和他的親信組織了一些信徒，挨家挨戶去徵收他們認為道德上可疑的所有東西，化妝品、鏡子，更別說繪畫、書籍也被認定不道德，包括西洋棋和各種遊戲，我的天，還有樂器——什麼都有。如果那個僧侶和信徒認為那些物品不符他們宗教觀點，就拿到領主廣場放在巨大的營火上燒掉。」馬基維利搖頭。「佛羅倫斯的價值觀和美感就這樣逐漸淪喪。」

「但是市民一定開始厭煩這種行為了吧？」

馬基維利神情一亮。「那倒是，這種情感是我們的最佳盟友。我想薩佛納羅拉真心相信最終審判日快到了——唯一的麻煩是，沒有末日跡象，連一開始狂熱相信他的某些人也逐漸信心動搖。不幸的是，很多有影響力和掌權的人仍然毫不懷疑支持他。如果能除掉他們……」

於是埃齊歐積極獵殺驅逐這類支持者的時期開始了，他們確實來自各行各業——有個知名藝術家、一個老兵、一個商人、幾個教士、一個醫師、一個農夫和一兩個上流仕紳，全都狂熱地認同僧侶灌輸給他們的想法。看出他們做法愚蠢的人都死了；其餘人仍對自己信念毫不動搖。

埃齊歐執行這項不愉快的任務時，經常遭受死亡威脅。但很快謠言開始滲透整個城市——半夜聽到的八卦，非法客棧和後巷裡的竊竊私語。刺客回來了。刺客要來拯救佛羅倫斯……

埃齊歐看到他出生、家族立足與傳承的城市被宗教狂熱的仇恨與瘋狂如此糟蹋，實在傷心至極。他狠下心腸擔任死亡使者——像一陣冰冷清新的風，吹淨汙穢的城裡那些讓佛羅倫斯榮光不再的惡棍。照例，他懷著慈悲殺人，因為沒有其他方法能拯救那些墮落如斯、遠離上帝的人。經歷這些黑暗時刻，他對刺客教條的責任感從未動搖。

城裡的整體氣氛逐漸改變，薩佛納羅拉發現他的支持度減弱，同時馬基維利、狐狸和寶拉加上埃齊歐合力發起暴動，方針是一套緩慢但有力的民智啟蒙過程。

埃齊歐最後的「目標」是個欺詐的傳教師，埃齊歐找到他的時候他正在向聖靈教堂前的一群民眾說教。

「佛羅倫斯的人們！過來！靠過來。仔細聽我說！末日近了！現在正是懺悔的時候！乞求上帝原諒。聽我說，如果你不懂自己遭遇了什麼事。我們周圍到處有跡象：不安！饑荒！疾病！腐敗！這些都是黑暗的預兆！我們必須堅定信仰的立場以免被吞噬！」他用火熱的眼神掃視群眾。「我知道你們懷疑，認為我瘋了。啊……但是羅馬人不也說耶穌瘋了？要知道我也曾經跟你們一樣不確定，一樣恐懼。但那是在薩佛納羅拉來找我之前。他告訴了我真理！終於，我的眼睛開了。於是今天我站到各位面前，希望我或許也能讓你們覺醒！」

傳教師停頓一下喘口氣。「要了解，我們正在危急關頭。一邊，是光明榮耀的神之國度。另一邊——絕望的無底深淵！你們已經在邊緣危險地搖晃。像你們曾經稱作主人的美第奇和其他家族只尋求世俗的財貨和利益。他們為了物質享受拋棄信仰，他們也希望你們都這麼做。」他又暫停，這次是為了製造效果，再繼續說：「我們明智的先知說過，『柏拉圖和亞里斯多德給我們的唯一好東西，就是他們提了出許多我們可以用來對抗異端的論點。但他們和其餘哲學家都在地獄裡了。』如果你重視不朽的靈魂，就會離開這條邪惡的道路，擁抱我們先知薩佛納羅拉的教誨。然後你的身心都能淨化——你會發現上帝的榮光！最後，你會變成造物主所期盼的樣子：忠實又順從的僕人！」

但是聆聽的人群失去興趣，最後幾個人也走掉了。埃齊歐上前向欺詐的傳教師說。

「我發現，」他說，「你的心智並未被迷惑。」

傳教師大笑道。「不是所有人都需要說服或脅迫才會相信。我已經相信了。我所說的全都出自肺腑！」

「萬物皆空，」埃齊歐回答，「我現在這麼做並不容易。」他彈出袖劍刺殺傳教師。

「安息吧，」他說。他轉身離開，拉上兜帽遮頭。

這是條漫長辛苦的道路，但因為佛羅倫斯的經濟力量衰退，到頭來薩佛納羅拉無意間幫助了刺客們：僧侶鄙視讓這座城市偉大的商業力量、不屑於賺錢。但是審判日還是沒有來。反而有個自由派的方濟會修士挑戰薩佛納羅拉一起接受火審[8]。僧侶拒絕接受，權威再度受到重創。

8 古代神明裁判的方式之一，要求被告人用手拿一塊燒紅的烙鐵，或者蒙眼赤腳從燒紅的金屬上走過，如果被告人燙傷表示他有罪，反之則無罪。

到了一四九七年五月初，城裡許多年輕人遊行抗議，演變成暴動。事後，地下客棧開始重新營業，人們開始唱歌跳舞、賭博嫖妓。起初速度很慢，但商家和銀行也重新開張，被放逐者回到城裡那些已脫離僧侶統治的自由區。這一切都不是一夜之間發生的，但最後暴動發生將近一週年時，薩佛納羅拉還是頑強地抓緊權力，垮臺的時刻似乎快到了。

「你做得很好，埃齊歐。」他們和狐狸、馬基維利在聖馬可修道院大門前，加上從自由區湧來的大批期待又不滿的群眾一起等待時，寶拉告訴他。

「謝謝。但現在會怎樣呢？」

「我們等著看。」馬基維利說。

他們頭頂上一道門打開，有個瘦削黑衣人影出現在陽臺上。僧侶向聚集的人群大喊。

「安靜！」他下令，「給我安靜點！」

人群雖然驚訝，仍然安靜下來。

「你們來做什麼？」薩佛納羅拉問道，「為什麼打擾我？你們應該在自己家裡打掃才對！」

但是群眾怒吼反駁。「打掃什麼？」其中一人大喊，「所有東西已經被你拿走了！」

「我手下留情了！」薩佛納羅拉回應，「但現在你們得聽我命令！給我解散！」

他從長袍中掏出蘋果高高舉起。埃齊歐看到他的手少了一根指頭。蘋果立刻開始發光，群眾退後驚叫。但馬基維利保持冷靜，站穩腳步毫不猶豫地擲出飛刀，射穿僧侶的前臂。薩佛納羅拉疼痛又憤怒地慘叫一聲，放開蘋果，蘋果從陽臺上掉進下方的人群裡。

「不——！」他大喊。但突然間他整個人似乎委靡了不少，神態既尷尬又可悲。這對暴民來說已經足夠。眾人協力衝撞聖馬可修道院的大門。

「快點，埃齊歐，」狐狸說，「找到蘋果。一定不遠。」

埃齊歐看得到它在群眾的腳下滾動，沒人注意。他鑽進人群中，被重重撞了幾下，但終於拿到了蘋果。他趕緊放進安全的腰包裡。

這時聖馬可的大門開著——可能裡面的某些黨羽認為明哲保身為妙，接受無可避免之事，想拯救他們的教堂、修院和自己的性命。其中也有不少人已經受夠了這個僧侶的暴政。人群衝進大門，重新集結，幾分鐘後，肩上扛著正在踢腿吼叫的薩佛納羅拉。

「帶他去領主廣場，」馬基維利下令，「讓他在那邊接受審判！」

「蠢貨！褻瀆者！」薩佛納羅拉大叫，「上帝會見證這場褻瀆！你們竟敢如此對待祂的先知！」他的聲音被群眾的怒吼淹沒了一大半，嚇得臉色蒼白。他打起精神，因為他知道這是最後賭一把的機會。「異端！你們都會下地獄受火刑！聽見了沒有？火刑！」

埃齊歐和刺客同伴們跟隨扛著僧侶的人群離開，仍然混雜著乞求和威脅的聲音。

「上帝之劍很快就會落在地球上！」

「放開我，只有我能救你們免於上帝之怒！孩子們，趁還來得及聽我說！真正的救贖只有一個，你們卻為了物質利益背棄這條路！如果你們不再聽我的，全佛羅倫斯都會見識上帝之怒——這個城市會像索多瑪和蛾摩拉一樣毀滅，因為祂知道你們背叛。上帝啊，救我！我被一萬個猶大抓住了！」

埃齊歐聽見一個扛著僧侶的民眾說，「喂，胡言亂語夠了吧。自從你來了以後，你灌輸的只有苦難和仇恨！」

「僧侶，你腦中或許有上帝，」另一人說，「但你心裡肯定沒有。」

這時他們走近領主廣場，其餘群眾發出勝利的叫聲。

「我們受夠了！我們要恢復自由！」

「生命之光會回到我們的城市！」

「我們必須懲罰叛徒！他才是真正的異端！他為了私利扭曲了上帝的話！」一個婦女喊。

「宗教暴政的桎梏終於打破了，」另一個歡呼，「薩佛納羅拉終於要受懲罰了。」

「真理照亮我們，恐懼就不見了！」第三個大叫，「僧侶，你再也無法發號施令了！」

「你宣稱是神的先知，但你的話黑暗又殘酷。你說我們是惡魔的傀儡——我想，或許真正的傀儡是你！」

埃齊歐和朋友們不需要進一步介入——這股呼喊自由的力量會替他們完成剩下的工作。城市的領導階級亟欲自保並且抓回權力，紛紛走出領主宮表示他們的支持。一座高臺架好，上面三根木樁周圍堆積了大量柴火，同時薩佛納羅拉和兩個最忠心的副手被拖進領主宮進行了短暫又野蠻的審判。因為他毫無慈悲，也沒人會對他慈悲。他們很快戴著枷鎖重新出現，被帶到木樁前，綁了上去。

「喔我的天主，憐憫我，」薩佛納羅拉出聲祈求，「帶我脫離邪惡的懷抱！雖然我被罪惡包圍，我向您祈求救贖！」

「你們曾經想燒死我，」有個男子揶揄，「現在風水輪流轉了！」

劊子手點燃木樁周圍的柴火。埃齊歐看著，想起多年前同樣在這裡死去的家人。

「我心苦痛，」火焰開始燃燒時，薩佛納羅拉痛苦地大聲禱告，「無人幫助……我違背了天地間的律法。我能何去何從？我能向誰求助？誰會同情我？我不敢仰望天國，因為我罪孽深重。我在世上無處容身，我已成為世人笑柄……」

埃齊歐上前，盡量靠近。雖然薩佛納羅拉引發了如此災禍，但沒有人應該死得如此痛苦。他從皮囊拿出手槍裝在右臂的機關上。這一刻，薩佛納羅拉發現了他，半恐懼半期望地緊盯不放。

「是你，」他在火焰怒吼中抬高音量說，但此時兩人更像以另一種無形的方式溝通。「我知道遲早有這一天。弟兄，請表現我沒有給你的同情。是我把你推入了狼犬之中。」

埃齊歐舉起手臂。「永別了，神父。」他說，然後開槍。在火焰周圍的混亂吵鬧中，沒人發現他的動作與槍聲。薩佛納羅拉的頭垂到胸前。

「平靜地去吧，你的上帝會審判你，」埃齊歐低聲說，「安息吧。」

他看向另外兩個親信僧侶，多梅尼克和席維斯托，但他們已經死了，爆裂的內臟流到外面嘶嘶的火焰中。

焦肉的臭味瀰漫每個人的鼻腔。群眾開始冷靜下來。不久，除了繼續燃燒的火焰劈啪聲之外幾乎沒有噪音。

埃齊歐退離柴火堆。站在一小段距離外，他看到馬基維利、寶拉和狐狸望著他。馬基維利對上他的目光，作個鼓勵的小手勢。埃齊歐知道他該怎麼做。他爬上遠離火堆的高臺末端，所有人都看著他。

「佛羅倫斯的市民們！」他用響亮的聲音說。「二十二年前，我站在現在這個位置，看著我的家人死去，被我認定的朋友背叛。復仇蒙蔽了我的心智。要不是一些陌生人的智慧，這原本可能吞噬我，他們教我克服並超越本能。他們從不給予答案，而是指引我自己學習。」埃齊歐看到叔叔馬力歐也加入了刺客夥伴中，微笑舉手打招呼。「朋友們，」他繼續說，「我們不需要任何人教我們怎麼做。不要薩佛納羅拉，不要帕奇家，甚至不要美第奇家。我們可以自由地走自己的路。」他暫停一下，「有些人想要奪走我們的自由，而你們太多人——唉，我們太多人——樂意放棄。但我們有權力選擇——選擇我們認定正確的事物——行使這份權力才讓我們像個人。沒有任何書本或教誨能給我們答案，指點我們道路。所以——選你自己的路吧！不要追隨我或任何人！」

他暗自微笑著發現某些領主顯得多麼不安。或許人類永遠不會改變，但是推一把也無妨。他跳下臺，拉起兜帽蓋住頭，走出廣場，經過沿著領主宮北牆、印象中走過兩次的街道，消失在眾人視野外。

在無可避免的最終對決之前，埃齊歐展開生平最後一次漫長辛苦的追尋。有馬基維利在身邊，他指派來自佛羅倫斯和威尼斯的刺客教團夥伴們，走遍整個義大利半島，遠近奔波，帶著吉洛拉莫的地圖，辛苦地收集剩餘散佚的古代抄本內頁；翻遍了皮德蒙、特倫特、利古里亞、恩布里亞、維內托、弗留利、隆巴底各省；艾米利亞-羅馬涅、馬切、托斯卡尼、拉齊奧、阿布魯佐；莫利塞，阿普利亞，坎帕尼亞和巴斯利卡塔地區；甚至危險的卡拉布里亞。

他們或許花了太多時間在卡布里島，越過第勒尼安海到綁匪之鄉薩丁尼亞，以及邪惡的幫派之島西西里。他們造訪君王和公爵，他們與途中遭遇的聖殿騎士團戰鬥；但最終他們獲勝了。

他們在蒙特里久尼重新集結。花了漫長的五年，這時亞歷山大六世羅德里哥•波吉亞已經老了，但還很健壯，也仍是羅馬教皇。聖殿騎士團的勢力雖然減弱，仍是一大威脅。

還有很多事必須做。

第28章

一五〇三年八月初的某個早上，時年四十四歲的埃齊歐雙鬢已經斑白，但鬍鬚仍是深栗色，他被叔叔叫去在蒙特里久尼城堡的書房裡，和已經在場的其餘刺客會合。寶拉、馬基維利、狐狸、泰朵拉、安東尼奧和巴托羅繆都來了。

「時候到了，埃齊歐，」馬力歐莊嚴地說，「我們握有蘋果，現在所有失落的古代抄本內頁也收集齊全。讓我們完成你和我的兄長，令尊，多年前開始的事……或許我們終於可以看懂埋藏在古代抄本裡的預言，然後永遠打破聖殿騎士團難以動搖的力量。」

「那麼，叔父，我們最好從找到地室開始。你們重新組合的古代抄本內頁應該能帶我們找到。」

馬力歐推開書櫃，露出懸掛著現已完整的古代抄本那面牆壁。蘋果放在它旁邊的架子上。

「這是內頁互相連結的方式，」他們觀看複雜的設計時馬力歐說，「似乎顯示一幅世界地圖，但比我們已知的世界更大，西方和南方有我們不知道的大陸。但我相信它們存在。」

「還有其他的要素，」馬基維利說，「左邊這裡，你可以看到顯然是手杖的輪廓痕跡，其實可能是教皇權杖。右邊描繪的顯然是蘋果。在各頁中央我們現在可以看到十幾個點，標記模式的意義仍不清楚。」

他說話時，蘋果開始自行發光，最後閃爍出刺眼的光芒，照亮了古代抄本內頁，似乎要吞沒他們。然後它恢復黯淡中性的狀態。

「在這時候——它怎麼會這樣？」

埃齊歐問，希望李奧納多能在場解釋，或至少推測。即使埃齊歐不知道它是什麼，仍努力回想老朋友對這個怪機器的奇特性質說過什麼——這簡直就像生物而非機器。但某種本能叫他相信它。

「另一個待解之謎，」狐狸說。

「這地圖怎麼可能是真的？」寶拉問，「未發現的大陸……！」

「或許大陸是等著被重新發現。」埃齊歐以敬畏的語氣暗示。

「怎麼可能？」泰朵拉說。

馬基維利回答，「或許地室裡有答案。」

「現在我們看得出它在哪裡嗎？」永遠務實的安東尼奧問。

「來看看……」埃齊歐檢視古代抄本說，「如果我們沿著這些點連起來的線……」他照做。「看，線會聚合在一個地點！」

他退後。「不！不可能！地室！看起來好像在羅馬！」他看看聚集的同伴，他們看出了他的下一個想法。

「這就解釋了羅德里哥為何急著當上教皇，」馬力歐說，「他統治了教廷十一年，但他仍然無法解開它最深層的祕密，他顯然一定知道就在他腳下了。」

「難怪！」馬基維利說，「從某方面來說不得不佩服他。他不只設法找到了地室，也當上教皇控制了權杖！」

「權杖？」泰朵拉說。

馬力歐說：「古抄本一直提到兩個『伊甸的碎片』——也就是兩把鑰匙。一個——」他轉移目光看它，「——是蘋果。」

「另一個就是教皇權杖！」埃齊歐恍然大悟喊道，「教皇權杖是第二個『伊甸的碎片』！」

「正是。」馬基維利說。

「我的天，你說得對！」馬力歐叔叔也喊道。他突然嚴肅起來。「這麼多年，幾十年了，我們一直在找這些答案。」

「現在我們知道了。」寶拉補充。

「但是，西班牙人可能也知道，」安東尼奧插嘴，「我們不確定外面沒有古代抄本的副本——我們不知道，即使他自己的收藏不完整，仍然可能有足夠資料去……」

他停下來。「若是如此，如果他找到方法進入地室……」他壓低音量。「裡面的東西會讓蘋果顯得微不足道。」

「兩把鑰匙，」馬力歐提醒他們。「地室需要兩把鑰匙才能打開。」

「但我們不能冒險，」埃齊歐急切地說，「我必須立刻趕到羅馬找到地室！」

沒有人反對。埃齊歐輪流看向他們。

「你們其餘的人呢？」

迄今保持沉默的巴托羅繆開口，不像平常那麼虛張聲勢：「我就做我最擅長的——在永恆之城裡惹些麻煩，製造騷動，引開注意力讓你能順利做事。」

「我們都會盡力幫你清除障礙，朋友。」馬基維利說。

「姪兒，準備好了就告訴我，我們都會支援你，」馬力歐說，「一即是全，全即是一！」

「謝謝，朋友們，」埃齊歐說，「我知道需要的時候你們都會在。但是讓我承擔最後一趟追尋吧——只有一條魚比較容易逃過大網子，聖殿騎士團一定會提高警覺。」

他們很快做好準備，月中過後不久，埃齊歐帶著寶貴的蘋果，搭船抵達羅馬臺伯河上靠近聖天使堡的碼頭。

他做好了一切預防措施，但不知為何，或許是羅德里哥無所不在的間諜太機靈，他來到的消息馬上走漏，埃齊歐在碼頭遭遇一群波吉亞的衛兵。他必須殺出血路到波爾哥祕道，亦即連接城堡與梵諦岡的半哩長高架通道。

時間緊迫，現在羅德里哥一定知道他來了，埃齊歐判斷快速精準的攻擊是唯一的選擇。他像隻山貓跳上一輛載著桶子離開碼頭的牛車布罩上，在最高的桶子上借力跳到懸空的門架上。

衛兵們目瞪口呆看著他從門架上躍起——斗篷在背後飛舞。他拔出匕首，殺了騎馬的波吉亞士官，把他打下馬。整個過程快到其他衛兵們來不及拔劍。埃齊歐頭也不回地騎馬沿著街道離去，波吉亞的衛兵根本追不上。

抵達目的地時，埃齊歐發現他必須進入的門對騎士而言太矮太窄，於是他下馬步行前進，俐落地出劍解決了兩個看門衛兵。即使累積多年經驗，埃齊歐仍訓練不懈，現在正值戰力的巔峰——他是教團的頂尖刺客大師。

進門後他發現來到一個狹窄庭院，對面又有另一道門。似乎沒人看守，但他走近側面應該是開門用的拉柄時，頭上的城牆發出一個叫聲：「阻止入侵者！」

他看看背後，發現他剛走進來的門猛力關上。他被困在狹窄的密室裡了！

弓兵在上方列隊準備射擊時，他用全身重量壓到控制第二道門的拉柄上，及時衝過門檻讓箭雨射中他背後的地面。

現在他進入了梵諦岡。像貓一般悄悄走過迷宮似的走道，每當有一丁點衛兵經過的跡象就躲進陰影中，因為他不能陷入打鬥暴露自己的位置，最後他終於來到西斯汀禮拜堂的大洞穴中。

西斯汀禮拜堂乃建築師巴奇歐•龐泰利的傑作，專為刺客的宿敵西斯都四世教皇建造，廿年前完工。此處點著的許多蠟燭只能勉強穿透黑暗。

埃齊歐認得出吉蘭戴歐、波提切利、佩魯吉諾和羅塞里的壁畫，但天花板的大圓頂還沒有裝飾。

他從一扇修繕中的彩繪玻璃窗進入，站在俯瞰大廳的內部斜面牆上。下方，亞歷山大六世身穿全套華麗的服裝，正在主持彌撒，誦讀聖喬凡尼（約翰）福音。

「太初之時有道，而道與神同在，神就是道。道就是神。萬物都是藉著祂造的，沒有祂就空無一物，為什麼呢……祂就是生命；而生命是人類之光。光在黑暗中照耀；黑暗無法理解它。有個上帝派來的人，名叫約翰。他來作見證，見證光明，大家透過他就會相信。他不是光明本身，而是派來見證光明的。那是真正的光明，照亮每個來到這世界的人。他在這個世界上，全世界都由他創造，世界卻不認識他。他降臨自己的萬物，而萬物不接受他。但只要接受他的人，他給他們力量成為神的子女，包括那些相信他名字的人：不是出自血緣，不是出自肉欲，也不是出自人的意志，而是神的旨意。道成了肉身，活在我們之間，而我們注視他的榮光，天父的獨生子的榮光，充滿了恩典與真理……」

埃齊歐一路看到儀式尾聲，聽眾開始散去，只留下教皇、樞機主教和助祭神父。

西班牙人知道埃齊歐在這裡嗎？他計畫了某種對決嗎？

埃齊歐不知道，但他看得出這是大好機會替世界除掉最危險的聖殿騎士。他準備好，從牆上飛撲而下，以完美蹲姿落在教皇身邊，隨即躍起，趁他和隨從們來不及反應或喊叫時，猛力把他的袖劍刺進亞歷山大健壯的身體。教皇無聲跌落在埃齊歐腳邊，躺著不動。

埃齊歐站著俯瞰他，氣喘吁吁。

「我以為……我以為我超越了這些。我以為我能看破仇恨。但我不能。我只是凡人。我等了太久，失去太多……你就是這世上為了所有人好必須割除的膿瘡——安息吧，不幸的人。」

他轉身欲離開，但這時奇怪的事發生了。西班牙人的手握緊他拿的權杖。它立刻發出耀眼的白光，同時禮拜堂的整個大洞穴似乎在不斷旋轉。西班牙人冷酷的深藍色眼睛猛然睜開。

「可悲的廢物，我還沒準備好安息呢。」西班牙人說。一道強烈的閃光，助祭神父、樞機主教和還在禮拜堂內的其餘民眾一起倒地，痛苦地喊叫，同時怪異微細的半透明光線，像煙霧般捲曲地從他們身體冒出來，飄進站著的教皇緊緊握住的發光權杖裡。

埃齊歐跑向他，但西班牙人大吼，「刺客，你休想！」往他揮出權杖。它發出像閃電的怪異爆裂聲，埃齊歐感覺自己被丟過禮拜堂，飛越呻吟蠕動的人群上方。祭壇邊的羅德里哥・波吉亞用權杖輕快地敲擊地面，更多煙霧狀能量從不幸的人群流入權杖——和他身上。

埃齊歐站起來再次面對他的宿敵。

「你是惡魔！」羅德里哥大叫，「你怎麼可能抵擋？」然後他低頭看見埃齊歐的腰包，蘋果還在裡面，正發出亮光。

「我懂了！」羅德里哥說，眼睛像燒紅的煤炭發亮。「你有蘋果！太巧了！馬上交出來！」

「你去死吧！」

羅德里哥大笑。「如此粗鄙！但永遠是鬥士！就像你父親。開心點吧，孩子，因為你很快就要見到他了！」

他再度揮杖，杖上的鉤子打中埃齊歐左手背的傷疤。一股震波流過埃齊歐的血管，他蹣跚後退，但沒跌倒。

「你會交出來的。」羅德里哥逼近罵道。

埃齊歐飛快地思考。他知道蘋果能做什麼，他必須冒險，否則就死定了。

「就聽你的。」他回答。他從腰包掏出蘋果高舉起來，它發出強光，整個挑高的禮拜堂霎時間宛如被陽光照亮。

昏暗的燭光恢復時，羅德里哥看到八個埃齊歐排列在面前。

但他不為所動。「它能複製你！」他說，「真了不起。很難分辨哪個是真正的你，哪個是分身——但如果你以為這種廉價把戲救得了你，那就錯了！」

羅德里哥向複製人揮杖，每當他打中一個，它就化成一團煙霧消失。分身埃齊歐走來走去作勢佯攻，撲向表情焦躁的羅德里哥，但他們只能干擾、無法傷害西班牙人。只有真正的埃齊歐能發出攻擊——但都被閃過，這就是權杖的力量，他無法接近邪惡教皇。

但埃齊歐很快發現戰鬥削弱了羅德里哥的力氣。等七個分身全消滅時，可惡的教皇已經累得上氣不接下氣。

瘋狂帶給肉體無與倫比的力量，但即使擁有權杖，羅德里哥畢竟是個七十二歲的胖老頭，還患了梅毒。埃齊歐把蘋果收回腰包裡。

與幻影戰鬥之後，教皇呼吸困難地跪倒在地。

埃齊歐幾乎同樣喘息著走到教皇旁邊，因為分身必定也是靠他的力氣動作。

羅德里哥抬頭看向埃齊歐，抓緊權杖。「你休想從我手上搶走。」

「已經結束了，羅德里哥。放下權杖，我會讓你死得痛快。」

「好大方啊，」羅德里哥冷笑，「如果立場調換，我懷疑你會不會這麼軟弱地放棄？」

教皇鼓起餘力，猛然站起來，同時用杖尾猛敲地面。

在他們外圍的昏暗中，教士和群眾又呻吟起來，權杖新的能量射向埃齊歐，如大鐵鎚般把他打飛出去。

「怎麼樣？」教皇邪笑道。他走向躺著喘氣的埃齊歐。埃齊歐想再拿出蘋果，但羅德里哥用靴子踩住他的手，蘋果滾到一旁。波吉亞彎下腰撿起來。

「終於！」他微笑說，「現在……只要處理掉你！」

他舉起手，掌中的蘋果發出邪惡的光芒。埃齊歐宛如被冰凍住，無法動彈。教皇憤怒地俯身，但看見對手完全在掌握中，他的表情平靜下來。他從長袍拔出一把短劍，看著精疲力盡的敵人，故意刺進他腰側，一臉同情混雜著輕蔑。

傷口的疼痛似乎減弱了蘋果的威力。埃齊歐俯臥著，在疼痛的朦朧中看著自認安全的羅德里哥轉身，面向波提切利的〈基督的誘惑〉壁畫。他站在畫前，舉起權杖。杖上發出廣大的能量包圍壁畫，畫的一部分打開露出一道暗門。

羅德里哥得意地回頭看倒地的敵人最後一眼，然後走進去。埃齊歐無助地看著門在教皇背後關上，昏迷之前只有時間記住門的位置。

不知道已經過了多久，埃齊歐醒來。但燃燒著的蠟燭長度變短了不少，地上的人群也不見了。他發現自己雖然倒在血泊中，但羅德里哥造成的劍傷並未觸及致命器官。

他搖搖晃晃起身，倚著牆支撐身子，規律地深呼吸直到腦子清醒過來。他用自己上衣撕下的布條止住血，準備好古代抄本武器——左臂的雙刃匕首，右臂的毒劍——走近波提切利的壁畫。

他記得暗門隱藏在畫中，右手邊，背著一擔柴火準備獻祭的婦人。他走近仔細檢視畫面，直到他找到幾乎看不見的輪廓。他仔細看著婦女左右兩邊的畫面細節。她腳邊有個小孩舉起右手，在這隻手的指尖埃齊歐發現了開門的按鈕。門打開，他溜進去，毫不驚訝門在他背後立刻關上。反正他現在無論如何不會想打退堂鼓。

他發現自己來到看似地下墓穴的走廊，但當他小心謹慎地前進時，粗糙牆壁和泥土地變成了宮殿般平滑的石頭和大理石地板，而且牆壁發出蒼白、不自然的光線。

他因負傷而虛弱，但仍強迫自己繼續前進。他對這一切看得入迷，驚嘆壓過了恐懼，不過仍保持警戒，因為他知道波吉亞也走過這段路。

走道通往一個大房間。牆壁像玻璃般光滑，發出他剛才看過的藍色虹光，只是這裡更亮。房間中央有個臺座，放在上面的顯然正是蘋果和權杖。

房間後方的牆壁上鑽了幾百個均勻分布的洞，西班牙人站在牆邊，焦急地在牆上又按又戳，渾然不覺埃齊歐來了。

「打開，該死，快打開！」他洩氣又憤怒地喊。

埃齊歐上前。「結束了，羅德里哥，」他說，「放棄吧。這已經沒有意義了。」

羅德里哥轉身面對他。

「不玩花樣，」埃齊歐說，彈出自己的匕首放下來。「不靠古物。不用武器。現在……來看看你有多少本事，老頭。」

羅德里哥凶惡殘破的臉上緩緩浮現微笑。「好吧——如果你想這麼玩。」

他脫下厚重的外袍，只剩上衣和緊身褲。肥胖但結實有力的身體閃現微小的電光——從權杖得來的力量。

他上前揮出第一拳——凶悍的上鉤拳擊中埃齊歐的下巴讓他後退。「你父親為何不肯見好就收呢？」羅德里哥哀傷地問，一面抬腳猛踢埃齊歐的肚子。「他一直窮追不捨……你跟他一模一樣。你們刺客都像打不完的蚊子。我二十七年前就祈求上帝讓那個白痴亞伯提把你和家人一起吊死。」

「邪惡的不是我們而是你們，聖殿騎士團，」埃齊歐重新站起，吐出一顆牙齒。「你以為民眾可以任你玩弄，隨你處置。」

「但是，親愛的朋友，」羅德里哥一拳擊中埃齊歐肋骨下方，「這就是他們存在的目的，用來統治和利用的渣滓。向來如此，也永遠會是如此。」

「退下吧，」埃齊歐喘息說，「這場打鬥不重要，還有更重要的事等著我們。但先告訴我，你進了那面牆裡的地室後想要怎樣？你不是已經擁有所需的一切權力了嗎？」

羅德里哥表情驚訝。

「你不知道裡面有什麼嗎？偉大又強盛的刺客教團還沒想出來？」

他熱切的口氣讓埃齊歐停下動作。「你在說什麼？」

羅德里哥眼神發亮。

「是上帝！上帝住在這間地室裡！」

埃齊歐震驚得一時無法回答。他知道他正面對一個危險的瘋子。「聽著，你真的想要我相信上帝住在梵諦岡地下？」

「哼，這個位置不是比雲端上的王國——被唱歌的天使圍繞更合理一點嗎？營造的形象很可愛，但是真相有趣多了。」

「上帝在這裡幹什麼？」

「祂等著被釋放。」

埃齊歐喘一口氣。

「假設我相信你好了——如果你成功打開那道門，你想祂會怎麼做？」

羅德里哥微笑。「我不在乎。我追求的肯定不是祂的讚賞——只要祂的力量！」

「你想祂會交給你嗎？」

「不論那道牆後是什麼，絕不可能抵擋權杖和蘋果加起來的力量。」羅德里哥停一下。「這些是用來感受眾神的——不管屬於哪個宗教。」

「但是我們的上帝應該是全知全能的。你真的認為憑一、兩件古物就能傷害祂？」

羅德里哥露出優越的微笑。「你什麼也不懂，小子。你的造物主形象來自古書——別忘了，書是凡人寫的。」

「但你是教皇啊！你怎麼能忽視基督教最核心的文本？」

羅德里哥大笑。

「你真的這麼天真？我當教皇是因為這個地位給我方便，給我權力！你以為我相信那本荒謬聖經上的任何一個字嗎？那全是謊言和迷信。就像人類學會寫字之後寫過的其他每一種宗教經典！」

「有些人會很樂意因為段話而殺了你。」

「或許吧。但我可不會因此失眠。」他頓一下。「埃齊歐，我們聖殿騎士團了解人性，所以我們才這麼鄙視它！」

埃齊歐啞口無言，但他繼續聽教皇的胡言亂語。

「等我在這裡的事辦完，」羅德里哥說，「第一個正式命令將是解散教會，讓世人終於被迫為自己的行為負起責任，然後受適當的審判！」他的臉色變得喜悅。「那就太美好了，聖殿騎士的新世界——由理性和秩序主導……」

「你的人生充滿了暴力與不道德，」埃齊歐打斷，「怎麼還有臉大談理性和秩序？」

「喔，我知道我並不完美，埃齊歐，」教皇假笑說，「我也不假裝完美。但你知道的，遵守道德可沒有獎勵。能拿什麼就拿，並且不擇手段地牢牢抓緊。畢竟，」他攤開雙手，「人生只有一次！」

「如果人人照你的方式過活，」埃齊歐大驚失色，「全世界會被瘋狂吞噬。」

「沒錯！早已經如此了！」羅德里哥伸出手指指著他，「你上歷史課都在睡覺嗎？短短幾百年前，我們的祖先還活在屎尿和泥沼中，被無知與宗教狂熱吞噬——看到陰影就嚇得半死，畏懼所有東西。」

「但我們早已脫離那個時代，變得更聰明又堅強。」

羅德里哥又大笑起來。

「這真是愉快的美夢啊！但是看看周圍吧。你也經歷過這個現實，流血、暴力、貧富鴻溝——而且只會越來越大。」他盯著埃齊歐的眼睛。「永遠不會有平等。我接受了這一點。你最好也是。」

「絕不可能！刺客永遠會為了人類的進步而戰。或許最終無法達成烏托邦、人間天堂，但只要一直努力，我們會脫離泥沼前進。」

羅德里哥嘆道。「單純得多麼幸福！請原諒我已經厭倦了等待人類覺醒。我老了，我看過很多，現在我沒多少年可活了。」他忽然想起什麼，露出不懷好意的笑容。「不過誰曉得呢？或許地室會改變這一點，嗯？」

正當此時蘋果突然開始發光，越來越亮，直到光芒充滿室內，炫目得無法直視。教皇跪倒。埃齊歐遮著眼睛，看到古代抄本的地圖影像被投射在布滿破洞的牆上。他上前抓住教皇權杖。

「不！」羅德里哥大喊，爪子般的雙手徒勞地在空中亂抓，「不行！不行！這是我的命運。我的！我才是先知！」

在大澈大悟的可怕時刻，埃齊歐發現多年前在威尼斯，他的刺客夥伴已經看出自己拒絕承認的事。

先知確實在場，在這房間裡，而且正要實現他的命運。

他幾乎同情地看著羅德里哥，「你從來不是先知，」他說，「只是自欺的可憐人。」

教皇倒回地上，又老又胖又可悲。接著他堅決地說。「失敗的代價就是死。至少給我一點尊嚴。」

埃齊歐看著他搖搖頭。

「不行，老笨蛋。殺了你無法讓我爸、費德里科、佩楚丘、或任何其餘反對你或追隨你的死者復活。至於我自己，我厭倦殺人了。」他盯著教皇的眼睛，這時似乎顯得混濁、恐懼又蒼老；不再是他敵人那個明亮銳利的眼神。

「萬物皆空，」埃齊歐說，「諸行皆可。該是你找到自我平靜的時候了。」

他轉身離開羅德里哥，往牆上舉起權杖，按照投影地圖的指示把它的末端壓進牆上的一連串洞口。

他這麼做的同時，出現一道大門的輪廓。

當埃齊歐觸及最後的洞口，門打開了。

裡面露出一條寬敞的走道，玻璃牆面鑲崁著岩石、大理石和銅質的古代雕刻，許多房間放著石棺，各自標示著符號字母，埃齊歐發現自己看得懂——都是羅馬古代神祇的名字，但石棺全部密封著。

穿過走道時，埃齊歐對建築與裝飾的陌生大吃一驚，它似乎怪異地融合了遠古與當今時代的風格，還有他不認得的形狀和形式，但他的本能暗示這一切可能屬於遙遠的未來。沿著牆面有些古代事件的浮雕，似乎不僅顯示人類的進化，還包括引導的外力。

牆上浮雕描繪的許多形狀在埃齊歐看來像人類，只是他不認得造型和服裝。他也看到其他形式，不知道它們是雕刻、繪畫或是他通過的空氣的一部分——森林沉入海中，人猿，蘋果，蕨類，男人與女人，裹屍布，劍，金字塔與巨像，廟塔與神像，海底航行的船，似乎傳達各種知識、各種通訊的怪異發光屏幕……

其中埃齊歐不只認出蘋果和權杖，還有一把巨劍，基督的裹屍布，全部由人形輪廓但又不是人類的生物拿著。他認出一幅早期文明的描繪。

最後，在地室深處，他發現一副巨大的花崗岩石棺。埃齊歐走近時它開始發光，像歡迎的燈號。

他觸摸巨大的棺蓋，它嘶嘶作響升起，輕如羽毛，彷彿黏在他手指上，然後滑開。從石棺中發出美妙的黃光——像太陽般溫暖宜人。埃齊歐伸手遮著眼睛。

這時，從石棺中浮起一個埃齊歐看不清五官的人形，但他知道他看到的是女性。她用明亮變幻的眼神看著埃齊歐，也發出了聲音——起初像鳥類的顫音，後來變成他自己的語言。

埃齊歐看到她戴著頭盔。肩上站著一隻貓頭鷹。他低下頭。

「你好，先知，」女神說，「我等了你一千萬個季節。」

埃齊歐不敢抬頭看。

「你能來真是太好了，」幻影繼續說，「而且你帶來了蘋果。讓我看看。」

埃齊歐謙卑地拿出來。

「啊。」她的手撫摸蘋果上的空氣但沒有碰觸它。它發出規律的閃爍。

她凝視著他的眼睛。「我們必須談談。」她側著頭，像在考慮什麼，埃齊歐好像看到彩虹般的臉上出現一抹微笑。

「妳是誰？」他大膽發問。

她嘆道。「喔——很多名字……我死的時候，叫做密涅瓦。之前，是梅瓦和美拉……隨著時代不斷改變……看！」她指著埃齊歐經過的一排石棺。然後她輪流指著每一副，石棺各自發出蒼白的月光。「還有我的家人……朱諾，以前叫做烏妮……朱彼特，以前叫做提尼亞……」

埃齊歐嚇呆了。「你們是古代的眾神……」

遠處傳來好像玻璃打破的聲音，或流星可能發出的聲音——是她的笑聲。

「不——不是神。我們只是……曾經來過。即使是我們在這裡活動的時代，你們的同類也很難理解我們的存在。我們的時代……比較先進……你們的心智還沒準備好認識我們……」

她停一下。「或許至今也沒準備好……或許他們永遠沒辦法。但這不重要。」她的語氣變嚴肅了點。「但雖然你們可能不理解我們，你們必須了解我們的警告……」

她陷入沉默。埃齊歐在沉默中說，「我完全聽不懂妳在說什麼。」

「我的孩子，這些話不是給你聽的……而是給……」她看向地室外的黑暗，超越時代侷限本身的黑暗。

「是什麼？」埃齊歐謙卑又恐懼地問，「妳在說什麼？這裡沒有別人了！」

密涅瓦俯身靠近他，他感到宛如母親擁抱的溫暖消除他的所有疲倦，所有疼痛。

「我不是想跟你說話，而是透過你。你是先知。」她高舉起雙手，地室的屋頂變成了蒼穹。密涅瓦閃爍又非實體的臉上露出無限哀傷的表情。

「你扮演了你的角色……你連接上他……但請保持沉默……讓我們溝通。」她表情哀傷。「你聽！」

埃齊歐看得到整個天空與星辰，聽見其中的音樂。他看見地球在旋轉，彷彿是從太空中俯瞰。他看得見各大陸，甚至上面的一、兩個城市。

「我們還活著、家鄉還完整的時候，你的同類背叛了我們。我們創造了你們，我們給你們生命！」她暫停。如果女神會哭泣的話，她現在似乎正在流淚。戰爭的幻象出現，野蠻人用手工製武器對抗他們先前的主人。

「我們很強，但你們人數多。而雙方都渴望戰爭。」

這時出現地球的新影像，很近，但仍是太空中的視角。然後拉遠，變得較小，埃齊歐看見幾顆行星中只有中央的一顆行進軌道上有個巨大恆星——太陽。

「我們忙著世俗的顧慮，忽略了天上。等到我們發現……」

密涅瓦說話時，埃齊歐看到太陽閃焰形成一個廣大日冕，發出難以忍受的強光，碰觸到地球。

「我們給了你們伊甸。但我們也製造了戰爭和死亡，把伊甸變成地獄。世界燃燒到只剩灰燼。當時就應該結束了。但我們用自己的形象製造你們，讓你們存活下來！」

埃齊歐看著似乎是太陽對地球造成的全面破壞，一隻沾滿灰燼的手臂從碎片中伸向天上。大風吹過平原的幻象掃過地室的屋頂。地面上有人在行走——殘缺，短命，但無畏。

「我們重建世界。」密涅瓦繼續說，「這需要體力、犧牲和慈悲，但我們還是重建了！當地球緩緩痊癒，生命回到了世界上，從肥沃的土地再度冒出綠芽……我們努力確保如此悲劇永遠不會重演。」

埃齊歐又看到了天空。地平線。上面有神殿和形狀，像字跡一樣刻在石頭上，放滿卷軸的圖書館，船舶，城市，音樂和舞蹈——來自他不認識的古文明，只知道同是人類的創造……

「但現在我們快死了，」密涅瓦說，「時間對我們不利……真相會變成神話和傳說。我們建立的東西會被誤解。但是埃齊歐，保存我的話語和訊息，記錄我們的損失。」

一個地室建造中的影像閃過，一個接一個。

埃齊歐看著，彷彿在夢中。

「但讓我的話語也帶來希望。你必須找到其他神殿，就像這一座。由知道如何避免戰爭的人所建造。他們努力保護我們，拯救我們免於烈火。如果你能找到它們，如果他們的作品可以挽救，那麼或許這個世界也可以。」

此時埃齊歐又看到地球。地室屋頂的天際線顯示出好像放大版聖吉米那諾的城市，未來城市的高樓密集遮蔽了下方的街道，在遙遠島嶼上的城市。然後一切再度聚合變成太陽的幻象。

「但是你必須盡快，」密涅瓦說，「時間不多了。提防聖殿騎士團——因為會有許多人阻撓你。」

埃齊歐抬頭看。

他看到熊熊燃燒的太陽，彷彿在等待什麼。然後它爆炸，不過在爆炸中他好像看到了聖殿十字符號。

面前的幻影消散。只剩下密涅瓦和埃齊歐，這時女神的聲音似乎正沿著無限長的隧道遠去。

「好了……現在我的同胞必須離開這個世界……全部……但訊息已經發出……剩下就看你們了。我們已經無法再做什麼。」

接著只剩黑暗和寂靜，地室又變回地下的黑暗房間，裡面空無一物。

埃齊歐轉過身。他重新進入前廳，看到羅德里哥躺在長凳上，嘴角冒出一絲綠色膽汁。

「我快死了，」羅德里哥說，「我服了保留在落敗時刻用的毒藥，因為現在世上已經沒有我容身之處。但是告訴我——在我永遠離開這個憤怒與淚水之地以前——告訴我，在地室裡——你看到了什麼？你見到了誰？」

埃齊歐看著他。「什麼也沒有。沒有人。」他說。

他回頭走出來，穿過西斯汀禮拜堂進入陽光下，發現朋友們都在等他。

有個新世界必須創造。

登場人物

喬凡尼・奧迪托雷：父親
瑪麗亞・奧迪托雷：母親
埃齊歐・奧迪托雷：本書主角，喬凡尼的次子
費德里科・奧迪托雷：喬凡尼的長子
佩楚丘・奧迪托雷：喬凡尼的么子
克勞蒂亞・奧迪托雷：喬凡尼的女兒
馬力歐・奧迪托雷：喬凡尼之弟
安妮塔：奧迪托雷家族的管家
寶拉：安妮塔之妹
奧拉齊歐：馬力歐・奧迪托雷的僕人
杜奇歐・多維齊：克勞蒂亞的前男友

朱里奧：喬凡尼・奧迪托雷的祕書

切瑞薩醫師：家庭醫生

甘巴托：馬力歐・奧迪托雷的衛兵隊長

克莉絲汀娜・卡富奇：埃齊歐年輕時的女友

安東尼奧・卡富奇：克莉絲汀娜之父

曼菲多・德・阿森塔：富家子弟，後來娶了克莉絲汀娜

嘉涅塔：克莉絲汀娜的朋友

桑迪歐：克莉絲汀娜父親的雇員

雅克坡・德・帕奇：十五世紀佛羅倫斯銀行家帕奇家族一員

法蘭西斯科・德・帕奇：雅克坡的姪子

維耶里・德・帕奇：法蘭西斯科之子

史提法諾・達・巴尼奧內：教士，雅克坡的祕書

喬康多神父：聖吉米那諾的教士

特札戈、特巴多、羅貝托隊長、佐哈尼和伯納多：受雇於帕奇家的士兵與衛兵

加雷佐・瑪麗亞・史佛札（加雷佐）：米蘭公爵，1444 — 76

凱特琳娜・史佛札：加雷佐的女兒，1463 — 1509

吉洛拉莫・瑞亞里奧，佛里公爵：凱特琳娜的丈夫，1443—88

比安卡・瑞亞里奧：凱特琳娜的女兒，1478—1522

奧塔維亞諾・瑞亞里奧：凱特琳娜之子，1479—1523

切薩雷・瑞亞里奧：凱特琳娜之子，1480—1540

喬凡尼・瑞亞里奧：凱特琳娜之子，1484—96

加雷佐・瑞亞里奧：凱特琳娜之子，1485—1557

妮賽塔：凱特琳娜子女的奶媽

洛多維柯・史佛札：米蘭公爵，加雷佐之弟，1452—1508

阿斯卡紐・史佛札：樞機主教，加雷佐和洛多維柯之弟，1455—1505

羅倫佐・德・美第奇，「偉人羅倫佐」：義大利政治家，1449—92

克拉莉絲・奧西尼：羅倫佐・德・美第奇之妻，1453—87

魯克蕾齊亞・德・美第奇：羅倫佐・德・美第奇的女兒，1470—1553

皮耶羅・德・美第奇：羅倫佐・德・美第奇的兒子，1471—1503

瑪達琳娜・德・美第奇：羅倫佐・德・美第奇的女兒，1473—1528

朱利安諾・德・美第奇：羅倫佐之弟，1453—1478

費歐蕾塔・哥里尼：朱利安諾・德・美第奇的情婦

波提奧：羅倫佐•德•美第奇的僕人

喬凡尼•蘭普納尼：陰謀暗殺加雷佐的人，死於 1476 年

卡洛•維斯康提：陰謀暗殺加雷佐的人，死於 1477 年

傑洛拉莫•歐吉亞提：陰謀暗殺加雷佐的人，1453 — 77

伯納多•巴隆切里：陰謀暗殺朱利安諾•德•美第奇的人

烏貝托•亞伯提：佛羅倫斯行政長官（chief official of the Council of Magistrates）

羅德里哥•波吉亞：綽號「西班牙人」，樞機主教，後來成為亞歷山大六世教皇，
1451 — 1503

安東尼奧•馬菲：教士，陰謀暗殺朱利安諾•德•美第奇的人

拉斐爾•瑞亞里奧：帕奇的同黨，教皇的外甥，1451 — 1521

法蘭西斯科•薩維亞提•瑞亞里奧：比薩大主教，參與帕奇陰謀者

洛多維柯和切柯•奧西：奧西兄弟，傭兵

尼科洛•迪•伯納多•戴•馬基維利：哲學家兼作家，1469 — 1527

李奧納多•達文西：畫家、科學家、雕刻家等等，1452 — 1519

安格紐洛和英諾森托：李奧納多•達文西的助手

吉洛拉莫•薩佛納羅拉：道明會教士和政治領袖，1452 — 98

馬西里奧・費奇諾：哲學家，1433 — 99

喬凡尼・皮可・戴拉・米蘭多拉：哲學家，1463 — 94

波利齊亞諾（安傑羅・安布洛吉尼）：學者兼詩人，美第奇家族子女的家庭教師，1454 — 94

波提切利（亞歷山卓・迪・莫里亞諾・菲利佩皮）：藝術家，1445 — 1510

雅克坡・薩塔瑞里：畫家的模特兒，生於 1459

多梅尼克・達・佩奇亞修士和席維斯托修士：僧侶，薩佛納羅拉的同僚

吉洛拉莫修士：蒙提洽諾修道院的僧侶，薩佛納羅拉的堂弟

喬凡尼・莫切尼哥：威尼斯總督，1409 — 85

卡洛・格里馬迪：莫切尼哥的近侍之一

佩薩羅伯爵：威尼斯的李奧納多金主

尼祿：佩薩羅伯爵的正式助理

艾米里歐・巴巴里格：威尼斯商人，羅德里哥・波吉亞的盟友

西維奧・巴巴里格（「紅人」）：檢察官，艾米里歐・巴巴里格的堂弟

馬可・巴巴里格：西維奧和艾米里歐的堂兄

阿哥斯提諾・巴巴里格：馬可之弟

但丁・莫洛：可的保鑣

卡洛•格里馬迪：總督的近侍

巴托羅繆•德•艾維亞諾：傭兵領袖

狐狸吉貝托，la Volpe：刺客教團成員

柯拉丁：狐狸的助手

安東尼奧•德•瑪吉亞尼斯：威尼斯的盜賊公會首領

烏戈：盜賊公會成員

羅莎：盜賊公會成員

帕加尼諾：盜賊公會成員

米切爾：盜賊公會成員

比安卡：盜賊公會成員

泰朵拉修女：妓院老闆

高寶書版集團
gobooks.com.tw

TN 215
刺客教條：文藝復興
Assassin's Creed:Renaissance

作　　者　奧利佛・波登 (Oliver Bowden)
譯　　者　李建興
編　　輯　謝夢慈
校　　對　林紓平
美術編輯　林政嘉
企　　劃　陳煒翰
排　　版　彭立瑋

發 行 人　朱凱蕾
出　　版　英屬維京群島商高寶國際有限公司臺灣分公司
Global Group Holdings, Ltd.
地　　址　臺北市內湖區洲子街 88 號 3 樓
網　　址　www.gobooks.com.tw
電　　話　(02) 27992788
電　　郵　readers@gobooks.com.tw（讀者服務部）
pr@gobooks.com.tw（公關諮詢部）
傳　　真　出版部　(02) 27990909　行銷部 (02) 27993088
郵政劃撥　19394552
戶　　名　英屬維京群島商高寶國際有限公司臺灣分公司
發　　行　希代多媒體書版股份有限公司 /Printed in Taiwan
初版日期　2015 年 12 月

Assassin's Creed: Renaissance
Original English language edition first published by Penguin Books Ltd, London
Copyright © 2009 Ubisoft Entertainment. All rights reserved.
Assassin' s Creed, Ubisoft, Ubi.com and the Ubisoft logo are trademarks of Ubisoft Entertainment in the U.S. and/or other countries. All artworks are the property of Ubisoft.
This edition is published by arrangement with Penguin Books Ltd, London through Andrew Nurnberg Associates International Limited.
Complex Chinese translation copyright © 2015 by Global Group Holdings, Ltd
All rights reserved.

國家圖書館出版品預行編目 (CIP) 資料

刺客教條：文藝復興 / 奧利佛 . 波登 (Oliver Bowden) 著 ; 李建興譯 . -- 初版 . -- 臺北市 : 高寶國際 , 2015.12
面 ;　公分 . --
譯自 : Assasson's creed : renaissance

ISBN 978-986-361-223-0(平裝)

874.57　　104020793

凡本著作任何圖片、文字及其他內容，
未經本公司同意授權者，
均不得擅自重製、仿製或以其他方法加以侵害，
如一經查獲，必定追究到底，絕不寬貸。
版權所有　翻印必究

GOBOOKS
& SITAK
GROUP©